Alexandra Maibach
Tödliche Nachtschicht

Alexandra Maibach wurde 1994 in Mainburg geboren und entdeckte schon früh ihre Liebe zu Geschichten. Sie hat ihr Medizinstudium in Ulm 2019 abgeschlossen und absolviert nun ihre Ausbildung zur Fachärztin. Sie lebt und arbeitet in Regensburg und im Allgäu.

Alexandra Maibach

# Tödliche Nachtschicht

Kriminalroman

**PIPER**

*Mehr über unsere Autoren und Bücher:*
*www.piper.de*

Wenn Ihnen dieser Krimi gefallen hat, schreiben Sie uns unter
Nennung des Titels »Tödliche Nachtschicht«
an empfehlungen@piper.de, und wir empfehlen Ihnen
gerne vergleichbare Bücher.

Die Handlung und alle handelnden Personen sind frei erfunden.
Jegliche Ähnlichkeiten mit lebenden oder realen Personen
sind rein zufällig.

ISBN 978-3-492-50650-2
© Piper Verlag GmbH, München 2023
Redaktion: Michaela Retetzki
Satz auf Grundlage eines CSS-Layouts
von digital publishing competence (München)
mit abavo vlow (Buchloe)
Covergestaltung: Traumstoff Buchdesign traumstoff.at Covermotiv:
Bilder unter Lizenzierung von Shutterstock.com genutzt
Printed in Germany

*Für mein Team
und alle die, über die ich nicht schreibe.*

# 1

### *Jetzt*

Es ist kurz vor halb zwei, als ich aus dem OP komme. Ich habe mich vorschriftsgemäß umgezogen und die grüne Bereichskleidung, die wir in den Operationssälen tragen, wieder gegen die blaue Kluft der Notaufnahme eingetauscht.

Die Operation hat ihre Wirkung nicht verfehlt. Obwohl wir vor mittlerweile über einer Stunde den letzten Schnitt genäht haben, fühle ich mich noch immer leicht und zufrieden – und wacher, als irgendjemand um diese Uhrzeit sein sollte.

Das Diensttelefon war glücklicherweise während der letzten drei Stunden still, sodass ich nicht vom OP-Tisch abtreten musste. Auch jetzt kündigt sich nichts an. Ich mache mich trotzdem auf den Weg zur Notaufnahme, um dort vorbeizusehen, bevor ich mich in mein Bereitschaftszimmer zurückziehe.

Das Licht im Stützpunkt ist gedämmt, und ich brauche nur einen kurzen Blick auf den Bildschirm, um zu wissen, dass ich mich hinlegen kann. Obwohl das Wartezimmer voll ist, habe ich keine Patienten. Was auf die anderen Fachrichtungen nicht zutrifft.

Ich runzle die Stirn. »Was ist denn bei euch los?«

Sarah, die unfallchirurgische Dienstärztin, die einen Sitzplatz weiter einen Bericht tippt, winkt ab und reibt sich die Stirn. Sie hat die dunkelbraunen Haare zu einem Knoten hochgebunden, der sich halb aufgelöst hat. »Frag nicht. Schlägerei in einer Kneipe. Das Übliche halt.«

Ich erinnere sie nicht daran, dass heute Dienstag ist. Schlägereien müssen keinen bestimmten Wochentag haben, aber am Wochenende häufen sie sich. Der Bildschirm verrät mir, dass zwei der Patienten bereits in Behandlung sind, während drei weitere im Wartebereich sitzen. »Soll ich dir helfen?« Ich tippe auf den Bildschirm. »Die Platzwunde könnte ich schnell für dich nähen.«

Sarah wirft mir einen raschen Seitenblick zu. »Das mache ich schon. Geh schlafen. Du kommst doch gerade aus dem OP, nicht wahr?«

Ich nicke. »Perforierte Divertikulitis.«

Sie verzieht das Gesicht. »Nein danke, das wäre nichts für mich. Wobei du ein echter Glückspilz bist, Rob. Es gibt nicht viele Leute, die in den Nächten operieren dürfen, wenn sie eigentlich Hausdienst haben. Wie machst du das?«

»Ich darf das, weil ich einfach unwiderstehlich bin«, sage ich mit einem Grinsen. »Das solltest du mittlerweile wissen.«

»Wie auch immer«, erwidert sie und verdreht die Augen, während sie darauf wartet, dass ihr Bericht gedruckt wird. »Gute Nacht.«

»Keine Platzwunde?«

»Keine Platzwunde. Geh schon schlafen. Falls du Selina siehst, kannst du sie von mir gegen das Schienbein treten. Ich hatte vorhin eine Vierzehnjährige, die sie hätte mitbeurteilen sollen. Leider habe ich sie nicht erreicht.«

Das ist seltsam. Selina hat heute ihren ersten Nachtdienst als Assistenzärztin der Kinderheilkunde und war so nervös wie kaum jemand, den ich kenne. Schwer vorzustellen, dass sie nicht an ihr Telefon geht. »Vermutlich gab es einen Notfall auf Station.«

»Vermutlich.« Sarah hebt die Schultern und geht los, um ihren Patienten zu entlassen.

Ich werfe einen letzten Blick auf den Bildschirm. Sonst gibt es nichts zu tun. Ich fühle mich zwar noch immer zu wach, um mich hinzulegen. Trotzdem kann es nicht schaden, zum Bereitschaftszimmer hochzugehen. Mein Abendessen ist vorhin ausgefallen, das könnte ich jetzt nachholen, auch wenn ich keinen Hunger habe.

Unsere Bereitschaftszimmer liegen im fünften Stock des Gebäudes, direkt unter dem Dach. Im Sommer wird es brütend heiß dort oben, im Winter dagegen viel zu kalt. Meine Kollegen beschweren sich häufiger über die schlechten Matratzen oder die unmöglichen Kissen. Ich spare mir meistens Beschwerden darüber. In Diensten schläft man nicht annähernd oft genug, als dass das wirklich ein Problem darstellen würde.

Mein Atem geht schneller, als ich im fünften Stock ankomme. Meine Gedanken sind wieder zu Selina gewandert. Sie hat mich vorhin noch gefragt, wie lange der Akku unserer Diensthandys hält. Selbst wenn sie Sarahs Anruf verpasst hat, zurückgerufen hätte sie in jedem Fall. Es sei denn, es hätte einen ernsthaften Notfall gegeben. Einen wirklich ernsthaften, den man niemandem wünscht. Schon gar nicht jemandem, der seinen ersten Dienst hat.

Die Bereitschaftszimmer befinden sich alle auf dem gleichen Flur. Bad mit Dusche gibt es nur eines, aber immerhin sind die Toiletten für Männer und Frauen getrennt.

Dafür, dass man ganz oben im Haus ist, erinnert der düstere Gang stark an einen Keller. Als hätte die Klinikleitung entschieden etwas dagegen, dass wir hier Zeit verbringen. Was vermutlich durchaus der Fall ist.

Mein Zimmer ist eines der vorderen, mit dem Schild *Bereitschaft Allgemeinchirurgie* versehen. Ich schiebe den Schlüssel ins Schloss, dann halte ich inne. Sehe ans Ende des Flurs, zu dem Zimmer, in dem Selina heute Nacht schläft. Falls sie überhaupt ein Auge zutun kann. Es ist so dämmrig, dass ich den breiten Lichtstreifen sehe, der an ihrer Tür nach draußen fällt.

Ich runzle die Stirn. Warum ist die Tür offen? Da kann etwas nicht stimmen. Ich mache einen Schritt darauf zu.

In diesem Moment schrillt ein Telefon, und ich zucke zusammen. Taste nach meiner Brusttasche. Doch es ist nicht mein Handy, das klingelt. Das Geräusch kommt aus Selinas Zimmer. Der Ton zerrt an meinen Nerven, während ich darauf warte, dass sie den Anruf annimmt. Doch es klingelt weiter. Noch einmal. Und noch einmal.

Dann bin ich bei Selinas Zimmer, stoße die Tür ganz auf. Meine angespannten Kiefermuskeln brauchen einen Moment, bis sie gehorchen. »Selina?«

Nur das Klingeln des Telefons antwortet.

Ich betrete das Zimmer. Es ist winzig, genauso wie meines. Ein Schrank, der quer steht und mir den Blick aufs Bett verstellt. Doch ich kann Selinas Füße auf der Matratze sehen, die dahinter hervorragen. Sie trägt ihre pinken Sneakers, hat sie nicht ausgezogen, bevor sie sich hingelegt hat.

Das Telefon klingelt erneut. Wieso geht sie nicht endlich dran?

Mit zwei Schritten bin ich beim Bett. Das Schrillen des Handys verblasst zu einem Hintergrundgeräusch.

Da ist Blut, das die Bereichskleidung durchtränkt. Viel Blut. Die Welle von Panik trifft mich vollkommen unerwartet, doch gleichzeitig schaltet mein Gehirn in den Notfall-Modus. Ich schnappe mir das Diensttelefon vom Nachttisch und nehme den Anruf an, ohne einen Blick auf den Bildschirm zu werfen.

»Dr. Wieck – wir versuchen schon ...«

Ich schneide der Anruferin das Wort ab. »Hier Schlenker von der Chirurgie. Ich habe hier einen Notfall; bei den Dienstzimmern. Rufen Sie sofort die Rea-Hotline an. Ich brauche den diensthabenden Anästhesisten hier.«

»Aber ...«

»*Sofort.*«

Das Handy klappert auf den Boden, als ich nach Selinas Puls suche. Doch da ist keiner. *Da ist keiner.*

Ich packe sie am Kasack und zerre sie auf den Boden, runter von der weichen Matratze. Ihr Körper ist leicht, noch leichter, als ich erwartet hatte. Mit der Schere aus meiner Tasche zerschneide ich mühelos den Stoff ihres Kasacks und wickele ihn notdürftig um Selinas linken Unterarm, an dem eine lange Wunde klafft. Ebenso wie an ihrem anderen Unterarm. Ich zerschneide auch das Top, das sie darunter trägt, um es um den rechten Schnitt zu wickeln.

Aus den Verletzungen rinnt noch immer Blut, doch es ist wenig. *Zu wenig,* wie mein Instinkt mir sagt. Ich bin zu spät. Für all das hier. Doch das ändert nichts.

Nachdem ich ihre Brust freigelegt habe, beginne ich mit der Herzdruckmassage. Versuche, nicht auf die hartnäckige Stimme in meinem Kopf zu hören, die nicht aufhört, mir zu sagen, dass zu viel Blut auf dem Bett und auf dem Boden ist, als dass ich einen anständigen Ersatzkreislauf zustande bekommen würde.

Als das Reanimationsteam ins Zimmer kommt, kann ich nicht sagen, ob Sekunden oder Minuten vergangen sind. Ich hätte Dankbarkeit empfinden müssen, dass sie hier sind, doch da ist nichts. Ich bin mittlerweile lang genug dabei, um zu erkennen, wann ein Patient verloren ist. Selbst wenn wir ihn noch nicht aufgegeben haben.

Ich mache weiter.

»Sie ist zentralisiert«, sage ich zu Peter, dem Anästhesisten. Gerade war er noch bei uns im OP, hat unsere Patientin aus der Narkose geholt. Hat mit den OP-Pflegern und mir Witze gerissen. »Sie braucht einen zentralen Zugang.«

Kurz begegnen sich unsere Blicke, und mir gefällt seiner nicht. »Intraossärer Zugang«, ordnet er mit beneidenswerter Gelassenheit an. Wahrscheinlich hat er Selina nicht gekannt. Er kann sie nicht gekannt haben. »Volumen. Defi.«

Danach dauert es nicht mehr lange, bis wir unsere Bemühungen aufgeben. Selinas Kreislauf ist nicht zurückgekommen. Sie ist nicht zurückgekommen.

Peter legt kurz die Hand auf meine Schulter, als es vorbei ist. Ich sollte ihm sagen, dass wir nicht aufhören dürfen. Ihn anschreien. Aber ich tue es nicht.

Ich bleibe einfach sitzen und halte Selina fest.

Versuche in den Kopf zu bekommen, dass sie tot ist.

Dass ich sie nicht retten konnte.

### *Vorher. Nacht des Todesfalls, 22:15 Uhr*

Gegen zweiundzwanzig Uhr wurde es ruhiger. Ich hatte zwei Patienten mit entzündeten Gallenblasen aufgenommen und mit Antibiotikum versorgt, einen Abszess gespalten und einige Patienten mit Schmerzmittel versorgt und nach Hause geschickt. Ein paar davon würden sich morgen wieder zur Kontrolle vorstellen müssen. Glücklicherweise war das dann nicht mehr meine Aufgabe. Der Nachtdienst ging vom frühen Abend bis zum nächsten Morgen. Ich war nun gute fünf Stunden im Dienst und lief mich gerade erst warm.

Ich ließ mich auf einen der Stühle fallen und zückte mein Diensttelefon.

»Wieso siehst du aus, als wärst du im Urlaub?«, fragte Jenny, die mich heute pflegerisch unterstützte. Ihre Haare hatten neuerdings rosa Spitzen, was sie jünger wirken ließ als Anfang zwanzig, besonders, wenn sie ihre Haare so wie heute zu zwei Zöpfen geflochten hatte. Sie stieß die Lehne meines Stuhls an, sodass ich mich einmal um meine Achse drehte. »Das ist doch nicht normal.«

»Vermutlich nicht«, erwiderte ich mit einem Grinsen. »Aber ich habe nun mal den schönsten Beruf der Welt.«

Ich schaffte es nicht, den Satz gänzlich ohne Ironie auszusprechen, und Jenny antwortete mit einem Lachen. »Du Träumer.« Damit ging sie in Richtung Kabine, um den nächsten Patienten zu versorgen.

Nicht meinen Patienten, wohlgemerkt. Es gab nur noch einen allgemeinchirurgischen Notfall auf meiner Liste, und den hatte ich schon gesehen, untersucht und Blut abgenommen. Fehlte noch ein weiterer diagnostischer Schritt. Ich tippte auf die Schnellwahltaste meines Telefons.

»Ja?«, meldete sich eine tiefe Stimme am anderen Ende der Leitung.

»Ich habe immer das Gefühl, in einer Höhle anzurufen, wenn ich diese Nummer wähle«, erwiderte ich. »Und darin sitzt ein blasses Wesen, das kein Sonnenlicht gewohnt ist und allen Eindringlingen feindselig gegenübersteht.«

Ein Schnauben. »Ich lege gleich wieder auf. Blass, du spinnst wohl, Rob. Außerdem arbeite ich.«

Genau diese Reaktion hatte ich erwartet. Finn Paoli, ein weiterer Assistenzarzt und guter Freund von mir, war heute als Diensthabender in der Radiologie zuständig. Wann immer ich eine CT-Untersuchung für einen Patienten wollte, musste ich das zunächst mit ihm besprechen. »Ich habe noch mehr Arbeit für dich. Kriege ich ein CT Abdomen? Die Anforderung habe ich schon gestellt.«

Ein Brummen am anderen Ende der Leitung ertönte, als Finn im System nachsah, was ich angemeldet hatte. Ich vermutete bei meinem Patienten eine Entzündung des Darms, im schlimmsten Fall konnte sogar ein Durchbruch der Darmwand vorliegen. Um sicherzugehen, brauchte ich ein genaues Bild davon, dafür war Finn zuständig. In der Regel waren Radiologen zurückhaltend mit CT-Aufnahmen, die in der Nacht gemacht wurden. Ich wusste also bereits, was die nächste Frage sein würde.

»Und im Ultraschall hast du nichts gesehen?«

»Zu viel Luft im Bauch. Außerdem Adipositas.«

»Hm.«

»Komm schon«, sagte ich. »Der Patient hat eine starke Abwehrspannung, Punctum Maximum über dem linken Unterbauch, etwas geringer auch in den restlichen Quadranten. Gut möglich, dass der Darm perforiert ist. Das Labor spricht ebenfalls eine deutliche Sprache.«

»Ein guter Arzt könnte die Diagnose klinisch stellen.«

»Ein guter Radiologe macht einfach das Bild, bevor ein Oberarzt eingeschaltet werden muss.« Das Gespräch war scherzhaft, wir wussten beide, wie seine Entscheidung ausfallen würde. Finn und ich kannten uns seit dem ersten Jahr, im Gegensatz zu vielen Kollegen zogen wir nicht hinter dem Rücken des jeweils anderen übereinander her. Wir regelten das direkt – und stets mit einem Augenzwinkern.

»Gut. Du kriegst dein CT, Rob. Aber nur, wenn du lieb Danke sagst.«

»Danke, ich wusste, dass du kein blasser Höhlenmensch bist, Finn.«

Er antwortete mit einem unwirschen Ton. Ich hatte es nicht besser verdient. »Ich bringe dir später Kaffee vorbei.« Das würde ihn sicher versöhnen.

»Besser ist es.« Ich konnte seinem Tonfall anhören, dass er grinste. Dann war die Verbindung unterbrochen, ich schob mein Telefon zurück in die Tasche und verschränkte die Hände hinter dem Kopf. Bisher war der Dienst mehr als in Ordnung. Keine Fälle, die sich stapelten, keine Notfälle auf der Station und glücklicherweise auch keine Langeweile.

Ich schaltete zurück auf das Triage-Programm. Der letzte pädiatrische Patient war gerade entlassen worden. Aufmerksam sah ich mich um. Es dauerte nicht lange, bis ich diejenige entdeckte, nach der ich Ausschau gehalten hatte.

Selina Wieck kam aus Kabine 3, winkte ihrem kleinen Patienten zu, der die Hand seiner Mutter hielt. Mit einem Lächeln kam sie herüber zum Stützpunkt. Ihr dunkler Pferdeschwanz wippte bei jedem Schritt, und sie hatte sich ihr pinkes Stethoskop über die Schulter gehängt, selbst wenn das nicht gern gesehen wurde. Gerade das bisschen Rebellion, das man manchmal brauchte.

»Hi, Rob.«

Ich grinste sie an. »Hi. Du siehst ein wenig besser aus als vorhin. Und ...«, ich sah demonstrativ auf die Wanduhr, »schon gute fünf Stunden überstanden. Habe ich es gesagt oder nicht?«

Sie gab mir einen Klaps auf den Oberarm, doch ich konnte sehen, dass sich ihre Wangen ein wenig dunkler gefärbt hatten. »Ja, du hast es gesagt, Herr Doktor. Willst du jetzt ein Lob?«

»Nein«, erwiderte ich. »Herr Doktor reicht vollkommen aus. Außerdem könntest du mich auf einen Kaffee einladen.«

Sie hob eine Augenbraue und pflückte sich das Stethoskop von der Schulter, um es mit einem Tuch zu desinfizieren. Es hatte den exakt gleichen Farbton wie das Shirt, das sie unter ihrem Kittel trug. »Jetzt sofort?«

»Vielleicht nicht gleich«, antwortete ich bedächtig. »Sagen wir – so in circa zwölf Stunden? Frühestens.«

Sie antwortete nicht sofort. Die Pause, die entstand, war gerade so lang, dass sie bedeutungsvoll war. »Ja, gern.«

»Ich hoffe, du hast etwas gegessen und getrunken.«

»Dazu bin ich noch nicht gekommen, um ehrlich zu sein, Herr Doktor.« Ihre Miene wurde schlagartig ernst. »Aber Rob ...«

Das Klingeln meines Telefons schnitt ihr das Wort ab. Ich hob einen Zeigefinger, als ich die Nummer auf dem Bildschirm erkannte. »Eine Sekunde«, sagte ich zu Selina. »Die Chefin, da muss ich rangehen.«

Und ich beantwortete den Anruf. Obwohl ich nicht lange telefonierte, führten Selina und ich unser Gespräch nicht mehr zu Ende. Wir gingen niemals einen Kaffee trinken.

Erst später sollte mir auffallen, dass Selina ihren letzten Satz an mich nie vollendet hatte. Ich würde niemals wissen, was sie mir hatte sagen wollen.

## 2

***Jetzt***

Als Arzt ist man Blaulicht gewohnt. Nicht dass es etwas Angenehmes ist, meistens bedeutet es nämlich Arbeit. Als ich in der *Von-Adelmann-Klinik* anfing und meine ersten Schichten in der Notaufnahme ableistete, konnte ich keinen Krankenwagen sehen, ohne sofort an die Arbeit zu denken. Mich zu fragen, was auf die Kollegen zukommen würde, die gerade Dienst hatten.

Doch das Blaulicht, das in den frühen Morgenstunden den Vorplatz des Krankenhauses erleuchtet, ist keines, das uns Arbeit beschert. Keine orangen Neonfarben, auf denen die Lichtreflexe zucken, sondern Silber und Blau. Polizeiwagen.

Polizisten sind keine seltenen Gäste in der Notaufnahme. Doch diesmal sind sie nicht wegen einer Schlägerei hier oder um die Verletzten nach einem Unfall zu vernehmen. Diesmal sind sie wegen Selina hier.

Mein Diensthandy schrillt, und der Klang reißt mich brutal aus meinen Gedanken. Nach dem Fund der Leiche haben wir das Haus abgemeldet, was bedeutet, dass Krankenwagen uns nicht mehr ohne Weiteres anfahren können und eher die anderen Kliniken der Stadt ansteuern. Normalerweise geschieht so etwas nur, wenn man keine Betten mehr frei hat, um neue Patienten aufzunehmen. Heute, weil Selina Wieck tot ist. Selina, die ihren ersten Nachtdienst als Kinderärztin hatte.

Mit einer routinierten Bewegung nehme ich das Handy aus meiner Brusttasche und drücke auf den grünen Knopf. Selbst wenn die Notaufnahme abgemeldet ist, habe ich noch immer die Verantwortung für meine stationären Patienten. Zum ersten Mal, seit ich im Krankenhaus arbeite, wünsche ich mir, dass es ein Notfall ist. Akuter Bauchschmerz. Fieberanstieg bei einem unserer frisch operierten Patienten. Meinetwegen sogar eine Nachblutung. Mit all diesen Dingen komme ich klar.

Doch der Name, der auf dem Display erschienen ist, verheißt nichts Gutes. »Ja?«

»Rob«, sagt meine Oberärztin. Ihre Stimme klingt gepresst. So habe ich sie noch nie gehört. Auch nicht, wenn es im OP hart auf hart kommt. »Die Kollegen von der Polizei sind hier. Sie wollen dich vernehmen.«

Ich atme langsam und kontrolliert aus. Nachdem mich Peter aus Selinas Zimmer bugsiert hat, habe ich geduscht und mich umgezogen. Das schreckliche Gefühl hat sich jedoch nicht wegwaschen lassen. Zum wiederholten Mal versuche ich umzuschalten. Wieder professionell zu sein. Die Version von mir, die Angehörigen den Tod eines Patienten mitteilen kann, ohne mit ihnen zu weinen.

»Wohin muss ich?«

»Schaffst du das?«

Eine klare Frage, so wie ich es gewohnt bin. Es ist nicht lange her, dass sie mir zuletzt gestellt wurde. *Rob, schaffst du das?* Ich zögere kurz, bevor ich sie bejahe. Nur um mir ganz sicher zu sein. »Ja, ich schaffe das.«

Meine Antwort ist dieselbe wie die vorhin im OP. Doch diesmal ist sie eine Lüge.

»Gut. Wir sind in der Notaufnahme.«

Der Weg nach unten ist länger als sonst. Vielleicht liegt es daran, dass mit jedem Schritt mehr Details auf mich einströmen, die ich zuvor ausgeblendet habe. Selinas halb offen stehende Augen. Das blutbefleckte pinke Stethoskop auf dem Boden. Ihre kalte Haut.

Ich dränge eine Welle von Übelkeit zurück. Beschleunige meine Schritte und konzentriere mich auf meinen Atem. *Konzentration ist das Wichtigste für einen Chirurgen, Rob. Alles Wissen und Fingerspitzengefühl bringt einem nichts, wenn man Flüchtigkeitsfehler begeht.*

Anne wartet im Stützpunkt der Notaufnahme auf mich. Sie trägt Zivilkleidung, darüber ihren weißen Kittel. Diese Kombination habe ich noch nie an ihr gesehen. Ebenso wenig wie die Tatsache, dass ihre blonden Haare zu einem unordentlichen Zopf hochgebunden sind.

Dr. Anne Kittsteiner-Kochert ist nicht nur die jüngste Oberärztin des Klinikums, sie ist auch immer perfekt. Sowohl in ihrem Erscheinungsbild als auch im OP. Ich weiß, dass viele der anderen Assistenten sie fürchten und nicht ausstehen können, doch wir kamen von Anfang an gut klar. Seit ich im zweiten Jahr war, sind wir per Du.

Als sie mich sieht, kommt sie auf mich zu und legt mir eine Hand auf die Schulter. Sieht mir aufmerksam ins Gesicht. Nicht viel anders als vorhin, bevor sie mich fragte, ob ich operieren möchte. »Rob, geht es dir gut? Ich habe gehört, dass du sie gefunden hast.«

Ich nicke. »Ja.«

Ihr Griff an meiner Schulter verstärkt sich. »*Schaffst du das?*«

Diesmal fällt es mir nicht so leicht, zu lügen. »Und wenn nicht?«

»Dann rede ich mit ihnen.« Sie lässt keinen Zweifel daran.

»Wenn sie jetzt mit mir reden wollen, können sie das schon machen.« Mein Blick geht an ihr vorbei. Jenny steht mit einigen pflegerischen Kollegen beim Befundungsmonitor und sieht zu uns herüber. Auch Sarah ist bei ihnen.

Ich muss den Blick von ihnen abwenden.

»Sie wollten Peter, das Rea-Team und dich sogar auf dem Revier befragen«, fährt Anne ärgerlich fort. »Diese Polizisten haben keine Ahnung, wie ein Krankenhaus funktioniert. Was ein Dienstarzt ist.«

Beinahe hätte ich gelacht. Das kann ich niemandem vorwerfen. Ich könnte auch nicht sagen, wie der Nachtdienst der Polizei funktioniert. »Können wir das nicht hier machen?«

Der Bildschirm verrät, dass sich zwei neue Notfälle vorgestellt haben. Und diesmal betreffen sie mein Fach.

»Darum kümmere ich mich«, versichert Anne, die meinem Blick gefolgt ist. »Ich schaue mir die Patienten an, du sprichst mit der Polizei. Wenn das geht.«

Ich nicke. »Danke.«

Sie sieht mich streng an. »Am liebsten würde ich dich heimschicken, Rob. Nur würden die dann vermutlich auf die Idee kommen, morgen mit dir sprechen zu wollen. Am besten, du bringst es jetzt hinter dich.«

Ich nicke erneut und gehe in die Richtung, die sie mir gewiesen hat. Zwei nicht uniformierte Polizisten, ein Mann und eine Frau, die den Vorfall aufnehmen. Sie stellen sich als Kriminalpolizisten vor, doch ich bin momentan nicht in der Lage, mir ihre Namen zu merken. Zuerst gebe ich meine Personalien an, im Anschluss werde ich gebeten, den *Vorfall* zu schildern. Ich beschwöre mich einmal mehr, professionell zu sein. Meine Stimme klingt dünn, als ich schildere, wie ich Selina gefunden habe.

»Also haben Sie die Leiche gegen zwei Uhr gefunden?«, will der bärtige Polizist wissen.

»Nein«, erwidere ich. »Ich meine, ja. Sie war ... es war keine ...« Ich schaffe es nicht, das Wort Leiche auszusprechen. Lächerlich.

»Das Opfer hat noch gelebt, als Sie dazukamen?«

Ich lege meine Hände flach auf die Tischplatte. Heute sitze ich auf dem Stuhl, auf dem sonst der Patient Platz nimmt. Es fühlt sich vollkommen verschoben an. So wie dieses Gespräch. Wie können wir darüber sprechen, dass Selina tot ist?

»Sie war klinisch tot, das habe ich sofort überprüft«, erkläre ich. »Klinischer Tod – das bedeutet einen Stillstand des Herz-Kreislauf-Systems. In der Medizin ist das kein endgültiger Zustand.«

Der bärtige Polizist tauscht einen raschen Blick mit seiner Kollegin. Wahrscheinlich halten sie mich für irre, doch das macht mir nichts aus. Kein Detail an Selinas Tod darf unbedeutsam sein. »Ich habe versucht, sie zu reanimieren. Habe sofort den Rea-Alarm auslösen lassen.«

»Auslösen lassen?«

»Ja, ich habe dem Pflegedienst von Station fünf Bescheid gegeben.«

»Warum gerade dort?«

»Sie haben in dem Moment angerufen. Bei Selina.« Meine Stimme ist zu einem Flüstern geworden. Im Zimmer ist es kalt.

»Wir haben bereits von Herrn Dr. Seider genauere Informationen über den Verlauf der Reanimation.«

Von Peter also. Er muss ihnen gesagt haben, dass das ganze Unterfangen sinnlos war. Das war es nicht, aber meine persönliche Meinung spielt hier vermutlich keine Rolle. Es hat keinen Sinn, der professionellen Aussage eines Anästhesisten zu widersprechen.

»Sie kannten das Opfer näher?«

Ich hebe die Schultern. Nicht annähernd gut genug.

»Hat sie Ihnen gegenüber jemals lebensmüde Gedanken geäußert?«

Die Frage durchfährt mich wie ein elektrischer Schlag. Unwillkürlich richte ich mich auf. »Wie meinen Sie?«

Sie wechseln wieder einen Blick. »Wir haben ... Grund zur Annahme, dass Frau Wieck Suizid begangen hat.«

Natürlich. Aufgeschnittene Handgelenke. Bisher habe ich mir keine Gedanken darüber gemacht, wie es geschehen ist. Als hätte die Tragödie, die Selinas Tod ist, alles andere ausgelöscht. Sogar das Warum. Vielleicht sogar gerade das Warum. Weil ich das momentan nicht aushalte.

Die Frage kann ich trotzdem beantworten. »Nein, sie hat mir gegenüber nie lebensmüde Gedanken geäußert. Weil sie keine hatte.«

Jetzt ist es die Polizistin, die die Augenbrauen hebt. »Und das wissen Sie, weil ...«

Ich erwidere ihren Blick trotzig. »Ganz einfach. Sie hatte Angst.«

»Angst?«

Ich nickte. »Ja. Angst ist eine Form von Selbsterhaltungstrieb. Suizidale Personen haben einen solchen in der Regel nicht.«

Der Bärtige seufzt leise. »Gut, Herr Dr. Schlenker. Können Sie uns sagen, weshalb Selina Wieck Angst hatte? Und vor allem: wovor?«

### *Vorher. Tag des Todesfalls, 16:15 Uhr. Rob*

Ich kam früh zu meiner Nachtschicht. In der Regel tat ich das. Obwohl ich tagsüber sozusagen freihatte, schaffte ich es nur selten, richtig abzuschalten. Deshalb versuchte ich auszuschlafen, was meistens nicht gelang, und plante in den Stunden bis zum Schichtbeginn so viele Termine wie möglich, die erledigt werden mussten. Der Tag nach dem Dienst war positiven Aktivitäten vorbehalten.

In den Minuten, die ich früher in der Klinik war, besuchte ich die Kollegen auf der Station und brachte mich auf den aktuellsten Stand. Außerdem hatte ich Zeit, meine Sachen in das Dienstzimmer zu bringen und das Bett zu beziehen. Es machte wenig Spaß, das mitten in der Nacht zu tun. Zudem die Zeit dann von den wertvollen Minuten abging, die man vielleicht schlafen konnte. Falls man so viel Glück hatte.

Unser Dienstzimmer war ein hässlicher kahler Raum mit einem uralten Fernseher und einer vollverglasten Wand, die einem im Sommer Hitze und im Winter Kälte bescherte. Die Vorhänge schirmten nicht einmal die Helligkeit der nächtlichen Stadt um die Klinik herum richtig ab, vom Lärm der Straße ganz zu schweigen. Trotzdem konnten wir uns mit diesem Dienstzimmer glücklich schätzen. Es war besser als das vieler Kollegen in anderen Häusern, von denen ich abenteuerliche Geschichten vom Schlafen im Keller auf ausrangierten Patientenbetten oder Isomatten auf dem Boden gehört hatte.

Ich war gerade fertig mit dem Beziehen des Betts, als ich eine Bewegung an der offenen Tür wahrnahm.

Selina war im Türrahmen aufgetaucht. Sie trug noch keine Krankenhauskleidung, ein seltsam ungewohnter Anblick.

»Hi, Rob«, sagte sie. »Du hast heute Dienst?«

»Hi«, erwiderte ich. »Ja. Und du auch? Warte, es ist dein erster, oder?«

Ihr Lächeln verblasste. »Ja.«

Ich warf einen Blick auf meine Uhr. Noch eine gute halbe Stunde bis zum Dienstbeginn. »Willst du reinkommen? Mi casa es su casa und so?«

Sie nickte und trat über die Schwelle. Sah sich um. »Es ist kein schönes Haus, das du da hast.«

»Nein, nicht wirklich«, entgegnete ich mit einem Lachen. »Trotzdem wage ich zu behaupten, dass deines nicht wirklich besser ist. Oder bekommt ihr Kinderärzte irgendwelche Vorzüge? Ist euer Fach deswegen so beliebt?«

»Leider nicht«, erwiderte sie. »Wir haben genau das gleiche Zimmer. Nur dass es weiter hinten auf dem Gang ist.«

»Das ist schon ein Vorteil. So stapfen die Internisten nicht an deinem Zimmer vorbei. Ich habe mir sagen lassen, dass Marko heute Dienst hat. Der ist ein echtes Trampeltier.«

Diesmal lachte sie nicht, ihre Miene blieb angespannt, die Lippen ein schmaler Strich. Vielleicht war mein Ablenkungsmanöver etwas zu leicht zu durchschauen gewesen. Ich musste nicht fragen, was Selina belastete. Es war vollkommen offensichtlich. Sie hatte ihre Stelle seit knapp vier Monaten und trat nun ihren ersten Dienst an. Alle kinderärztlichen Patienten, die auf der Station lagen, waren in einer halben Stunde unter ihrer Obhut. Dazu kamen noch alle Patienten, die über die Notaufnahme hereinkamen. Sie hatte die Verantwortung für jeden einzelnen davon.

»Wie nervös bist du?« Sie antwortete nicht. Vielleicht hatte ich die Frage auch falsch gestellt. »Hast du etwas gegessen?«

»Heute Morgen«, murmelte sie.

Ich seufzte. »Ich hab was dabei. Es sind nur belegte Brote, aber du hättest was im Bauch. Später hast du keine Zeit mehr, etwas zu essen.«

Sie verschränkte die Arme. »Nein danke. Mir ist eher übel.«

Das konnte ich mir lebhaft vorstellen. Vor meinem ersten Dienst war es mir ebenfalls nicht besonders gut gegangen. Und ich hatte mir nichts zu essen mitgenommen, was ein echter Anfängerfehler gewesen war. Es war wichtig, die Grundversorgung dabeizuhaben. Manche Kollegen rückten an, als würden sie in einen Kurzurlaub fahren.

»Du kannst dir jederzeit was davon holen, wenn du willst«, sagte ich und nahm die Box aus meiner Tasche, um sie auf den Tisch zu stellen. »Ich könnte dir jetzt auch einfach sagen, dass du das locker schaffst. Dass du dir überhaupt keine Gedanken zu machen brauchst. Wirklich, das könnte ich.«

Das rang ihr ein kleines Lächeln ab. »Du hast es gerade.«

»Rein hypothetisch. Praktisch weiß ich, dass einem solche Floskeln nichts bringen. Aber ich weiß etwas, was dir etwas bringt.«

Jetzt sah sie mich an.

»Immer nur an das Hier und Jetzt denken. Wenn du an den ganzen Dienst denkst und daran, was alles passieren könnte, wirst du wahnsinnig.«

Selina nickte und blinzelte. »Danke, Rob. Ich gehe mal, um mein Zimmer herzurichten.«

»Klar«, erwiderte ich. Ihr war anzusehen, dass sie allein sein wollte. »Wenn was ist – gern auch später im Dienst –, ruf an.«

»Danke«, wiederholte sie, während sie mit eiligen Schritten aus dem Zimmer lief.

»Jederzeit«, setzte ich hinzu. Ich war mir nicht sicher, ob sie mich gehört hatte. Vielleicht hatte sie zu schnell die Flucht ergriffen.

Jedoch nicht schnell genug, um ihre Tränen vor mir zu verbergen.

### *Jetzt*

»Sie hat also geweint?«, fragt der bärtige Polizist.

»Ja.« Zuerst habe ich das als Zeichen von Nervosität gedeutet, jetzt bin ich mir plötzlich nicht mehr sicher. Gab es da mehr? Dinge, von denen ich nichts weiß?

Der Polizist errät meine Gedanken. »Gehen Sie davon aus, dass sie aus Anspannung geweint hat?«

Etwas in seinem Tonfall lässt mich aufsehen. Es ruft all die Befürchtungen in mir hervor, die ich nicht zu ahnen gewagt habe. Und jetzt muss ich sie aussprechen. »In dem Moment dachte ich das. Jetzt bin ich mir nicht mehr so sicher.«

Mein Gegenüber runzelt die Stirn, sieht mich auffordernd an.

»Hören Sie, Nachtdienste sind meistens voller stressiger Situationen. Gerade als Neuling ist man oft überfordert. Man muss auf einmal allein Entscheidungen treffen, die Folgen haben. Folgen für den Patienten und für einen selbst.«

»Gibt es dafür nicht einen sogenannten Hintergrunddienst? Der durch Oberärzte abgedeckt wird?« Die Polizistin steht noch immer ein Stück entfernt an den Schrank gelehnt, beobachtet mich jedoch genau. Wie es aussieht, haben sie sich schlaugemacht. Vielleicht sind sie auch nur von Anne ins Bild gesetzt worden.

Ich lehne mich zurück und verschränkte die Arme. »Ja, der Hintergrunddienst.« Ich kann mir ein ironisches Lächeln nicht verkneifen. »Lassen Sie mich Ihnen ein kleines Geheimnis verraten: Die meisten Oberärzte sind auch nur Menschen. Sie werden nicht besonders gern in der Nacht angerufen. Das ist eine ... gewisse Hemmschwelle für Anfänger. Manche werden ungehalten, wenn man sie aus ihrer Sicht grundlos anruft. Manche gehen einfach nicht ans Telefon.«

Die beiden wechseln einen Blick. »Ist das nicht Vorschrift?«, fragt der Bärtige.

Ich hebe die Schultern. »Das sind Ruhezeiten ebenfalls. Alles, was ich damit sagen will, ist, dass man manchmal ziemlich auf sich allein gestellt ist, wenn man Nachtdienst hat. Als Anfänger ist man schnell überfordert. Angst ist etwas Berechtigtes.«

»Dann denken Sie, dass Frau Wieck nicht qualifiziert für ihren Dienst war?«

Mein Körper ist zu erschöpft für den Ärger, den ich empfinden müsste. »Das habe ich nicht gesagt. Alles, was ich meinte, ist ... Ihre Angst erschien mir in der Situation berechtigt.«

»Sie sagten, jetzt seien Sie sich nicht mehr sicher.«

Ich reibe mir die Stirn. Jetzt merke ich jede einzelne Stunde, die ich wach bin. »Ich kann Ihnen nicht sagen, ob etwas anderes dahintergesteckt hat. Aber ich kann es nicht ausschließen.«

»Etwas anderes? Wie der Wunsch zu sterben?«, schlägt die Polizistin vor.

»Nein. Selina war ein fröhlicher Mensch. Das hier war ihre Traumstelle, sie wollte sie unbedingt haben. Sie war glücklich.« Zumindest denke ich das. Ich hoffe es.

»Von außen betrachtet.«

Ich beiße die Zähne zusammen, balle die Hände zu Fäusten, um sie mühsam wieder zu lockern. Bedächtig lege ich sie dann auf den Tisch. Schön ordentlich, als würde ich im OP auf den Oberarzt warten. Zwinge mich zu einem Lächeln. »Von außen betrachtet.«

Es ist der Mann, der die Stille bricht. »Ich denke, wir haben genug gehört. Es war eine anstrengende Nacht für Sie, Herr Dr. Schlenker. Vielen Dank für Ihre Zeit.«

Er steht auf, doch ich bin noch nicht fertig. Da gibt es noch etwas, was ich sagen muss. Etwas, was ich lieber für mich behalten hätte, um es nicht aussprechen zu müssen. Weil die Polizistin mich danach vielleicht noch misstrauischer ansieht.

»Wir wollten uns heute auf einen Kaffee treffen.« Meine Stimme ist heiser.

Sie sehen mich stumm an.

»Selina und ich. Wir wollten heute einen Kaffee trinken gehen. Sie wollte nicht sterben.«

Zumindest hoffe ich das.

# 3

*Jetzt*

Die Trauerfeier findet am Freitag statt. Jemand hat bei der Planung mitgedacht und sie auf halb fünf gelegt, wenn die meisten von uns Feierabend haben und die planmäßigen Operationen durch sind.

Obwohl ich noch nicht einmal annähernd fertig mit der Stationsarbeit bin, komme ich nicht zu spät. Seit einer halben Stunde konnte ich mich nicht mehr konzentrieren und habe nervös auf die Uhr gesehen. Eigentlich war ich schon seit heute Morgen unkonzentriert. In den vergangenen Tagen habe ich mich auf die Arbeit gestürzt, immer froh, momentan auf der Station eingeteilt zu sein, wo es mehr als genug zu tun gibt.

Der erste Tag nach Selinas Tod war furchtbar gewesen. Das übliche erste High nach dem Dienst blieb aus, und die Stunden, die sonst rasch vorübergingen, zogen sich in die Länge, und jede einzelne setzte mir mehr zu als die vorangegangene. Trotz der schrecklichen Nacht sehne ich mich nach der Klinik, nach der Arbeit. Doch heute ist Freitag, und zum ersten Mal seit Langem freue ich mich nicht auf das bevorstehende freie Wochenende.

Die Eingangshalle ist voller Stühle, vor der Glasfront ist ein Podium aufgebaut. Als ich ankomme, sind die meisten meiner Kollegen schon da. Wie üblich bleiben die Abteilungen unter sich. In der ersten Reihe entdecke ich die Kollegen der Kinderheilkunde, die sich um deren leitenden Oberarzt

Dr. Ludger Kochert geschart haben. Der Chefarzt ist nirgendwo zu sehen. Wie erbärmlich.

Ich entdecke einige Kollegen meiner Abteilung im hinteren Abschnitt, direkt bei den Unfallchirurgen. Sarah hebt die Hand, als sie mich sieht. Sogar aus der Entfernung wirkt sie blass. Ich grüße zurück, mache aber keine Anstalten, zu ihnen zu gehen. Unmöglich kann ich so weit hinten Platz nehmen.

Direkt hinter den Kinderärzten sitzen einige Kollegen der Notaufnahme.

Jenny streckt die Hand nach mir aus, als ich näher komme. Ihre Augen sind rot und verweint, die Wimperntusche ist über ihr hageres Gesicht verschmiert.

»Habt ihr noch einen Platz frei?«

»Klar.« Sie hakt sich bei mir unter. Ich frage sie nicht, ob alles in Ordnung ist. Das wäre eine Farce. Jenny ist eine meiner Lieblingskolleginnen aus dem Notaufnahme-Team, sie ist immer für einen Witz zu haben, selbst wenn es noch so stressig ist. Es ist erschreckend, sie so zu sehen. Vermutlich gebe ich selbst ebenfalls kein besseres Bild ab.

Der Vorsitzende des Klinikvorstands tritt hinter das Mikrofon. »Liebe Kolleginnen und Kollegen, verehrte Gäste«, beginnt er bedächtig. Jenny gräbt ihre Finger in meinen Arm und beginnt wieder zu weinen, und ich beiße die Zähne zusammen. Ich habe nicht vor, Tränen zu vergießen. Nicht hier. »Vielen Dank für Ihr zahlreiches Erscheinen. Es sind Momente wie diese, in denen wir als Krankenhausfamilie enger zusammenrücken müssen.«

Ein Schnauben neben mir. Ich sehe mich um. Finn hat sich auf den freien Platz neben mir fallen lassen. Selbst er wirkt eigenartig fahl unter seinem dunklen Hautton. »Krankenhausfamilie, davon hast du viel Ahnung, du Anzugträger.« Er schenkt mir ein mattes Lächeln. »Sorry. Hey, Rob.«

»Hey«, erwidere ich, froh darüber, dass er gekommen ist. Als ich ihn gestern gefragt habe, war er nicht sicher, was ich verstehen kann. Immerhin hat er Selina kaum gekannt.

Der Klinikvorstand leiert eine Rede herunter, der ich nur abschnittsweise folgen kann. Man merkt ihm deutlich an, dass auch er Selina nicht gekannt hat. Als er durch den ärztlichen Direktor, den Chefarzt der Pathologie, abgelöst wird, stößt Finn ein kaum hörbares Seufzen aus.

»Geht das jetzt so weiter?«

Vermutlich. Ich hebe die Schultern. Ich kann mir nicht wirklich vorstellen, dass Selina diese Veranstaltung gefallen hätte. Vielleicht hätte sie die Augen genauso verdreht wie Finn eben. Der Gedanke zaubert mir ein kleines Lächeln auf die Lippen. Nur so lange, bis mich die leeren Worthülsen des Redners wieder daran erinnern, warum wir hier sind.

Diesmal zwinge ich mich dazu, zuzuhören. Versuche, nicht auf die Neuankömmlinge zu achten, die noch immer hereinkommen und sich nun um die Sitzplätze herumgruppieren. Gerade betritt Anne den Raum, zusammen mit Dr. Hutter, einem anderen Oberarzt. Beide tragen ihren Kittel über der OP-Kleidung. Wir nicken einander kurz zu, dann richte ich den Blick wieder nach vorn.

Nach der Rede gibt eine ältere Frau am E-Piano ein Stück zum Besten, und ich beobachte, wie Anne in der ersten Reihe Platz nimmt, direkt neben Dr. Kochert, ihrem Mann, der den Stuhl neben sich frei gehalten hat. Sie sprechen kurz miteinander, bevor sie nach vorn sehen.

»Ich habe über sie gelästert«, sagt Jenny plötzlich. Sie hat die Stimme gesenkt, aber ich weiß nicht, ob die Umsitzenden uns trotzdem hören können. »An dem Abend, als ... als sie sich umgebracht hat. Sarah und ich haben über sie gelästert, weil wir sie nicht erreicht haben.«

Sie beginnt wieder zu weinen, und ich klopfe ihr auf die Schulter. Was soll ich auch sonst tun? Mir liegt ein Widerspruch auf der Zunge. Es wäre richtig, ihr zu sagen, dass ich nicht an einen Suizid glaube. Dass Selina ihr Leben nicht selbst beendet hat. Doch am Ende würde das nichts bringen. Und es würde die Frage aufwerfen, was das bedeutet. Wenn sie sich nicht selbst getötet hat, hat es jemand anderes getan.

Ich schlucke und versuche mich auf die Musik zu konzentrieren. Jetzt lassen sich die Gedanken nicht mehr aufhalten, sie strömen ungefiltert auf mich ein. All das Gerede, das ich in den letzten Tagen überhört habe.

Eine halbe Ewigkeit später ist das Stück zu Ende und eine der Kinderärztinnen betritt das Podium. Ihr Name ist Louisa Homber. Die Sprecherin der pädiatrischen Assistenzärzte. Sie hat einen Zettel mit Stichworten dabei, ihren Kittel gegen einen Blazer getauscht. Sie streicht ihre perfekt sitzenden dunkelblonden Haare glatt und holt zittrig Luft. »Selina war nicht nur eine Kollegin«, sagt sie. »Sondern eine Freundin.«

Sie macht eine kleine Pause und sieht in die Runde. Mein Magen zieht sich zusammen. Louisa wirkt nicht wie eine trauernde Freundin, eher wie jemand, der genau diese Rolle spielt. Eine Schauspielerin, die vor dem Spiegel geübt hat. Ein klein wenig zu perfekt, um glaubwürdig zu sein.

»Jeder weiß, wie hart die erste Zeit hier ist. Wie allein man sich manchmal fühlt. Selina hat aus alldem das Beste gemacht. Sie hat sich nicht gescheut, unsere Hilfe anzunehmen.«

Jenny hat aufgehört zu weinen und starrt die Sprecherin an. Sie muss ähnlich denken wie ich. Ich würde sie gern fragen, doch das ist jetzt unpassend.

»Und gleichzeitig war sie immer für ihre Mitmenschen da. Hatte ein offenes Ohr für die Sorgen von anderen. Sie war eine empathische Ärztin. Beliebt nicht nur bei ihren Kollegen, sondern auch bei den Patienten. Ihr Tod …« Sie holt erneut tief und zittrig Luft, macht eine Pause, die sich unangenehm in die Länge zieht. »Ihr Tod ist eine Tragödie. Ein

Verlust, nicht nur für das Krankenhaus, sondern ganz besonders für die Patienten. Für alle Menschen.«

Ein unterdrücktes Husten von Finn. Wir wechseln einen Blick.

»Selina, wir werden dich vermissen. Wir alle. Jeden Tag. Das hier ist für dich.«

Sie nickt und mehrere Kinder stehen auf. Sie stellen sich neben der Bühne auf und beginnen zu singen. *Halleluja* von Leonard Cohen. So unpassend die Rede war, noch schrecklicher ist das Lied. Ich beiße die Zähne zusammen und kämpfe mit den Tränen. Ein Seitenblick zu Finn verrät mir, dass es ihm ebenso geht. Jenny schluchzt längst wieder in ihr Taschentuch.

Danach hat noch eine Kinderkrankenschwester das Wort und im Anschluss eine der kinderärztlichen Oberärztinnen. Es ist eine junge Frau, die ich noch nie bewusst gesehen habe. Ihre Rede klingt genau wie die anderen, doch immerhin scheint sie von Herzen zu kommen.

Trotzdem bin ich enttäuscht. Ich brauche einen Moment, bevor ich weiß wieso. Keiner der Redner hat Selina gekannt. Niemand konnte etwas Persönliches sagen, weil niemand sie gekannt hat. Die Erkenntnis schnürt mir die Kehle zusammen.

Das Rücken von Stühlen auf dem Boden verrät, dass die Veranstaltung endgültig beendet ist. Ich stehe ebenfalls auf und strecke mich. Mein Blick fällt auf zwei dunkle Jacken inmitten der überwiegend weißen Dienstkleidung. Nicht nur die Farbe ist auffällig, sondern auch, dass sich die beiden Personen zielstrebig in Richtung Podium bewegen, anstatt wie die übrigen in Richtung Ausgang zu gehen.

»Ein paar von uns gehen heute etwas trinken«, sagt Finn gerade. »Wir wollen auf Selina anstoßen und ein bisschen reden. Wollt ihr mitkommen?«

Sein Blick gilt Jenny und mir, und ich muss mich dazu zwingen, ihn zu erwidern. Noch länger brauche ich, um zu antworten. »Keine Ahnung. Die Station macht sich nicht von allein.«

»Ich muss auch erst mal sehen, ob ich kann«, entgegnet Jenny.

»Ihr solltet kommen«, erwidert Finn, sieht dabei mich an. »Es werden einige Assistenten und wohl fast der ganze Pflegedienst von der Päd-Station da sein.«

»Hm«, sage ich. Mittlerweile habe ich die zwei Personen mit den dunklen Jacken identifiziert. Die beiden Kriminalpolizisten. Der Bärtige und seine Kollegin. Sie halten auf Dr. Kochert zu. Was könnten sie von ihm wollen?

Im nächsten Moment erkenne ich, dass sie nicht mit ihm sprechen.

»Wenn ich es schaffe, komme ich«, sage ich zu Finn und schiebe mich an ihm vorbei. »Bis später.«

»Rob«, ruft er mir hinterher. »Du weißt nicht mal, wo wir uns treffen.«

»Schick mir die Adresse.« Ich drehe mich nicht um. Meine Kehle ist noch immer wie zugeschnürt, doch diesmal hat es einen anderen Grund.

Der Kriminalpolizist spricht mit Anne, seine Kollegin hat eine Hand auf ihren Arm gelegt. Das ist keine beschwichtigende Geste.

Ich sehe die Fassungslosigkeit auf Annes Gesicht. Auf dem ihres Mannes. Die Umstehenden haben sich zu ihnen umgedreht. Starren sie mit aufgerissenen Augen an.

»Sie müssen uns jetzt auf das Revier begleiten, Frau Dr. Kittsteiner-Kochert«, sagt die Polizistin gerade, als ich in Hörweite komme. »Jetzt.«

»Das muss ein Missverständnis sein.« Dr. Kocherts Stimme klingt befehlsgewohnt. »Was wollen Sie von meiner Frau?«

»Das werden wir nicht hier besprechen«, erwidert der Bärtige. »Kommen Sie.«

Annes Augen flackern. Etwas leuchtet darin, was ich noch nie gesehen habe. Angst. Kurz streifen sich unsere Blicke, dann geht sie flankiert von den Polizisten in Richtung Ausgang.

Wie betäubt bleibe ich stehen. Ich habe nur das Ende mitbekommen, doch es sagt mir genug. Das und die Blicke der Umstehenden. Überraschung. Entsetzen. Sensationsgier.

Meine Oberärztin ist gerade verhaftet worden.

### *Vorher. Nacht des Todesfalls, 23:15 Uhr*

In der Abteilung der Radiologie war es ruhig. Die Befundungs-Monitore waren dunkel, bis auf den, vor dem Finn saß. Das kühle Licht des Bildschirms warf einen schwachen Schein auf seine dunkle Haut und reflektierte sich in der Brille, die er meistens nur im Dienst trug. Er scrollte durch eine CT-Aufnahme, als ich hinter ihn trat und die versprochene Tasse Kaffee auf den Tisch stellte.

»Bitte schön. Dir ist klar, dass nur Psychopathen um diese Uhrzeit Kaffee trinken?«

»Das würdest du nicht sagen, wenn du wüsstest, was die Neurologen und Internisten wieder alles angemeldet haben. Ich sitze hier noch drei Stunden. Wenn es reicht.« Er griff nach der Tasse und nahm einen großen Schluck des schwarzen Kaffees. »Danke.«

»Ich habe erst mal keine weiteren Anschläge auf dich vor«, antwortete ich. »Das ist mein Patient, oder? Wie sieht es aus?«

»Du lagst ganz richtig mit deiner Diagnose«, sagte Finn und scrollte in den Abschnitt des Bildes, auf dem der untere Dickdarm zu sehen war. »Divertikulitis mit ordentlicher Wandverdickung. Kaum zu glauben, dass das im Ultraschall nicht zu sehen war. Was ich damit sagen will: Du lässt nach, Rob, schäm dich. Das hättest du echt im Sono sehen müssen. Bisschen freie Flüssigkeit, was du sicher selbst schon gesehen hast. Keine freie Luft im Bauchraum.«

Ich beugte mich weiter vor. Mittlerweile war ich selbst geübter darin, CT-Bilder zu interpretieren, dafür haben die zahllosen Besprechungen gesorgt, in denen sie präsentiert wurden. An die Fähigkeiten eines Radiologen, der den ganzen Tag solche Bilder befundete, kam ich natürlich nicht heran. Trotzdem reichten meine Kenntnisse aus, um zu erkennen, dass es um den Darm meines Patienten nicht gut stand. Die Schwellung der Darmwand war stark ausgeprägt. »Ist das ein Abszess?«

Das brachte Finn zum Lachen. »Nein, aber es könnte dazu kommen. Mit viel Fantasie vielleicht ein beginnender.« Er fensterte das Bild anders. »Hier sind ein paar Luftbläschen in der Wand. Ich würde das als gedeckte Perforation beschreiben.«

Ich seufzte. Also war der Darm dabei, durchzubrechen, weil seine Wand durch die Entzündung stark beschädigt war. Ich klopfte Finn auf die Schulter. »Danke. Ich sage gleich Anne Bescheid. Sie wollte, dass ich sie noch mal anrufe.«

Finn drehte sich zu mir um. Trotz des dämmrigen Lichts erkannte ich, dass er eine Augenbraue gehoben hatte. »Entweder sie vertraut dir nicht oder sie freut sich darauf, deine liebliche Stimme zu hören. Du bist im dritten Jahr, Mann. Kannst du das nicht selbst entscheiden?«

»Doch, wenn es zwei Uhr nachts ist«, erwiderte ich mit einem Grinsen. »Anne ist eine von den guten Oberärzten. Sie hat gern einen Überblick über die Lage im Haus, bevor sie schlafen geht. Da macht es keinen Unterschied, ob man ein Anfänger oder fast schon fertig ist. Immerhin hat sie die Verantwortung. Wobei das mit der lieblichen Stimme sicher auch dazu beiträgt.«

Finn lachte und wandte sich wieder dem Bildschirm zu. »Unsere Oberärzte sind froh, wenn wir sie nachts in Ruhe lassen.«

»Verständlich.« Die meisten chirurgischen Oberärzte hielten das genauso. Anne war jedoch anders. Ich erinnerte mich noch gut an meinen allerersten Dienst, in dem auch sie Hintergrunddienst gehabt hatte. Sie war länger geblieben, um alle Fälle in der Notaufnahme mit mir zu besprechen, bevor sie das Krankenhaus verlassen hatte. Als sie gegangen war, hatte sie mich ermutigt, sie im Zweifelsfall anzurufen. Ich hatte das nicht tun müssen, doch allein dieses Wissen, jemandem im Hintergrund zu haben, der nicht gereizt auf Anrufe reagierte, hatte mir den Dienst enorm erleichtert.

»Brauchst du noch was, Rob?«, fragte Finn. »Sonst würde ich jetzt meinen Befund diktieren.«

»Nein danke. Ich schicke den Patienten auf Station und schaue anschließend oben vorbei. Ich glaube nicht, dass ich dich noch mal belästigen muss.«

»Hoffen wir es«, gab er zurück. »Gute Nacht und viel Spaß beim Telefonat mit Mami. Die Erwachsenen arbeiten weiter.«

»Gute Nacht. Viel Spaß beim Starren auf Bilder. Vergiss nicht zu blinzeln.«

Damit ging ich in den Vorraum, nahm das Telefon zur Hand und drückte auf die Schnellwahltaste. Anne hob nach dem ersten Klingeln ab. »Ja, Rob?«

»Hi«, erwiderte ich. »Das CT ist fertig. Paoli sagt, er sieht eine gedeckte Perforation mit Verdacht auf beginnende Abszedierung. Also müssen wir nicht zwingend operieren.«

Ein Seufzen am anderen Ende der Leitung. »Wie ist dein klinischer Eindruck, Rob?«

»Ich hab ihn mit Antibiotika abgedeckt und Schmerzmittel verordnet«, erwidere ich. »Die Novalgin-Infusionen waren nicht ausreichend, auf Targin hat er ganz gut angesprochen.«

»Ja?«

So verliefen unsere Telefonate immer. Bevor Anne mir ihre Meinung sagte, wollte sie meinen Therapievorschlag hören. »Ich denke, wir machen nichts falsch, wenn ich ihn heute aufnehme und wir ihn morgen einschieben, falls er sich verschlechtert.«

Anne seufzte erneut. »Hast du den OP-Plan von morgen gesehen? Der Chef reißt mir den Kopf ab, wenn wieder Patienten verschoben werden müssen. Weißt du, wie es aktuell im OP aussieht? Operiert gerade jemand?«

Das hatte ich bereits nachgesehen, als noch nicht sicher feststand, ob es sich um eine freie Perforation handelte. In diesem Fall wären wir nämlich gezwungen gewesen, sofort zu operieren. »Vorhin waren die Unfallchirurgen mit einer offenen Fraktur drin, aber die müssten mittlerweile fertig sein. Nichts weiter angemeldet.«

Anne dachte kurz nach, bevor sie fortfuhr. »Weißt du, ich glaube, ich würde ruhiger schlafen, wenn wir das erledigt hätten, Rob. Hast du sonst noch etwas?«

»Nein, sonst ist alles ruhig.«

»Gut. Sei so gut und melde die OP an. Ich komme. Du brauchst der Pforte nicht Bescheid geben, dass sie mich anrufen.«

»Okay, ich kläre den Patienten auf«, antwortete ich. »Ich lasse den Rufdienst auch rausklingeln, er kann im OP schon mal alles vorbereiten und du kannst dir noch etwas Zeit lassen.« Der Rufdienst war ein Assistenzarzt, der so wie der Oberarzt zu Hause in Bereitschaft war. Wenn operiert werden musste, wurde er angerufen, um dabei zu assistieren.

»Das ist nicht nötig«, sagte Anne zu meiner Überraschung. »Wenn du willst, spiele ich heute Assistentin und du kannst operieren. Lassen wir die Kollegin im Rufdienst heute schlafen.«

Auf meinem Gesicht breitete sich ein Grinsen aus. Das war ein Angebot, das sicherlich keiner der anderen Oberärzte gemacht hätte. Die Chancen zu operieren waren spärlich, und gerade im Nachtdienst kam man nie dazu, weil man sich um das Haus kümmern musste. Wenn es so ruhig war wie heute, war es durchaus möglich. Wenn man einen geduldigen Oberarzt hatte.

»Klar will ich.«

»Das habe ich mir gedacht«, sagte sie mit einem Lachen. »Bereite du alles vor, ich komme sofort.«

»Bis gleich.«

Mit beschwingten Schritten ging ich in Richtung Notaufnahme. Auf halbem Weg kam mir Marko Schneider entgegen. Er war ebenfalls Assistenzarzt und heute der Nachtdienst der inneren Medizin. Wie gewöhnlich trug er eine finstere Miene zur Schau.

»Willst du zur Radiologie?«, fragte ich.

»Ja, ich warte schon ewig auf mein CT«, erwiderte er schroff. Seine verstrubbelten Haare und sein Dreitagebart ließen ihn zusammen mit seinem Gesichtsausdruck wie einen Landstreicher wirken. »Ich habe es vor deinem angemeldet, Schlenker. Trotzdem kam dein Patient vor meinem dran. Ich muss echt ein ernstes Wort mit Paoli reden. Es kann nicht sein, dass er seine Freunde ständig bevorzugt.«

Es sah aus, als stünde Finn kein angenehmes Gespräch bevor. Marko war nicht der freundlichste Kollege, besonders nicht, wenn er sich ungerecht behandelt fühlte. Was andauernd der Fall war. »Entspann dich. Ich bin mir sicher, dass die Fälle nach Relevanz geordnet sind. Mein Patient geht jetzt notfallmäßig in den OP, wäre das bei deinem auch der Fall? Nein, stimmt ja, ihr operiert ja nicht.«

Marko schüttelte den Kopf und murmelte ein Wort, das wie *Idiot* klang. »Ich sehe dich nicht rennen, Schlenker.«

»Das liegt daran, dass wir in keiner dämlichen Fernsehserie sind. Falls dir das nicht aufgefallen ist.« Damit ging ich an ihm vorbei und überhörte einen weiteren Fluch, den ich mit einem Lachen quittierte. »Und noch einen schönen

Dienst, Schneider.« Ich würde Finn später eine Nachricht mit einem Landstreicher-Witz schicken müssen.

Noch unterwegs wählte ich die Nummer des diensthabenden Narkosearztes, um ihn über die bevorstehende Operation zu informieren. Ich durfte operieren, und morgen würde ich mich mit Selina auf einen Kaffee treffen. Das war der beste Dienst seit Langem.

# 4

### *Jetzt*

Es ist spät, als ich zu der Bar komme, in der sich meine Kollegen treffen. Finn hat mir die Adresse geschickt, ohne dass ich noch einmal nachfragen musste. Ich bin ihm dankbar dafür. Nach Annes Verhaftung bin ich wieder zurück zur Station gegangen, wo ich jede Arbeit erledigte, die zu finden war. Jetzt sind sämtliche Briefe geschrieben, auch diejenigen der Patienten vorbereitet, die uns für längere Zeit nicht verlassen werden.

Es hat vorübergehend geholfen, meine wirbelnden Gedanken auszuschalten. Allein zu Hause wird mir das nicht gelingen, also bin ich froh, Gesellschaft zu haben. Eigentlich wäre ich heute mit einer meiner Gelegenheitsbekanntschaften verabredet gewesen, doch das habe ich schon nach meinem Nachtdienst abgesagt.

Die Kneipe ist ein beliebter Treffpunkt unter meinen Kollegen, doch ich bin schon länger nicht mehr hier gewesen. Vielleicht, weil ich mich nicht so oft mit Arbeitskollegen treffe. Finn ist die einzige Ausnahme.

Unsere Gruppe ist nicht zu übersehen. In der hinteren Ecke des Raumes sind mehrere Tische zusammengeschoben, was jedoch nicht ausreichend ist. Eine größere Gruppe steht auch an der Bar. Mitten unter ihnen mache ich Finn aus. Ich steuere direkt auf ihn zu. Dann erkenne ich die Umstehenden.

Sarah, Marko, Jenny. Peter, der Kollege aus der Anästhesie. Meine Knie werden weich. All die Leute, die in dieser Nacht Dienst hatten. Eine gemurmelte Begrüßung später drückt mir jemand eine Flasche Bier in die Hand, von der ich trinke, ohne etwas zu schmecken.

Das Gespräch um mich herum ist verstummt. Ich spüre die Blicke der anderen auf mir ruhen. Ein unangenehmes Gefühl macht sich in mir breit. Noch unangenehmer als gerade schon. Mit einem Blick vergewissere ich mich, dass kein anderer ärztlicher Kollege aus meiner Abteilung da ist. Keine allzu schwierige Frage, was das Gesprächsthema eben war. Ich nehme noch einmal einen Schluck aus meiner Flasche, diesmal einen größeren. Vielleicht ist das nicht unbedingt schlecht. Ich muss mich mit dem Gedanken auseinandersetzen.

»Also«, sage ich. »Was gibt es? Ihr seht mich sicher nicht so an, weil ihr wissen wollt, wie schön ich meine Station aufgeräumt habe. Oder wie es dem Herrn geht, den ich in meinem letzten Nachtdienst operiert habe.«

»Du hast ihn operiert?«, will Marko wissen. »Und er lebt noch?«

»Überraschenderweise«, entgegne ich trocken. Tatsächlich geht es Herrn Müller nicht besonders gut. Die ersten Tage nach der Operation hat er gut überstanden, aber aktuell steigen die Entzündungswerte wieder an. Eine Tatsache, die sonst mein größtes Problem gewesen wäre und mein gesamtes Denken bestimmt hätte. Jetzt verschwende ich kaum einen Gedanken daran.

»Hast du noch was Neues gehört in der Klinik?«, will Sarah wissen. Im Gegensatz zu den anderen hält sie keine Bierflasche in der Hand, sondern ein Getränk mit einer klaren Flüssigkeit darin. Gin Tonic. »Ich bin direkt nach der Trauerfeier gegangen. Wir alle eigentlich.«

»Sie will damit sagen, dass wir nach Dr. Kittsteiners Verhaftung gegangen sind«, setzt Marko hinzu. Zur Abwechslung lächelt er. Kaum zu glauben, dass ich ihn noch weniger mögen kann. »Wir haben uns gefragt, was ihr Chirurgen jetzt anstellt. Krisensitzung?«

Die hat es sicherlich gegeben, ich als Assistenzarzt bin natürlich nicht dazu eingeladen worden. »Wir werden einen OP-Saal streichen müssen«, höre ich mich sagen. Das ist eigentlich logisch. Wir haben ohnehin zu wenig Oberärzte, die hauptsächlich für das Operieren zuständig sind.

Jenny lacht halbherzig, als hätte ich einen Scherz gemacht.

»Hm, das sollte die geringste Schwierigkeit sein«, sagt Marko und streicht sich über seinen Dreitagebart. »Das Krankenhaus hat jetzt ein riesiges Imageproblem. Oberärztin ermordet Assistentin? Das ist die Schlagzeile des Jahres. Ich wette, dass die Zeitungen morgen voll damit sind.«

Ich beiße die Zähne aufeinander. Am liebsten hätte ich ihm eine reingehauen, doch ich kann mich beherrschen. Es ist wahrscheinlich nicht das Dümmste, was er heute Abend sagen wird. Ich sollte mir den Kinnhaken noch aufsparen.

Jenny schaudert. »Als die Kripo mir in der Nacht Fragen gestellt hat, ging es noch in Richtung Suizid. Warum gehen sie auf einmal von einem Mord aus? Müssten die da nicht irgendeine Pressekonferenz machen oder so?«

»Sie ermitteln eben in alle Richtungen«, mutmaßt Sarah. »Wäre doch bescheuert, wenn sie ein Statement rausgeben, das den Mörder vorwarnt. Oder die Mörderin, wie es aussieht.«

»Sind wir denn sicher, dass die Kittsteiner verhaftet worden ist?«, wendet Peter ein. »Und dass die Kripo sie nicht nur zu einer weiteren Befragung abgeholt hat?«

»Louisa hat es gehört«, sagt Marko. »Klar und deutlich. Sie *wurde* verhaftet. Wegen des Verdachts, Selina Wieck ermordet zu haben. Das haben die Polizisten gesagt. Weißt du, was, Schlenker, jetzt komme ich mir doch vor wie in einem Film. Du nicht?«

»Nicht wirklich.« Ich werde bald ein neues Bier brauchen.

»Du standest ihr doch so nahe. Wusstest du nichts davon, dass sie einen Groll gegen Selina hatte?« Seine Augen funkeln. Entweder ist das Schadenfreude oder er weiß etwas, was ich nicht weiß. Vielleicht leide ich auch nur an Paranoia.

»Dr. Kittsteiner ist eine herausragende Ärztin. Wieso sollte jemand wie sie jemanden ermorden? Noch dazu eine Assistentin. Das ergibt keinen Sinn.«

Jetzt lacht Marko und ich zucke nach vorn. Finn legt mir eine Hand auf den Arm, um mich zurückzuhalten.

»Zumindest die Polizei sieht einen Sinn dahinter«, entgegnet Marko. »Aber ich verstehe natürlich, dass du dich als Chirurg für klüger hältst als die. Ihr mit eurem Gott-Komplex.«

»Ach, halt den Mund, Marko«, antwortet Sarah an meiner Stelle. »Jeder weiß, dass du nur deinen Frust an anderen auslässt. Irgendwann wird es nur noch anstrengend.«

Für eine lange Weile spricht keiner von uns. »Sollen wir wirklich glauben, dass Selina ermordet wurde?«, sagt Jenny irgendwann. »Dass sie wirklich ... ermordet wurde? Selina?«

Darauf weiß keiner von uns eine Antwort. Auch ich nicht, obwohl ich mir diese Frage gestellt habe, seit die Polizisten Anne hinausbegleitet haben. Diese habe ich nicht verdrängen können.

»Je länger ich darüber nachdenke, desto mehr finde ich einen Mord denkbarer als einen Suizid«, fährt Jenny fort und reibt sich den Hals.

Sarah hebt eine Augenbraue. »Ach wirklich? Noch nie gehört, dass wir Ärzte überdurchschnittlich oft Selbstmord begehen?«

»So wie Krankenpfleger«, setzt Peter mit gerunzelter Stirn hinzu. »Als Notarzt habe ich schon genug Fälle von Suizid gesehen.« Er schüttelt den Kopf. »Allerdings ist ein Suizid am Arbeitsplatz nicht gerade typisch.«

Marko rümpft die Nase. »Bist du jetzt Hobbypsychiater, oder was?« Langsam frage ich mich, warum er überhaupt hier ist. Seine Miene ist üblich finster wie in der Klinik, und mit Jeans und T-Shirt wirkt er eigentümlich fehl am Platz.

Sarah achtet nicht auf ihn. »Ich habe darüber nachgedacht. Ich meine – ich kannte Selina nicht annähernd gut genug, trotzdem finde ich es nicht unmöglich, dass sie sich umgebracht hat. Sie war immer so fröhlich, das kann doch nur aufgesetzt gewesen sein.« Sie beugt sich vor und senkt die Stimme. »Jeder weiß, wie schlecht die Arbeitsbedingungen in der Kinderheilkunde sind.«

»Und wie unsozial die Kollegen«, setzt Finn hinzu, eine Augenbraue gehoben. Er nippt an seiner Flasche, als wir ihn ansehen.

»Und wie willst du das beurteilen?«, fragt Marko. »Ich meine, ihr Radiologen sitzt doch nur in eurem stillen Kämmerchen und starrt Bilder an.«

»Ja, aber wir bekommen all eure Fehler mit, wenn wir im CT danach suchen sollen«, entgegnet Finn. »Und eure Inkompetenz, wenn ihr uns mal wieder Anfragen ohne ordentliche Verdachtsdiagnose schickt. Und es gibt genug von euch Klinikern, die im Dienst vorbeikommen und mit dem diensthabenden Radiologen quatschen. Ihr Herz ausschütten. Wir haben viele Studenten, die nicht nur Gutes berichten.«

Ich komme zum Beispiel öfter bei Finn vorbei. Selbst wenn ich ihn nur besuche, weil wir befreundet sind. Plötzlich frage ich mich, ob auch Selina bei der Radiologie vorbeigeschaut hat. Ob sie bei einem Wochenenddienst bei Finn gesessen hat? Der Gedanke ist seltsam beunruhigend.

»Und, was erzählt man sich dann so in euren Dunkelkammern?«, will Marko wissen. Der spöttische Tonfall, den er angeschlagen hat, wirkt aufgesetzt.

Finn hebt die Schultern und sagt nichts.

Sarah schnaubt. »Jeder weiß, dass die Arbeitsbedingungen in der pädiatrischen Abteilung alles andere als toll sind. Da braucht es keine geheimen Gespräche im Befundungszimmer. Ich kenne keinen Päd-Assistenten, der dort glücklich ist. Zu wenig Stellen, zu viel Arbeit. Und schlechte Ausbildung, was man so hört.«

Marko sieht aus, als wäre er nicht besonders glücklich mit dieser Aussage, doch er schweigt.

Finn dagegen legt den Kopf schief. »Das ist längst nicht alles.«

### *Vorher. Elf Tage vor dem Todesfall. Finn*

Finn hasste Spätdienste. Vor allem an Freitagen. Spätdienste an Freitagen gehörten verboten. Er gähnte. Eigentlich war er erst seit dem frühen Nachmittag im Dienst, doch rechtzeitig, wenn die anderen Kollegen in den Feierabend gingen, wurde er müde. Besonders, wenn er Spezialaufgaben für die Pädiater erledigen musste. Ein Staging am Freitag kurz vor Ende des Normalbetriebs war eine Spezialaufgabe. Es ging dabei darum, den ganzen Körper nach Metastasen abzusuchen.

Er beugte sich näher an den Monitor heran, der ein MRT-Bild eines achtjährigen Jungen zeigte. Im Spätdienst war er als Springer eingeteilt, er arbeitete das weg, was gerade anfiel. Glücklicherweise hatte er mittlerweile genug Erfahrung, um MRT-Bilder beurteilen zu können.

Die Tür des Befundungsraums öffnete sich und jemand kam herein. Jemand, der von einer Wolke süßlichen Parfüms umgeben war. »Und, Finn? Hast du schon etwas?«

Eigentlich hätte er die Kollegin schon am Geruch identifizieren können müssen, doch die Stimme machte zumindest diesen Fall klar. Louisa Homber. Er machte sich nicht die Mühe, sich zu ihr umzudrehen.

»Nein, gerade erst angefangen«, erwiderte er. »Aber wenn du schon mal da bist, kannst du mir vielleicht erklären, wie ich am Freitagnachmittag zu so einer Anforderung komme. Eine Staginguntersuchung, die nach sechzehn Uhr läuft? Wer hat das durchgewunken?«

Sie ließ sich ungefragt auf den leeren Stuhl neben ihm fallen. »Ja, meine Anforderung wurde auch erst abgelehnt. Deswegen ist Dr. Kochert ziemlich wütend. Weil er selbst anrufen musste, um die Aufnahmen zu bekommen.«

Das brachte Finn dazu, ihr einen Seitenblick zuzuwerfen. »Der Kochert hat selbst angerufen?«

»Und mit einem eurer Oberärzte gesprochen.«

Das erklärte immerhin, warum er jetzt an dieser Fleißaufgabe saß. Wenn ein Assistenzarzt eine bestimmte Bildgebung für einen Patienten wünschte, konnte man den Auftrag ablehnen, falls er dämlich war. Oder zumindest verschieben, sodass er nicht während des Dienstes gemacht werden musste, wenn die Abteilung mit nur einem oder zwei Kollegen besetzt war. In diesen Zeiten sollten eigentlich nur Notfälle abgearbeitet werden. Wenn allerdings der leitende Oberarzt eine solche Untersuchung anforderte, war es schwieriger abzulehnen.

»Dein Patient?«, wollte Finn wissen.

»Ja.«

»Gib mir die Eckdaten.« Die Fragestellung für die Untersuchung war zwar nicht so übel formuliert wie die meisten, doch mehr Infos konnten nicht schaden. Wenn die Ärzte, die in der unmittelbaren Patientenbetreuung arbeiteten, eine Bildgebung in der Radiologie anmeldeten, schrieben sie einen kurzen Text, damit die Radiologen wussten, worum es ging. Viel zu oft waren diese Zusammenfassungen mangelhaft oder schlichtweg unvollständig.

»Achtjähriger Patient mit seit längerem bestehenden Knieschmerzen. Hochgradig suspekte Läsion der proximalen Tibia im Röntgen. Externes MRT-Bild zur Diagnosesicherung. Typ 1-Diabetiker, Sprachbarriere. Bevor operiert wird, müssen wir wissen, ob es Hinweise auf Metastasen gibt.« Das alles rasselte Louisa herunter, ohne Luft zu holen. »Liegt momentan auf der 21.«

»Warte, das ist die Privatstation. Deswegen haben wir einen Anruf von Kochert erhalten. Schon klar.«

Louisa rückte das Band in ihren dunkelblonden Haaren zurecht. Es hatte einen blassen Rosaton. »Wir wollen das vor dem Wochenende noch klären.«

Finn grinste. »Hat er dich hergeschickt, um mich zu belagern?«

»Nein, aber er wartet auf den Befund.«

»Und du hast Angst, dass er dich anschreit, weil du den Befund nicht schon seit fünf Minuten hast?«

Sie lachte nervös, sagte allerdings nichts dazu.

Finn ließ die Hand von der Maus gleiten und drehte sich zum ersten Mal gänzlich zu ihr um. »Warte, der Kochert schreit rum? Das kann ich mir gar nicht vorstellen. Er wirkt immer so smart und kumpelhaft. Zumindest, wenn er hier zu den Demos kommt.« Bei den Bilddemonstrationen kamen die verschiedenen Abteilungen in der Radiologie vorbei, um sich die gemachten Aufnahmen präsentieren zu lassen. Kochert war Finn immer wie einer der entspannteren Oberärzte vorgekommen.

Er hatte erwartet, dass Louisa ihn auffordern würde, über den Befund zu sprechen, doch stattdessen straffte sie den Rücken. »Eigentlich ist er nicht cholerisch. Nur sind in letzter Zeit seine Nerven etwas angespannt.« Beim letzten Satz senkte sie verschwörerisch die Stimme.

»Aha«, sagte Finn milde interessiert. »Und woran liegt das? Midlife-Crisis?«

Louisas Augen funkelten. »Angeblich hat er Eheprobleme. Er ist doch mit dieser Chirurgin verheiratet. Dr. Anne Kittsteiner.«

Finn nickte und wandte sich langsam wieder dem Monitor zu. Der Name sagte ihm etwas, sie war eine von Robs Oberärzten. Und Rob hielt viel von ihr. Das war aber nichts, was Louisa zu interessieren hatte. Stattdessen beschloss er, sie ein wenig zu ärgern. »Das ist die junge blonde Oberärztin, oder? Die gut aussehende?«

»Es gibt nicht besonders viele chirurgische Oberärztinnen«, erwiderte sie so pikiert, wie er es erwartet hatte.

»Und schon gar nicht viele gut aussehende«, setzte er hinzu. »Und warum haben die beiden Eheprobleme?«

»Das weiß ich nicht genau. Angeblich hatte einer von ihnen eine Affäre.« Ihre Stimme wurde wieder verschwörerisch. »Ich könnte mir ja gut vorstellen, dass sie zweigleisig fährt. Die Frau ist eiskalt.«

Ein Gerücht, das sie sicher überall verbreitete. Gut möglich, dass sie deswegen hergekommen war. »Und ihr leidet jetzt unter Kocherts mieser Laune.« Nicht dass Louisa Homber das nicht verdient hätte. Den Kommentar sparte er sich trotzdem.

»Ja, es ist viel schlimmer als sonst. Einige Kollegen sind schon völlig fertig. Angeblich wollen ein paar kündigen. Eine Pflegerin ist gestern in Tränen ausgebrochen, weil er sie auf dem Gang zur Schnecke gemacht hat.« Sie seufzte. »Bitte sag mir, dass du schon etwas für mich hast.«

»Nein, ich habe nichts«, antwortete er. »Und das wird auch nichts, wenn du mich weiter ablenkst. Das ist keine Röntgenaufnahme, sondern ein MRT-Ganzkörper. Nicht so einfach, okay?«

Sie verstand den Wink mit dem Zaunpfahl und stand auf. »Finn?«

»Ja?«

»Rufst du mich an, wenn du was findest?«

Am liebsten hätte er geseufzt. Schon der leicht weinerliche Tonfall war eines zu viel. Doch er konnte kaum Nein sagen. »Natürlich, Louisa.«

»Danke, du bist der Beste!« Sie tätschelte ihm die Schulter, bevor sie den Befundungsraum verließ.

Er beugte sich näher an den Bildschirm heran. Es gab immer Gerüchte, die im Krankenhaus kursierten. Eine Ehekrise zwischen einem Oberarzt-Pärchen würde schnell die Runde machen. Vor allem, wenn eine Abteilung darunter litt. Aber das war nicht sein Problem. Zumindest nicht, solange sich niemand in die Haare bekam und er die entsprechenden Röntgenbilder beurteilen musste.

Er stand auf und öffnete die Tür, bevor er sich daranmachte, das Bild zu beurteilen. Bei diesem Parfümgestank konnte er nicht klar denken.

# 5

*Jetzt*

Am Sonntag bin ich wieder in der Klinik. Nachdem ich den Samstag mit Kopfschmerzen auf der Couch verbracht hatte, fühlte ich mich am Abend so elend, dass die Nachricht einer Kollegin, sie sei krank und würde für heute ausfallen, mehr als gelegen kam. In weniger als einer Minute bestätigte ich ihr, dass ich ihren Rufdienst übernehmen würde. Trotzdem tat ich in dieser Nacht kein Auge zu.

Als Rufdienst ist man vierundzwanzig Stunden in Bereitschaft. Von neun bis achtzehn Uhr ist man in Präsenz in der Klinik, ansonsten kann man nach Hause, muss aber auf dem Handy erreichbar und im Umkreis sein. Man assistiert im OP, und wenn dort nichts zu tun ist, hilft man in der Notaufnahme oder auf den Stationen, wo Arbeit anfällt.

Als ich ankomme, ist meine Kollegin Michaela für die Notaufnahme zuständig. Die beiden Patienten, die auf dem Monitor angezeigt werden, hat sie schon gesehen, und sie begrüßt mich mit einem trägen Lächeln. »Weißt du, Rob, manchmal habe ich das Gefühl, dass du nicht gern freihast.«

Normalerweise hätte ich mit einem Scherz geantwortet, so hebe ich nur die Schultern. »Irgendeiner musste den Dienst übernehmen.« Ich werde meine Erleichterung darüber, dass ich es bin, nicht zugeben.

»Geht es dir gut?«, will sie wissen. »Du siehst müde aus.«

»Nicht besonders viel geschlafen.« Auf dieses Gespräch habe ich wirklich keine Lust. Natürlich hat es sich herumgesprochen, dass ich derjenige war, der Selina gefunden hat. Derjenige, der das Rea-Team informiert und vergeblich versucht hat, sie wiederzubeleben. Meine Kollegen meinen es vermutlich gut, wenn sie nach meinem Befinden fragen, doch ich will nicht darüber sprechen. »Stehen irgendwelche geplanten OPs an?«

Michaela klickt auf den digitalen Operationsplan. »Momentan sind die Urologen noch im Saal. Auf unserer Liste sind zwei nachgemeldet, die schon am Freitag aus dem Plan gestrichen worden sind. Einer von gestern. Wenn Zeit ist, wird der Hutter die sicher machen wollen. Gestern war es ziemlich übel im OP, habe ich gehört. Die haben bis heute Morgen um drei operiert.«

Oberarzt Dr. Hutter ist einer der Ärzte der alten Schule, mit dem ich gut auskomme. Mit ihm zu operieren ist angenehm, obwohl man nie selbst etwas machen darf. Damit komme ich gut klar. Besonders heute. Am liebsten würde ich direkt in den OP-Saal gehen, doch es sieht nicht aus, als wären die Kollegen von der Urologie in nächster Zeit fertig. »Gibt es etwas auf den Stationen?«

»Das weiß ich nicht genau, du musst nachsehen. Johannes kümmert sich heute darum, ruf ihn einfach an.«

Zum Glück ist Michaela niemand, der auf der Suche nach dem neuesten Klatsch ist. Ich mache mich auf den Weg zu den Stationen und krame mein Telefon hervor. Die meisten Nummern meiner Kollegen kenne ich auswendig, und ich tippe die von Johannes ein. Es klingelt zehnmal, bevor ich aufgebe und die Bitte um Rückruf aktiviere. Hat Sarah das auch getan, als sie Selina mitten in der Nacht nicht erreicht hat? Jenny hat mir gesagt, sie hätten über Selina gelästert. Keine Ahnung, warum mir der Gedanke jetzt durch den Kopf schießt.

Auf den Treppen beschleunige ich meine Schritte. Ich brauche dringend etwas, was mich beschäftigt. Eine Aufgabe. Es kann nicht sein, dass es nichts zu tun gibt. Wieder hole ich mein Handy aus der Tasche und wähle diesmal die Nummer unseres Stationszimmers.

Dieser Anruf wird rasch beantwortet. »Station fünfzehn, Petra, hallo?«

»Hi, hier ist Rob.« Ich bin mit den meisten Kollegen unseres Pflegeteams per Du. Gerade bei frisch operierten Patienten ist eine gute Zusammenarbeit sehr wichtig. Natürlich habe nicht mit allen von ihnen eine freundschaftliche Basis, doch mit den meisten komme ich sehr gut aus. »Habt ihr gerade etwas für mich? Ist Johannes da?«

»Der ist noch auf Visite«, erwidert sie. »Mein Bereich ist durch, aber das hat sich ewig gezogen. Zu tun gibt es noch einiges. Man müsste bei Herrn Müller frisches Kreuzblut abnehmen. Und außerdem ein paar Zugänge legen.«

Die Erwähnung von Herrn Müller gibt mir einen kleinen Stich. Da man Kreuzblut für die Bereitstellung für Blutkonserven braucht, muss ich davon ausgehen, dass sich sein Zustand seit Freitag nicht unbedingt gebessert hat. »Ich bin gleich da«, sage ich und lege auf. Die letzten Treppenstufen nehme ich im Laufschritt.

Als ich auf unsere Station einbiege, sehe ich Johannes mit Marek, einem der Pfleger, auf dem Gang stehen. Sie beugen sich über das Kardex, eine Plastikmappe, in der alle Patientenakten eingeordnet sind, die die Pflegedokumentation enthalten.

»Guten Morgen«, begrüße ich die beiden und geselle mich zu ihnen.

»Guten Morgen, du Langschläfer«, erwidert Marek mit einem spöttischen Grinsen. Die Frühschicht der Pflege beginnt bereits um sechs Uhr morgens, das bedeutet, er ist schon seit mehr als drei Stunden im Dienst.

Johannes nickt mir nur zu. Seine Augenringe machen meinen Konkurrenz. Ich kann ihm keinen Vorwurf machen. Er hat gestern Rufdienst gehabt, bis spät in die Nacht operiert und muss heute die Visite auf unserer Station übernehmen.

Sieht nicht so aus, als hätte er viel geschlafen. Besser ich helfe ihm, sodass er in absehbarer Zeit heimkommt.

»Was kann ich machen?«

»Herrn Müller in der Zwölf geht es heute wieder schlechter«, erwidert er und reibt sich über die Stirn. »Schmerzen. Der Bauch kommt mir abwehrgespannt vor. Vielleicht könntest du nach ihm sehen. Ein Sono machen? Und ich würde noch mal Kreuzblut abnehmen. Ich hab schon mit dem Hutter telefoniert – wenn er sich morgen nicht bessert, müssen wir noch mal ein CT machen.«

»Klar.« Morgen bin ich sowieso wieder für die Station zuständig, da kann ich mich gleich selbst darum kümmern.

»Warte.« Er hält mich am Arm fest. »Unser Ultraschallgerät ist schon wieder defekt, du musst eines von einer anderen Station holen. Und vielleicht nicht das von der Uro, die haben sich letztens darüber aufgeregt, weil Michi es nicht rechtzeitig zurückgebracht hat.«

»Behaupten sie zumindest.«

Er hebt die Schultern und beugt sich wieder über das Kardex. »Danke, Rob. Ich hätte später noch ein paar Fragen zu dem einen oder anderen Patienten. Können wir die vielleicht durchgehen?«

»Klar. Ich hole nur schnell das Ultraschallgerät.«

Das nächste passable Gerät, von dem ich weiß, steht auf der Kinderstation. Nicht alle sind gleich, es gibt erhebliche Unterschiede in Bildqualität und Auflösung. Und ich muss gut sehen können, um Herrn Müllers Bauch beurteilen zu können.

Als ich mich auf den Weg nach oben mache, überlege ich mir, ob ich doch die Urologen beklauen soll, nur um nicht auf die Kinderstation zu müssen. Doch dann reiße ich mich zusammen und laufe die Treppen hoch. Ich kann die Kinderstation nicht meiden, nur weil Selina dort gearbeitet hat.

Die Station ist wie leer gefegt und ich gehe direkt zum Stützpunkt. Das Arztzimmer befindet sich direkt dahinter.

Eine Pflegerin sitzt vor einem der Computer und sieht auf, als ich den Raum betrete.

»Hi, Rob. Hast du dich verirrt?«

»Hi, Yo«, erwidere ich. Yolante hat lange auf unserer Station ausgeholfen, weil unser Pflegeteam unterbesetzt war. Eigentlich ist sie Kinderkrankenschwester und vermutlich froh, wieder hier oben zu sein. Ich habe immer gern mit ihr zusammengearbeitet. »Ich will euer Sono klauen.«

»Das wirst du mit der Chefin besprechen müssen. Vermutlich verlangt sie eine Gegenleistung dafür.«

»Tja, nicht überall gibt es so nette Stationsärzte wie in der Chirurgie.« Ich zwinkere ihr zu. »Du kannst jederzeit wieder zu uns kommen.«

Sie lacht, doch es ist ein angespanntes Lachen. Ich bin mir sicher, dass sich Yo mit Selina verstanden hat. Ihr Tod muss ihr ebenfalls nahegehen. »Wie geht es dir?«

Sie nickt nur. »Wir halten durch. Du?«

»Ich auch«, erwidere ich mit einem Seufzen und gehe an ihr vorbei. Es gibt nichts, was ich weiter zu diesem Thema sagen sollte. Ich klopfe an die Tür des Arztzimmers, um sie gleich zu öffnen.

Louisa Homber sitzt an einem der Arbeitsplätze. Sie lächelt mich an und ich erwidere die Geste.

»Hey«, sage ich. »Darf ich euer Ultraschallgerät ausleihen?«

Sie zögert auffällig lange. »Eigentlich brauche ich es jetzt gleich.«

Am liebsten hätte ich die Augen verdreht, doch stattdessen behalte ich meine freundliche Miene bei. Yo hat recht, und Louisa hat nicht vor, mir die Sache mit dem Sono leicht zu machen. Ich betrete den Raum und schließe die Tür hinter mir. Jetzt müsste ich ihr sagen, dass sie sich nicht so anstellen und das Ding rausrücken soll, weil ich es nur für eine Untersuchung benötige. Aber nicht heute.

»Du warst am Freitag nicht da«, stelle ich fest. »Wir haben dich vermisst.«

»Ja, ich habe es Finn schon gesagt. Ich hatte eine Verabredung mit meinem Verlobten.«

Ich nicke. »Schade, es war echt nett mit allen. Und Selina und du – ihr wart ja so gut befreundet. Das hast du in deiner Rede zumindest gesagt.«

Ihr Lächeln gefriert. »Was willst du, Rob?«

»Nichts. Ich habe nur über etwas nachgedacht, was Finn mir erzählt hat.«

Sie setzt sich etwas aufrechter hin, als sie seinen Namen hört. »Was hat er denn erzählt?«

»Nur dass du etwas über eine Ehekrise von Dr. Kochert erzählt hast. Und darüber, dass er euch deswegen das Leben zur Hölle gemacht hat.«

»Das ist eine Tatsache. Da kannst du jeden hier fragen.«

Ich nicke. Wirklich interessant ist, dass sie das Gefühl zu haben scheint, sich verteidigen zu müssen. Warum? Hat sie ein schlechtes Gewissen?

»Hast du mit der Polizei gesprochen, Louisa?«

Sie starrt mich an. Presst die Lippen zusammen. »Natürlich. Jeder von uns wurde befragt. Hast du nicht mit ihnen gesprochen?«

»Doch, das habe ich.« Ich ziehe mir einen der Bürostühle heran und lasse mich darauf sinken. »Was hast du denen erzählt?«

»Warum willst du das wissen? Was hast *du* ihnen erzählt?«

»Nur die Wahrheit«, erwidere ich. »Dass ich nicht an einen Suizid glaube.« Das in meiner Erinnerung verschwommene Gespräch habe ich wieder und wieder in Gedanken durchgespielt. Ich habe darauf bestanden, dass es kein Suizid gewesen sein kann, und wenige Tage später wird Anne verhaftet. Wäre das auch geschehen, wenn ich weniger vehement gewesen wäre? Und plötzlich weiß ich, welche Frage ich Louisa stellen muss. Die Frage, die mir seit Freitag nicht mehr aus dem Kopf will.

»Warum ist Dr. Kittsteiner verhaftet worden, Louisa?«

Sie verengt die Augen. »Was willst du von mir? Ich muss arbeiten.«

»Ich auch. Aber nehmen wir uns die drei Minuten.« Ich wage mich noch ein wenig weiter vor. »Hast du sie belastet? Irgendjemand muss das getan haben.«

Sie presst die Lippen noch fester zusammen. »Schön«, sagt sie schließlich. »Es ist mir bewusst, dass du die Kittsteiner für eine Art Heilige hältst, weil sie so toll operieren kann. Ich verrate dir etwas: Das ist sie nicht. Sie ist alles andere als eine Heilige.«


### *Vorher. Fünf Tage vor dem Todesfall. Louisa*

Manchmal war Stationsarbeit die Höchststrafe. Besonders, wenn man sich mit anstrengenden Eltern herumschlagen musste, die nichts von dem glauben wollten, was sie sagte. Und dann kamen noch Botengänge für Studenten dazu. Louisa kochte vor Wut.

»Schwester«, rief ihr jemand auf dem Gang hinterher. Sie brauchte sich nicht umzudrehen, um zu wissen, dass sie gemeint war. Sie tat es trotzdem, um zu wissen, wer gleich ihre Wut abbekommen würde.

Es war ein eher junger Vater, smarter Typ mit Gelhaaren und Poloshirt. Er kam auf sie zu und schwenkte eine Tasse. »Schwester ...«

Sie holte tief Luft. »Ich trage einen *weißen Kittel*, sehen Sie? In der Regel tun das Ärzte. Außerdem haben wir uns vor etwa einer Stunde über die Diagnose Ihrer Tochter unterhalten. Das war, als Sie mich gefragt haben, wann denn ein richtiger Arzt käme. Können Sie sich noch an meine Antwort erinnern?«

Er war stehen geblieben und sah sie verwirrt durch seine Brille an.

»Das dachte ich mir«, fuhr sie fort. »Ich habe Ihnen gesagt, dass *ich* die Ärztin bin.« Ihr Blick fiel auf die Tasse, die er nun mit beiden Händen umklammerte. »Ich würde Sie auch bitten, wegen der Tasse nicht den Pflegedienst zu belästigen. Da drüben steht ein Automat – wir haben alle zu viel zu tun, um Sie zu bedienen.«

Damit drehte sie sich auf dem Absatz um und ließ ihn stehen. Ihr ging es ein wenig besser, aber nur so lange, bis ihr Blick auf die Blutprobe in ihrer Hand fiel. Blut, das sie einem schreienden Sechsjährigen abgenommen hatte, nur weil Dr. Kochert sie darum gebeten hatte. Sie hatte die Eltern zwanzig Minuten über eine Studie aufgeklärt und ebenso lang deren besorgte Fragen beantwortet. Eigentlich ging es dabei nur darum, zwei Blutproben abzunehmen, eine zu Beginn der Therapie und eine am Ende. Für eine dämliche Studie, die eine Studentin unter Dr. Kocherts Leitung durchführte. »Sie verstehen sicher, dass eine Ärztin die Eltern aufklären muss, Frau Homber? Ich bin verhindert, also machen Sie das bitte, seien Sie so gut. Bringen Sie die Probe einfach hier vorbei, Frau Rosin wird sie später abholen.«

Louisa war stark versucht gewesen, die Bitte abzulehnen. Nur dass es keine Bitte gewesen war, sondern ein Befehl. Und ihre Karriere war ihr wichtig. Sie hatte jahrelang dafür geackert, genau jetzt hier zu sein. Sie schob nicht umsonst 70-Stunden-Wochen. Nicht, um es sich wegen einer Kleinigkeit mit dem leitenden Oberarzt zu verderben.

Und deswegen übernahm sie Botengänge für die Studentin Carlotta Rosin, die bis vor Kurzem noch ihr zugeteilt gewesen war und Blutabnahmen für sie gemacht hatte. Aber das war nichts, was sie mit Dr. Kochert diskutieren konnte.

Auch nicht die Tatsache, dass sein Büro abgelegen war und sie einen Umweg machen musste, um es zu erreichen.

Sie strich sich die Haare glatt und hob die Hand, um zu klopfen. Die lauten Stimmen, die durch das dünne Holz drangen, ließen sie innehalten.

»Wie lang geht das schon, Ludger?« Eine Frauenstimme. Hoch und leicht hysterisch.

»Schrei mich nicht an, Anne!«, erwiderte Dr. Kochert kaum leiser.

Dr. Kittsteiners Schnauben war deutlich zu hören. »Ich verlange eine Antwort!«

»Ach, komm schon, du machst ein Drama, wo keines ist, Anne. Wir sind beide erwachsen. Außerdem sollten wir das nicht hier besprechen, sondern zu Hause.«

»Unser Leben ist hier, Ludger«, fauchte sie. »Unser ganzes Leben spielt sich hier ab. Und du hast nichts Besseres zu tun, als eine kleine Assistenzärztin zu vögeln – und du bist nicht einmal diskret dabei.«

Louisa schlug sich die Hände vor den Mund. Der leitende Oberarzt hatte etwas mit einer Assistenzärztin. Das war nicht nur irgendeine Affäre, so wie sie alle vermutet hatten, es war ein ausgewachsener Skandal.

»Wir waren sehr diskret.«

»Dich hat jemand gesehen«, schrie Dr. Kittsteiner so laut, dass Louisa zusammenzuckte. Etwas Schweres fiel zu Boden. Dem Geräusch nach war es ein Stuhl. »Woher wüsste ich es sonst?«

»Anne ...«

»*Wie lange geht das schon?*«

»Ich werde dieses Gespräch nicht hier führen«, erwiderte Dr. Kochert verhältnismäßig leise. »Und schon gar nicht in diesem Tonfall.«

»Schön.« Dr. Kittsteiners Stimme war schrill. »Dann gehe ich einfach davon aus, dass das schon seit vier Monaten geht. Seit dieses Flittchen eingestellt wurde.«

»Du solltest jetzt gehen, Anne.«

Auch Louisa machte kehrt und ging schleunigst in die Richtung davon, aus der sie gekommen war. Ohne es zu merken, hatte sie die Hand noch immer auf ihren Mund gepresst. Es gab nur eine einzige Assistenzärztin in der Kinderheilkunde, die seit vier Monaten im Haus war.

Selina Wieck.

# 6

### *Jetzt*

Es ist früher Nachmittag, als ich endlich im OP stehe. Die Stimmung ist schlecht. Wirklich schlecht. Zu meiner Verteidigung kann ich sagen, dass es nicht ausschließlich an mir liegt. Die OP ist schwieriger als angenommen.

»Spitze betonen«, schnauzt mich Dr. Hutter zum vierten Mal an. Immer wenn er verärgert ist, schlägt sein sächsischer Dialekt durch. »Herrgott, reißen Sie sich zusammen. Man könnte meinen, Sie sind ein Anfänger.«

Ich beiße die Zähne aufeinander und umgreife den Haken, den ich halte, so wie es der Oberarzt wünscht. Ein Schweißtropfen läuft mir den Rücken hinunter. Offene Operationen im Bauchraum sind anstrengend, doch das ist nicht der Grund für meine schlechte Leistung als assistierender Arzt. Ich kann nicht aufhören, über Louisas Geschichte nachzudenken. Darüber, dass Selina eine Affäre mit ihrem Oberarzt hatte.

Dr. Hutter seufzt und streckt die Hand aus. »Geben Sie mir den bezogenen Leberhaken«, verlangt er, und der operationstechnische Assistent reicht ihm das Gewünschte vom Instrumententisch. Der weiße Bezug auf dem Metall färbt sich sofort rot, als er den Haken einsetzt.

Ich habe den Roux-Haken bereits zurückgegeben, als der Oberarzt den neuen positioniert hat, und umgreife den noch kühlen Griff. Ich muss mich wirklich zusammenreißen. Die

Operation hat immer Priorität. Bisher habe ich nie ein Problem mit diesem Prinzip gehabt.

»Vielleicht geht das besser«, kommentiert Dr. Hutter, bevor er sich wieder daranmacht, die verklebten Darmschlingen zu lösen. Die Patientin ist eine ältere Dame, die schon mehrere Bauchoperationen hinter sich hat. Ebendiese haben bei ihr zu Verwachsungen geführt, sodass sie heute mit einem Darmverschluss in die Notaufnahme gekommen ist. Da Teile des Organs schlecht durchblutet sind, mussten wir umgehend operieren.

Für eine Weile arbeiten wir schweigend vor uns hin. »Wir müssen resezieren«, sagt der Oberarzt schließlich. »Dieser Abschnitt ist komplett nekrotisch.« Er deutet auf einen Teil des Darms, der sich dunkel verfärbt hat, da die Blutzufuhr abgeschnitten war. Die Zellen sind größtenteils abgestorben.

Ich nicke und lockere meine Füße, bevor ich mich wieder an den OP-Tisch lehne. Jetzt ist Konzentration gefragt. Ich muss aufhören, meinen wirren Gedanken zu folgen.

Das gelingt mir zwar eher schlecht als recht, doch immerhin muss mich Dr. Hutter nicht noch einmal zurechtweisen. Die Operation dauert drei Stunden, dann haben wir die abgestorbenen Darmanteile entfernt, einen künstlichen Ausgang geschaffen und die Haut geklammert.

Der operationstechnische Assistent am Instrumententisch reicht mir einen Lappen, und ich entferne die letzten Reste Blut vom Bauch der Patientin. »Sie können schon abtreten, ich mache fertig«, sagte ich zu Dr. Hutter, doch der schüttelt den Kopf und lässt sich ein Tuch reichen, um nachzutrocknen. Gemeinsam kleben wir die Pflaster auf und entfernen die festgeklebten sterilen Tücher.

Dr. Hutter reißt sich den sterilen Einmalkittel ab und wirft ihn gemeinsam mit der Abdeckung in den Müll. Ohne wirkt er noch dünner und länger, er ist genauso groß wie ich. »Entschuldigen Sie, wenn ich vorhin forsch war, Herr

Schlenker«, sagt er. »Es sind gerade schwierige Zeiten. Insbesondere für Sie, da Sie direkt involviert waren.«

Ich folge seinem Beispiel und werfe auch meinen Einmalkittel und die verkrusteten Handschuhe ab. »Ich *war* unkonzentriert«, gebe ich zu. »Das hat hier nichts zu suchen.«

Er grinst unter seiner Maske und klopft mir auf den Rücken. »Sie sind ein Guter, Schlenker. Glauben Sie mir, es gab schon Tage, an denen ich konzentrierter war als heute.« Bei den Worten wird sein Gesichtsausdruck ernst. Natürlich. Er kennt Anne wesentlich länger als ich. Bevor sie Oberärztin geworden ist, war sie seine Assistenzärztin.

Ich räuspere mich und senke die Stimme. »Wissen Sie etwas darüber? Ich meine – die Vorwürfe sind doch sicher aus der Luft gegriffen? Anne – sie kann es nicht getan haben, oder?«

»Ich kann nichts dazu sagen«, erwidert er. »Nur dass wir Probleme bekommen werden, unsere Dienste nachzubesetzen.«

Ich sehe ihn stumm an.

»Mehr weiß ich nicht. Die Polizei posaunt ihre Informationen nicht herum, und auch Dr. Kochert war bisher nicht besonders gesprächig. Selbst wenn ich nicht wirklich weiß, ob man ihm in dieser Geschichte vertrauen kann, obwohl er Annes Ehemann ist.«

Er geht in Richtung Computer und ich kehre zum Tisch zurück, auf dem die Patientin noch liegt. Sven, der operationstechnische Assistent, wirft mir einen vorwurfsvollen Blick zu.

»Sorry«, murmle ich. Eigentlich ist es meine Aufgabe, den Patienten zuzudecken und am Tisch zu sichern, wenn die OP zu Ende ist. Zum Glück hat die OP-Pflege für mich übernommen, weil ich mich mit dem Oberarzt unterhalten habe. »Danke euch.«

Sven klopft mir auf die Schulter. Natürlich. Sicher weiß das ganze Haus, dass ich Selina gefunden habe. Es ist nicht so, als wären wir alle nicht vertraut mit dem Tod, doch wenn es sich um Kollegen handelt, werden wir an unsere eigene Sterblichkeit erinnert. Das gefällt niemandem. Ganz abgesehen davon, dass die Oberärztin wegen mutmaßlichen Mordes verhaftet wurde.

»Gehst du später mit eine rauchen?«, will Sven wissen. »Hier ist erst mal die Gynäkologie, die haben ihr eigenes OP-Team.«

»Klar«, erwidere ich mechanisch. »Sobald wir ausgeschleust haben.«

Es dauert nicht mehr lange, bis die Patientin aus der Narkose aufwacht, und wir bringen sie zum Aufwachraum, wo wir sie zurück in ihr Bett umlagern. »Danke«, sagte ich zum Anästhesie-Team. »Hoffen wir, dass wir heute nicht mehr ranmüssen.«

Dann gehe ich in die Umkleide. In der Schleuse reiße ich mir Maske und Haube herunter und streife die grüne OP-Kleidung ab. Kicke die Gummischuhe in die vorgesehene Kiste. Mit einem Mal ist da ein anderes Gefühl. Es ist ganz plötzlich in mir aufgestiegen und überrollt mich jetzt wie eine Welle. In Unterwäsche gehe ich ins Bad und klatsche mir kaltes Wasser ins Gesicht. Doch es hilft nicht wirklich. Es hilft nicht gegen die Wut, die mich gepackt hat.

Mein Spiegelbild sieht mir mit fiebrig wirkenden Augen entgegen. Auf meiner Stirn prangt der Abdruck der OP-Haube. Normalerweise beruhigt mich das Operieren. Es gibt mir das Gefühl, etwas Sinnvolles getan zu haben. Jetzt fühle ich mich nur leer.

Wie kann es sein, dass mein Leben bis vor Kurzem noch so perfekt war und jetzt alles zerstört ist? Vor meinem inneren Auge sehe ich Selinas Lächeln, als wir über unseren Kaffee gesprochen haben. Hatte sie wirklich eine Affäre mit dem leitenden Oberarzt? Dr. Hutter hat es mir gerade indirekt bestätigt. Aber vielleicht hat auch er nur die Gerüchte gehört, die in der Klinik die Runde machen.

Zurück an meinem Platz in der Umkleide schlüpfe ich in blaue Bereichskleidung und lasse mich auf die Bank fallen. Vergrabe das Gesicht in den Händen. Jetzt auf einmal fühle ich mich ausgepowert. Schritte lassen mich aufsehen.

Sven ist ebenfalls Haube und Maske losgeworden. »Du siehst aus, als bräuchtest du dringend frische Luft, Rob.«

Die Raucherecke befindet sich bei einem der Nebeneingänge. Von dort aus hat man einen guten Blick auf die ankommenden Krankenwagen. Momentan stehen vier vor der Notaufnahme, und wir sehen schweigend zu, wie ein Patient ausgeladen wird. Glücklicherweise bin ich nicht nah genug, um Details zu erkennen. Fünf Minuten Pause haben wir uns verdient.

Sven grinst mich an. »Der ist sicher für dich.«

Ich schüttle den Kopf und nehme einen tiefen Zug von meiner Zigarette, die mich ebenfalls nicht beruhigen kann. »Michi ist dran. Und gleich der Nachtdienst.«

»Gute Einstellung«, lobt mich Sven. »Oh, schau mal, da kommt auch schon die Frau fürs Grobe.«

Sarah kommt vom Fahrradparkplatz, pflückt sich die Tasche vom Rücken und gesellt sich zu uns. Sie trägt die dunklen Haare noch offen, was sie jünger wirken lässt. Eine Spur weicher als sonst.

»Schönen guten Abend, die Herren«, begrüßt sie uns, bevor sie mich ins Auge fasst. »Du schon wieder.«

»Brauchst du gerade sagen«, entgegne ich und drücke meine Zigarette aus. »Zweiter Nachtdienst in einer Woche.«

Sie hebt die Schultern. »Zweimal ist keinmal, ich werde noch ein paar dranhängen müssen, weil ein Kollege krank ist. Übernächstes Wochenende habe ich Sonntag Ruf- und Samstag Tagdienst. Außerdem wird heute nicht der schlimmste Nachtdienst dieser Woche sein, das weiß ich jetzt schon.« Sie schneidet eine Grimasse.

Das kann sie laut sagen. Selbst wenn ich den Dienst heute auch schlimm finde. Zum ersten Mal wünsche ich mir, ich hätte ihn nicht übernommen. Der Gedanke, ab morgen wieder die Station führen zu müssen, löst ein Gefühl der Übelkeit in mir aus.

Sarah mustert mich aufmerksam. »Wie geht es dir, Rob?«

»Beschissen«, erwidert Sven an meiner Stelle. »Du hättest ihn im OP sehen müssen. Das war nicht gerade die beeindruckendste Vorstellung von unserem Chirurgie-Goldjungen. Der Hutter hat ihn öfter angemotzt.«

Ich kann ihm nicht einmal widersprechen. Außer vielleicht bei der Sache mit dem Goldjungen.

Sarah verzieht keine Miene. »Ist was passiert, Rob?«

»Nichts, was das im OP heute rechtfertigen würde«, erwidere ich. »Louisa Homber hat ein bisschen aus dem Nähkästchen geplaudert.«

Sarah schnaubt. »Diese Kuh. Hat sie ihre eigene Meinung zu Selinas Suizid?«

»Es war kein Suizid«, antworte ich reflexartig.

Wir messen uns mit den Blicken, dann lächelt Sarah und stellt nach einem Blick auf ihre Uhr die Tasche ab und streckt mir die offene Hand hin. »Du rauchst sicher noch eine mit mir, oder?«

Ich nicke und reiche ihr eine Zigarette, bevor ich mir selbst eine anstecke. Ich erinnere sie nicht daran, dass sie mir vor wenigen Wochen erzählt hat, sie wolle aufhören. Bevor ich hier gearbeitet habe, habe ich nicht geraucht. Jetzt ist die bloße Vorstellung, es nicht zu tun, abwegig.

»Ich habe noch zehn Minuten«, sagt sie. »Genug Zeit für ein kurzes Wort über Louisa Homber.«

### *Vorher. Ein Monat vor dem Todesfall. Sarah*

Es war ein ruhiger Tag in der Notaufnahme. Wann immer das Wartezimmer vor Patienten aus allen Nähten platzte, sehnte sich Sarah diese Tage herbei. Wenn es dann wirklich so weit war, wusste sie, dass sie sie verabscheute. Der Zeiger der Uhr schien sich viel langsamer zu bewegen. Alles, was sie heute getan hatte, war ein Sprunggelenk mit einem Salbenverband zu versorgen. Mehr nicht.

Leider war die langsam vergehende Zeit nicht das Schlimmste.

»Immer noch nichts los bei dir?« Louisa Homber, die auf dem Stuhl neben ihr saß, beugte sich zu ihr herüber. »Was ist denn heute nur los?«

Sarah hob die Schultern. Es war nicht so, als hätte sie diese Frage nicht schon dreimal beantwortet. Jedes Mal mit derselben Geste. Louisa konnte Stille nicht aushalten. Und weil ihr die Unruhe um sie herum nicht ausreichte, versuchte sie sich zu unterhalten. Ausgerechnet mit ihr. Vermutlich, weil alle anderen Abteilungen genug Arbeit hatten und alle Pflegekräfte eingespannt waren.

Matthias hastete gerade an ihnen vorbei. »Kann ich was helfen?«, rief Sarah ihm hinterher. »Ich kann notfalls sogar die Abzess-Sets für die Chirurgie herrichten.«

Matthias, der sich an dem Tresor zu schaffen gemacht hatte, in dem sich die schweren Schmerzmittel befanden, grinste ihr zu. »Langeweile, Frau Doktor?«

»So was von.«

Er entnahm eine Ampulle und schloss den Tresor wieder zu. »Sorry, Sarah. Pflegerische Arbeit kann nicht einfach jeder machen. Schon gar nicht in der Notaufnahme. Du darfst dich also weiter langweilen.« Und mit einem Lachen ging er in Richtung Kabine fünf.

»Ihr werdet mich noch anbetteln«, rief Sarah ihm hinterher. »Und dann will ich nicht mehr.«

Er machte nur eine unflätige Geste in ihre Richtung und setzte seinen Weg fort. Sie lachte. Matthias war einer ihrer Lieblingskollegen. Insgesamt war das Pflegeteam der Notaufnahme toll.

»Du kommst mit allen hier so gut aus«, bemerkte Louisa, und Sarah sank in sich zusammen. Für einen kurzen Moment hatte sie ganz vergessen, dass Louisa da war.

»Ja«, erwiderte sie knapp. »Weil ich gern hier arbeite. Das merken die Kollegen.«

Louisa seufzte. »Mir ist die Ambulanz lieber.«

Nichts, was Sarah wirklich überraschte. Ihr war klar, dass Louisa irgendwann ihre eigene Praxis eröffnen würde. Vermutlich wäre die mit Teddybären vollgestopft und rosa getüncht. »Die Notaufnahme ist der beste Arbeitsplatz. Nur nicht, wenn man nichts zu tun hat.«

»Ach, das ist doch eigentlich ganz nett«, entgegnete Louisa und zupfte an ihrer kompliziert wirkenden Frisur herum. »Es muss doch nicht immer Blut und Stress sein. Man kann sich doch auch mal über die schönen Dinge im Leben unterhalten.«

Langsam drehte sich Sarah zu ihr um. »Die da wären?«

»Gutes Essen. Geplante Urlaube. Männer?«

Sicher, und als Nächstes würden sie sich gegenseitig Zöpfe flechten. Sie durfte das auf keinen Fall aussprechen, selbst wenn es ironisch gemeint war. Womöglich würde Louisa es für bare Münze nehmen. »Essen interessiert mich nicht. Und in meiner nächsten Urlaubswoche muss ich Samstag und Sonntag arbeiten. Keine Ahnung, wie man da etwas Vernünftiges buchen soll.« Sie zog die Nase kraus. Sie hatte protestiert, doch man hatte nur Anspruch auf ein freies Wochenende pro Urlaubswoche. Ihr Pech, dass es das erste Wochenende geworden war. Vielleicht konnte sie die Dienste noch tauschen.

»Oh, das ist blöd«, antwortete Louisa. »Zum Glück ist da ja noch das dritte Thema. Männer.«

Sarah warf ihr einen vernichtenden Blick zu. Bevor sie dieses Thema anschnitt, ließ sie sich doch lieber Zöpfe flechten.

»Es ist so klischeehaft«, fuhr Louisa fort, »aber ihr in der Chirurgie habt einfach die hübschesten Männer.«

»Bist du nicht verlobt oder so?« Am liebsten hätte sich Sarah auf die Zunge gebissen. Das war eine gefährliche Aussage. Am Ende dachte Louisa noch, dass sie Interesse an der Unterhaltung habe. Oder an ihrer Person.

Louisa strahlte sie an. »Doch, seit Silvester. Leider kann ich den Ring nicht am Finger tragen.« Sie angelte eine Goldkette aus dem Kragen ihres Kasacks hervor und zeigte Sarah den Klunker, der daran baumelte.

Nicht schlecht. Vermutlich war der Verlobte der Erbe eines Praxisimperiums. Oder ein Zahnarzt. Sarah verkniff es sich, diese Vermutung zu äußern. Es würde zweifelsohne ein Vortrag über die Vorzüge des Verlobten folgen.

»Das heißt nicht, dass ich nicht trotzdem eine gute Aussicht genieße.« Sie folgte mit den Augen Marko Schneider aus der Inneren, der das Ultraschallgerät vorbeischob.

»Bitte nicht Schneider, den Sauertopf. Den kannst du nicht gut finden. Er sieht immer aus, als bräuchte er eine Dusche und eine Rasur.«

Louisa lachte, und auch Sarah genehmigte sich ein Grinsen. Heimlich, dass Louisa es nicht mitbekam.

»Nein«, fuhr diese fort. »Wenn ich mich entscheiden müsste, dann Rob Schlenker von den Chirurgen. Der ist sehr niedlich.«

Wieder keine Überraschung. »*Sehr* niedlich.«

»Er gefällt dir auch?«, fragte Louisa, die die Ironie offenbar überhört hatte. »Ich habe gehört, er sei Single.«

»Rob hat eine Liste mit Eroberungen daheim«, sagte Sarah. »Ich bin mir sicher, dass er kein Problem hätte, dich hinzuzufügen, wenn du ihn lieb bittest. Verlobter hin oder her. Du könntest deswegen allerdings Stress mit deinen Kolleginnen bekommen.«

Louisa öffnete den Mund und schloss ihn wieder. »Mit wem sollte ich Stress bekommen?«

Sarah grinste. Das war schon gefährlich nahe am Klatschen, was sich Louisa von ihrem Gespräch sicherlich erwartet hatte. Doch das konnte sie sich nicht verkneifen. »Eure Neue. Rob hat ihr beim letzten Mal die Notaufnahme gezeigt, und sie war danach hin und weg. Vor allem von ihm. Ich glaube nicht, dass sie von seinen Erklärungen viel mitbekommen hat.« Sie sah Louisa vielsagend an. »Und ich sollte nichts sagen – aber sie fällt eher in Robs Beuteschema als du. Du weißt doch, wen ich meine. Die Neue halt.«

Louisas Miene blieb regungslos. Vielleicht verlor ihr Gesicht auch ein wenig Farbe. »Selina Wieck«, sagte sie tonlos.

»Wirkt nicht, als wärst du ein Fan von ihr«, kommentierte Sarah. »Wieso nicht? Die Kleine ist doch süß.«

»Zumindest tut sie so.« Louisa presste die Lippen zusammen. »Sie benimmt sich jetzt schon so, als würde ihr der Laden gehören. Nur weil sie der Liebling des Oberarztes ist.«

Offenbar hatte Sarah einen Nerv getroffen. »Vielleicht ist sie einfach gut?«

Mit einem Mal glich Louisas Gesichtsausdruck nicht mehr der freundlichen Maske, die sie sonst aufsetzte. »Ja, sicher ist sie das. Zumindest momentan. Was soll sie schon falsch machen, wenn sie eine Eins-zu-eins-Betreuung vom Oberarzt bekommt? Wir werden schon noch sehen.«

Sarahs Telefon begann zu schrillen. Ihr Ticket in die Freiheit. Eine letzte Frage konnte sie sich jedoch nicht verkneifen. »Was werden wir sehen?«

»Ob Selina wirklich so perfekt ist. Bald hat sie ihren ersten Nachtdienst. Mal sehen, wie sie den übersteht.«

# 7

*Jetzt*

Wie erwartet, ist der Montag nicht besser. Obwohl ich in der Nacht nicht ins Krankenhaus gerufen worden bin, fühle ich mich wie erschlagen, als um kurz vor sechs Uhr mein Wecker klingelt. Mit dem Rad fahre ich zur Klinik und verschaffe mir einen Überblick über meine Station, bevor um sieben Uhr die Frühbesprechung stattfindet. Die Stimmung in dem kleinen Konferenzraum ist genau so, wie es zu erwarten war.

Die schon anwesenden Kollegen unterhalten sich in gedämpftem Tonfall. Ich lasse mich an einen freien Tisch sinken und sehe zur Decke. Michaelas und Johannes' leise Stimmen dringen zu mir herüber, doch ich versuche sie auszublenden.

Unser Chef kommt zu spät. Nicht nur das, er hat alle verbleibenden Oberärzte im Schlepptau, die sonst ebenso wie wir Assistenzärzte nach und nach eintrudeln. Vermutlich hatten sie bereits eine eigene Krisensitzung. Als bräuchten wir eine weitere Erinnerung, dass Anne verhaftet worden ist. Heute ist die erste Abteilungsbesprechung, seit das geschehen ist.

Es ist still im Raum, während unser Chef etwas auf den Tisch vor sich fallen lässt und sich setzt. Sogar der Radiologe, der die Bilder vom Wochenende präsentiert, scheint auf sein Statement zu warten. Nur das Brummen des Projektors ist zu hören.

»Ich weiß nicht, ob Sie heute Morgen Zeitung gelesen haben«, sagt Prof. Maier nach einer Kunstpause. »Aber falls Sie sich nicht den Magen verderben wollen, würde ich Ihnen empfehlen, das zu unterlassen.« Er klopft auf die Zeitung, die er vor sich auf den Tisch gelegt hat. »Die Presse war noch nie unser Freund, diesmal gehen diese Schmierfinken zu weit. *Mörderische Ärztin verhaftet* – das ist die Schlagzeile der Tageszeitung. Natürlich überschlagen sich diese Klatschblätter, seit die Polizei die Information herausgegeben hat, dass sie jemanden verhaftet hat.«

Schweigen im Raum. Ich hätte nicht gedacht, dass sich ein Herzschlag schmerzhaft anfühlen kann. Mein Mund ist staubtrocken.

»Noch schlimmer ist, dass der Artikel über eine Vielfalt von Informationen verfügt, die nur aus unseren Reihen stammen können. Von Mitarbeitern des Krankenhauses.« Er wirft einen finsteren Blick in die Runde. »Ich sage das jetzt ein einziges Mal. Frau Dr. Kittsteiner ist so lange unschuldig, bis das Gegenteil bewiesen ist. Wir als Abteilung werden hinter ihr stehen. Und *niemand* spricht mit der Presse. Die Zeitung wird fürs Erste aus unserem Kiosk entfernt werden. Ebenso aus den Patientenzimmern.«

Ein weiterer Blick in die Runde. Doch niemand fühlt sich bemüßigt, Prof. Maier zu widersprechen. Er lehnt sich mit einem Seufzen zurück. »Fangen wir an.«

In der restlichen Besprechung fällt Annes Name kein weiteres Mal. Unser Chef hat seine Meinung ausgesprochen, und hier ist seine Meinung ein Gesetz, das niemand anzuzweifeln wagt.

Ich kann mich schlecht konzentrieren, während die Kollegen vom Wochenende und von der Nacht berichten. Ich denke an Anne. Daran, dass sie es nicht getan hat. Das glaube nicht nur ich, sondern auch unser Chef. Und die übrigen Oberärzte. Mit einem Mal fühlt sich der Gedanke an Annes Unschuld weniger wie ein Verrat an Selina an. Erst jetzt wird mir klar, dass ich ihn bis jetzt kaum zu denken gewagt habe. Ich fühle mich erleichtert, geradezu befreit.

Und mir ist klar geworden, dass ich den nächsten gedanklichen Schritt machen muss. Wenn Selina nicht Suizid begangen hat und auch Anne keine Mörderin ist, muss es jemand anders gewesen sein. Es muss einen anderen Mörder hier im Krankenhaus geben.

»Schlenker?«

Dr. Hutters Stimme reißt mich aus meinen Gedanken. Ich habe keine Ahnung, worüber meine Kollegen gerade sprechen. »Entschuldigung, ich ...«

Dann fällt mein Blick auf das Bild, das gerade präsentiert wird. Das CT von Herrn Müller. Von dem Tag, an dem wir ihn aufgenommen haben. Bevor Anne und ich in den OP gegangen sind. als noch alles in Ordnung war. Ich kann mir vorstellen, wie die Frage an mich lautet.

»Sein Zustand ist unverändert«, sage ich. »Ich habe ihn heute Morgen schon kurz gesehen, nach wie vor abdominelle Schmerzen, Abwehrspannung. Eine der Drainagen fördert jetzt trüblich. Ich werde gleich ein CT anmelden.«

Prof. Maier nickt. »Herr Hutter, da Dr. Kittsteiner verhindert ist, übernehmen Sie bitte die oberärztliche Betreuung des Patienten. Herr Schlenker, wenden Sie sich in Zukunft bitte an ihn.«

Damit ist die Besprechung zu Ende. Normalerweise nutzen wir Assistenzärzte den Weg zu unserem Arbeitsplatz, um uns auszutauschen und zu unterhalten, doch heute habe ich keinen Nerv dafür. Ich muss zurück zur Station, ein CT anmelden und danach schleunigst mit der Visite durchkommen. Es gibt noch andere Dinge, die ich erledigen muss.

Meine Ambitionen als Hobbydetektiv müssen bis zum Mittagessen warten. Wie üblich hält mich die Station in Atem, und ich habe nicht wirklich das Gefühl, schon etwas erledigt zu haben, als ich gerade noch rechtzeitig in die Kantine hetze, um noch etwas zu bekommen, bevor sie schließt.

Das Angebot ist mäßig, wie die Qualität des Essens. Wahrscheinlich so wie in den meisten Kantinen. In unserer wird das Essen in der Früh geliefert und für den Rest des Tages warm gehalten.

Ich will gerade einen der Fensterplätze im hinteren Bereich ansteuern, als ich jemanden entdecke. Jemanden, mit dem ich schon gestern ein nicht besonders angenehmes Gespräch geführt habe. Wie es aussieht, bin ich nicht der Einzige, der spät zu Mittag isst.

»Hallo, Louisa.« Ungefragt setze ich mich ihr gegenüber.

Ihre Miene verfinstert sich. »Rob.«

Ich kann es ihr nicht verübeln. »Na, wie geht es dir? Immer noch schlechte Stimmung in eurer Abteilung?«

Sie lässt Messer und Gabel neben ihren Salat sinken. »Was willst du?«

Ich versuche mich an einem Grinsen, doch es fühlt sich falsch an. »Ich will mich unterhalten. Small Talk?«

»Wir beide arbeiten schon seit über zwei Jahren hier in diesem Haus. Und du hast dich bisher nur einmal richtig mit mir unterhalten. Das war gestern. Und da wolltest du auch nicht einfach so reden.«

Ich lasse mein Besteck ebenfalls sinken. Natürlich kann ich ihr nichts vormachen. »Das stimmt.«

»Also, was willst du?«

»Die Wahrheit«, sage ich. »Deine Rede auf der Trauerfeier war wirklich nett, Louisa. Aber du kannst mir nichts vormachen. Ich weiß, dass du Selina nicht leiden konntest.« Es ist erstaunlich schwierig, das auszusprechen. Vielleicht, weil ich noch nie jemanden auf diese Art und Weise beschuldigt habe.

Eine kleine Pause folgt. Dann nimmt Louisa ihr Besteck wieder auf und beginnt langsam zu essen. Aus irgendeinem Grund wirkt sie erleichtert. Ich kann nicht sagen weshalb.

»Nun, das ist jetzt nicht wirklich ein großes Geheimnis, oder?«

»Nein«, sage ich. »Ich musste überhaupt nicht herumfragen deswegen, das hat mir jemand einfach so erzählt.«

Sie antwortet nicht.

»Was denkst du, was bekomme ich heraus, wenn ich erst herumfrage?«

Jetzt sieht sie mich wieder an. Ihre grauen Augen blitzen vor unterdrückter Wut. »Willst du mich verdächtigen, Rob?«

»Verdächtigen?«, frage ich mit gespielter Überraschung. »Warum sollte ich dich denn verdächtigen?«

»Spar dir die blöden Sprüche. Glaub mir, es gibt genug Leute, die Selina nicht leiden können. Konnten. Allen voran deine Oberärztin.«

»Sie hat sie trotzdem nicht ermordet.« Als ich es ausspreche, klinge ich nicht annähernd so überzeugt, wie ich mich vorher gefühlt habe.

»Wenn du meinst«, entgegnet Louisa. »Noch etwas?«

»Ja. Wie wäre es, wenn du mir eine der ach so zahlreichen Personen nennst, die Selina angeblich nicht leiden konnten?«

»Da brauchst du dich in unserer Abteilung nicht lange umzusehen«, sagt sie. »Keiner mag die Neue, weil sie überall ungerechtfertigt bevorzugt wird. Jetzt überrascht es niemanden mehr, weil sie Dr. Kochert ...«

Mein Blick bringt sie zum Verstummen.

»Aber weißt du«, setzt sie hinzu und wirkt mit einem Mal wieder vollkommen selbstzufrieden, »es gibt auch Leute aus anderen Fachrichtungen, die sie nicht ausstehen konnten. Und nicht nur das.«

Sie lächelt mich vielsagend an, spricht jedoch nicht weiter. Natürlich. Sie erwartet, dass ich sie frage.

»Nicht nur das? Was noch?«

Und mit verschwörerischer Miene schiebt sie den halb vollen Salatteller beiseite und beugt sich vor. »Ich kenne jemanden, der von ihrem Tod profitiert hat.«

### *Vorher. Ein Monat vor dem Todesfall. Louisa*

Am Sonntag war Louisa schon wieder im Krankenhaus. Am Vortag hatte sie sich eine Weile mit Sarah, einer Unfallchirurgin, unterhalten, was überraschend nett gewesen war. Da war es ruhig gewesen, von heute konnte sie das nicht erwarten. Gestern hatte sie Tagdienst gehabt, heute rückte sie zur Nachtschicht an.

Louisa konnte Nachtschichten nicht ausstehen. Die plötzliche Ruhe, die das Krankenhaus überkam, das gedämpfte Licht in der Notaufnahme – all das machte die Klinik zu einem unheilvollen Ort. An die Dienste selbst hatte sie sich mittlerweile gewöhnt. Von den Ängsten, die sie am Anfang ausgestanden hatte, war sie mittlerweile weit entfernt.

Sie setzte sich an einen Platz im Notaufnahmestützpunkt und überflog den Brief, den der Kollege im Tagdienst entworfen hatte. Es ging um ein Kind mit Bauchschmerzen, das wieder nach Hause geschickt werden würde. Inhaltlich war der Brief in Ordnung, doch Louisa fand einige Rechtschreibfehler, die sie rasch ausbesserte. Die Briefe, die sie schrieb, waren ihre Visitenkarte, selbst wenn es sich um solche aus der Notaufnahme handelte. Und sie würde ihren Namen sicherlich nicht unter einen Text setzen, der sich las, als hätte ein Erstklässler eine Schreibmaschine ausprobiert.

»Louisa?« Jenny war neben ihr aufgetaucht und zupfte an ihren lächerlichen pinken Haarspitzen.

Nicht die beste Voraussetzung für eine Nachtschicht, wenn Jenny pflegerisch für ihre Patienten zuständig war.

Andererseits gab es nicht viele Pfleger hier, mit denen Louisa wirklich gut auskam, also war das auch egal. »Was gibt's?«

»Der Patient in Kabine drei hat starke Schmerzen«, berichtete Jenny. »Darf ich ihm Paracetamol geben?«

»Nein«, erwiderte Louisa, ohne vom Brief aufzusehen. Noch ein Kommafehler. »Ich habe ihn noch nicht angesehen.«

»Aber ...«, setzte Jenny an.

Jetzt sah Louisa auf. »Nein. Ich mache das hier fertig, danach sehe ich mir den Patienten in Kabine drei an.«

Jenny presste die Lippen zusammen und wandte sich ab. Dass sie nicht die Augen verdrehte, war auch schon alles. Vermutlich tat sie das hinter ihrem Rücken. Und vermutlich lästerte sie mit ihren Kollegen über sie, doch das war am Ende egal.

»Charmant wie immer«, stichelte Agata, eine Internistin, die einen Arbeitsplatz weiter saß und die Unterhaltung mitbekommen hatte. Sie hatte einen leichten russischen Akzent, der noch durchklang, obwohl sie schon viele Jahre in Deutschland arbeitete.

»Habe ich ein Konsil angefordert oder warum mischst du dich ein?«

Agata lächelte sie an. »Ganz ruhig. Meine Güte, seid ihr Pädiater alle so dauergestresst?«

Louisa schüttelte knapp den Kopf und klickte erneut auf *Drucken*. Doch der Drucker blieb dunkel. Am liebsten hätte sie mit einem schnippischen Kommentar geantwortet, doch die Nacht war noch lang, und es konnte sein, dass sie noch Stunden mit der Kollegin hier saß. Da war es ungut, einen Streit vom Zaun zu brechen. »Sorry. Jenny und ich hatten keinen so guten Start hier.«

Die Internistin hob die Schultern. »Ich will mich nicht einmischen.« Etwas an ihrem Tonfall behauptete das Gegenteil. »Eure ganze Abteilung ist nicht besonders beliebt hier. Das macht es euren neuen Kollegen nicht besonders leicht. Andererseits sind alle positiv überrascht, wenn eine von euch dann doch mal nett ist.«

Jetzt begann der Drucker das Dokument auszugeben, doch Louisa achtete nicht darauf. Konnte es sein, dass Agata auf Selina anspielte? Konnte sie noch ein Gespräch führen, ohne dass es auf Selina hinauslief?

Sie wusste, dass sie die Frage nicht stellen sollte, doch sie konnte sich nicht bremsen: »Sprichst du von Selina Wieck?«

Agata hob die Schultern. »Sie wurde neulich hier eingelernt. Ich habe es nur am Rande mitbekommen, aber sie wirkte ganz nett. Nicht eingebildet und nicht herrisch.«

Mit zusammengepressten Lippen schnappte sich Louisa den fertig gedruckten Brief, kritzelte ihr Kürzel darauf und stopfte ihn in einen Umschlag. Eingebildet und herrisch. Das waren nur böse Worte dafür, dass man wusste, was man konnte und wollte. Es war besser, wenn sie Agata nicht darüber aufklärte. Stattdessen würde sie den fertigen Patienten entlassen und sich im Anschluss um den anderen in Kabine drei kümmern.

Auf dem Weg stieß sie mit jemandem zusammen und warf ihm einen bösen Blick zu. Finn Paoli aus der Radiologie. Was hatte er hier zu suchen? Erst auf den zweiten Blick bemerkte sie das Ultraschallgerät, das er vor sich herschob. Offenbar brauchten manche Kliniker tatsächlich die Kollegen der Radiologie, um ein Sono zu machen. Wie erbärmlich. Sie selbst hatte bereits in ihrem ersten Jahr mehrere Kurse absolviert, sodass sie sich alles selbst ansehen und einschätzen konnte.

Sie entschuldigte sich nicht bei Finn, und er sagte auch nichts. Louisa wusste, dass er sehr kompetent war, doch manchmal fand sie ihn unheimlich. Als würde er so wenig sprechen, weil er jede Menge Geheimnisse zu verbergen hatte.

Sie eilte in die Kabine und untersuchte das schmerzgeplagte Kind, das von zwei Bienen in den Arm gestochen worden war. Immerhin ein Fall, der schnell gehen würde. Sie wechselte ein paar Worte mit der besorgten Mutter, ordnete eine Salbe und das Paracetamol an, das Jenny schon vorher hatte geben wollen.

Danach gab es nur noch den Brief zu schreiben. Sie kehrte zu ihrem Arbeitsplatz zurück, der glücklicherweise noch frei war. Dafür saß Agata noch immer daneben und klickte auf dem Bildschirm herum. Louisa ließ sich auf den Stuhl fallen und sah stur geradeaus. Besser, sie unterhielt sich nicht weiter mit der Internistin. Sarah war ihr viel sympathischer.

Doch wie es aussah, hatte sie keine Wahl. »Du magst die Neue nicht, oder?«

Louisa sah sie betont überrascht an, als wüsste sie nicht genau, von wem sie spräche. »Wie bitte?«

»Diese Selina. Du magst sie nicht, oder?«

»Was geht dich das an?«

»Nichts. Ich bin nur überrascht, dass ich so kurz hintereinander zwei Leute treffe, die sie nicht ausstehen können.«

Jetzt erwachte Louisas Neugierde. Sie sah zu Agata hinüber. »Von wem sprichst du?«

Die Internistin hob eine Augenbraue, ging aber nicht auf ihre Frage ein. »Ich meine, die Neuen sind oft anstrengend und man muss ihnen alles beibringen, als hätten sie im Studium nichts gelernt. Aber das ist nicht der Grund, weshalb ich *unseren* neuen Kollegen nicht mag.«

»Ach, habt ihr auch einen von der Sorte?«

»Ja. Er hat zeitgleich mit eurer neuen Kollegin angefangen. Und er ist echt fit, weiß alles und stellt sich echt gut an.«

»Das klingt nach dem Gegenteil von Selina«, erwiderte Louisa gehässig. »Sie ist ein echter Dussel, man muss ihr ständig alles mehrmals erklären. Das ist unglaublich anstrengend.« Das entsprach zwar nicht unbedingt der Wahrheit, doch es war eine gute Begründung für ihre Aversion.

»Warum kannst du den Neuen nicht leiden? Das klingt doch angenehm.«

»Ich würde jederzeit tauschen«, sagte Agata. »Du bekommst unseren und wir bekommen Selina. Das wäre sein größter Traum, er macht nämlich kein Geheimnis daraus, dass er nicht in die innere Medizin will.«

»Und wohin will er?«

»In die Kinderheilkunde«, erwiderte die Internistin. »Er behauptet steif und fest, Selina habe ihm die Stelle weggeschnappt, die ihm bereits zugesagt worden sei. Deswegen kann er sie auch nicht ausstehen.«

Louisa hob eine Augenbraue. »Wirklich? Kenne ich ihn?«

»Vielleicht. Sein Name ist Marko Schneider.«

# 8

*Jetzt*

Nach dem Essen versuche ich mich wieder ganz auf die Stationsarbeit zu konzentrieren. Doch was mir in der vergangenen Woche leichtgefallen ist, macht mir heute mehr zu schaffen. Immer wieder schweifen meine Gedanken ab. Zuerst Louisa und jetzt auch Marko. Beide haben einen Grund gehabt, Selina zu hassen. Kann ich deswegen wirklich annehmen, dass einer von ihnen sie ermordet hatte? Ich schrecke vor dem Gedanken zurück, was mich eigentümlich erleichtert, obwohl ich nicht weiß warum.

Zwei Angehörigengespräche, ein Telefonat mit einem Kollegen und unsere Mittagsbesprechung später habe ich zwar noch keine eindeutige Antwort auf meine Frage, aber ich bin zu einem Schluss gekommen. Ich kann eher daran glauben, dass es einer von ihnen war, als daran, dass Selina selbst ihre Handgelenke aufgeschnitten hat.

Obwohl mein Arbeitstag offiziell zu Ende ist, gehe ich nach der Besprechung zurück auf die Station. Ich muss ein weiteres Telefonat mit dem Sohn einer Patientin führen, zwei Blutbeutel anhängen und etliche Entlassbriefe für Patienten schreiben, die heute oder am Wochenende neu aufgenommen worden sind. Fertig wird man hier nie. Es gibt immer jemanden, der noch mit einem sprechen will, eine Anforderung mehr, eine Aufklärung oder diesen einen Brief, der noch aktualisiert werden muss, weil der Patient nach mehreren Wochen plötzlich entlassen wird.

Das alles ist anstrengend, doch nicht so schlimm, wie sich den Kopf zu zerbrechen. Außerdem mag ich unser Arztzimmer. Es liegt hinter dem Pflegestützpunkt, sodass man nur selten gestört wird, und es hat ein großes Fenster, durch das ich den blauen Himmel draußen sehen kann.

Ich stelle die Tasse mit Kaffee, den ich mir unerlaubterweise von der Maschine für die Privatpatienten geklaut habe, neben meinem Arbeitsplatz ab und entsperre den Computer.

Ein Klopfen lässt mich aufsehen. Eine junge Frau steht im Türrahmen. Sie hat ihre dunklen Locken zu einem Knoten hochgebunden und trägt blaue Bereichskleidung und ein hübsches Lächeln. »Hi!«

Ich hebe die Augenbrauen. »Hallo. Kann es sein, dass du dich verlaufen hast? Das hier«, ich mache eine vage Geste, die den Raum einschließt, »ist noch immer das chirurgische Arztzimmer. Und beim letzten Mal, als du gegangen bist, hast du geschworen, sicher nie mehr zurückzukommen.«

Sie seufzt. »Ja. Nur wer soll denn dann deine Briefe für dich schreiben? Wenn *ich* mich recht erinnere, warst du immer der Meinung, Text sei nichts für Chirurgen. Das war ein richtiger Schlenker-Standardspruch.«

Ich spüre, wie mein Lächeln gefriert. Ja, das habe ich gesagt, und zwar nicht ganz selten. Es fühlt sich an, als sei das in einem anderen Leben gewesen. »Was gibt es, Carlotta?«, frage ich. »Bist du nicht gerade bei den Pädiatern?«

»Nein«, erwidert sie und kommt herein, um sich auf den leeren Stuhl neben mich zu setzen. »Ich bin schon länger in der Inneren.« Carlotta befindet sich momentan im praktischen Jahr, dem letzten Abschnitt ihres Studiums, in dem sie durch verschiedene Abteilungen rotiert. Es ist mittlerweile Monate her, dass sie bei mir war.

»Und es ist sechzehn Uhr und du bist noch da. Schockierend, wie die Internisten mit ihren Studenten umgehen. Die versuchen wohl, euch zu kleinen Strebern zu erziehen.«

Sie lacht und ich muss selbst grinsen. Es fühlt sich gut an, wieder herumzualbern. »Rob, du bist einer der wenigen Assistenzärzte, die es uns Studenten freistellen, am Nachmittag zu gehen, wann wir wollen. Der einzige, wenn ich recht überlege.«

»Und doch bist du meistens länger dageblieben, als du hier eingeteilt warst. Das bedeutet, du fandest die Chirurgie doch nicht so übel. Oder die Gesellschaft.«

»Sicher«, erwidert sie leichthin. »Es lag an der tollen Gesellschaft, den unterhaltsamen Briefen und vor allem am genialen Kaffee.« Sie schnappt sich meine Tasse und nimmt einen Schluck. »Hm, Cappuccino mit Instantschaum.«

»Das war meiner. Ich habe ihn eigenhändig geklaut. Und es gibt keinen Instantschaum.«

Sie hebt die Schultern und drückt auf den On-Knopf des zweiten Computers. »Solange der hochfährt, klaue ich dir einen neuen.«

»Was hast du vor?« Während ich spreche, fällt mir auf, dass sie meine Frage von vorhin elegant umgangen hat.

»Ich helfe dir mit deinen Briefen, was sonst? Du bist gerade hilfsbedürftiger als die Internisten. Von denen muss sich keiner allein um eine ganze Station kümmern.«

Mein Rechner hat längst den Ruhemodus reaktiviert, doch ich mache keine Anstalten, ihn wieder zu entsperren. »Carlotta?«

Sie hebt die Augenbrauen und nimmt noch einen Schluck aus meiner Tasse. »Was?«

»Was willst du wirklich?«

»Dir helfen«, sagt sie im Brustton der Überzeugung, um sich dann auf die Lippe zu beißen. »Ich hatte gehofft, du hättest ein wenig Zeit, wenn du fertig bist. Um ... zu reden.«

Ihre Unsicherheit überrascht mich. Carlotta war von Anfang an eine Studentin, die sich nicht versteckt hat. Sie hat nicht nur früh viele Aufgaben selbstständig übernommen und war damit eine gute Hilfe, auch der raue Ton, der manchmal in unserer Abteilung herrscht, hat ihr nichts ausgemacht. »Zu reden?«

Sie steht auf. »Ich hole dir einen neuen Instantschaumkaffee, okay? Du kannst dir derweil überlegen, welche ich machen soll. Weil wenn wir ehrlich sind, ist Schreiben wirklich nicht deine Stärke.«

Mit diesen Worten lässt sie mich zurück. Während sie weg ist, gebe ich mein Passwort erneut ein, nur um bewegungslos auf den Bildschirm zu starren. Ich habe mir heute Morgen eine Liste mit Briefen geschrieben, die ich noch anlegen oder fertigstellen muss, aber daran ist jetzt nicht zu denken. Auch wenn Carlottas Angebot mehr als großzügig ist, kann ich es nicht annehmen. Nicht so.

Sie muss es meiner Miene ansehen, als sie mit frischem Kaffee hereinkommt. Mit einem Seufzen lässt sie sich auf den Stuhl fallen und schiebt die Tasse zu mir herüber. »Keine Briefe?«

»Worüber willst du mit mir reden?«

Bevor sie antwortet, verrät mir ihr Blick, was sie sagen wird. »Über Selina.«

Natürlich. Worüber sonst? Für einen Moment will ich aufstehen und das Zimmer verlassen. Oder – weil es mein Arztzimmer ist – sie bitten zu gehen. Ich bin noch hier, weil ich dem Thema aus dem Weg gehen möchte. Nicht weil all diese Briefe in irgendeiner Weise wichtig oder dringend wären.

»Sie war meine Freundin«, fährt Carlotta fort. »Nicht für besonders lange.« Ihre dunklen Augen schimmern verdächtig.

Ich bewege mich nicht, sage nichts. Ich habe keine Ahnung, wohin dieses Gespräch führen wird.

Sie dreht ihre Tasse hin und her, scheint das schabende Geräusch nicht einmal wahrzunehmen, während es an meinen Nerven zerrt. »Ich habe dich heute in der Kantine mit Louisa sprechen sehen. Nicht dass ich viel von eurem Gespräch verstanden hätte, es war trotzdem nicht zu überhören, wie du sie mit ihrer Rede auf der Trauerfeier konfrontiert hast. Ich war auch dort, weißt du?«

Ich habe sie nicht gesehen. Doch das heißt nichts, es waren unglaublich viele Leute da.

»Als ich dich in der Kantine gesehen habe, habe ich ein schlechtes Gewissen bekommen.« Carlotta weicht meinem Blick aus, dreht die Tasse noch einmal um ihre eigene Achse. »Selina hatte nicht so viele Freunde. Aber die kann sie gerade jetzt brauchen.«

Sie verstummt. Eine Pause entsteht. Eine lange.

»Willst du etwas dazu sagen?«, fragt Carlotta dann leise.

Ich atme tief ein. »Ich weiß nicht, was ich dazu sagen soll. Ich war Selina sicher kein guter Freund. Ich war hier in der Nacht, als sie gestorben ist. Trotzdem habe ich ihr weder geholfen noch habe ich eine Ahnung, was eigentlich passiert ist. Alles, was ich weiß, ist, dass jetzt Anne Kittsteiner in U-Haft sitzt und ich nicht glauben kann, dass sie sie umgebracht haben soll.«

»Ja, und weil du das nicht glaubst, hast du angefangen, Fragen zu stellen. Ich habe gar nichts gemacht. Und das, obwohl wir uns wirklich nahestanden.« Ihre Lippen zittern, als sie mich ansieht. »Jedenfalls denke ich das. Manchmal.«

»Warum nur manchmal?«

»Weil wir uns nicht wirklich lange kannten«, sagt sie. »Und trotzdem hat sie mir ihre Geheimnisse anvertraut. Zumindest manche davon.«

Das lässt mich aufhorchen. »Geheimnisse, die dazu führen könnten, ermordet zu werden?«

Sie zuckt bei meinen Worten zusammen. Ich kann es ihr nicht verdenken. Auch in meinen Ohren hören sie sich schrecklich an. Die Tatsache, dass sie wahr sind, macht das nicht besser.

»Selina hatte nicht viele Freunde in der Abteilung.«

»Weil sie von den Oberärzten gefördert wurde? Von Dr. Kochert?«

Carlotta sieht mich ernst an und hört für den Moment auf, ihre Tasse zu drehen. »Davon hat sie mir nichts erzählt.«

Das überrascht mich nicht wirklich. Immerhin hatte sie eine Beziehung mit ihrem Vorgesetzten. Auch wenn ich sie mir noch immer nicht zusammen mit Kochert vorstellen kann. Und die anderen Geheimnisse? Wie viele hat Selina noch gehabt? Am liebsten würde ich Carlotta darum bitten, mir davon zu erzählen. Aber vielleicht muss sie selbst auf die Idee kommen. Vielleicht ist sie deswegen hier. Ich hoffe es. Ich warte ab.

»Rob, bitte hör auf damit.«

»Womit? Ich mache doch gar nichts.«

Carlotta kneift die Augen zusammen. »Genau das meine ich. Du bist sonst nicht wirklich der stille Typ.«

Ich hebe die Schultern. »Was soll ich denn sagen?« Ich habe zwei von Selinas Feinden entdeckt. Trotzdem ist das nichts, was ich vorweisen kann. Obwohl ich nicht weiß, ob Carlotta tatsächlich auf meiner Seite ist. Auf Selinas Seite ist. Jeder kann behaupten, sich gut mit ihr verstanden zu haben, nur um herumzuschnüffeln.

Carlotta ist klug genug, um selbst auf diesen Gedanken zu kommen. »Wahrscheinlich hat Selina nichts mehr davon, wenn ich dir dieses Geheimnis verschweige«, sagt sie langsam.

»Hast du es der Polizei erzählt?«

Wieder weicht sie meinem Blick aus. Auf ihrer Nase sind Sommersprossen, das ist mir bisher nie aufgefallen. »Ich wurde nicht gefragt.«

»Carlotta ...«

»Ich hatte meinen Grund, nichts zu sagen. Du hättest es auch für dich behalten, Rob.«

»Kann ich das selbst entscheiden?« Ich drehe meine eigene Tasse auf dem Tisch herum. Eigentlich kann man sich an das kratzende Geräusch gewöhnen. Vermutlich ist es angenehmer als einige Geheimnisse.

Carlotta faltet die Hände im Schoß. Setzt sich etwas gerader hin. Und sie beginnt zu erzählen.


### *Vorher. Zwei Monate vor dem Todesfall. Carlotta*

»Ich freue mich, dass wir das machen«, sagte Selina. »Schön, dass es so spontan geklappt hat.« Sie wirkte deutlich gelöster, seit sie das Klinikgelände verlassen hatten.

»Klar, als Student hat man doch nichts anderes zu tun, als in irgendwelchen Bars abzuhängen«, erwiderte Carlotta und sah sich um. Selina hatte sie nach der Arbeit mitgenommen und sie waren in die Stadt gefahren. »Oder in Restaurants. Irgendwie muss man das ganze Geld ja ausgeben, das man während des praktischen Jahrs verdient.«

Selina lachte. »Du solltest dich nicht beschweren«, entgegnete sie. »Vierhundert Euro im Monat sind nicht schlecht. Als ich im PJ war, haben wir außer dem Mittagessen gar nichts bekommen.«

»Wo hast du noch mal studiert?«

»In Kiel«, antwortete Selina und zog die Schultern hoch, blätterte in der Karte eine Seite zurück. »Ich denke, ich nehme einen Salat. Die, die es in der Klinikkantine gibt, sind einfach nicht essbar.«

Sie hatten sich in den Außenbereich eines Schnellimbisses gesetzt, der auch gesunde Dinge servierte. Carlotta war das egal, solange es nur etwas Alkoholisches gab. Selina und sie hatten beide einen Hugo bestellt. Das Getränk war so teuer, dass sie es sich eigentlich nicht leisten konnte, doch es war Freitagabend und sie vermisste das Studentenleben. Und ihre Freunde, von denen die meisten einen Teil ihres praktischen Jahres im Ausland machten, während sie aus Faulheit hiergeblieben war. Es war schön, mal wieder auszugehen, und sie verstand sich gut mit Selina. Sie hatte Freundschaften auf geringerer Basis aufgebaut.

Kurze Zeit später hatten sie gegessen und saßen vor ihrem zweiten Glas Hugo. Mit Selina zu reden war erstaunlich angenehm. Im Gegensatz zu vielen anderen Kollegen wollte sie nicht nur über die Arbeit sprechen. Carlotta kam es fast so vor, als würde sie diesem Thema aus dem Weg gehen – sie sprachen über die Stadt, Musik und den nächsten Urlaub.

»Sollen wir noch einen bestellen?«, fragte Carlotta mit gerunzelter Stirn, als sich das zweite Glas ebenfalls seinem Ende zuneigte.

Selina lachte. »Das Auto muss ich so oder so stehen lassen.« Sie verzog das Gesicht. »Kaum zu glauben, aber ich bin jetzt schon betrunken. Nach zwei lächerlichen Gläsern Hugo.«

»Ich wünschte, das würde mir auch reichen«, erwiderte Carlotta mit einem Grinsen. »Leider bin ich als Studentin etwas mehr gewohnt. Selbst wenn ich zurzeit nicht viel rauskomme.«

»Genieße es, solange du kannst«, sagte Selina und winkte dem Kellner, deutete auf die leeren Gläser. Er verstand sie, ohne herüberkommen zu müssen. »Sobald du anfängst zu arbeiten, ist alles vorbei. Die Freiheit, der Spaß, die Lebensfreude generell. Sämtliche Freunde. Es gibt nur noch die Klinik.«

Carlotta antwortete nicht sofort. Sie war nicht überrascht, im Gegenteil. Es war, als hätte der ganze Abend nur auf diese Aussage zugesteuert. »Das hört sich nicht gut an.«

»Ist es auch nicht«, erwiderte Selina. »Und ich kann mich nicht einmal beklagen. Ich habe die Stelle, die ich immer wollte. Von der ich geträumt habe.«

»Bist du deswegen hierhergekommen? Kiel ist ziemlich weit weg.«

Der Kellner brachte zwei neue Gläser und zwinkerte Selina zu. Sie achtete nicht darauf, sondern nahm das Glas, um Carlotta zuzuprosten. »Auf die Träume.«

Sie stießen an.

»Nein«, sagte Selina nach einer Pause. »Deswegen bin ich nicht hergekommen.«

»Warum dann?«

»Ich wollte einen Schlussstrich ziehen«, erwiderte Selina. »Ich musste weg.«

»Das klingt, als wärst du auf der Flucht.« Carlotta räusperte sich. »Entschuldigung. Ich wollte nicht neugierig sein oder dich ausfragen.«

»Du bist die Erste, die mich seit Längerem fragt.« Selina rührte mit dem gläsernen Strohhalm im Glas herum. »Meine Kieler Freunde haben schon lange damit aufgehört. Und hier habe ich niemanden. Ich stehe auf, gehe zur Arbeit und danach wieder heim. Ich kenne keinen einzigen Menschen, außer ein paar Arbeitskollegen.«

»Du kennst mich?«, schlug Carlotta vor. Auch sie hatte sich oft einsam gefühlt, doch sie konnte sich nicht vorstellen, in einer Stadt zu leben, in der sie bis auf Kollegen niemanden kannte.

»Danke, dass du mit mir ausgegangen bist«, sagte Selina. »Selbst wenn ich nur jammere. Ich bin furchtbar.«

»Es klingt, als müsstest du mal über all das reden.«

Jetzt lächelte Selina. Es war ein trauriges Lächeln. »Du hast keine Ahnung, was *all das* ist.«

Carlotta nahm einen Schluck von ihrem Getränk, um Zeit zu gewinnen. So hatte sie sich den Abend nicht vorgestellt. In der Klinik war Selina anders, wirkte aufgeschlossen und freundlich. Sie hatte nicht vermutet, dass diese Traurigkeit unter der Fassade schlummerte. Sie war sich nicht sicher, ob sie dieses Gespräch führen konnte. Mit Gefühlen konnte sie nicht unbedingt gut umgehen. »Du musst nicht darüber reden. Wenn du willst, höre ich zu.«

Selina atmete tief ein. »Niemand weiß, dass die Stelle im *Von-Adelmann* nicht meine erste ist. Darüber habe ich gelogen. Bei der Bewerbung.« Sie kicherte, doch es klang freudlos.

»Warum?«, fragte Carlotta. »Ich meine, mit Arbeitserfahrung ist es doch viel leichter, eine neue Stelle ...« Sie verstummte mitten im Satz.

Selinas Augen schimmerten. Sie nahm einen Schluck von ihrem Getränk, stellte das Glas sorgfältig wieder ab und lehnte sich zurück. »Ich habe die erste Stelle nicht angegeben, weil ich da einen Patienten getötet habe.«

# 9

### *Jetzt*

Als Carlotta mit ihrer Erzählung zum Ende kommt, habe ich meine Tasse leer getrunken, ohne etwas davon zu schmecken. Ich merke es erst, als ich einen weiteren Schluck nehmen will und nur noch der letzte Rest Instantmilchschaum am Boden der Tasse klebt. Ich stelle sie zur Seite und sehe die Studentin auffordernd an.

»Und dann?«

Sie hebt die Schultern. »Nichts weiter.«

»Hast du sie nicht gefragt, was passiert ist?«

»Ja, natürlich habe ich das. Ich habe nachgebohrt und sie nach allen Details gefragt.« Sie schneidet eine Grimasse. »Ich weiß ja, dass Taktgefühl für euch Chirurgen nicht die wichtigste Fähigkeit ist, aber von dir hätte ich mehr erwartet.«

Ich gehe nicht auf ihre Provokation ein. »Und was hast du dazu gesagt? Das Thema gewechselt und über das Wetter geredet?«

Carlotta schnaubt. »Sicher nicht. Sie hat mir erzählt, wie es ihr damit ging. Ich wollte ihr nicht zu nahe treten, darum habe ich nicht weitergefragt. Ich bin davon ausgegangen, dass sie mir mehr sagt, wenn sie so weit ist.«

Sie stellt ihre noch volle Kaffeetasse zur Seite, und für eine Weile schweigen wir beide.

»Glaubst du wirklich, dass es nicht Anne Kittsteiner war, Rob?«

Es bringt mich aus dem Konzept, die Frage zu hören. Insgeheim habe ich sie mir schon des Öfteren gestellt, doch in der Stille meiner Gedanken war es keine Schwierigkeit, sie niemals zu beantworten. Carlotta wird es mir nicht so leicht machen. Und es ist nicht so, dass ich mir meiner Sache wirklich sicher bin. Vielleicht ist es nur einfacher für mich, nicht die Frau zu verdächtigen, die mir eine so gute Mentorin und Lehrerin gewesen ist. Ich vertraue mir selbst nicht ganz.

Doch ich nicke, weil ich Anne das schuldig bin. Und möglicherweise auch mir selbst. »Nein. Sie war es nicht. Sie kann es nicht gewesen sein. Sie war nur im Krankenhaus, weil ich sie angerufen habe. Und als sie da war, standen wir im OP. Als wir fertig waren, ist sie heimgefahren. Sie kann es nicht getan haben.« Selbst in meinen eigenen Ohren hört sich das zu sehr danach an, als würde ich sie verteidigen, ohne tatsächlich Argumente auf meiner Seite zu haben. Was im Grunde der Wahrheit entspricht.

Sie denkt einen Moment nach. »Das klingt, als müssten wir nicht nur herausfinden, wer Selina ermordet haben könnte, sondern auch Beweise dafür finden, dass Frau Kittsteiner unschuldig ist.«

Das ist noch ein Gedanke, dem ich mich bisher nicht gestellt habe. Aber es ist ein anderes Detail, das mich aufhorchen lässt. »Wir?«

»Warum nicht?«, erwidert sie. »Zu zweit bekommen wir mehr heraus als allein. Außerdem brauchst du jemanden, der das Denken für dich übernimmt.«

»Richtig, das ist bekanntermaßen nicht meine Stärke.«

»Das glaube ich sofort«, sagt sie und zieht ein kleines schwarzes Notizbuch aus der Tasche ihres Kasacks. Sie dreht es auf den Kopf und schlägt es von hinten auf. »Was weißt du bisher?«

»Was hast du vor?«

»Wir müssen festhalten, was wir bisher wissen«, sagt sie, als wäre das vollkommen selbstverständlich. Mit konzentriertem Gesichtsausdruck schiebt sie sich eine dunkle Strähne hinters Ohr, die ihr in die Stirn gefallen ist. »Um System in unsere Überlegungen zu bringen.«

»Und damit die Polizei einen Hinweis hat, wenn wir etwas herausfinden und deswegen ermordet werden?«

»Taktlos«, stellt Carlotta mit einem Grinsen fest. »Und jetzt schieß los.«

Ich berichte ihr in Kurzform, was ich bisher herausgefunden habe. Von Selinas Affäre mit Dr. Kochert, von den Dingen, die ich über Louisa und Marko gehört habe. Carlotta bringt meine Worte in ordentlichen, lesbaren Sätzen zu Papier, dann legt sie den Kugelschreiber zur Seite. »Noch etwas?«

»Momentan nicht.« Die Liste, die sie geschrieben hat, sieht ziemlich erbärmlich aus. Dabei kam es mir bis gerade eben vor, als hätte ich schon eine Menge herausbekommen. Wenn man es jedoch auf den Punkt brachte, waren es wenig Informationen.

*Louisa: neidisch auf Förderung*
*Marko: wollte Stelle*
*Kittsteiner: Affäre*
*Kochert: Affäre*

»Wir müssen uns zwei Fragen stellen«, sagt Carlotta mit gerunzelter Stirn. »Wer hätte die Möglichkeit gehabt, den Mord zu begehen?«

Auch ich habe schon darüber nachgedacht. »Im Prinzip kann jeder mit einem Mitarbeiterausweis hier herein.«

»Ja, zu dem Schluss bin ich ebenfalls gekommen«, erwidert sie. »Es wäre gut, mit dem Pförtner zu sprechen, der während der Nachtschicht an der Tür der Notaufnahme gesessen hat. So gut, dass ich bereits bei ihm vorbeigegangen bin.«

Ich starre sie an. »Das hast du getan?«

»Ja, er war heute zufällig hier, und deswegen dachte ich, ich spreche mit ihm und frage ihn. Er hat mir gesagt, dass nachts niemand hereingekommen sei, nur Patienten, die in die Notaufnahme gegangen sind, und die Kollegen vom Rettungsdienst. Vom Personal hat keiner das Krankenhaus betreten, nur Anne Kittsteiner. Er sagt, das sei ihm aufgefallen.«

»Schlau von dir«, sage ich. »Aber was ist mit den Nebeneingängen?« Mitarbeiter des Hauses hatten Chipkarten, mit denen man die Nebeneingänge von außen öffnen konnte.

»Die meisten von denen sind laut Pförtner nachts von außen versperrt. Es gibt nur einen, der in der Nähe des Haupteingangs liegt, der ist allerdings videoüberwacht. Niemand hat das Haus durch diesen Zugang betreten.«

Ich nickte anerkennend. Wenn das der Wahrheit entsprach, waren wir einen großen Schritt weitergekommen. »Und diese Aussagen stimmen sicher?«

Carlotta streicht die Seite ihres Notizbuches glatt. »Zumindest hat er das auch der Polizei gesagt.«

»Und warum dir?«

Sie zwinkert mir zu. »Weil ich eine charmante junge Frau bin, die ihn freundlich gefragt hat und immer Guten Morgen sagt.«

»Durchtrieben.«

»Ach, kommen Sie, Dr. Schlenker«, tadelt sie mich. »Als ob Sie noch nie jemandem schöne Augen gemacht haben, um zu bekommen, was Sie wollen.«

»Ich? Niemals.«

»Dann fängst du besser damit an.« Sie klopft mit dem Ende ihres Kugelschreibers auf das Papier. »Es gibt noch jede Menge Dinge, die wir herausbekommen müssen.«

»Schon klar.« Ich beuge mich vor, um Carlottas Liste zu begutachten. »Von den Verdächtigen hatten nur Marko und Anne Dienst.«

»Was ist mit Kochert? Ich meine gehört zu haben, dass er auch Hintergrunddienst hatte.«

»Er ist aber nicht in der Nacht hereingekommen, oder?«

Carlotta runzelt die Stirn. »Laut Pförtner nicht.«

Sie klingt genauso frustriert, wie ich mich bei ihren Worten fühle. Es wäre einfacher, wenn Dr. Kochert in der Mordnacht vor Ort gewesen wäre. Ich misstraue ihm. Selbst wenn ich keinen konkreten Verdacht gegen ihn habe. »Also grenzen wir die Verdächtigen auf alle Personen ein, die in dieser Nacht Dienst hatten und damit anwesend waren?«

Carlotta stimmt mir mit einem Nicken zu. »Zu meiner zweiten Frage. Die kommt mir jetzt fast wichtiger vor.« Sie sieht mich nicht an, als sie das sagt. »Warum geht die Polizei davon aus, dass deine Oberärztin es getan hat?«

Noch eine Frage, über die ich schon öfter nachgedacht habe. »Weil sie eine naheliegende Verdächtige ist? Louisa hat das mit der Affäre überall herumerzählt. Ich habe keine Ahnung, ob das für eine Verhaftung reicht.« Insgeheim befürchte ich, dass da mehr sein muss. Mehr Beweise, die gegen Anne sprechen. Beweise, die mein Ansinnen, ihre Unschuld nachzuweisen, vollkommen sinnlos machen. Die mich zum Aufgeben bringen würden, wenn ich sie nur kennen würde.

»Ein Motiv ist kein Grund, um jemanden hinter Gitter zu bringen«, stimmt Carlotta mir zu. »Eine Zeugenaussage könnte ein Grund sein. Wenn jemand behauptet, sie gesehen zu haben.«

Das ist eine erstaunlich einfache Erklärung. Und weniger schrecklich als all die unbestreitbaren Beweise, die ich mir ausgemalt habe. »Du hältst mich für irre, oder? Dass ich an Annes Unschuld glaube?«

Carlotta hebt die Schultern. »Du schätzt sie eben.«

»Sie hat mir alles beigebracht, was ich weiß«, füge ich hinzu. »Anne war die erste Oberärztin, die jemals ein Lob ausgesprochen hat. Das war nach drei Monaten. Drei Mona-

te, in denen ich davon überzeugt war, eine Niete zu sein.«
Am Anfang war ich fast so verloren gewesen wie Selina vor ihrem ersten Nachtdienst.

»Was hat sie gesagt?«

Ich erinnere mich an jedes einzelne Wort davon. In vielerlei Weise hat mich ihre Aussage vor dem Aufgeben bewahrt. Selbst wenn ich das niemals laut zugeben würde. Es hat lange genug gedauert, bis ich es mir selbst eingestanden habe. *Gut gemacht, Schlenker. Sie haben die Intuition, die einen guten Arzt von einem durchschnittlichen unterscheidet. Weiter so.*

»Sie hat mich für eine Diagnose gelobt, die ich in der Notaufnahme gestellt habe. Es war eine Kleinigkeit, aber in diesem Moment war es wichtig.« Anne hatte schon damals den Ruf, keine Fehler zu verzeihen. Ich wusste, dass die meisten anderen Assistenzärzte sie und ihr Urteil fürchteten. Das brauche ich Carlotta nicht zu erklären, sie hat lang genug in unserer Abteilung gearbeitet und sicherlich eine Menge Gerede von meinen Kollegen mitbekommen. »Sie ist eine äußerst fähige Chirurgin und hat die steilste Karriere hingelegt, sich als Frau in so kurzer Zeit durchgesetzt. Warum sollte sie irgendeine Assistenzärztin ermorden? Das ergibt einfach keinen Sinn.«

Carlotta nickt. »Ja. Ich verstehe dich, Rob. Ich glaube auch nicht, dass sie es war. Und bei allem, was ich gehört habe, müssen wir auch an etwas anderes denken.« Sie tippt auf die Liste mit den Verdächtigen. »Was, wenn jemand Anne schaden wollte und dafür die Sache mit der Affäre genutzt hat? Jemand, der nur darauf gewartet hat, dass sie und Selina gemeinsam Dienst hatten?«

Ich starre sie an. Daran habe ich noch nicht gedacht. Natürlich nicht. Ich habe nur an Selina gedacht. Mir überlegt, aus welchem Grund sie sterben musste. Ich runzle die Stirn. »Feinde hatte sie mehr als genug.«

»Soll ich eine Liste schreiben?«

»Das ist nicht die schlechteste Idee«, erwidere ich mit einem Grinsen. »Aber von neidischen Kollegen und gekränkten Assistenzärzten fällt mir nur eine Person ein, die wirklich mit Anne verfeindet war.«

### *Vorher. Zwölf Monate vor dem Todesfall. Rob*

Es war kurz nach sechs, als ich auf die Station kam. Es war die zweite Woche, in der ich hier eingeteilt war, und meine zweite Stationsrotation. Davor hatte ich zwei kurze Monate im OP verbringen dürfen. Meine Zeit dort wäre länger gewesen, wenn nicht eine meiner Kolleginnen in den Mutterschutz gegangen wäre und es nun niemanden mehr gegeben hätte, der sich um die Normalstation kümmerte. Meine schlechte Laune deswegen hatte die ersten Tage der letzten Woche angehalten, doch glücklicherweise war das Pflegeteam der Station so toll, dass ich meinen Groll rasch hatte ablegen können.

Als ich mich durch den Stützpunkt schlängelte, waren Nachtdienst und Frühdienst gerade mit der Übergabe beschäftigt, und ich winkte nur kurz, um sie nicht zu stören. Dann schlüpfte ich ins Arztzimmer, um mir die aktuelle Stationsliste anzusehen. Es hatte drei nächtliche Zugänge gegeben, einer von ihnen war operiert worden, zwei andere zur Überwachung aufgenommen. Heute würde ich neu prüfen müssen, ob sie operativ versorgt werden mussten.

»Und was macht sie jetzt?«, fragte eine weibliche Stimme gedämpft vor der Tür. Ein leises Kichern begleitete die Worte. »Lässt sie sich versetzen, oder was?«

Eine männliche Stimme antwortete: »Als ob sie sich freiwillig gemeldet hätte, um hier zu arbeiten.«

Ich drehte mich um. Die Tür zum Stützpunkt war nur angelehnt, deswegen hörte ich jedes Wort. Auch wenn das sicher nicht zur Übergabe gehörte.

»Denkst du, es gibt eine Szene?«, fragte die erste Stimme. »Dass die Kittsteiner auch so einen Aufstand macht?«

»Sicher nicht«, gab der andere zurück. »Die Frau ist eiskalt. Wahrscheinlich legt sie es eher darauf an, den Moment auszukosten.«

Ich hielt inne. Worüber sprachen die beiden? Bei der Zusammenarbeit in so großen Teams kam es ständig zu Spannungen, aber das hörte sich sehr persönlich an. Und offensichtlich war Anne involviert.

Kurz entschlossen stand ich auf und ging zur Tür. Ein jüngerer Pfleger namens Marek und eine der Pflegeschülerinnen hatten die Köpfe zusammengesteckt und sahen mich überrascht an.

»Entschuldigen Sie«, sagte Marek. »Haben wir Sie gestört, Dr. Schlenker?«

»Bitte nennt mich Rob«, erwiderte ich. »Und nein, nicht wirklich, ich habe nur unfreiwillig euer Gespräch mitbekommen. Es würde mich interessieren, von wem die Rede ist.«

Die Pflegeschülerin murmelte etwas und machte sich davon. Marek sah ihr zerknirscht nach. »Das ist nicht so wichtig. Nur Gerede.«

»Wie es der Zufall will, interessiert mich Gerede«, sagte ich. »Insbesondere, wenn es Spannungen im Team verursacht. Ich verrate auch niemandem, dass du mir davon erzählt hast. Das bleibt unter uns.«

Er seufzte und warf einen Blick über die Schulter. Seine Kollegen hatten sich bereits an die Arbeit gemacht und gingen durch die Patientenzimmer, um ihren Schützlingen beim Waschen zu helfen und die Medikamente zu bringen. Nur noch wir beide waren im Stützpunkt.

»Gut. Es geht um Yolante.«

»Wer?«

»Um Yolante. Yo. Sie war letzte Woche im Nachtdienst, darum hast du sie vielleicht noch nicht getroffen. Ist eine Aushilfskraft, seit zwei Wochen bei uns. Sonst arbeitet sie als Kinderkrankenschwester. Ist eingesprungen, weil wir so dünn besetzt sind.«

Ich nickte. »Okay. Und wieso kann sie nicht mit Dr. Kittsteiner zusammenarbeiten?«

»Nun, bisher haben sie sich nicht getroffen, weil die Kittsteiner im Urlaub war«, fuhr Marek fort. Je länger er sprach, desto selbstsicherer wurde er. »Und jetzt ist der Hutter für drei Wochen nicht da, und auf einmal soll die Kittsteiner die Betreuung der Station übernehmen.«

Das war nichts Neues. Ich hatte mich über die Tatsache gefreut, dass Anne in den nächsten Wochen die Ansprechpartnerin für meine stationären Patienten sein würde. Dr. Hutter war in Ordnung, doch Stationsarbeit kümmerte ihn nicht wirklich. Wenn eine Operation abgeschlossen war, interessierte ihn der Patient immer weniger. »Und wo ist das Problem?«

»Angeblich hat Yolante darauf bestanden, nie mit der Kittsteiner arbeiten zu müssen«, berichtete Marek. »Sonst wäre sie nicht hier eingesprungen.«

Das schien nicht besonders gut geklappt zu haben. »Nun, in erster Linie bin ja ich der Ansprechpartner. Was ist denn Yolantes Problem mit Dr. Kittsteiner?«

»Du hast noch nicht davon gehört?«

Ich hob die Augenbrauen. »Wovon?«

»Kittsteiners Ehemann, dieser Oberarzt von der Pädiatrie.«

»Dr. Kochert?«

Marek nickte hastig, senkte die Stimme und beugte sich vor. »Er war mit Yolante verlobt. Sie kannten sich, seit er Assistenzarzt und sie Pflegeschülerin war. Und dann hat die Kittsteiner hier angefangen. Er hat die Verlobung zwei Monate vor der Hochzeit aufgelöst und kaum ein Jahr später die Chirurgin geheiratet.«

Ich hatte Spannungen erwartet – das hier war mehr. »Ich kann mir vorstellen, warum sie nicht gern mit Dr. Kittsteiner arbeitet.«

»Natürlich nicht. Angeblich waren die beiden vor dem Ganzen sogar befreundet, aber das ist vielleicht nur ein Gerücht. Yolante hasst die Frau wie die Pest.«

Und wenn Mareks Geschichte stimmte, hatte sie jeden Grund dazu.

## 10

*Jetzt*

Am nächsten Tag fühle ich mich wie erschlagen. Carlotta und ich saßen am Nachmittag noch lange zusammen und diskutierten über mögliche Mordmotive. Überlegten, wie wir vorgehen konnten, um mehr herauszufinden. Sie schien sich diesem Vorhaben vollends verschrieben zu haben. Als ich in der heutigen Nacht wach lag, hatte ich genug Zeit, um über ihr plötzliches Erscheinen nachzudenken. Darüber, wie sie mir ihre Hilfe anbot, ohne zu wissen, dass ich sie brauchen könnte. Jetzt bin ich erleichtert darüber, nicht mehr mit meinen Zweifeln allein zu sein, selbst wenn ich mir über Carlottas tatsächliches Motiv nicht im Klaren bin. Doch wie ich die Sache drehe und wende, ich finde keinen Grund, ihr zu misstrauen. Selina und sie waren nicht nur befreundet, Carlotta hat als Studentin keine Nachtdienste, weshalb sie in der fraglichen Nacht nicht hier gewesen sein kann.

Als sie sich schließlich verabschiedete, arbeitete ich noch meine Briefliste ab und ging anschließend Laufen. Trotzdem schlief ich schlecht. Wie in beinahe jeder Nacht seit Selinas Tod.

Dennoch ist es heute besser als gestern. In der Morgenbesprechung fällt weder Selinas noch Annes Name, und eine angespannte Stimmung ist keine Seltenheit, sodass ich mir für wenige Minuten Normalität vorgaukeln kann. Danach beeile ich mich, möglichst schnell auf Station zu gelangen, um die Visite hinter mich zu bringen. Für meinen Plan brauche ich nicht nur ein wenig Zeit, sondern auch Ruhe.

Glücklicherweise geht es den meisten Patienten gut. Mit Ausnahme von Herrn Müller. Das CT von gestern hat kein sicheres Ergebnis gebracht, seine Blutwerte sind allerdings schlechter geworden. Ich habe mit Dr. Hutter bereits darüber gesprochen, ein stärkeres Antibiotikum anzusetzen und das Blut erneut auf mögliche Erreger zu untersuchen. Trotzdem wünsche ich mir nichts mehr, als den Fall mit Anne besprechen zu können. Sie wüsste, was zu tun wäre.

Es ist bereits Mittag, als wir mit der Visite fertig sind. Normalerweise würde ich jetzt zum Essen gehen. Stattdessen ziehe ich mich ins Arztzimmer zurück und schließe die Tür hinter mir. Wähle die Nummer, die ich mir bereits gestern notiert habe.

Nach dem zweiten Klingeln nimmt jemand ab. »Station zwanzig, Soraja.«

»Hi, hier ist Rob von der Chirurgie«, erwidere ich. »Ist Yo heute da?«

Eine kurze Pause. »Ja, aber sie ist gerade im Patientenzimmer. Kann ich dir helfen?«

»Nein, ich müsste mit ihr sprechen«, entgegne ich. »Ich bereite die M&M-Konferenz vor, es geht um einen Fall aus der Zeit, während der sie auf unserer Station war.« Die Lüge geht mir leicht von den Lippen. Ich habe hin und her überlegt, ob ich diesen Vorwand wählen soll. Bei M&M-Konferenzen werden Fehler besprochen und diskutiert, niemand ist erfreut, bei diesem Anlass involviert zu sein. Andererseits hoffe ich, dass Yo erleichtert ist, wenn es nicht wirklich um die Konferenz geht, sondern um Selinas Tod. Eine schwache Hoffnung.

»Ich kann sie suchen gehen«, schlägt Soraja halbherzig vor.

»Mach dir keine Umstände, ich komme kurz vorbei«, entgegne ich. »Es wäre nicht das erste Mal, wenn meine Mittagspause für die M&M-Konferenz draufgeht.« Das ist nur eine halbe Lüge. Ich habe tatsächlich genug Pausen für die Vorbereitung solcher Vorträge geopfert.

Soraja lacht. »Okay. Bis gleich.«

Als ich oben ankomme, wartet Yo bereits im Stützpunkt auf mich. Ihre Miene ist verschlossen, und ich kann ihr nicht entnehmen, ob sie mich durchschaut hat oder nicht über Fehler diskutieren will.

Sie mustert mich. »Wir sollten an die frische Luft gehen. Wenn du keine Unterlagen dabeihast, können wir draußen reden.«

Die Dachterrasse, auf der wir Mitarbeiter unerlaubterweise rauchen, ist glücklicherweise spärlich besetzt.

Yo klemmt sich eine Zigarette zwischen die Lippen und zündet sie an, ohne mir eine anzubieten. »Also, Rob. Worum geht es wirklich?«

So viel dazu. Wenn sie direkt ist, kann ich das auch sein. »Du hattest an dem Tag, als Selina gestorben ist, Dienst, oder?«

Sie kneift die Augen zusammen. Beim letzten Mal, als wir uns gesehen haben, ist mir nicht aufgefallen, dass sie tiefe Augenringe hat. Ihre Wangen wirken eingefallen, als hätte sie Gewicht verloren. Offenbar bin ich nicht der Einzige, der unter Selinas Tod leidet. »Ja. Und weiter?«

»Wann bist du gegangen?«

»Ist das ein Verhör?«, fragt sie. »Weil das die Polizei schon gemacht hat. Und sie haben sich besser angestellt als du.«

»Was hast du ihnen erzählt?«

Sie lacht freudlos. »Was willst du, Rob?«

Mit einem Mal kommt mir mein Plan nicht mehr so schlau vor wie gestern. Ich bin davon ausgegangen, dass Yo mit mir reden würde, weil wir uns immer gut verstanden haben. Dass sie mir irgendetwas sagen würde. Aber dazu muss ich sie wohl konfrontieren. Und wenn sie mir schon jetzt nichts verrät, wird sie danach erst recht schweigen. »Ich glaube nicht, dass Dr. Kittsteiner den Mord begangen hat.«

»Ach ja, stimmt«, antwortet sie kühl. »Ich habe gehört, dass du ihr Schoßhündchen bist. Willst du jetzt selbst ermitteln, oder was? Lass das mal lieber die Polizei machen.«

»Hör zu, ich weiß, dass du Anne nicht magst.«

Ihre Augen funkeln, als sie meinen Blick grimmig erwidert. Der Ausdruck wirkt fiebrig, fast besessen. »Und? Es ist kein Geheimnis, dass ich mich freue, dass sie bekommt, was sie verdient.«

»Willst du nicht, dass man Selinas tatsächlichen Mörder erwischt?«

»Mit Dr. Kittsteiner-*Kochert* trifft es bestimmt keine Falsche, Rob. Das weiß ich, und dazu stehe ich auch.« Sie drückt ihre Zigarette auf dem schmutzigen Teller aus, der als Aschenbecher zweckentfremdet worden ist. »Und ich habe der Polizei alles gesagt, was sie wissen muss.«

Für einen Moment sehen wir uns stumm an. Die Bedeutung ihrer Worte sickert nur langsam in mein Bewusstsein. »Du hast ihnen etwas verschwiegen?«

Ihr Lächeln lässt ihr Gesicht noch spitzer wirken. »Ich habe ihnen alles gesagt, was sie wissen müssen. Nicht mehr und nicht weniger.«

»Besteht die Chance, dass du mir sagst, was sie *nicht* wissen müssen?«

»Und warum?« Sie greift in die Tasche ihres Kasacks und holt die Zigarettenschachtel erneut hervor. Nimmt sich noch eine heraus, hält mir die Schachtel hin. »Warum sollte ich das tun?«

»Weil ich der einzige nette Chirurg bin?«, schlage ich vor. Das war etwas, was sie mir einmal scherzhaft gesagt hat, als sie auf unserer Station gearbeitet hat. »Nein danke, keine Zigarette für mich.«

Mit einem Lächeln steckt sie die Schachtel wieder ein. »Schlau von dir. Rauchen verursacht Krebs. Sogar bei netten

Chirurgen.« Sie nimmt gemächlich einen Zug und lässt den Blick über das Dach schweifen. »Ich mag dich, Rob. Du bist wirklich ein netter Kerl.«

Es gibt nichts zu erwidern. Zumindest nichts, was sie dazu bringt, mir eher die Wahrheit zu verraten.

»In diesem Krankenhaus passieren viele schlimme Dinge«, fährt sie langsam fort. »Und das neben all den Krankheiten und Verletzungen. Selinas Tod ... ist nur ein Ereignis von vielen. Es ist ein Ereignis, das niemand vertuschen kann.« Sie schüttelt den Kopf. »Es ist gut, dass du nachfragst. Manchmal müssen wir das. Dafür sorgen, dass Dinge richtiggestellt werden.«

Diesmal gelingt es mir nicht, den Mund zu halten. »Was meinst du?«

Sie richtet ihre braunen Augen auf mich. »Manchmal kann man dem Gesetz nicht vertrauen, dass es die Dinge richtigstellt. Manchmal muss man es selbst in die Hand nehmen.«

»Yo ...«

»Gut«, unterbricht sie mich. »Ich werde dir sagen, was ich der Polizei gesagt habe.«

»Und den Rest?«

Sie schenkt mir ein müdes Lächeln. »Den Rest hebe ich mir für jemanden auf, der ihn hören muss.«

Als ich protestieren will, hebt sie die Hand. »Das ist mein einziges Angebot, Rob. Und auch mein letztes. Ich muss dir gar nichts sagen.«

Wir messen uns erneut mit den Blicken. Ich gebe nach. »Gut, sag mir, was du der Polizei gesagt hast.«

### Vorher. Nacht des Todesfalls, 21:30 Uhr. Yolante

Yolante hätte nicht sagen können, wann die Schichten anstrengender geworden waren. Es war schleichend gegangen, wie so viele Dinge. Natürlich konnte sie nicht erwarten, dass sie Nachtschichten so leicht wegsteckte wie mit Anfang zwanzig, als sie den ganzen Tag danach unterwegs gewesen war, nur um in die nächste Nacht zu starten. Andererseits war Ende dreißig kein Alter, in dem man ein Leben so führen sollte, wie sie es gerade tat.

Wie üblich war es später als einundzwanzig Uhr, als sie die Station verließ. Sie waren zu dünn besetzt, um Überstunden zu vermeiden. Dazu zählten nicht nur die unzähligen Schichten, die sie einspringen musste, sondern auch die wenigen Minuten, die man später ging, die sich im Laufe der Woche zu Stunden und später zu Tagen auftürmten.

Noch etwas, was ihr nichts ausgemacht hatte, als sie jünger gewesen war. Vielleicht weil es sie damals nicht gekümmert hatte, dass das Krankenhaus ihr Lebensmittelpunkt gewesen war. Jetzt stieß sie allein der Gedanke daran ab. Da war ihr noch die leere Wohnung lieber, die auf sie wartete.

Sie stieg die Treppe gemächlich nach unten. Selbst wenn ihr die Wohnung lieber war als die Klinik, hatte sie es nicht eilig, nach Hause zu kommen. Zwar würde sie die angehäuften Überstunden niemals abfeiern können, doch das kümmerte sie nicht. Das nächtliche Krankenhaus hatte etwas Friedliches an sich.

Ein Stockwerk tiefer lagen die Büros einiger chirurgischer Oberärzte, unter anderem auch Anne Kittsteiner-Kocherts. Es gelang Yolante nie, daran vorbeizugehen, ohne auf das Schild zu starren. Nicht einmal nach all den Jahren, die vergangen waren, seit Ludger sie verlassen hatte.

Wegen dieser Räumlichkeiten hatte es mehrere Male Streitereien gegeben, weil die pädiatrischen Oberärzte keine

Zimmer auf dem Stockwerk ihrer Station hatten und sich deswegen ebenfalls dort einquartieren wollten. Bisher waren sie mit diesem Vorhaben gescheitert, doch Yolante konnte sich vorstellen, dass Ludger kein Problem damit hatte. Er konnte schließlich das Büro seiner Frau benutzen, wann immer diese im Operationssaal war.

Yolante schüttelte den Gedanken ab und lief schneller weiter. Auf dem Weg nach unten kam ihr ein junger Mann mit ernster Miene entgegen. Er trug schlichte blaue Bereichskleidung, doch sein Namensschild offenbarte einen Doktortitel, also einer der Assistenzärzte. Sie machte sich nicht die Mühe, seinen Namen zu lesen. Er ging an ihr vorüber, ohne sie eines Blickes zu würdigen, und auch sie grüßte ihn nicht. Früher hatte sie sich bemüht, mit allen Kollegen gut auszukommen. Mittlerweile wusste sie, dass das verschwendete Mühe war.

Als sie die Umkleidekabine betrat, hielt sie inne. Gedämpfte Stimmen drangen zu ihr herüber. Die Sprecher waren hinter den Schließfächern verborgen. Offenbar war die Klinik in dieser Nacht alles andere als ruhig.

Sie versuchte, leiser aufzutreten. Noch konnte sie nicht verstehen, was gesagt wurde. Sie hörte nur, dass sich zwei Frauen miteinander unterhielten. Und dass sie so leise sprachen, als hätten sie etwas zu verbergen.

»Ich weiß nicht, ob ich das kann.« Die Stimme war leise und zaghaft.

»Reiß dich zusammen«, erwiderte eine ältere Frau. Yolante erstarrte. Diese Stimme hätte sie überall erkannt. »Wir haben oft genug darüber gesprochen. Heute ist nicht der Tag, an dem wir das neu aufrollen.«

Stille. Yolante presste die Hand gegen die kühle Metalltür des Schließfachs neben sich. Eine plötzliche Kälte durchfuhr ihren Körper.

»Okay.«

»Gut. Ich verlasse mich auf dich.«

Ein Schniefen. »Und ich mich auf dich.«

»Das kannst du. Ich hab mein Handy sowieso an.«

Yolante hörte die Schritte zu spät, als dass sie hätte reagieren können. Sie hatte sich nicht von der Stelle bewegt, als Anne Kittsteiner um die Ecke des Regals bog. Ihre Frisur saß perfekt, und ihre blauen Augen strahlten sogar im trüben Licht der Umkleide. Sie trug eine weiße Lederjacke und dunkle Jeans, die ihre schlanke Silhouette betonten. Selten war sich Yolante schäbiger neben ihr vorgekommen. Sie wusste, welchen Anblick sie bieten musste.

Wie immer wurde das Gesicht der Ärztin weicher, als sich ihre Blicke begegneten. Yolante würde nie wissen, ob aus schlechtem Gewissen oder aus Mitleid. Es war auch egal. Sie hasste diesen Gesichtsausdruck. Daran würde sie sich nie gewöhnen. »Anne«, sagte sie steif.

»Yolante.«

Dann war sie an ihr vorbeigegangen. Die Tür schlug hinter ihr zu.

Für einen Moment schloss Yolante die Augen. Sie hätte lieber eine weitere Überstunde gemacht, anstatt diese Begegnung erleben zu müssen. Sie brauchte einen Moment, um sich zu sammeln, bevor sie zu ihrem Spind ging.

Beinahe hätte sie Annes Gesprächspartnerin vergessen, die noch auf der Bank im hinteren Bereich der Umkleide saß. Sie trug ein rosa T-Shirt unter ihrem Kittel und umklammerte eine Flasche Cola light, als hinge ihr Leben davon ab. Als sie Yolante erkannte, breitete sich ein zaghaftes Lächeln auf ihrem bleichen Gesicht aus und sie stand auf. »Hi, Yo. Feierabend?«

»Ja, zum Glück.«

»Na, dann lass dich nicht aufhalten. Ich muss los. Die Notaufnahme ruft.«

Yolante beobachtete, wie sie an ihr vorbeiging. Etwas stimmte nicht. Ganz und gar nicht, aber es stand ihr nicht zu, zu fragen. Vielleicht würde sie das später tun, wenn sie einen ruhigen Moment auf Station fand. »Ich wünsche dir einen ruhigen Dienst, Selina.«

# 11

### *Jetzt*

»Das soll Lasagne sein? Wirklich?« Erst als sich Carlotta neben mich setzt und meinen Teller mit gerümpfter Nase begutachtet, nehme ich die Mahlzeit darauf zur Kenntnis. Ich habe das erstbeste Gericht geholt und es zur Hälfte aufgegessen, ohne auch nur einen Bissen davon zu schmecken.

»Mit Linsen«, präzisiere ich, ernte dafür aber nur ein Schnauben. »Ist doch egal.«

Wir haben uns gestern verabredet, um etwaige neue Erkenntnisse auszutauschen. Mit wenigen Worten berichte ich von Yos Beobachtung.

Noch während ich erzähle, weiten sich Carlottas Augen. »Das ist genial! Das beweist doch, dass Dr. Kittsteiner Selina nicht aus Rache für die Affäre getötet haben kann! Die beiden haben sich gekannt. Sie waren nicht zerstritten. Hat sie das nicht der Polizei gesagt?«

»Doch, hat sie«, erwidere ich mit einem Seufzer. »Und zwar angeblich, bevor Anne verhaftet wurde.« Das weiß ich, weil ich noch einmal nachgehakt habe.

»Mist.«

»Du sagst es«, stimme ich ihr zu. Das bedeutet, dass sie etwas gegen sie in der Hand haben. Etwas, was mehr wert ist als eine einfache Zeugenaussage. »Ich wünschte, ich wüsste, was die beiden besprochen haben. Warum hat Yo nicht nachgefragt?«

Carlotta hebt die Schultern und stochert in ihrem Salat herum, der nicht viel besser aussieht als meine Lasagne. »Das ist komisch.«

»Wenn ich mit Anne sprechen könnte, wäre alles einfacher.« Doch meine Oberärztin sitzt noch immer in Untersuchungshaft. Selbst wenn sie Besuch bekommen darf, wovon ich nicht ausgehe, wäre ich vermutlich einer der Letzten auf der Liste. Für einen Moment denke ich darüber nach, ihren Anwalt zu kontaktieren. Aber nur für einen Moment. Immerhin bin ich nichts weiter als irgendein Assistenzarzt, den sie gefördert hat. Nichts weiter. »Vielleicht sollten wir lieber herausbekommen, was Yo der Polizei nicht gesagt hat.«

»Ja, das denke ich auch.« Carlotta spießt nachdenklich eine Tomate auf ihre Gabel. »Selbst wenn ich nicht weiß, wie wir das anstellen sollen.«

»Sie hat angedeutet, dass sie diese Informationen mit irgendjemandem teilen will«, sage ich. »Vielleicht hat sie das sogar schon.«

»Wollen wir sie im Auge behalten?«, schlägt Carlotta vor.

Ich lache auf. »Ich habe eine Station zu führen, vergiss das nicht. Außerdem hat sie heute Frühschicht. Das bedeutet, dass sie jetzt dann nach Hause geht.«

»Oder auch nicht. Was, wenn sie direkt nach Schichtende mit dieser Person spricht? Sie kann das ja schlecht erledigen, während sie arbeiten muss. Es sei denn, die Person arbeitet mit ihr auf Station.«

Ich runzle die Stirn. »Das ist wahr. Ich frage mich, was das soll.«

»Das werden wir herausbekommen, wenn wir wissen, wer diese Person ist«, sagt Carlotta. »Gleich ist die Übergabe. Ich werde einfach auf die Station gehen und Yo unauffällig folgen, wenn sie Feierabend hat.«

»Bist du gerade nicht bei den Internisten im Praktikum? Was, wenn dich jemand vermisst?«

Sie sieht mich treuherzig an. »Ich habe ein wenig Verwirrung gestiftet. Der Stationsarzt denkt, ich sei in der Notaufnahme. Die anderen glauben, ich sei auf Station. Da dürfte es keine Probleme geben.«

»Nicht schlecht«, erwidere ich, ohne meine Bewunderung zu verbergen. »Das solltest du mir lieber nicht erzählen, sonst muss ich dich verpetzen.«

Sie lacht. »Die sind selbst schuld, wenn sie sich so wenig für uns Studenten interessieren, dass es nicht einmal eine ordentliche Einteilung gibt. Die wollen es sozusagen, dass wir uns frühzeitig verdrücken.«

»Wenn du das sagst. Ich kann es dir nicht verdenken, immerhin ist es innere Medizin. Da habe ich mich immer davongemacht, wenn ich konnte. Was ist deine Ausrede, um wieder bei den Pädiatern aufzuschlagen?«

»Die wundern sich nicht, wenn ich da bin. Ich mache bei Dr. Kochert meine Doktorarbeit, deswegen bin ich ständig dort.«

Ich nicke, antworte jedoch nicht. Die Information kommt mir wichtig vor, ohne dass ich momentan sagen kann weshalb. Vielleicht ist es nur, weil ich sie irgendwann darum bitten muss, ihren Doktorvater auszuhorchen.

Carlotta steht auf und nimmt ihr Tablett auf. »Übrigens habe ich nichts über Marko herausbekommen. Ich wollte mich ihm heute Morgen aufdrängen, aber er schätzt die Gegenwart junger Studentinnen offenbar weniger als du.«

Ich zwinkere ihr zu. »Vielleicht hatte er auch einfach keine Lust auf dich?«

»Oder das«, erwidert sie mit einem Lachen. »Wenn du mit ihm sprechen willst, kannst du ihn dir bestellen.«

»Was?«

»Er ist heute für die internistischen Konsile zuständig. Das heißt, er muss vorbeikommen, wenn du eines anforderst.« Sie lächelt mich über die Schulter hinweg an. »Gern geschehen. Ich schreibe dir später.«

Mit diesen Worten geht sie davon, und ich sehe auf meinen Teller, auf dem der Rest der Lasagne liegt. Der Käse glänzt speckig und ich schiebe das Tablett von mir. Ein Blick auf die Uhr verrät, dass ich noch knappe zehn Minuten von meiner Pause übrig habe. Die werde ich heute ausnahmsweise ausnutzen, anstatt direkt zurück auf Station zu gehen. Ich brauche einen Moment, um mich zu sortieren und nachzudenken. Mit einem Mal kommt mir Carlottas Liste sehr sinnvoll vor.

»Dr. Rob Schlenker und Studentinnen«, sagt jemand und lässt sich auf den frei gewordenen Platz neben mir fallen. »Man kann kaum zusehen.«

Ich verdrehe die Augen, grinse aber. »Nur kein Neid, Paoli. Leute, die den ganzen Tag über im Dunklen sitzen, werden meist als leicht unheimlich wahrgenommen.«

»Oh, das ist ja ein vollkommen neuer Radiologenwitz«, gibt Finn zurück. »Den habe ich noch nie gehört.«

»Wo der herkommt, sind noch mehr. Guten Appetit.«

»Danke«, sagt er und beginnt zu essen. Beim Blick auf seinen Teller fällt mir wieder ein, warum ich mich nicht für den Fisch entschieden habe.

»Wie läuft es bei dir?«

Er geht nicht auf meine Frage ein. »Wie geht es dir, Rob?«

»Es ist ziemlich viel los auf der Station«, erwidere ich zögernd. »Und dem Patienten, den ich im Nachtdienst operiert habe, geht es nicht besonders.« Ich bringe es noch immer nicht über mich, von der Nacht zu sprechen, in der Selina gestorben ist.

Finn weiß trotzdem, was ich meine. »Der, dessen CT wir zusammen angesehen haben? Mit der Divertikulitis?«

Ich nicke. »Der letzte Patient, den ich mit Anne operiert habe.« Und weil ich keine Antwort auf diese Aussage hören will, spreche ich direkt weiter: »Wir wissen nicht genau, woran es liegt, doch er steigt mit den Entzündungswerten.

Das CT gestern hat keine Auffälligkeiten gezeigt, darum haben wir die Antibiose eskaliert.«

Finn antwortet nicht sofort. »Das hilft ihm hoffentlich«, sagt er irgendwann. »Aber danach habe ich nicht gefragt.«

»So wie immer. Stationsdienst eben. In der Abteilung ist die Stimmung sehr angespannt. Das macht nichts leichter.«

»Die Leute reden darüber, dass du mit Selina zusammen warst«, erwidert Finn unvermittelt, die dunklen Augenbrauen zusammengezogen. »Ich werde öfter gefragt, weil wir befreundet sind.«

Ich stehe auf und nehme mein Tablett. Darüber kann ich auf keinen Fall sprechen. »Und jetzt willst du eine Aussage aus erster Hand, damit du niemanden vertrösten musst?«

»Nein. Ich nehme an, dass dir das Ganze zusetzt, wenn etwas Wahres an der Geschichte dran ist.«

»Ich muss jetzt wieder rauf. Ich habe vergessen, ein Konsil zu stellen.« Noch eine halbe Lüge. Ich muss es tun, um mit Marko zu sprechen. Ich habe heute schon Yo mit einem Verdacht konfrontiert, da kann ich auch weitermachen. Alles ist besser, als mit Finn über Selina zu reden. Das bringt mich nicht weiter.

»Gut«, erwidert Finn, und wir verabschieden uns, bevor ich mit eiligen Schritten davongehe.

Ich muss nicht lange suchen, um einen Patienten zu finden, der neben der erfolgten Operation noch ein internistisches Problem hat. Wenn ich ein Konsil anmelde, kommt ein Kollege aus einer anderen Fachrichtung vorbei, um meinen Patienten mitzubeurteilen. Dass heute Marko dafür zuständig ist, bietet eine Chance, die ich nicht verstreichen lassen kann.

*Arterielle Hypertonie, postoperativ unkontrollierbare RR-Spitzen*, gebe ich in das Freifeld ein. *Bitte um Optimierung der Hypertonie-Medikation.* Ich überlege einen Moment, bevor ich den Status auf *dringlich* setze. Danach mache ich mich wieder an die Arbeit. Ein Vac-Schwamm muss gewechselt werden und Herr Müller benötigt erneut Spenderblut.

Nachdem ich die erste Aufgabe erledigt habe, klingt mein Telefon. *Schneider* steht auf dem Display. Mit einem Grinsen nehme ich an. Ich kann mir vorstellen, was jetzt kommt.

»Was soll das, Schlenker?«, schnauzt Marko ins Telefon. »Es reicht wirklich, dass ihr Deppen von der Chirurgie keine Blutdruckeinstellung selbst machen könnt, aber man muss schon besonders bescheuert sein, so ein Konsil auf dringlich zu setzen.«

»Es ist dringlich«, behaupte ich. »Ein systolischer Blutdruck von hundertachtzig ist ungesund, daran solltest du auch denken, bevor du dich so aufregst.«

»Weil ich nichts Besseres zu tun habe, als irgendwelche chirurgischen Patienten einzustellen«, erwidert er ungehalten. »Dir ist klar, dass ich das jetzt heute machen muss?«

Das ist es. Ich habe den Status *dringlich* nicht ohne Grund gewählt. »Sorry. Der Hutter kriegt morgen bei der Oberarztvisite wieder einen zu viel, wenn ihm das auffällt.«

»Was nimmt der Patient denn ein?« Marko klingt ein wenig versöhnlicher. Gut möglich, dass meine nächste Antwort das ändern wird.

»Das weiß ich nicht auswendig. Und ich stehe gerade im Patientenzimmer, deswegen kann ich nicht nachsehen. Am besten, du kommst vorbei.« Für einen Moment habe ich ein schlechtes Gewissen, das so lange anhält, bis ich Markos gemurmeltes »Idiot« höre, bevor er auflegt. Wenn er hier ankommt, wird er nicht gerade in der richtigen Stimmung sein, um mir zu sagen, was er weiß. Andererseits wird es mir leichterfallen, ihn zu konfrontieren als Yo.

Ich schaue bei Herrn Müller vorbei und gehe danach in Richtung Stützpunkt. Unsere Klinik hat noch nicht auf die elektronische Patientenakte umgestellt, weshalb es einfach sein wird, Marko tatsächlich zu mir zu locken. »Ich würde mir die Akte von Herrn König kurz ausleihen«, sage ich zu

Marek. »Ich muss ein bisschen was an den Medis anpassen, ich bringe sie später zurück.«

Marek nickt, während ich die Akte aus der Hülle löse, um sie mit ins Arztzimmer zu nehmen. Sicherlich wird Markos Laune nicht gerade besser werden, wenn er sie hier findet, aber auch das ist mir egal. Ich schiebe die Plastikmappe halb unter einen Ordner mit Musterbriefen, dann entsperre ich meinen Rechner.

Ich muss nicht lange warten. Die Tür hinter mir wird aufgestoßen. »Der Pflegedienst sagt, dass du die Kurve hast.«

»Hallo, Marko«, erwidere ich. »Komm ruhig rein. Es könnte sein, dass ich sie hier irgendwo habe.«

Er bleibt neben meinem Tisch stehen. »Es könnte sein? Der Kollege meinte, du hättest sie gerade erst geholt.«

»Ach ja.« Ich stehe auf und schließe die Tür, die er offen gelassen hat. »Ich suche sie gleich heraus, nur muss ich davor mit dir reden.«

Marko mag ein Miesepeter sein, doch er ist nicht blöd. Natürlich merkt er, dass etwas nicht stimmt. »Was willst du wirklich, Schlenker?«

Ich kehre zurück zum Tisch und lege die Hand auf die Patientenakte. »Warum setzt du dich nicht hin?«

»Ich habe dir doch schon gesagt, dass ich keine Zeit habe«, entgegnet er. »Was soll das?«

»Ich will herausfinden, was in der Nacht von Selinas Tod wirklich passiert ist«, sage ich. »Deswegen will ich mit dir reden.«

»Du spinnst wohl! Ich habe noch eine Menge ausstehender Konsile, die abgearbeitet werden müssen. Auch schon bevor du dich mit deinem vorgedrängelt hast. Nachdem es also nicht wirklich dringlich ist ...« Er wendet sich zum Gehen.

»Ich weiß, dass du Selinas Stelle wolltest«, sage ich rasch. »Und dass du der Meinung bist, du hättest sie verdient. Hast du schon eine Bewerbung geschrieben, jetzt, da sie frei geworden ist?«

Er dreht sich langsam zu mir um. »Was willst du damit andeuten?«

»Gar nichts. Ich frage mich nur, wo du warst, als du die Notaufnahme verlassen hast.«

»Was?«

Jetzt bleibt mir nichts anderes übrig, als zu spekulieren. »Ich habe gehört, dass du verschwunden bist, obwohl du noch zwei Patienten hattest, die nicht entlassen waren. So um die Zeit herum, als Anne und ich im OP waren.«

Es ist zwar kein vollkommen unwahrscheinliches Szenario, aber trotzdem eine gewagte These. Sie kann nicht ganz falsch sein, denn Marko wendet sich mir zu. »Ich war auf Station. Ein Notfall. Ich hatte einen Patienten in der Notaufnahme, und bei dem standen noch Laborwerte aus.«

»Und was für ein Notfall?«

Eine kaum merkliche Pause, bevor er antwortet. »Brustschmerzen. Was soll das, warum fragst du mich aus?«

»Kann mir das jemand vom Pflegedienst bestätigen oder hast du dir das gerade ausgedacht?«

Er macht einen Schritt auf mich zu. »Was soll das, Schlenker? Denkst du, ich hätte etwas mit dem Mord zu tun? Jeder weiß, dass es Anne Kittsteiner war. So wie es mittlerweile kein Geheimnis mehr ist, dass Selina was mit ihrem Ehemann hatte. Kein Wunder, dass sie die Stelle gekriegt hat.«

»Ja, doch das wusstest du schon, oder?«, spekuliere ich weiter. »Und du warst sehr wütend darüber. Wütend auf Selina, dass sie dir die Stelle weggeschnappt hatte. Das konntest du nicht so stehen lassen.«

»Du spinnst wirklich, Schlenker«, knurrt er. »Du und wer auch immer dir davon erzählt hat, dass ich aus der Notaufnahme verschwunden bin. Wer war das?«

Ich antworte nicht.

»Es war Sarah, oder? Die hat wohl nichts Besseres zu tun, als über andere herzuziehen. Hast du *sie* mal gefragt, wo sie war, als Selina ermordet worden ist?«

»Nein. Sie war auch nicht auf Selinas Stelle scharf, so wie du.«

Marko lacht spöttisch auf. »Nein, das vielleicht nicht. Aber ein Herz und eine Seele waren die beiden sicher nicht.«

»Was meinst du damit?«

»Wenn du hier den Privatdetektiv raushängen lassen willst, solltest du dich richtig informieren, Schlenker«, sagte er. »Können wir mit dem Theater aufhören, wenn ich dir sage, was ich mitbekommen habe?«

### *Vorher. Nacht des Todesfalls, 20:00 Uhr. Marko*

Krankenhäuser waren alle gleich. Bevor Marko seine Stelle in der *Von-Adelmann-Klinik* angetreten hatte, war er bereits zwei Jahre in der Uniklinik in Wien tätig gewesen, wo er studiert hatte. Zwei Jahre, die ihn zu dem Schluss gebracht hatten, dass er seine Zukunft doch nicht in der inneren Medizin sah, schon gar nicht in der Hämato-Onkologie. Der einzige Vorteil dieses Fachbereichs war gewesen, es nicht nur mit alten Leuten zu tun zu haben, wie das in der restlichen inneren Medizin meistens der Fall war. Er mochte es lieber, mit jüngeren Patienten zu arbeiten. Deswegen war er ins *Von-Adelmann* gewechselt, weil es hier eine der besten kinderheilkundlichen Abteilungen in Deutschland gab. Nach dem Bewerbungsgespräch war ihm die Stelle mündlich zugesagt worden – dann hatte er eine Absage per Mail erhalten. Nur Stunden nachdem er seinen neuen Mietvertrag unterschrieben hatte.

So war er zu einem überteuerten Apartment in einer Stadt gekommen, die ihn nicht interessierte. Von seiner Haustür aus waren es nur zehn Minuten zu Fuß zur Klinik. Die Stelle in der Kardiologie hatte sich angeboten. Unnötig zu erwähnen, dass er sie hasste.

Die Umstellung auf ein anderes internistisches Fach war ihm nicht schwergefallen, auch wenn sich die Hämato-Onkologie stark von der Kardiologie unterschied. Im Studium war er überall gut gewesen, und EKGs hatte er schon immer gemocht. Kein Wunder, dass es nicht lange gedauert hatte, bis er die ersten Dienste übernehmen musste.

Bisher waren die meisten davon entspannt gewesen, doch der heutige stellte seine Geduld auf die Probe. Selina Wieck hatte ihren ersten Nachtdienst – die Kollegin, die seine Stelle in der Kinderheilkunde bekommen hatte. Seit er wusste, wer sie war, hatte er sie im Auge behalten, und mit jedem Tag, der verstrich, weniger verstanden, warum sie ihm vorgezogen worden war. Es ärgerte ihn maßlos, doch er konnte nicht damit aufhören, sie zu beobachten. Es war wie eine Sucht geworden. Eine Sucht, die seine schlechte Laune befeuerte.

»Nimm bitte ein Labor in der Kabine drei ab«, sagte er zu dem ihm zugeordneten Pfleger. »Einfach Standard bitte. Ich glaube nicht, dass der Patient etwas hat, aber das brauchen wir schwarz auf weiß.«

Er ließ sich auf den Drehstuhl fallen und ließ den Blick über die Patientenliste im Triage-System schweifen. Es war ruhig, und er hasste es. Im waren die Dienste lieber, in denen es etwas zu tun gab. So hatte er zu viel Zeit, um alles zu beobachten. Zum Beispiel Selina Wieck, die sich gerade Tipps von einer Pflegerin holte, weil sie nicht selbst wusste, was zu tun war. Erbärmlich.

Neben ihm saß die Unfallchirurgin und tippte auf der Tastatur herum. »Wenn du die Patientin in die Radiologie schickst, kannst du das Handgelenk in zwei Ebenen mitmachen lassen«, sagte sie zu Rob Schlenker, dem chirurgischen Dienstarzt. »Ich glaube nicht, dass sie was hat, aber sicher ist sicher.«

»Sie geht nicht in die Radiologie«, erwiderte Schlenker mit einem Lächeln, das die Kolleginnen wahrscheinlich reihenweise zum Schmelzen brachte. »Ein guter Chirurg braucht kein CT, um eine Cholezystitis zu diagnostizieren.«

»Du bist ein Trottel, Rob«, erwiderte sie, und Marko stimmte ihr innerlich zu. »Ein guter Unfallchirurg macht sicherheitshalber ein Röntgenbild. Und nachdem Frau Vogelmann deine Patientin ist, kannst du das selbst anmelden und sie in die Radiologie schicken. Ich schreibe dir einen Konsiltext rein, wenn wir das Bild haben. Okay?«

»Als würde ich dir jemals widersprechen, Sarah«, antwortete er. »Was immer du willst.« Damit ging er in Richtung Kabine davon.

Sarah fuhr sich durch die dunklen Haare und schüttelte den Kopf. Wie Marko war sie momentan in der Notaufnahme stationiert und deswegen nicht nur in den Diensten hier. Sie war eine der wenigen Kollegen, die er schätzte. Sie hatte eine ruhige und entspannte Art, die sie auch nicht verlor, wenn der Stresspegel stieg. Ihre Konsile waren sinnvoll, und sie arbeitete schnell und ohne Fehler zu machen.

Heute jedoch wirkte sie ungewöhnlich nervös und fahrig. Woran das wohl lag?

»Brauchst du was?«, fragte sie, als sie Marko bemerkte.

Er schüttelte den Kopf. »Momentan nicht.«

Sie hob die Schultern und wischte sich über die Stirn. »Nur eine Frage der Zeit, bevor einer deiner Patienten stürzt und ich ein Ganzkörper-Röntgen anmelden darf, so wie bei Robs Patientin.«

Dem konnte er nicht widersprechen. »Ich sage dir Bescheid, wenn das passiert.«

»Gut«, sagte Sarah, und ihr Blick heftete sich auf Selina Wieck, die noch immer mit der Pflegerin sprach. Mit den Fingern trommelte sie ein Staccato auf den Tisch.

Jenny trat an sie heran. Die junge Pflegerin hatte die blonden Haare mit den rosa Spitzen zu zwei Zöpfen gebunden. Als wollte sie nicht, dass man sie ernst nahm. »Sarah, könntest du bitte einen Gips ansehen?«

»Klar«, erwiderte die Unfallchirurgin und stand auf. Während sie ging, sah sie über die Schulter zurück zu Selina. Einmal, dann noch einmal.

Interessant. Bisher war es Marko nicht aufgefallen, doch er schien nicht der Einzige zu sein, der die junge Assistenzärztin im Auge behielt.

Das Klingeln seines Diensttelefons riss ihn aus den Gedanken. »Ja?«

Am anderen Ende der Leitung war ein Kollege der Frauenheilkunde, der ihn darum bat, das EKG einer Patientin anzusehen. Endlich wieder etwas zu tun. »Ich komme.«

Er stattete der gynäkologischen Station einen Besuch ab, wo er feststellen musste, dass es nicht wirklich eine Aufgabe gab, sondern nur einen weiteren Kollegen, der sich nicht gut mit EKGs auskannte. Viel zu schnell machte er sich auf den Weg zurück in die Notaufnahme. Davor konnte er den Automaten neben der Eingangshalle einen Besuch abstatten. Zuckerhaltige Getränke mochten ungesund sein, doch im Dienst retteten sie ihm regelmäßig das Leben.

Ein leise geführtes Gespräch ließ ihn innehalten, als er die Eingangshalle betrat. Zwei Kolleginnen standen in der Nähe der Tür und unterhielten sich. Er erkannte sie auf den ersten Blick. Sarah – und Selina Wieck. Marko blieb stehen. Sie hatten ihn nicht entdeckt.

»Du kannst dich nicht einfach einmischen«, sagte Sarah gerade. Sie wirkte unruhiger denn je. »Das geht dich gar nichts an, Selina.«

»Es geht mich etwas an«, erwiderte Selina. »So wie jeden, der in der Notaufnahme arbeitet.«

Sarah packte sie am Handgelenk. Es musste fest sein, denn ihre Gesprächspartnerin zuckte zusammen. »Du weißt überhaupt nichts. Du weißt nicht, wie das ist.«

»Nein, und das will ich überhaupt nicht wissen. Aber ich weiß, was ich gesehen habe, und ... Sarah, du weißt selbst, dass das nicht geht.«

»Du kannst nichts sagen!« Jetzt war die Stimme der unfallchirurgischen Assistenzärztin lauter geworden. Sie hatte einen flehenden Unterton angenommen. »Das darfst du nicht!«

Selina antwortete nicht. Sie hatte die Lippen zusammengepresst.

»Bitte, Selina. Ich verspreche auch ...«

Das schrille Klingeln eines Telefons schnitt ihr das Wort ab. Marko tastete nach seiner Tasche, doch es war nicht seines, das klingelte.

»Ja?«, sagte Sarah und hielt sich das Diensthandy ans Ohr, ohne den Blick von Selina abzuwenden oder ihren Arm freizugeben. Einige Augenblicke vergingen, während sie lauschte, was am anderen Ende der Leitung gesagt wurde.

»Ein Schockraum«, berichtete sie, als sie aufgelegt hatte, und ließ das Telefon wieder in der Tasche verschwinden. »Ich muss los.« Wenn ein möglicherweise lebensbedrohlich verletzter Patient angemeldet wurde, mussten sich die Ärzte der behandelnden Fachrichtungen bereithalten, um bei dessen Eintreffen sofort mit der Betreuung zu beginnen.

Selina nickte. »Natürlich. Ich muss auch weiterarbeiten.«

Sarah hielt ihren Arm noch immer fest. »Können wir ... später noch mal reden?«

»Sarah ...«

»*Bitte*!«

»Okay«, lenkte Selina ein und entzog der Kollegin ihren Arm. »Wir sollten los.«

Sie setzten sich in Bewegung, und Marko zog sich rasch zurück, bevor sie bemerkten, dass er gelauscht hatte. Er hatte keine Ahnung, wovon er gerade Zeuge geworden war.

# 12

### *Jetzt*

Marko bezeichnet mich noch zweimal als Idiot, bevor er das Arztzimmer verlässt. Ich kann es ihm nicht einmal wirklich übel nehmen. Es war nicht die feine Art, wie ich ihn hergelockt habe, und obwohl er wenig über sich selbst preisgegeben hat, bin ich nun ein wenig schlauer als zuvor. Selbst wenn ich jetzt noch mehr Fragen habe. Immerhin weiß ich, dass ich mit Sarah sprechen muss.

Eine Person mehr, die nicht gut auf Selina zu sprechen war. Marko hat mir versichert, dass er auch der Polizei von seiner Beobachtung berichtet habe. Falls man die Aussage »Natürlich, du Idiot« als Versicherung bezeichnen kann. Sie müssen Sarah also verdächtigt haben. Oder zumindest zu ihrem Gespräch befragt. Trotzdem ist es Anne, die in Untersuchungshaft sitzt.

Mit einem Seufzen überprüfe ich erneut, ob die Laborwerte meiner Patienten fertig sind. Die Ergebnisse lassen mich Selinas Tod für einen Moment vergessen. Ich drücke auf die Wahlwiederholungstaste meines Telefons.

Mein Oberarzt meldet sich nach dem zweiten Klingeln. »Hutter?«

»Hier ist Schlenker von der Fünfzehn«, sage ich. »Haben Sie einen Moment?«

»Warum geht es?«

»Ich rufe wegen Herrn Müller an«, sage ich. »Er steigt weiter mit den Entzündungswerten. Der Hb ist niedrig, ich habe ihm vorhin ein EK angehängt.« Es ist kein gutes Zeichen, dass ich ihm immer wieder Spenderblut geben muss. Das bedeutet, dass er irgendwo Blut verliert, und wir haben keine Ahnung, wo oder weshalb.

Kurzes Schweigen am anderen Ende der Leitung. »Der wievielte postoperative Tag ist heute?«

»Der siebte.« Und weil ich weiß, was die nächsten Fragen sein werden, füge ich hinzu: »Der Patient führt ab, allerdings nur wenig, weil er kaum etwas isst. Fieber seit vorgestern. Das CT gestern hat keine Auffälligkeiten ergeben. Ein bisschen freie Flüssigkeit, regelrechte postoperative Veränderungen. Im Bild sieht man, dass die Drainage falsch liegt, deswegen haben wir sie gestern gelupft.«

Noch eine Pause. »Ich gehe später in der Radiologie vorbei und sehe mir das Bild noch mal mit einem der Oberärzte an«, sagt Dr. Hutter schließlich. »Wenn wir nichts finden, müssen wir revidieren. Sie sollten den Patienten schon mal darüber aufklären.«

Das habe ich befürchtet. Es ist der einzig vernünftige Weg, trotzdem spüre ich Widerwillen in mir aufsteigen. Revidieren bedeutet, Herrn Müller noch einmal zu operieren, um nachzusehen, was die Beschwerden verursachen könnte. Das ist nicht nur unangenehm für den Patienten, es fühlt sich wie Versagen an. Es bedeutet, dass meine letzte OP mit Anne ein Fehlschlag war. »Mache ich.«

»Gut. Ich komme später vorbei und sehe mir den Patienten an. Ich melde mich.« Damit ist die Verbindung unterbrochen. Wenn Dr. Hutter zu tun hat, hält er sich nicht mit Förmlichkeiten auf.

Ich lasse mich im Stuhl zurücksinken, kontrolliere die Werte meiner übrigen Patienten und dokumentiere jeden davon sorgfältig. Danach drucke ich einen Aufklärungsbogen aus.

Mein Telefon klingelt, und das Display zeigt eine externe Nummer an. Für einen Moment überlege ich mir, ob ich rangehen soll. Manchmal gelangen Patienten oder Angehörige irgendwie an meine Durchwahl und rufen ständig an. Ein solches Telefonat kann ich jetzt nicht wirklich brauchen. Ich ringe einen Moment mit mir, bevor ich auf die grüne Taste drücke. »*Von-Adelmann-Klinik*, Chirurgie. Hier Schlenker.«

»Hallo, Herr Dr. Schlenker«, sagt eine Stimme am anderen Ende der Leitung. »Himmel, du klingst ja professionell, wenn du dich meldest.«

Carlotta. »Ich muss schließlich damit rechnen, dass mich irgendwelche Patienten anrufen«, erwidere ich. »Und ich habe mich innerlich darauf vorbereitet, dich gleich aus der Leitung zu kippen. Da kann zumindest die Begrüßung freundlich sein.«

»Sorry, dass ich dich enttäuschen muss«, erwidert sie. »Ich habe Neuigkeiten.«

»Hast du Yo beobachtet?«

»Ja, aber das war nicht wirklich interessant. Sie ist noch ins Patientencafé gegangen und hat dort einen Kaffee getrunken«, berichtet sie. »Ich musste mir auch einen bestellen, um nicht aufzufallen. Hast du eine Ahnung, was der dort kostet?«

Ich lache über ihren empörten Tonfall. »Hat sich Yo mit jemandem getroffen?«

»Nein, sie hat nur dagesessen und in Richtung HNO-Ambulanz gestarrt, dann ist sie irgendwann gegangen.«

Das ist wirklich nicht interessant. Warum sollte Yo die HNO-Ambulanz beobachten? Das ergibt keinen Sinn. Oder konnte derjenige, mit dem sie sprechen wollte, in der Hals-, Nasen- und Ohrenheilkunde angestellt sein? Das kommt mir unwahrscheinlich vor.

»Ich habe mich davon inspirieren lassen und bin ebenfalls heimgegangen«, fährt Carlotta fort. »Das Wetter ist zu schön, um in der Klinik zu sitzen.«

»Du sagtest, du hast Neuigkeiten.«

»Ja, die habe ich. Ich habe gerade mit Janina Wieck telefoniert. Sie hat sich auf der Päd-Station nach mir erkundigt und ihre Telefonnummer hinterlassen.«

Ich sage nichts. Mir fällt keine Antwort darauf ein.

»Selinas Schwester«, sagt Carlotta überflüssigerweise. »Sie ist hier, um ihre Wohnung auszuräumen.«

Natürlich. All diese Dinge müssen erledigt werden, wenn ein Mensch stirbt. Selbst wenn wir hier im Krankenhaus viel mit dem Tod zu tun haben, habe ich bisher nie so weit gedacht.

»Sie hat mich gefragt, ob ich mich mit mir treffen will. Ich habe mal zugesagt.«

Ich finde meine Stimme nur mühsam wieder. »Okay.«

»Rob, ich geh da nicht allein hin«, fährt Carlotta fort. »Das kann ich nicht.«

»Carlotta ...«, setze ich an und unterbreche mich, als Marek die Tür zu meinem Zimmer öffnet.

»Hast du einen Moment, Rob?«, will er wissen.

»Sekunde«, sage ich zu ihm. »Ich bin gleich fertig.« Und in den Hörer: »Ich muss Schluss machen, Carlotta. Das mit Selinas Schwester ...«

»Ich gehe allein nicht hin«, beharrt sie. »Du musst mitkommen. Außerdem habe ich dich schon angekündigt. Du kommst da also nicht mehr raus.«

Alles in mir sträubt sich dagegen, doch vermutlich hat Carlotta recht. Vielleicht kann uns Selinas Schwester wichtige Hinweise geben. Es kommt mir vor, als gäbe es hier im Krankenhaus keine einzige Person, die Selina wirklich gekannt hat. Auf ihre Schwester trifft das nicht zu. »Gut.«

»Perfekt«, sagt Carlotta. »Wenn du mir deine private Handynummer gibst, schicke ich dir die Details zum Treffpunkt.«

Ich diktiere ihr meine Nummer und wir verabschieden uns.

Marek steht wartend hinter mir. Als ich mich zu ihm umdrehe, zwinkert er mir zu. »Die süße Studentin von gestern? Ich verstehe ja, dass du Arzt bist und so, aber wie stellst du das an? Vor allem, dass *sie* nach *deiner* Nummer fragt.«

»Ich bin einfach unwiderstehlich«, erwidere ich tonlos. »Es ist nicht so, wie du denkst. Wir sind nur befreundet. Und wir versuchen herauszufinden, was mit Selina passiert ist.« Ich zweifle nicht daran, dass meine Recherche nicht viel länger unbemerkt bleiben wird. Da kann ich genauso gut offen damit umgehen.

»Ja klar«, erwidert Marek. »Mich würde auch interessieren, was sie hier gemacht hat.«

»Wer?«

»Na, die Studentin. Carlotta.«

»Was meinst du? Sie war gestern hier, um mit mir zu reden. Über Selina.«

Marek legt den Kopf schief. »Ich spreche nicht von gestern. Habe ich dir nicht erzählt, dass sie in der Nacht von Selina Wiecks Tod im Krankenhaus war?«

### *Vorher. Nacht des Todesfalls, 22.00 Uhr. Marek*

Nachtschichten waren in aller Regel Mareks Lieblingsschichten. Wenn man nicht zu viele Patienten am Monitor hatte, gestalteten sie sich generell eher ruhig. Er war froh, dass er auf der chirurgischen Station gelandet war, da waren die meisten Patienten gesund und jung genug, um nicht alle fünf Minuten aus dem Bett zu fallen oder aufgrund von Demenz umherzuirren. Einen Teil seiner Ausbildung hatte er auf einer unfallchirurgischen Station verbracht, die Zustände dort waren nicht auszuhalten.

Rob Schlenker, der Stationsarzt, der heute Dienst hatte, hatte vorhin angerufen und einen weiteren Patienten mit entzündeter Gallenblase angekündigt. Es würde nicht lange dauern, bis die Kollegen aus der Notaufnahme sich meldeten und er den Patienten unten abholen musste. In der Nacht gab es keinen Hol- und Bringdienst, der die Transporte übernahm.

»Ich gehe schon mal runter«, sagte er zu seiner Kollegin. »Dann kann ich noch rauchen gehen.«

»Klar«, erwiderte sie. »Bis gleich.«

Er entschied sich dafür, die Treppe zu nehmen. Er hatte keinen Nerv, auf den Aufzug zu warten. Je schneller er unten war, desto länger konnte er rauchen. Die Dachterrasse im ersten Stock benutzte er am liebsten, selbst wenn das streng genommen verboten war. Vielleicht mochte er sie deshalb so gern. Vielleicht lag es auch daran, dass die Klinikleitung hier einen schönen Aufenthaltsort für Patienten hatte schaffen wollen: Auf der großzügigen Dachterrasse standen nicht nur mehrere Bänke, dazwischen waren Pflanzenkübel mit Sträuchern und Blumen darin, die als Sichtschutz dienten.

Marek trat in die kühle Nachtluft hinaus und steckte sich eine Zigarette an. Eigentlich hätte er nicht rauchen sollen. Gerade Bekannte fragten ihn oft, warum er das tat, obwohl er es als Krankenpfleger besser wissen sollte. Seine Antwort war immer die gleiche: Es beruhigte seine Nerven. Die kurze Pause, in der man hinausging und tief durchatmete, war das Einzige, was Ruhe in die Schicht brachte, wenn sie im Chaos versank.

Eine Bewegung im Augenwinkel ließ ihn herumfahren. Auf der Bank neben dem Eingang saß jemand. Er saß reglos im Dunkeln, ohne zu rauchen, deswegen hatte Marek ihn nicht sofort bemerkt.

»Hallo.« Zuerst hatte er gedacht, dass es sich um einen Patienten handelte, doch dann erkannte er blaue Bereichskleidung.

»Hallo«, erwiderte der Mann und stand auf. Er war groß, größer, als Marek erwartet hatte. Er hatte einen dunklen Teint und kam ihm vage bekannt vor.

»Lassen Sie sich nicht stören«, sagte Marek. »Ich kann rübergehen, damit Sie den Rauch nicht abbekommen.«

Der Mann zögerte, blieb aber stehen. Marek versuchte, einen Blick auf sein Namensschild zu erhaschen, doch das lag im Dunklen. »Der Rauch stört mich nicht. Ich muss nur zurück an die Arbeit.«

»Notaufnahme?«

»So ähnlich«, erwiderte der andere und legte den Kopf in den Nacken. Obwohl der Himmel klar war, konnte man die Sterne nicht sehen. Zu viele Lichter erhellten das Krankenhaus.

»Schlimme Nacht?«, wollte Marek wissen. Er plauderte gern, während er rauchte.

»Das können Sie laut sagen. Eine der übleren.«

»Das kommt mir bekannt vor«, sagte Marek und ließ etwas Asche auf den Teller fallen, der als Aschenbecher diente. »Manchmal stirbt jemand, da kann man gar nichts machen.« Er hatte keine Ahnung, um wen es sich bei seinem Gesprächspartner handelte, doch wer Nachtschichten machte, hatte früher oder später mit dem Tod zu tun.

Der andere lachte. »Nein, das ist es nicht wirklich. Private Dinge.«

Marek stimmte in sein Lachen ein. »Also geht es um eine Frau.«

»Ja, das haben Sie gut erraten.«

»Meistens sind Frauen den Ärger nicht wert«, sagte Marek und drückte seine Zigarette aus. »Meiner Erfahrung nach.«

»Diese sicher nicht«, antwortete der Unbekannte. »Ich meine, sie *war* ihn nicht wert. Aber das lässt sich jetzt nicht mehr ändern.«

Marek überlegte kurz, bevor er sich eine weitere Zigarette ansteckte. Die Notaufnahme musste jeden Moment anrufen, doch das war ihm egal. »Man kann immer etwas ändern, mein Freund. Und wenn es vorbei ist, gibt es immer noch Rache.«

Eine kurze Pause, dann lachte der Mann. »Ja, das ist eine Option, nicht wahr? Das eine oder andere Mal habe ich schon darüber nachgedacht. Ich wünsche Ihnen einen ruhigen Dienst.«

»Danke. Ihnen auch.« Als er sich umwandte, erhaschte Marek einen kurzen Blick auf sein Namensschild. Die Tür fiel ins Schloss und Marek blickte nachdenklich in die Nacht hinaus. Wieder eine Bewegung im Zwielicht. Er machte einen Schritt nach vorn. Hinter den Rosenbüschen war jemand.

»Hallo? Wer ist da?« Manchmal liefen demente Patienten weg. Hier oben konnte das schnell gefährlich werden.

Keine Antwort.

Mit einem Seufzen drückte Marek seine zweite Zigarette aus. Entflohene demente Patienten einzufangen war alles andere als spaßig. Es wäre nicht das erste Mal, dass Marek ein blaues Auge von einer solchen Auseinandersetzung davontrug. Oder geprellte Rippen.

»Hallo. Ich habe Sie gesehen, kommen Sie heraus.« Natürlich würde ein nicht orientierter oder paranoider Patient nicht antworten. »Sie brauchen keine Angst zu haben. Ich möchte Sie nur auf Station zurückbringen.«

Das Knirschen von Kies. Eine schmale Gestalt schob sich in sein Blickfeld. Eine junge Frau. Und Marek kannte sie. Eine Studentin namens Carlotta, die vor einiger Zeit auf der Station fünfzehn gewesen war. »Ich bin keine Patientin. Alles in Ordnung.«

Er blinzelte und sah sich um, ob noch jemand hier war, doch offenkundig war sie allein. »Entschuldigung. Ich wollte nicht stören.« Wobei auch immer.

»Sonst ist niemand hier«, sagte sie. »Nur ich.«

»Okay«, entgegnete er. »Ich ... gehe wieder. Gute Nacht.«

Er drehte sich um und beeilte sich, zurück ins Gebäude zu kommen. Was auch immer die Studentin in der Nacht auf der Krankenhausdachterrasse zu suchen hatte. War sie vielleicht mit diesem Assistenzarzt hier gewesen, den er zuerst getroffen hatte? Wieso hätte sie sich verstecken sollen, während er sitzen geblieben war? Es bestand kein Zweifel darüber, dass sie sich nur gezeigt hatte, weil er sie in die Enge getrieben hatte. Warum hatte sie sich überhaupt versteckt?

Als er die Treppen nach unten stieg, war Marek eines klar: Es gab keinen Grund für Carlotta, sich vor ihm zu verstecken. Was, wenn sie sich vor dem Arzt versteckt hatte? Diesem Finn Paoli?

# 13

*Jetzt*

An diesem Tag gehe ich pünktlich nach Hause. Nicht weil es keine Arbeit mehr gäbe, sondern weil ich nicht mehr kann. Mareks Geschichte hat mir den Rest gegeben. Bevor ich die Klinik verlasse, schaue ich kurz in der Notaufnahme vorbei, um zu sehen, ob Sarah da ist. Glücklicherweise hat einer ihrer Kollegen Dienst, der mir verrät, dass sie erst zur Nacht wiederkommen wird.

Das bedeutet, dass ich dieses Gespräch nicht heute führen muss. Selbst wenn mich Untätigkeit nicht weiterbringen wird, bin ich erleichtert.

Jenny lächelt mir zu, als sie mich sieht. »Rob, wie geht's dir? Können wir nicht mal wieder zusammen Dienst haben?«

Weil der letzte so angenehm war. »Früher oder später werden wir das«, sage ich. »Solange musst du mit meinen Kollegen auskommen.«

»Leider.«

Ich blinzele ihr zu. »Ich weiß, dass du das zu allen sagst, Jenny.«

Sie lacht und boxt mich in die Seite, was bei einem Fliegengewicht wie ihr nicht gerade beeindruckend ist. »Natürlich tue ich das. Du weißt hoffentlich trotzdem, dass ich dich besonders lieb habe, Rob. Im Übrigen solltest du schlafen. Du siehst beschissen aus – für deine Verhältnisse.«

Carlotta hat mir längst den Treffpunkt geschickt – und mit einem traurigen Emoji reagiert, als ich ihr geantwortet habe, dass ich es zeitlich eventuell nicht schaffen werde. Aber ich brauche noch kurz Zeit für mich. Irgendwie muss ich mich an den Gedanken gewöhnen, dass Carlotta in der Nacht des Mordes auch im Krankenhaus gewesen ist. Warum hat sie mir nichts davon gesagt? Und hat ihr Angebot, mir bei der Suche nach dem Mörder zu helfen, noch einen anderen Hintergrund? Einen, der überhaupt nicht uneigennützig ist?

Und dann ist da Finn, der auf dem Dach gewesen ist und Marek gegenüber angedeutet hat, ein stressiges Privatleben zu haben. Zu mir hat er nichts dergleichen gesagt.

Als ich meine Haustür aufsperre, vibriert mein Handy erneut. Ich sehe auf den Bildschirm, auf der die Nachricht einer meiner Gelegenheitsbekanntschaften erschienen ist. Ich will sie schon beiseiteschieben, als ich sehe, dass sie einen Link geschickt hat, mit einem kurzen Text dazu.

*Was zum Teufel geht bei euch ab?*

Ich entsperre das Handy. Als ich sehe, auf welche Seite der Link führt, weiß ich, dass ich nicht daraufklicken sollte. Ich tue es trotzdem. Diese Tageszeitung mag nicht für ihren guten Journalismus bekannt sein, doch vielleicht erfahre ich etwas, was ich noch nicht weiß.

Das Erste, was ich sehe, ist ein Schwarz-Weiß-Bild von Selina, auf dem sie melancholisch in die Kamera lächelt. Fette schwarze Lettern unter ihrem Gesicht verkünden die Schlagzeile: *Neue Details über Mord in der Horror-Klinik – wurde Selina W. unter Drogen gesetzt?*

Mein Magen dreht sich um, doch ich kann nicht anders, als nach unten zu sehen, um die folgenden Schlagworte zu lesen. *Medikamente im Blutkreislauf des Opfers gefunden +++ Mörder-Oberärztin noch in U-Haft +++ Mobiltelefon des Opfers bleibt verschwunden*

Der restliche Artikel ist hinter einer Paywall, und ich bin erleichtert darüber. Es sind genügend abfotografierte Zeitungsartikel durch unsere Assistenzarzt-Chatgruppe geistert, in denen verschwommene und schlecht anonymisierte Fotos von Anne abgebildet waren. Dazu brauchte ich den entsprechenden Artikel nicht.

Ich gehe früher aus dem Haus als geplant. Mir ist es lieber, jetzt in Carlottas Gegenwart zu sein, auch wenn sie mich vielleicht angelogen hat. Es ist besser, als allein in meiner Wohnung zu sitzen und mir den Kopf darüber zu zerbrechen, ob Selinas Handy tatsächlich verschwunden ist und was das zu bedeuten hat.

Als ich zum Treffpunkt komme, ist Selinas Schwester noch nicht da. Nur Carlotta wartet und strahlt, als sie mich sieht.

»Du hast es doch rechtzeitig geschafft!«

»Ja, ich habe mich beeilt.«

Sie begrüßt mich mit einer Umarmung, die ich zögerlich erwidere. Wenn sie mir ihre Arglosigkeit vorspielt, ist sie wirklich gut darin. Doch ich weiß jetzt, dass sie in der Mordnacht im Krankenhaus war. Sie hat es nicht nur mit keinem Wort erwähnt, sie hat auch behauptet, mit dem Pförtner gesprochen zu haben, der keinen Mitarbeiter das Haus hat betreten sehen. Kann ich ihr damit ebenfalls nicht trauen?

»Was ist los?«, will sie wissen. »Du siehst sorgenvoll aus.«

»Ich habe mit Marko gesprochen«, sage ich vage. Mareks Bericht vor dem Treffen mit Selinas Schwester zu erwähnen wäre taktisch unklug. Es ist besser, wenn wir beide konzentriert sind.

»Und?«

Ihre Stimme klingt ein wenig höher als sonst, doch ich habe keine Zeit, um nachzuhaken. Eine junge Frau kommt auf uns zu. Erst jetzt bemerke ich, wie angespannt ich bis gerade war. Doch jetzt löst sich ein Knoten in meinem Bauch. Auf den ersten Blick hat Janina Wieck nichts mit ihrer Schwester gemein. Sie ist untersetzt und trägt einen Kurzhaarschnitt.

»Carlotta?«, fragt sie, als sie auf uns zukommt.

»Ja«, sagt Carlotta und schüttelt Janinas Hand. »Danke, dass du das Treffen vorgeschlagen hast.« Sie berührt mich am Arm. »Das hier ist Rob Schlenker.«

»Hi«, sage ich. »Ich hoffe, es stört Sie nicht, dass ich mitgekommen bin.« Ich fühle mich eigenartig fehl am Platz. Vielleicht wäre es doch besser gewesen, zu Hause zu bleiben.

»Nein, auf keinen Fall«, erwidert Janina Wieck. »Und können wir bitte Du sagen?«

Wir setzen uns in den Außenbereich einer Bäckerei und bestellen uns Kaffee. In den ersten Momenten weiß niemand von uns, was er sagen soll.

»Es freut mich sehr, euch kennenzulernen«, sagt Janina schließlich. »Ich habe manchmal befürchtet, dass Selina sehr einsam war, in der kurzen Zeit, in der sie hier war.« Tränen steigen ihr in die Augen und sie verstummt.

Ich senke den Blick auf meine Tasse. Jetzt wünsche ich mir endgültig, ich wäre nicht gekommen. Was soll das hier bringen, außer uns alle herunterzuziehen?

»Sie war nicht einsam«, höre ich Carlotta sagen und unterdrücke den Impuls, ihr zu widersprechen. Wenn man in einer Klinik arbeitete, war man ständig unter Leuten. Das beschützte einen jedoch nicht davor, sich allein zu fühlen. In einer Abteilung wie der Pädiatrie waren die Assistenten nicht darauf aus, sich gegenseitig zu unterstützen. Eher im Gegenteil.

Janina nickt und wischt sich mit einem Taschentuch über die Augen. »Das freut mich zu hören. Sie hat mir von dir erzählt«, sagt sie zu Carlotta. Dann wandert ihr Blick zu mir. »Und von dir, Rob.«

Das kann ich mir nicht wirklich vorstellen, doch es wäre taktlos, ihr zu widersprechen. »Ich hätte sie gern besser gekannt«, sage ich. Das ist die Wahrheit, trägt allerdings nicht dazu bei, dass sie sich besser fühlt. Vielleicht ist das auch nicht meine Aufgabe.

Selinas Schwester blinzelt, und ihre Miene wird starr. »Diese Oberärztin«, sagt sie langsam. »Hat sie es getan?«

Carlotta und ich wechseln einen Blick. »Wir haben unsere Zweifel«, antworte ich.

Janina sieht mich fest an, und zum ersten Mal erkenne ich etwas von Selina in ihr. Ich zwinge mich trotzdem dazu, nicht wegzusehen. »Warum habt ihr Zweifel?«

»Es kommt mir vor, als hätte Selina mehrere Feinde gehabt«, erwidert Carlotta langsam. »Dr. Kittsteiners Motiv ist ... nur eines von vielen.«

»Ich kenne Anne«, sage ich. »Und ich kann mir nicht vorstellen, dass sie Selina das angetan hat. Trotz der Affäre.«

Wieder kehrt für einen kurzen Moment Stille ein, während mich Janina aufmerksam mustert. »Okay. Du scheinst dir deiner Sache sehr sicher zu sein.«

Ich hebe die Schultern. »Ich kann es mir menschlich einfach nicht vorstellen. Versteh mich nicht falsch, aber es ergibt keinen Sinn, dass Anne wegen einer Assistenzärztin alles riskiert. Ihre Karriere riskiert, die ihr so wichtig war.«

»War sie ihr wichtiger als ihre Ehe?«

Neben mir rutscht Carlotta unruhig auf ihrem Stuhl herum, doch Janina würdigt sie keines Blickes. Sie sieht nur mich an.

Und ich muss nicht überlegen, bevor ich antworte. »Ja.«

»Woher willst du das wissen?«

»Das weiß jeder«, wirft Carlotta ein. »Sogar ich als Studentin, die nur ein halbes Jahr im Haus war.«

»Da ist viel Gerede«, antworte ich. Selbst wenn es jetzt für Annes Unschuld spricht, hat es mich immer gestört. Vielen war es ein Dorn im Auge gewesen, dass Anne als attraktive Frau in der Chirurgie Karriere gemacht hat. Dementsprechend wurde sie oft als eiskalt abgestempelt, ihre Ehe als

Zweckehe, die sie mit einem einflussreichen Oberarzt der Klinik und einem renommierten Forscher eingegangen war. »Ich weiß, dass ihr ihr Beruf und ihre Karriere wichtig waren. Wichtiger als ihr Privatleben.« Das ist etwas, woran sie nie einen Zweifel gelassen hat. »Sie hätte das niemals leichtfertig aufs Spiel gesetzt.«

»Mit einem Mord aufs Spiel gesetzt, meinst du.«

Ich nicke. Es ist ein gefährlicher Moment. Wenn uns Janina nicht vertraut, wird sie uns nichts erzählen. Alles, was ich tun kann, ist möglichst offen zu sein. »Ich habe das Gefühl, dass die Polizei nur in diese Richtung ermittelt, darum habe ich ... haben wir es uns zur Aufgabe gemacht, selbst Fragen zu stellen.«

»Die Polizei hat einen guten Grund, in diese Richtung zu ermitteln«, sagt Janina und rührt in ihrer Tasse herum. »Ich möchte nicht an euren eigenen Ermittlungen zweifeln, aber es gibt Beweise.«

»Du weißt etwas?«, platzt Carlotta heraus. Ich werfe ihr einen warnenden Blick zu.

»Ich habe mit der Polizei gesprochen«, erwidert Janina. »Sie haben angedeutet, dass es handfeste Beweise gibt. DNA-Spuren.«

Trotz der Sonne spüre ich Kälte in mir aufsteigen. »DNA-Spuren?«

»Ja. DNA-Spuren von dieser Oberärztin, die auf Selinas Kleidung gefunden worden sind.« Janina spricht langsam, räumt jedem Wort ihres Satzes die schreckliche Bedeutung ein, die es hat. Sie wirkt nicht betroffen dabei, sondern so, als redete eine Fremde. Als hätte sie sich noch nicht an die Tatsache gewöhnt, dass es sich dabei um ihre Schwester handelt.

Carlotta atmet tief aus und lässt sich im Stuhl zurückfallen. »Ach was.«

Ich beiße die Zähne aufeinander. Ich habe es nicht kommen sehen, obwohl ich die ganze Zeit befürchtet habe, dass die Festnahme nicht unbegründet war. »Das wussten wir nicht«, höre ich mich sagen. Ich würde gern noch weitersprechen, doch ich weiß nicht, was ich hinzufügen soll. Ist das der Moment, in dem wir unseren sinnlosen Versuch, etwas Unvermeidbares zu verhindern, aufgeben sollten? In dem ich mich der Realität stellen muss, dass meine Mentorin eine Mörderin ist?

Carlotta legt mir die Hand auf den Arm. »Und das ist sicher?«

Janina hebt die Schultern. »Das wurde mir gesagt.«

»Nun, wir glauben trotzdem nicht, dass es Anne war«, sagt sie, impulsiv selbst zum Vornamen der Oberärztin wechselnd. »Wir wissen, dass die beiden Kontakt hatten. Sie haben nicht gestritten.«

»Und was hatten die beiden dann miteinander zu tun?«

Jetzt finde ich meine Stimme wieder. »Jemand hat sie am Abend des Mordes reden hören. Wir wissen nicht genau, worum es ging, aber es klang, als hätten sie etwas vor.« Ich nehme einen Schluck Leitungswasser, das mit dem Kaffee serviert worden ist. Mein Mund bleibt trocken. »Anne hat gesagt, sie würde sich auf Selina verlassen. Und Selina hat das erwidert. Viel mehr wissen wir leider nicht.« Wieder wünsche ich mir, Yo hätte nachgehakt. Hätte Selina gebeten, ihr mehr zu erzählen.

Für einen Moment wirkt es, als würde Janina etwas erwidern wollen, doch sie senkt den Blick und schweigt. Ich warte ab, ob sie es sich vielleicht anders überlegt, doch Carlotta scheint nichts bemerkt zu haben.

»Dürfen wir dir eine andere Frage stellen?«, will sie wissen.

Janina sieht auf. »Natürlich, wenn ich helfen kann. Worum geht es denn?«

»Selina hat mir gegenüber erwähnt, dass sie vorher eine andere Stelle gehabt hat.« Carlotta spricht langsamer als sonst, sie wirkt konzentriert. Vermutlich, weil sie nicht Falsches sagen möchte. »Sie hat angedeutet, dass sie dort aufgehört hat, weil ihr ein Fehler unterlaufen sei.«

Selinas Schwester seufzt leise. »Ach, diese Sache. Ja, ich weiß, wovon du sprichst. Was ist damit?«

»Wir haben uns gefragt, was damals geschehen ist«, erwidert Carlotta. »Wenn du uns davon erzählen willst.«

»Wenn Selina dir ohnehin davon erzählt hat, hätte sie sicher wenig dagegen, dass ich euch meine Sicht darauf verrate«, antwortet Janina. »Auch wenn sie mir womöglich widersprechen würde.« Ihr Blick wird wehmütig.

»Wieso?«, will ich wissen.

»Sie hat davon ihr Leben definieren lassen. Und sich selbst.« Ihre Stimme ist hart geworden. »Und am Ende hat das dazu geführt, dass sie hierher gewechselt hat. Letzten Endes ist sie wegen dieser Sache gestorben.«


### *Vorher. Fünf Monate vor dem Todesfall. Janina*

»Das kannst du nicht machen.« Janina nahm ihrer Schwester das Bild ab, das sie gerade in eine Kiste packen wollte. »Selina! Du kannst nicht von heute auf morgen einfach alles abbrechen, was dein Leben bis dahin ausgemacht hat.«

Selina machte keine Anstalten, das Foto zurückzubekommen. »Wenn du es behalten willst, kannst du es gern haben. Es bedeutet mir nichts. Aber der Rahmen ist schön.« Sie nahm einen Ordner auf und wog ihn in der Hand, bevor sie ihn auf den Stapel mit Altpapier warf. »Niemand braucht seine Mitschriften aus dem siebten Semester.«

»Selina!«

Sie sah Janina noch immer nicht an. »Ich habe dich gehört, nur habe ich meine Entscheidung längst getroffen. Ich habe einen Mietvertrag unterschrieben und bekomme heute den Vertrag für meine neue Stelle.«

Janina stellte das Foto zurück auf die Kommode, auf der es ursprünglich gestanden hatte. Es zeigte ihre Schwester inmitten einer Gruppe von anderen jungen Leuten, die zu Studienzeiten ihre Clique gewesen waren. Sie hatte sich noch vor dem Abschluss mit den meisten davon zerstritten, nur ihr Freund war geblieben. Ihr Freund, mit dem Selina am Vortag aus heiterem Himmel Schluss gemacht hatte und der in einem Anflug von Panik bei Janina angerufen hatte, um sie darüber zu informieren, dass ihre Schwester im Begriff war, an das andere Ende von Deutschland zu ziehen. Ohne jegliche Vorwarnung.

»Ich verstehe ja, dass du Abstand brauchst nach all dem, was passiert ist«, sagte sie. »Nur ... Selina, tu nichts, was du bereust. Hendrik versteht die Welt nicht mehr, und mir geht es genauso. Was soll das?«

Das brachte Selina dazu, innezuhalten. »Ja, das ist ein Teil des Problems«, sagte sie. »Dass ihr es nicht versteht. Dass ihr *mich* nicht versteht. Vielleicht wollt ihr es einfach auch nicht wahrhaben.«

Janina seufzte. »Und was wollen wir nicht wahrhaben?« Eigentlich brauchte sie die Frage nicht zu stellen, da sie ohnehin wusste, was ihre Schwester sagen würde. Es war nicht das erste Mal, dass sie dieses Gespräch führten.

»Dass ich einen Menschen getötet habe«, sagte Selina. Janina war sich sicher, dass sie sich diesen Satz selbst immer wieder vorsagte, um sich damit zu quälen. Dieser Satz war zu ihrer Identität geworden, als vor mittlerweile mehr als zwei Monaten einer ihrer Patienten in der Kinder- und Jugendpsychiatrie Suizid begangen hatte.

»Er hat sich selbst getötet.« Das war die standardmäßige Antwort, und Janina wusste mittlerweile, dass sie Selina damit nicht erreichte. Nach den tragischen Ereignissen hatte sie sich krankschreiben lassen und gekündigt. Die ersten

Wochen hatte sie nur in der Wohnung verbracht. Hendrik und Janina hatten sich um sie gekümmert, und irgendwann, nach vielen Tagen, in denen sie stetig an Gewicht verloren hatte, hatte Selina verkündet, dass sie einen Perspektivwechsel brauche. Sie hatte beschlossen, zu verreisen und Bekannte in Süddeutschland zu besuchen. Hendrik und Janina waren erleichtert darüber gewesen und hatten keinen Verdacht geschöpft, dass etwas anderes dahinterstecken könnte. Erst nachdem Hendrik sie gestern angerufen hatte, war Janina klar geworden, dass Selina in Wirklichkeit einen Neuanfang geplant hatte. Ohne ein Wort zu sagen.

»Du weißt, wie ich dazu stehe.«

»Ja, und ich lasse dir auch deine Meinung«, gab Janina zurück. »Das hier ist trotzdem vollkommen überzogen. Wenn Hendrik mich gestern nicht angerufen hätte, wüsste ich nicht einmal, dass du umziehen willst! Dass du schon dabei bist. Wie hast du dir das vorgestellt? Dass du eines Tages einfach weg bist?«

Selina drehte sich langsam zu ihr um. »Ja, genau so. Hör mal, Janina. Diese Stadt ist die Hölle für mich. All das erinnert mich nur an all die Fehler, die ich gemacht habe.«

»Dein Patient wollte sterben«, beharrte Janina. »Du hast selbst gesagt, dass du ihn gefragt hast, ob er Gedanken an den Tod hat. Er hat das verneint. Er hat dir versprochen, dass er sich melden wird, falls sich etwas daran ändert.«

»Ja«, entgegnete Selina tonlos. »Aber er hat gelogen. Und ich hätte das merken müssen. Ich hätte merken müssen, dass er vorhatte, keine zwölf Stunden später von einem Hochhaus zu springen. Ich war davor mehrere Monate lang seine Therapeutin.«

Janina wusste, dass sie diese Diskussion nicht gewinnen konnte. Stattdessen versuchte sie es anders. »Was ist mit Hendrik?«

Selinas Schultern sanken ein wenig herab. »Was soll mit ihm sein? Er liebt seinen Job hier. Ich würde ihn nie dazu zwingen, mit mir zu gehen.«

Das war nur die halbe Wahrheit. Es konnte nur die halbe Wahrheit sein. »Und denkst du nicht, er hätte gern die Wahl gehabt? Nach all dem, was ihr zusammen durchgemacht habt?«

»Er ist besser ohne mich dran«, erwiderte Selina. »Gerade deshalb. Ohne mich hätte er das nie durchmachen müssen. Ich bin diejenige, die furchtbar gewesen ist. Und ich habe Hendrik mit hineingezogen.«

»Was seine Entscheidung war. Alles, was er aufgegeben hat, hat er für dich aufgegeben.«

Selina wirft die Hände in die Luft. »Ja. Deswegen ist er besser ohne mich dran. Ich war ein furchtbarer Mensch, dass ich ihn überhaupt vor diese Entscheidung gestellt habe. Diese Entscheidung treffe ich allein, Janina. Ich *werde* gehen. Und ihr werdet euch nicht einmischen. Es ist bereits alles geregelt.«

»Und was ist mit mir?«

»Du kommst klar. Du warst schon immer die Bessere von uns beiden.« Damit begann sie erneut, Dinge in die Kiste zu werfen. Vermutlich, um die Tränen zu verbergen, die ihr in die Augen gestiegen waren.

Janina wischte sich über die Augen. »Sagst du mir wenigstens, wohin du gehst?«

Das ließ Selina noch einmal innehalten. »Ich schreibe dir, wenn ich so weit bin. Okay?«

Es war alles andere als okay, doch Janina nickte. Sie standen sich nahe genug, sodass sie wusste, dass ihre Schwester nicht umzustimmen war. »Ich hoffe, du schreibst mir auch früher, wenn du mich brauchen solltest.«

Ein leises Lächeln schlich sich auf Selinas Gesicht. »Ich versuche es. Kannst du mir noch einen Gefallen tun?«

Janina nickte. Sie würde ihr jeden Gefallen tun. Sogar wenn es dabei darum ging, ihr ganzes Leben in die wenigen Kisten zu packen.

»Pass bitte auf Hendrik auf, wenn ich weg bin«, sagte Selina. »Ich bringe es einfach nicht fertig, mich von ihm zu verabschieden.«

## 14

*Jetzt*

Am nächsten Tag stehe ich früh auf. Nachdem Janina uns erzählt hat, wie Selina aus Kiel abgereist war, war sie zu erschöpft, als dass ich ihr weiter auf den Zahn fühlen konnte. Carlotta verabschiedete sich zum Handballtraining, und ich blieb noch eine Weile sitzen, um mich mit Selinas Schwester zu unterhalten.

Natürlich sprachen wir über Selina, wobei wir alles, was mit dem Mord zu tun hatte, sorgsam vermieden. Janina erzählte davon, wie ihre Schwester als Kind gewesen war und wie sehr sie das Studium geliebt hatte. Ich berichtete von unserer vergnüglichen Tour durch die Notaufnahme und von unserer Verabredung zum Kaffee, zu der es schließlich nie gekommen war. Als ich nach Hause kam, war ich dankbar und zugleich tieftraurig. Ich hatte Dinge über Selina erfahren, mit denen ich nie gerechnet hätte, ein letztes Mal die Gelegenheit gehabt, sie etwas besser kennenzulernen. Und gleichzeitig hatte ich realisieren müssen, dass sie für immer in der Vergangenheit bleiben würde.

Ich gehe eine Runde laufen, da ich ohnehin nicht mehr schlafen kann, und mache mich dann viel zu früh auf zur Klinik. Ich kann nicht mehr behaupten, dass ich noch von Annes Unschuld überzeugt bin, aber es gibt noch zu viele offene Fragen, um mit der Suche nach Antworten aufzuhören.

Sarah ist schon auf den Beinen, wie ich gehofft habe. Sie hält nicht viel von unseren Dienstzimmern, deswegen macht sie meistens durch. »Es schläft sich nicht gut mit einer Handgranate neben dem Kopfkissen«, pflegte sie zu sagen. »Andererseits ist eine Handgranate eigentlich besser als das Diensttelefon. Wenn die hochgeht, hat man es wenigstens hinter sich.«

Morgens um zwanzig nach fünf ist es ruhig in der Notaufnahme, deswegen finde ich meine Kollegin in der Küche, wo sie die Beine auf die Bank hochgelegt hat und durch eine Zeitschrift blättert. Sie wirkt nicht besonders müde, als sie aufblickt. »Rob? Was zum Teufel machst du denn hier? Hast du dich verletzt?«

Ich schüttle den Kopf und schenke mir einen Kaffee aus der Thermoskanne ein. »Du auch?«

»Warum nicht.«

Ich stelle die Tasse vor ihr ab und hole eine zweite, bevor ich mich an die andere Seite des Tisches setze. »Wir müssen reden.«

Ein Lächeln spielt um ihre Lippen. »Du willst doch nicht Schluss mit mir machen, Rob? Ich hätte es mir denken müssen, ständig hattest du nur Augen für andere Frauen!«

So gern ich ihren Spott sonst habe, heute passt er nicht in mein Konzept. »Es ist ernst, Sarah.«

Langsam bröckelt ihre belustigte Miene. Was darunter liegt, ist eine Erschöpfung, die ich in dem Maße noch nie bei ihr gesehen habe. Ich tue ihr den Gefallen und komme direkt zum Punkt. Sie hat es verdient.

»Jemand hat dein Gespräch mit Selina belauscht«, sage ich. »In der Eingangshalle. In der Nacht, in der sie ermordet wurde.«

Ihr Gesicht verliert an Farbe, und sie greift nach der Tasse, die ich ihr hingestellt habe. Umgreift sie mit beiden Händen.

»Willst du mir sagen, worum es ging?«, frage ich. Vielleicht ist es so leichter. Vielleicht sollte ich ihr sagen, dass ich daran glaube, dass sie nichts mit Selinas Tod zu tun hat.

Doch ich kann mich auf nichts mehr verlassen. Auch nicht darauf.

Stille breitet sich zwischen uns aus. »Das kann ich nicht«, stößt sie irgendwann hervor. »Rob, das kann ich nicht. Ich habe Selina nichts getan. Das musst du mir glauben!«

»Das will ich auch. Wirklich. Aber ich muss wissen, worüber ihr gesprochen habt.«

Sarah senkt den Blick, und ich kann sehen, wie sich ihr Atem beschleunigt und ihre Hände zu zittern beginnen. Ein wenig Kaffee schwappt über den Rand der Tasse und befleckt den Tisch. So habe ich sie noch nie gesehen.

»Sollen wir rausgehen?«, schlage ich vor.

Sie nickt, und als sie aufsteht, schwankt sie so sehr, dass ich für einen Moment befürchte, sie würde fallen. Ich strecke den Arm nach ihr aus, doch ihr Blick hält mich auf Abstand. So war sie schon immer. Sie lehnt jegliche Hilfe ab.

Wir gehen zur Raucherecke, und ich biete ihr eine Zigarette an, die sie annimmt. Ich selbst packe die Schachtel zurück, ohne mir selbst eine zu nehmen. Vor dem Frühstück kann ich nicht rauchen, außerdem habe ich ein schlechtes Gewissen, wenn ich zuvor laufen war. Man muss es nicht darauf anlegen, den Trainingseffekt sofort wieder zu schmälern.

Sarah sieht noch immer so aus, als wäre ihr übel, dennoch wirkt sie ein wenig ruhiger, nachdem sie die halbe Zigarette geraucht hat. So lange lasse ich sie in Ruhe. »Hast du mit jemandem darüber gesprochen?«, will sie dann wissen.

»Nein«, sage ich wahrheitsgemäß. Vielleicht hätte ich mit Carlotta darüber geredet, wenn Marek mir nicht von seiner Begegnung mit ihr auf der Dachterrasse erzählt hätte. Mein Herz sinkt, als ich daran denke, dass ich auch Finn danach fragen muss. Zuerst sollte ich mich auf Sarah konzentrieren.

»Gut«, sagt sie, obwohl sie nicht erleichtert aussieht. »Kannst du das für dich behalten?«

»Das kommt darauf an«, erwidere ich. »Hast du nicht ohnehin mit der Polizei darüber gesprochen?« Wenn Marko seine Beobachtung angegeben hat, kann ich mir nicht vorstellen, dass sie so nachlässig waren, Sarah nicht darüber zu befragen.

»Ja«, sagt sie tonlos. »Sie haben mich gefragt, warum wir gestritten haben.«

»Und du hast sie angelogen.« Das ist nichts, was ich fragen muss. Ich weiß es. Jetzt fühle ich mich doch so, als bräuchte ich eine Zigarette.

Sie nickt und greift nach meinem Arm. »Rob, bitte. Du darfst das niemandem sagen, okay?«

»Was hast du ihnen denn gesagt?«

Sarah starrt mich an, und ich kann sehen, wie sie mit sich kämpft. Sie muss wissen, dass ich sie in der Hand habe. »Sie wollten mir nicht verraten, wer uns belauscht hat, aber ich habe ihnen gesagt, dass die Person uns vermutlich nicht richtig verstanden hat.« Sie holt tief Luft. »Darum habe ich gesagt, dass Selina mich dabei erwischt hat, dass ich ... mich mit manchen Patienten getroffen habe, um mit ihnen Sex zu haben. Dass ich die Kontrolle über die Sache verloren hätte. Dass sie mich davon abhalten wollte. Und damit gedroht hat, mich zu melden.«

Ich hebe die Augenbrauen. »Und das haben sie dir geglaubt?« Jeder, der Sarah kennt, weiß, dass sie nicht der Typ für so etwas ist.

Sie sieht zu Boden. »Ich hoffe es«, sagt sie leise. »Ich hoffe es wirklich.«

Ich denke für einen Moment über ihre Enthüllung nach. Sie hat eine schlaue Aussage gemacht. Es ist nicht illegal, sich mit wechselnden erwachsenen Patienten zu verabreden, doch es ist klar, dass das von der Kliniklleitung nicht gern gesehen wurde. Gleichzeitig ist es kein Grund, jemanden zu ermorden. Bei der Wahrheit kann ich mir nicht sicher sein.

»Worüber habt ihr euch wirklich gestritten?«

»Rob ...«, setzt sie an, doch meine Miene bleibt hart.

Ich habe bereits eine Vermutung. »Es ging um Medikamente, oder?«

Vor wenigen Monaten gab es Unregelmäßigkeiten mit Medikamenten in der Notaufnahme. Substanzen, die unter dem Betäubungsmittelgesetz stehen, müssen genau dokumentiert werden, selbst wenn sie ablaufen und vernichtet werden müssen. Damals ist eine Packung mit abgelaufenen Medikamenten verschwunden. Es gab einiges an Wirbel, und es sind mehrere Mitarbeiter befragt worden, trotzdem wurde nie ein Schuldiger gefunden.

Sarah sieht mich nicht an und antwortet nicht. Ihre Körperhaltung macht mir klar, dass ich richtigliege.

»Was hat Selina beobachtet?«, will ich wissen. Soweit ich weiß, sind keine weiteren Medikamente weggekommen.

Sie sammelt sich, bevor sie antwortet. »Dass ich einen Teil der Medikamente, die ich eigentlich einem Patienten hätte mitgeben sollen, einbehalten habe.«

Damit hat sie es zugegeben. Ich presse die Lippen zusammen. Ich habe viel darüber gelesen. Es gibt mehr als genug Studien darüber, wie viele Ärzte und Pfleger süchtig nach Medikamenten sind. Allein von den Zahlen ausgehend muss ich mehrere Leute kennen, die davon betroffen sind. Bei Sarah hätte ich nie damit gerechnet. Sarah, die immer ruhig und ausgeglichen ist. Die die Notaufnahme im Griff hat, egal wie stressig es wird. Die niemals die Nerven verliert und eine gute Ärztin ist. »Bist du abhängig?«

»Ich weiß, dass ich ein Problem habe«, sagt sie heiser. »Mittlerweile habe ich es besser im Griff. Und ich klaue nichts mehr. Damit habe ich aufgehört, nachdem Selina mich beobachtet hat. Das habe ich ihr auch gesagt.«

»Hast du dir einen Rezeptblock bestellt?« Das kann jeder von uns mit der Approbation tun. Die Rezepte sind nummeriert und eindeutig identifizierbar, unmöglich ist ein Missbrauch allerdings nicht.

»Willst du das wirklich wissen?«

Nein, das will ich nicht. Ich schüttle den Kopf. »Besser nicht.«

Für eine lange Zeit schweigen wir. Ich biete ihr noch eine Zigarette an, diesmal nehme ich mir selbst ebenfalls eine. Einmal in meinem Leben habe ich selbst ein Medikament genommen, um herunterzukommen, aber das ist keines gewesen, das unter dem Betäubungsmittelgesetz steht. Es ist an dem Tag gewesen, als ich nach Selinas Tod heimgekommen bin. Die beruhigende Wirkung ist so stark gewesen, dass ich mich am nächsten Abend wieder nach der Tablette gesehnt habe. Ich kann mich lebhaft daran erinnern, wie ich im Bad stand, die Packung in der Hand. Wie ich sie schließlich in die Toilette geleert habe, ohne eine zu nehmen.

Ich kann verstehen, wie es so weit kommen kann.

»So, jetzt weißt du es«, sagt Sarah nüchtern, als wir zu Ende geraucht haben. »Du weißt, dass ich meine Approbation los bin, wenn du es jemandem verrätst.«

Natürlich. Und jetzt wünsche ich mir, ich hätte nie etwas davon mitbekommen. »Ja«, sage ich. »Selina hat dich auch nicht gemeldet«, füge ich dann hinzu. Muss daran denken, dass man Medikamente in ihrem Blut gefunden hat. Zumindest laut dem Zeitungsartikel. Hat sie sich ein Beispiel an Sarah genommen und selbst etwas eingeworfen, um vor dem Dienst runterzukommen? Mit einem Mal kommt es mir verdächtig vor, dass sie bei unserem zweiten Treffen so entspannt war.

»Sollen wir wieder reingehen?«

»Was hast du nach dem Schockraum gemacht?«, frage ich. Nicht weil ich wirklich glaube, dass Sarah Selina etwas angetan hat. Eher weil ich jetzt mit meinen Gedanken nicht allein sein will.

»Ich habe den Patienten aufgenommen«, sagt sie, und ihre Stimme nimmt einen verächtlichen Tonfall an. »Es war ein

Fahrradunfall. Und danach habe ich mich um eine besondere Patientin gekümmert.«

»Eine besondere Patientin?«

Sarah verdreht die Augen. »Du hast ja keine Ahnung.«

### *Vorher. Nacht des Todesfalls, 21:15 Uhr. Sarah*

Nachdem sie den verunfallten Fahrradfahrer auf die Intermediate-Care-Station verlegt hatte, nahm sich Sarah einen Moment Zeit, sich die Hände zu waschen. Im Alltag in der Notaufnahme desinfizierte man sich ständig die Hände, was gesünder für die Haut war, aber sie mochte das Gefühl von Wasser und Seife. Erst danach fühlte sie sich so richtig sauber und dafür bereit, sich um die nächsten Patienten zu kümmern.

Es waren mehrere Patienten eintriagiert worden, seit sie sich um den Schockraum gekümmert hatte. Gewohnheitsmäßig suchte sie die Notaufnahme nach Selina ab, doch die war nirgends zu sehen. Nur Rob stand an einem der Befundungsmonitore und scherzte mit Jenny herum, anstatt zu arbeiten. Kein Wunder, dass diese keine Zeit dafür fand, sich um ihre Patienten zu kümmern.

Andererseits kam Sarah auch gut allein zurecht. Zwei Patienten mit Rückenschmerzen, die sich in der Notaufnahme gemeldet hatten, und eine ältere Dame, deren Knieschmerzen seit zwei Monaten bestanden. All diese Leute würden warten müssen. Zuerst musste sie sich um die einzige Patientin kümmern, die dringlicher eingestuft worden war: Eine neunundzwanzigjährige Patientin, die beim Spazierengehen umgeknickt war. Sarah buchte sie digital in eine freie Kabine.

Der Name ließ sie innehalten. Sie verzog das Gesicht und ging mit weitaus weniger Enthusiasmus hinaus zum Wartezimmer. »Louisa Homber!«

Mit stoischem Gesichtsausdruck sah sie zu, wie die Kollegin aufstand und mit schmerzverzerrter Miene auf sie zuhumpelte. Anstatt der Krankenhauskleidung trug sie eine Dreiviertelhose und ein Poloshirt. »Kabine zwei«, sagte Sarah. »Schaffst du das?«

»Muss gehen«, erwiderte Louisa. »Schön, dass du heute Dienst hast. Ich bin froh, ein bekanntes Gesicht zu sehen.«

Das beruhte nicht gerade auf Gegenseitigkeit, doch Sarah verzichtete darauf, zu widersprechen. Sie setzte sich an den Computer in der Kabine, während Louisa sich direkt auf die Untersuchungsliege platzierte.

»Was ist passiert?«

»Karma«, antwortete Louisa. »Ich habe meine Briefe nicht fertig gemacht, weil wir heute Mädelsabend haben.«

»So interessant das auch sein mag, ich frage nach dem Unfallhergang«, gab Sarah zurück. Sie mochte Patienten nicht, die zu viel erzählten. Schon gar nicht, wenn sie sie kannte. Manchmal waren ihr Schockräume am liebsten. Schwer verletzte Patienten redeten nicht. Gerade jetzt hätte sie lieber einen zweiten davon gehabt, anstatt sich um Louisa Hombers verdammten Knöchel zu kümmern.

»Sorry«, flötete Louisa. »Es ist mir so peinlich, ich bin auf dem Kopfsteinpflaster umgeknickt. Einfach so. Und jetzt kann ich nur ganz schlecht auftreten. Es tut weh, vor allem außen. Ich bin eigentlich nur für ein Röntgenbild da. Ich will keine Umstände machen.«

»Willst du was gegen die Schmerzen?«, fragte Sarah.

»Nein danke. Ich habe etwas getrunken, das sollte man nicht mischen.«

Sarah hob die Schultern und untersuchte den Knöchel, ohne die pink lackierten Zehennägel zu kommentieren. Auf den großen Zeh war ein Strasssteinchen geklebt. Der Druckschmerz befand sich vor allem über dem Außenbandapparat, weder der Innenknöchel noch die Syndesmose waren druckschmerzhaft. »Ich glaube nicht, dass etwas gebrochen ist, aber ich melde ein Röntgen an.«

»Danke«, sagte Louisa und lächelte sie an. »Auch dass du mich so schnell drangenommen hast.«

»Klar, wir wollen ja nicht, dass du deinen Feierabend hier verbringen musst. Ich lass dir einen Rollstuhl kommen.« Bevor Louisa widersprechen konnte, hatte sie die Kabine verlassen.

Jenny hatte ihren Flirt mit Rob beendet und kam ihr entgegen. »Ist das wirklich Louisa Homber? *Die* Louisa Homber?«

»Ja, leider«, erwiderte Sarah. »Kannst du dem Transportdienst Bescheid geben? Noch müsste jemand von denen da sein.«

»Louisa sollte die Radiologie finden«, erwiderte Jenny. »Nerven wir den Transportdienst nicht, die Kollegen sind sowieso überlastet. In dem Haus, in dem ich den Großteil meiner Ausbildung gemacht habe, gab es gar keinen Transportdienst. Entweder haben die Patienten es selbst geschafft, hinzukommen, oder wir mussten sie selbst fahren.«

Sarah schnaubte. »Und wo hast du die Ausbildung gemacht? In Sparta?«

»Haha«, sagte Jenny. »Kiel ist nicht gerade Sparta. Und Louisa Homber hat keinen Transportdienst verdient.«

Trotz der Widerworte rief sie beim Hol- und Bringdienst an, und kurz darauf konnte Sarah auf dem Röntgenbild einen Bruch ausschließen. Louisa bedankte sich überschwänglich, legte sich selbst die von Sarah verordnete Schiene an, während sie die angebotenen Unterarmgehstützen ablehnte und etwas von Briefen erzählte, die sie jetzt noch schreiben wolle.

Sarah nickte, so höflich sie es zustande brachte, und verabschiedete sich. Ihr war es egal, ob Louisa Homber ihren

Abend im Krankenhaus verbrachte. Hauptsache, sie war nicht länger ihre Patientin, mit der sie sich befassen musste.

## 15

*Jetzt*

»Dann war auch Louisa da«, stelle ich fest. Louisa, die Selina nicht ausstehen konnte. Ich müsste überrascht sein, doch stattdessen fühle ich nur eine weitere Welle von Erschöpfung über mich hereinbrechen. Zeit, mich einmal mehr daran zu erinnern, dass man Annes DNA an Selinas Kleidung gefunden hat. Damit ist es egal, ob Louisa im Krankenhaus war. Und dass sie von Sarahs Sucht wusste.

»Ja, sie wollte sich um irgendwelche Briefe kümmern«, antwortet Sarah. »Keine Ahnung, ob etwas daraus geworden ist, sie wirkte ein wenig angetrunken.«

Ich sage nichts dazu. Vermutlich ist es jetzt an der Zeit, zurück auf Station zu gehen, um nach meinen Patienten zu sehen. Ich werfe einen Blick auf die Uhr. Viertel vor sechs.

»Danke dir«, sage ich zu Sarah. »Für deine Ehrlichkeit. Ich weiß das zu schätzen.«

»Du sagst doch nichts, oder?«

Ich schüttle den Kopf. Das würde ich nicht übers Herz bringen. »Nicht, wenn du versuchst, davon wegzukommen.« Sie bedankt sich, doch ich will das nicht hören, also beschleunige ich die Schritte. Noch nie ist mir die Klinik wie ein so schrecklicher Ort vorgekommen. Ein Ort, der uns alles abnötigt und gleichzeitig auffrisst. Der Ort, der Selinas Leben gefordert hat.

Auf dem Weg nach oben begegnet mir Yo, die die pädiatrische Station ansteuert. Ich grüße sie und gehe schweigend neben ihr her.

»Alles klar, Rob?«, fragt sie, als wir im ersten Stock ankommen. Ihr Atem geht schwer und sie verlangsamt ihre Schritte. »Gar keine hundert Fragen heute?«

»Nein«, erwidere ich. »Aber ich denke, die Polizei hat recht.«

»Recht womit?«

»Mit Anne Kittsteiner. Und damit, dass sie den Mord begangen hat.«

Jetzt hält sie inne. »Hast du etwas Neues herausgefunden?«

Ich antworte nicht sofort. Was Janina uns erzählt hat, sollte sich vermutlich nicht herumsprechen, andererseits ist es wahrscheinlich nur eine Frage der Zeit, bis die erste Zeitung davon Wind bekommt und darüber berichtet. »Ihre DNA war am Tatort.« Und nicht nur da, auch auf Selinas Kleidung.

Yo verschränkt die Arme.

»Also was immer du denkst, sonst noch gesehen zu haben«, fahre ich fort, »oder mit wem auch immer du noch sprechen willst, du kannst es lassen.«

»DNA-Spuren. Wirklich?« Yo runzelt die Stirn. »Das ist sehr interessant.«

Ich warte ab, ob sie ihre Gedanken weiter ausführt, doch sie tut mir den Gefallen nicht. »Manchmal sind die Dinge nicht so, wie sie aussehen.«

»Warum verrätst du mir nicht, was du der Polizei nicht gesagt hast?«

Yo lacht. »Ach, Rob. Du wirst es noch herausfinden. Nur nicht heute.«

»Das verstehe ich nicht.«

Sie lächelt und geht in Richtung Aufzug. »Ich fürchte, ich bin außer Form. Geh du weiter die Treppen, ich fahre bis oben.«

»Geht es dir gut?«

Sie nickt. »Wenn das nicht der Fall wäre, hätte ich mich krankschreiben lassen, Rob. Aber danke dir. Du bist immer so aufmerksam. Das solltest du beibehalten.«

Ich sehe zu, wie sie in die Kabine tritt. Sie hebt die Hand zum Gruß und die Tür schließt sich. Ich mache mich langsam auf den Weg nach oben und ziehe mich ins Arztzimmer zurück.

Dort schreibe ich eine Nachricht an Finn und eine an Carlotta. Ich muss mit beiden sprechen. Kurz nachdem ich die zweite versendet habe, klingelt mein Handy. Es ist Carlotta.

Ich beantworte den Anruf. »Ja?«

»Hi, Rob.« Carlotta klingt verschlafen. »Bist du schon in der Klinik?«

»Seit einer Weile«, erwidere ich. »Ich habe etwas herausgefunden.«

Sofort klingt sie ein wenig wacher. »Ja? Was?«

»Dass jemand in der Klinik war, der laut Aussage des Pförtners nicht hätte da sein dürfen.«

Stille am anderen Ende der Leitung. »Ja?« Jetzt klingt ihre Stimme zaghaft. Selbst wenn ich noch nichts von ihrer Anwesenheit hier geahnt hätte, das hätte mein Misstrauen geweckt. Zumindest glaube ich das.

»Louisa war hier. Ich bin mir also nicht sicher, ob wir dem Kerl vertrauen können.«

Diesmal ist ihre Überraschung echt. »Was? Das ist unmöglich.«

»Sie war als Patientin da«, berichte ich. »In der Unfallchirurgie. Das hat mir Sarah erzählt.« Ich erwähne nicht, was ich sonst herausgefunden habe. Ich werde Sarahs Geheimnis für mich behalten.

»Sarah«, wiederholt Carlotta. »Hast du sonst noch etwas über sie herausgefunden?«

Ich hebe die Augenbrauen, auch wenn sie mich nicht sehen kann. »Über Sarah? Was sollte ich über sie herausfinden?«

»Nur so«, entgegnet Carlotta beiläufig, und ich beiße die Zähne aufeinander. Sie muss etwas wissen, von dem sie mir nichts erzählt hat. Wieso verdächtigt sie Sarah, obwohl ich ihr kein Wort von meinem Gespräch mit Marko berichtet habe? Am Ende hat sie selbst etwas gesehen, als sie in der Mordnacht hier war. Oder mehr als das. Vielleicht war sie beteiligt.

»Wie gehen wir weiter vor?«, will sie wissen, als ihr die Pause zu lang wird.

»Ich weiß nicht genau«, sage ich wahrheitsgemäß. »Ich frage mich, ob wir das Ganze nicht aufgeben sollten, nach dem, was wir gestern gehört haben.«

»Du meinst das mit der DNA?«

Ich nicke. »Ja.«

»Ganz ehrlich?«

»Ja?«

»Denkst du, du kannst damit aufhören, Fragen zu stellen, Rob? Glaubst du wirklich, dass es Anne war und nicht jemand anderes? Yo? Marko? Louisa, jetzt, wo wir wissen, dass sie ebenfalls in der Klinik war?«

Oder du, setze ich in Gedanken hinzu. Auch wenn mir das unwahrscheinlich vorkommt. Würde mich jemand, der schuldig ist, dazu ermutigen weiterzumachen? Je mehr Antworten ich bekomme, umso weniger blicke ich durch. Für einen Moment bin ich versucht, Carlotta mit meinem Wissen zu konfrontieren. Aber das mache ich besser nicht am Telefon.

»Du hast recht«, sage ich. »Ich habe gerade Yo getroffen. Meinst du, du könntest sie im Blick behalten? Sie war seltsam, so als hätte sie etwas geplant.«

»Klar«, erwidert sie. »Die Internisten sind immer noch verwirrt über meine Anwesenheit, solange ich mich ab und zu in den Besprechungen zeige. Außerdem muss ich sowieso ein bisschen was für meine Studie machen. Das passt gut zusammen. Vielleicht finde ich ja etwas über Yo heraus.«

»Hoffentlich.« Obwohl ich mir nicht sicher bin, ob ich ihr noch ein Wort glauben kann.

»Ich ruf dich später an«, verspricht mir Carlotta, und wir verabschieden uns. Nachdem ich aufgelegt habe, fühle ich mich misstrauischer denn je.

Irgendwie lasse ich die Oberarztvisite und die Frühbesprechung über mich ergehen, in der beschlossen wird, dass Herr Müller heute Nachmittag noch einmal operiert werden soll. Es überrascht mich nicht, da ich mit Dr. Hutter bereits gestern besprochen habe, ihn heute nüchtern zu lassen und komplett auf intravenöse Ernährung umzustellen. Heute fühlt es sich nicht mehr an wie eine Niederlage. Ich habe schon gestern verloren. Seit ich das mit den DNA-Spuren auf Selinas Kleidung weiß.

Nachdem die Besprechung vorbei ist, rufe ich Finn an. Er geht nicht ans Telefon, was mich überrascht. Vielleicht haben die Radiologen momentan ihre eigene Frühbesprechung. Er wird mich zurückrufen, wenn er meinen Anruf sieht. Sobald er Zeit hat.

»Schlenker?«

Ich drehe mich um, als ich meinen Namen höre. Dr. Hutter ist mir nachgelaufen. »Ja?«

»Ich werde Ihren Patienten heute selbst operieren«, verkündet er. »Der OP-Plan ist hoffnungslos überfüllt, aber ich habe heute ohnehin Dienst.«

»Das ist gut«, sage ich.

Er sieht mich amüsiert an. »Wenn Sie möchten, können Sie mit in den OP kommen.«

Ich muss nicht überlegen. »Ja, gern.«

Dr. Hutter nickt. »Gut. Dann sehen Sie zu, dass sie bis dahin mit der Station fertig sind.«

Finn ruft mich nicht zurück. Ich lasse es noch zweimal durchklingeln, bis sich irgendwann eine entnervte Kollegin meldet.

»Hallo, hier ist Hoffman von der Radiologie. Kann ich Ihnen helfen?«

»Nein, ich wollte mit Finn reden«, erwidere ich und komme mir dämlich vor. Gut möglich, dass seine Kollegin jetzt annimmt, ich hätte nichts zu tun. Eigentlich kann mir das egal sein.

»Da müssen Sie später anrufen«, teilt sie mir mit. »Er kommt heute zur Nacht.«

Ich bedanke mich und lege auf.

Es wird wohl nichts daraus, ihn heute zu konfrontieren. Ich muss morgen mit ihm reden. Oder ihn in der Radiologie besuchen, wenn ich aus dem OP komme.

Diesmal gehe ich pünktlich zum Mittagessen. Es hat sich eine Schlange vor der Ausgabe gebildet. Als ich sehe, wer sich eben an ihrem Ende angestellt hat, schleicht sich ein Lächeln auf meine Lippen.

»Hallo, Louisa«, sage ich laut, als ich mich einreihe. »Wie geht es deinem Knöchel?«

Sie fährt zusammen, wie ich erwartet hatte. »Rob«, begrüßt sie mich mit finsterer Miene. »Kann man eigentlich noch irgendwo in dieser Klinik hingehen, ohne dich zu treffen?«

»Vermutlich nicht«, erwidere ich grimmig. »Aber jetzt, da wir uns schon so zufällig über den Weg laufen, könntest du mir meine Frage beantworten.«

»Verfolgst du mich?«

»Nein. Wie geht es deinem Knöchel?«

»Du bist ganz schön unheimlich.«

»Und ich weiß, dass du in der Mordnacht in der Klinik warst. Weil du angeblich ein Röntgenbild wolltest.«

»Psst!« Sie funkelt mich an. »Musst du so schreien?«

Ich hebe die Schultern. »Hast du am Ende etwas zu verbergen, Louisa?«

Sie packt mich am Ärmel meines Kittels und zieht mich aus der Warteschlange. Die Umstehenden beobachten uns milde interessiert, und ich lasse mich brav wegführen.

»Du bist echt unmöglich«, faucht sie mich an.

»Und ich habe Hunger«, entgegne ich. Ihre Wut muntert mich mehr auf, als sie sollte. »Wir sollten also lieber in die andere Richtung laufen.«

»Wenn du Hunger hast, kannst du dir im Patientencafé etwas holen«, verkündet sie. »Da sind nicht so viele Kollegen, die uns belauschen.«

»Also *hast* du etwas zu verbergen.«

Sie seufzt. »So ist das nicht. Mir ist die Sache nur peinlich.«

Ich hebe eine Augenbraue und sie schnaubt. »Spar dir die Miene, Schlenker. Ich erzähle dir ja alles. Aber zuerst brauche ich etwas zu essen.«

Wir holen uns einen Snack und setzen uns in das Patientencafé, in dem gerade tatsächlich keine anderen Mitarbeiter sitzen. Ich lasse den Blick durch die Eingangshalle schweifen. Auf der anderen Seite liegt die HNO-Ambulanz, die Yo Carlotta zufolge beobachtet hat. Es kommt mir vor, als wären Tage vergangen, seit sie mir das erzählt hat. In Wirklichkeit ist es gestern gewesen.

Louisa beißt hungrig in den Schokomuffin, den sie sich geholt hat. »Du bist schuld, wenn ich jetzt meine Diät ruiniere«, teilt sie mir mit. »Neuerdings bekomme ich immer den Drang zum Stressessen, wenn ich dich sehe.«

»Das tut mir leid«, sage ich in einem Tonfall, der das Gegenteil impliziert. »Du wolltest mir etwas erzählen. Was du gemacht hast, als eine deiner schlimmsten Konkurrentinnen ermordet worden ist.«

Sie wirft mir einen Blick zu, der die Hölle zufrieren lassen könnte. Was auch immer bei all dem herauskommt, am Ende werde ich mir einige neue Feinde gemacht haben. Damit kann ich leben.

»Du wirst es nicht glauben, Rob«, sagt Louisa. »Ursprünglich bin ich tatsächlich geblieben, um zu arbeiten. Doch dann ist alles ganz anders gelaufen.«

### *Vorher. Nacht des Todesfalls, 21:55 Uhr. Louisa*

Louisas Knöchel schmerzte wie verrückt. Sie verfluchte sich dafür, heute bereits zwei Hugos getrunken zu haben. Wenn sie einfach bei Wasser geblieben wäre, so wie sie es geplant hatte, wäre all das nicht geschehen. Zumindest hätte sie die verdammten Gehhilfen annehmen sollen, die Sarah ihr angeboten hatte. Doch dafür war sie zu stolz gewesen, und nun bezahlte sie dafür.

Sie nahm den Aufzug nach oben und humpelte auf den Stützpunkt ihrer Station zu. Alles war ruhig, und es war schon die Nachtschicht des Pflegedienstes da. Sie murmelte einen Gruß und ignorierte die verwirrten Blicke, bevor sie sich so schnell wie möglich ins Arztzimmer zurückzog.

Die Computer waren allesamt ausgeschaltet, also konnte Selina bisher nicht allzu viel zu tun gehabt haben. Louisa schob ihre enttäuschte Reaktion auf den Alkohol, den sie konsumiert hatte. Es wird noch weitere Nachtdienste geben, rief sie sich in Erinnerung. Noch mehr als genug Gelegenheiten für die Neue, auf die Nase zu fallen. Andererseits konnte sie sich vermutlich alles erlauben, solange sie eine

Affäre mit dem leitenden Oberarzt hatte. Diese Erkenntnis schmeckte noch immer bitter.

Louisa loggte sich ein und öffnete das Programm, mit dem sie ihre Briefe verwaltete. Sie war hoffnungslos im Rückstand. Das war nicht das Schlechteste, um diese negativen Gedanken beiseitezuschieben. Wenn sie am Schreibtisch saß, kam sie immer in einen Flow, der ihr half, alles andere auszublenden.

Sie hätte nicht sagen können, wie lange sie gearbeitet hatte, als es an der Tür klopfte. »Dr. Homber?«, fragte eine leise Stimme.

Immerhin war es nicht Selina. Louisa hätte sich geschämt, wenn sie sie hier vorgefunden hätte. Mitten in der Nacht, angetrunken und am Arbeiten. Kein wirklich vorhandenes Privatleben. Keine ihrer Freundinnen war vorhin gewillt gewesen, sie zur Klinik zu begleiten. Ihren Verlobten hatte sie nicht erreicht, was sie nicht einmal überrascht hatte.

»Ja?«

»Wir haben ein Kind mit Atemnot«, sagte die Schwester. »Haben Sie kurz Zeit?«

»Nein«, erwiderte Louisa kühl. »Ich bin heute nicht im Dienst. Rufen Sie bei Frau Wieck an, die ist heute Dienstärztin.«

»Das weiß ich«, erwiderte die Schwester. »Ich würde Sie auch wirklich nicht stören, Dr. Homber, nur haben wir Frau Wieck nicht erreicht. Ebenso wenig wie Dr. Kochert.«

Jetzt drehte sich Louisa um. »Warum haben Sie versucht, Dr. Kochert anzurufen?«

»Weil er heute dageblieben ist, um an einer seiner Studien zu arbeiten.«

Louisa spürte, wie ihr alles Blut aus dem Gesicht wich. Auf einmal ergab alles Sinn. Sie spürte, wie sich ihr Herzschlag beschleunigte, gleichzeitig rauschte eine ungewohnte Welle Wut durch ihre Adern. »Na gut, ich schaue nach dem Kind. Um wen geht es?«

Sie mochte betrunken sein, aber das Management von Atemnot beherrschte sie im Schlaf. Ebenso wie sie in der Lage war, eins und eins zusammenzuzählen. Als sie diese Woche von der Affäre erfahren hatte, hatte sie sich entschlossen, nichts zu unternehmen. Doch jetzt war alles anders.

Sie untersuchte das Kind, das das Lehrbuchbild eines Asthmaanfalls bot. Mit knappen Worten ordnete sie eine Kombination von Medikamenten an, während sie gleichzeitig den kleinen Patienten beruhigte.

»Bleiben Sie bitte bei ihm«, sagte sie zur Schwester. »Ich muss nach etwas anderem sehen.« Sie hob das Telefon, das sie von ihrem Schreibtisch mitgenommen hatte. »Wenn es ein Problem gibt, rufen Sie mich gern an.«

Sie humpelte zurück zu den Aufzügen und wartete ungeduldig, bis sich die Türen öffneten. Dann fuhr sie nach unten ins Erdgeschoss. Schlug den Weg in Richtung Eingangshalle ein, den sie neulich bereits einmal mit einer Blutprobe gelaufen war. Einen Botengang für eine Studentin gemacht hatte, die bei Dr. Kochert promovierte. Carlotta Rosin, erinnerte sich Louisa. Noch eine hübsche junge Frau. Ob Dr. Kochert auch mit ihr eine Affäre hatte? Zuzutrauen wäre es ihm.

Sie durchquerte die Eingangshalle, die ruhig dalag. Der Marmorbrunnen im Foyer war ausgeschaltet, und die Stühle des Patientencafés standen verlassen da. Louisa humpelte an der HNO-Ambulanz vorbei und bog in den Gang dahinter ab, in dem Dr. Kocherts Büro lag.

Vermutlich war ihm diese Lage gerade recht. Immerhin war sie perfekt, um sich mit irgendwelchen Assistenzärztinnen zu vergnügen, ohne dass jemand vorbeikam. Oder auch mit Studentinnen.

Sie versuchte, leise aufzutreten, und legte zunächst das Ohr an die Tür. Dahinter herrschte Stille. Unter der Tür drang kein Licht durch. Das Büro war dunkel.

Louisa hob die Faust und trommelte gegen die Tür. Fester als beabsichtigt. So fest, dass ihre Fingerknöchel brannten.

Niemand antwortete. Kein verräterisches Geräusch erklang.

Weil niemand hier war. Sie mussten irgendwo anders sein.

Louisa knirschte mit den Zähnen. Es gab noch eine andere Möglichkeit. Selbst wenn die mehr als dreist wäre. Entschlossen humpelte sie zurück zu den Aufzügen. Sie würde Dr. Kochert finden, und sie würde ihn zur Rede stellen. Ihn dazu zwingen, nicht nur sein Flittchen zu fördern, sondern auch sie, die es tausendmal mehr verdient hatte.

Ihr verletzter Knöchel pochte, als sie im obersten Stockwerk aus dem Aufzug stieg und den Weg zu den Dienstzimmern einschlug. Mit ihrem Universalschlüssel sperrte sie das Schloss auf. Jeder Mitarbeiter konnte sich zu den Bereitschaftszimmern Zutritt verschaffen, das war ihr bei ihrem ersten Dienst aufgefallen. Eine Sache, die sie damals mehr als verstört hatte. Mittlerweile hatte sie sich damit abgefunden. Sie wusste, dass die meisten Mitarbeiter nachts zu erschöpft waren, als an irgendetwas anderes als an den verdienten Schlaf zu denken.

Diesmal klopfte sie nicht an, bevor sie das Zimmer der pädiatrischen Dienstärzte aufsperrte. Die Dunkelheit darin offenbarte ihren nächsten Fehlschlag, noch bevor sie das leere Bett sah. Das Licht der elektrischen Beleuchtung vor dem Fenster zeichnete schmale Streifen auf die ordentlich gefaltete, bezogene Bettdecke, als es durch die halb geschlossenen Jalousien fiel.

Selina war nicht hier. Und Dr. Kochert ebenfalls nicht.

Für einen langen Moment überlegte Lousia, wo sie noch nachsehen konnte. Der Schmerz in ihrem Fuß und ihre wirr durcheinanderwirbelnden Gedanken überzeugten sie schließlich, weitere Nachforschungen aufzugeben. Sie sollte sich einfach ein Taxi rufen und nach Hause fahren.

So konnte sie wenigstens noch einige Stunden schlafen, bevor sie morgen anrücken musste. Sich krankschreiben zu lassen kam nicht infrage. Morgen würde sie ausgenüchtert sein, dann konnte sie Schmerzmittel einwerfen, um die Visite zu überstehen.

Sie ärgerte sich nur darüber, vorhin für Selina eingesprungen zu sein. Somit hatte Louisa sie eigenhändig vor dem Ärger bewahrt, den sie bekommen hätte, weil sie im Dienst nicht erreichbar war.

Für heute hatte Louisa verloren. Einmal mehr. Sie öffnete die Tür zum Flur und fuhr zusammen.

Vor ihr stand jemand.

»Selina?« Doch im nächsten Moment erkannte sie, dass es jemand anderes war.

Jenny, eine der Pflegerinnen aus der Notaufnahme. Und sie sah genauso erschrocken aus, wie Louisa sich fühlte.

»Was machst du hier?«, wollte sie wissen.

»Das Gleiche könnte ich dich auch fragen«, entgegnete Louisa barsch. »Solltest du nicht in der Notaufnahme sein und irgendwelche Verbände machen?«

»Wir erreichen Selina Wieck nicht«, sagte Jenny. »Die Unfallchirurgin hat mich geschickt.«

Louisa schob sich an ihr vorbei. »Nun, sie ist nicht da, und ich hab keine Ahnung, wo sie sich herumtreibt.« Sie unterließ es, Dr. Kochert ins Spiel zu bringen. Bisher wusste nur sie von der Affäre, und sie hatte nicht vor, diesen Trumpf zu verlieren. »Und vergiss nicht, das morgen zu melden. Dienstärzte haben erreichbar zu sein.«

Damit humpelte sie davon. Was für ein beschissener Tag.

# 16

*Jetzt*

»Du hast Jenny vor den Dienstzimmern getroffen?«, frage ich.

Louisa hebt die Schultern, sichtlich amüsiert über meinen entsetzten Tonfall. »Ich weiß nicht, was vorgefallen ist, aber in dieser Nacht war niemand da, wo er hätte sein sollen. Am wenigsten Selina.«

Sie nimmt einen Bissen von ihrem Muffin und verdreht die Augen, als sie meinen Blick sieht. »Ach komm, reg dich ab. Zumindest hat sie da noch gelebt. Selbst wenn sie nicht auffindbar war.«

»Wann war das?«

»Keine Ahnung. Es war nach zwölf Uhr, als ich daheim war.«

»Hast du das der Polizei erzählt?«

»Natürlich«, sagt sie. »Du wirst sicher verstehen, dass ich die Geschichte hier nicht herumposaunt habe. Und ich würde dich bitten, das ebenfalls zu unterlassen.«

Ich antworte nicht. Stattdessen versuche ich, ihren Bericht in all die anderen Ereignisse einzuordnen, die ich herausgefunden habe.

»Rob!«

»Was?«

»Ich habe dich gebeten, niemandem etwas davon zu erzählen.«

»Ich bitte dich«, erwidere ich kühl. »Dir mag es peinlich sein, wie du betrunken durch die Klinik humpelst und versuchst, deinen Oberarzt in flagranti zu erwischen, die meisten Mitarbeiter wird das nicht wirklich interessieren.« Noch während ich spreche, wird mir klar, dass ich diese Vorstellung unter anderen Umständen durchaus amüsant gefunden hätte. Ich hätte auch gewusst, wem ich sie gern erzählt hätte. Doch jetzt verspüre ich nicht den Wunsch, mit irgendjemandem darüber zu sprechen.

»Danke, dass du mir davon erzählt hast«, sage ich stattdessen.

Sie nickt knapp. »Ich hoffe, du bist jetzt auch davon überzeugt, dass ich nicht herumlaufe und irgendwelche Leute ermorde.«

Darauf erwidere ich nichts. Das belegte Ciabatta, das ich mir gekauft habe, liegt noch unberührt vor mir, doch mir ist der Appetit vergangen. »Und wo, sagst du, ist Dr. Kocherts Büro?«

Louisa antwortet nicht, da sie sich gerade den Rest ihres Schokomuffins in den Mund geschoben hat. Stattdessen deutet sie an mir vorbei, in Richtung HNO-Ambulanz. Dahinter gibt es einen unscheinbaren Gang.

Ich muss an Yo denken. Daran, dass sie hier gesessen hat. Was, wenn sie nicht in Richtung Ambulanz geblickt hat, sondern in die Richtung seines Büros? Das würde mehr Sinn ergeben. Vor allem, da ich jetzt weiß, dass er in der fraglichen Nacht ebenfalls in der Klinik gewesen war. Der Pförtner hätte ihn nicht kommen gesehen, weil er das Haus nie verlassen hat. Unruhe macht sich in mir breit. Ich stehe auf und zücke mein Handy.

»Hey«, sagt Louisa. »Was ist mit deinem Mittagessen?«

Ich winke ab. »Du kannst es haben. Hält vermutlich länger vor als der Muffin.« Damit mache ich mich auf den Weg in Richtung Station. Während ich laufe, entsperre ich mein Handy.

Im gleichen Moment beginnt mein Krankenhaustelefon zu klingeln. Es ist Marek. »Hey, Rob. Wo bist du? Frau Vogelmann in Zimmer zwölf steigt schön gemächlich mit der Temperatur an. Könntest du mal draufschauen?«

»Ich komme gerade wieder hoch«, sage ich und schreibe Carlotta unterwegs eine kurze Nachricht, dass sie mich anrufen soll. Vorzugsweise auf dem Krankenhaustelefon. Ich könnte ihr meinen Verdacht bezüglich Dr. Kochert auch schriftlich mitteilen, doch das kommt mir zu unsicher vor. Was, wenn jemand anderes die Nachricht zu Gesicht bekommt? Das kann ich nicht riskieren. Zumindest nicht, solange Carlotta auf der Päd-Station ist und an ihrer Dissertation arbeitet, bei der er sie betreut.

Ich muss später daran denken, noch einmal mit Yo zu sprechen. Vielleicht redet sie, wenn ich sie mit meinem Verdacht bezüglich Dr. Kochert konfrontiere.

Ich beeile mich, zum Zimmer zu gelangen, das mir Marek genannt hat. Ich untersuche den Bauch der Patientin, mache einen Ultraschall und verordne schließlich ein Antibiotikum und intravenöses Schmerzmittel. Ermahne die Patientin dazu, ihre Medikamente einzunehmen, woraufhin sie zugibt, die letzten Tabletten ins Klo geworfen zu haben, da sie der Pharmaindustrie nicht vertraue.

Als ich leicht genervt wieder auf den Gang trete, lauern mir mehrere Angehörige auf. »Herr Doktor, haben Sie einen Moment Zeit?«

»Entschuldigen Sie, ich warte schon seit heute Vormittag darauf, dass der junge Mann Zeit hat. Da wurde ich auf später vertröstet.«

Ich führe ein kurzes Gespräch mit einem nach dem anderen, ohne mich groß auf Diskussionen einzulassen, wer zuerst an der Reihe ist. Als endlich alle zufrieden sind, läutet mein Telefon erneut. »Ja?«

»Hallo, Schlenker, hier Hutter«, begrüßt mich der Oberarzt. »Ihr Patient wird gerade eingeleitet, in Saal drei. Wenn Sie Zeit haben, können Sie kommen und ihn lagern.«

»Dr. Hutter ...«, setze ich an, und er unterbricht mich.

»Wenn Sie keine Zeit haben, rufe ich Korn dazu«, sagt er. »Sie liegt mir schon den ganzen Tag damit in den Ohren, dass sie mir gern dabei assistieren würde. Dann können Sie pünktlich nach Hause.«

»Nein, ich komme«, beeile ich mich zu sagen. Herr Müller ist mein Patient, alles andere muss warten. »Ich muss nur noch ein paar Angehörige verabschieden, das dauert maximal fünf Minuten.«

»Gut«, erwidert er zufrieden. »Lassen Sie mich anrufen, wenn der Patient vorbereitet ist.«

Auf dem Weg in den OP rufe ich bei Carlotta an, doch sie nimmt nicht ab. Mit einem Fluch tippe ich eine kurze Nachricht: *Neben der HNO-Ambulanz sind Oberarzt-Büros der Pädiatrie.*

Noch während ich die Nachricht abschicke, kommt sie mir dämlich vor. Trotzdem behagt es mir nicht, Carlotta keinen Hinweis zu geben.

Ich schleuse mich ein und wechsle zu OP-Kleidung, nehme mir eine Haube und einen Mundschutz, bevor ich mir noch einmal die Hände desinfiziere. Wie bei meinem letzten Dienst verspüre ich keine Ruhe, als mich die Kühle des Operationstrakts umfängt.

Jetzt geht es nur darum, Fehler wiedergutzumachen, die ich vielleicht begangen habe.

Wir stehen noch nicht lange am OP-Tisch, als wir die Ursache von Herrn Müllers Beschwerden finden. Ein Teil des operierten Darms hat sich verfärbt und ist abgestorben. Die Naht, die wir gemacht haben, ist undicht geworden und hat eine massive Entzündung im Bauchraum ausgelöst.

Diesmal bin ich konzentriert. Ich könnte nicht sagen, ob wir bei der ersten Operation tatsächlich Fehler gemacht haben, oder ob es diese Komplikationen ohnehin gegeben hätte. Ob ich sie zusammen mit Anne beheben würde, wenn Selina noch am Leben wäre. Ob ich mit Selina einen Kaffee trinken gegangen wäre und sie sich erkundigt hätte, wie die Operation verlaufen ist.

Und während ich die Fäden von Dr. Hutters Nähten abschneide, absauge und den Dünndarm aus dem OP-Gebiet weghalte, versuche ich diesen Gedanken festzuhalten. Die Realität für einen Moment beiseitezuschieben.

Es funktioniert überraschend gut. So lange, bis mich das Klingeln eines Telefons aus meiner Konzentration reißt. Es ist meines, das erkenne ich an der ebenso schrägen wie nervigen Melodie, die ich als Klingelton eingestellt habe. Niemand sonst entscheidet sich für diese Tonfolge, weshalb ich sofort hören kann, dass es mein Handy ist, das klingelt.

Sven, der heute als technischer Assistent Dienst hat und als Springer nicht steril am Tisch steht, geht an mein Telefon. »OP-Pflege Sven für Dr. Schlenker?«

Eine kurze Pause. »Hallo.« Noch eine Pause. »Ja, er steht am Tisch. Soll ich Sie ihm ans Ohr halten?« Wieder lauscht Sven dem Anrufer. »Okay. Richte ich aus.«

Er legt das Handy beiseite. »Carlotta Rosin für dich, Rob. Sie hat die Aufgaben erledigt.«

Dr. Hutter hebt die Augenbrauen. »Ist das nicht eine Studentin? Sie spannen Studenten dafür ein, die Stationsarbeit zu machen?«

»Tut das nicht jeder?«, erwidere ich. Oft genug werden Studenten als unbezahlte Arbeitskräfte genutzt. Viele Abteilungen würden ohne diese Hilfe nicht einmal funktionieren.

Der Oberarzt lacht.

»Nein«, setze ich hinzu. »Es geht um einen besonderen Fall, den sie betreut hat.« Das ist nicht einmal eine Lüge. Ich hoffe, dass Carlotta etwas über Yo herausgefunden hat. Dass sie meine kryptische Nachricht durchschaut hat und von meiner Annahme weiß, dass sie es auf Dr. Kochert abgesehen hatte.

»Aha«, sagt Dr. Hutter. »Da brauche ich mir wohl keine Gedanken über die Station zu machen.« Er sieht kurz hoch zu mir. »Aber ich vergesse, mit wem ich spreche. Sie haben die Station immer im Griff, Schlenker. Sonst hätte ich Sie nicht hierbei dazugebeten.«

»Das weiß ich zu schätzen.«

»Zählkontrolle vollständig«, verkündet Susi, die operationstechnische Assistentin am Tisch. Mit Sven zusammen hat sie alles Material durchgezählt, das für die Operation vorbereitet worden war. Erst wenn jedes Instrument, jedes Tuch und jeder einzelne Tupfer da ist, darf man wieder zunähen. Auch das ist Routine.

In diesem Moment schrillt ein weiteres Telefon. Diesmal ist es das des Anästhesisten, der den Anruf mit gedämpfter Stimme beantwortet. Mir ist nicht entgangen, dass es wieder Peter ist, der heute Dienst hat. Ganz so wie bei meinem letzten Dienst mit Anne.

Er blickt über das Tuch, das das OP-Feld von der Anästhesie-Seite trennt. »Entschuldigung, wie lange braucht ihr noch?«

Dr. Hutter sieht auf. »Wir sind beinahe fertig. Nur noch kurz das Stoma.«

»Fasziennaht?«

»Fast zu. Gib uns eine Viertelstunde.«

»Sehr gut.« Peter zeigt uns das Daumen-hoch-Zeichen und verschwindet wieder hinter der Abdeckung. »Ihr könnt den Patienten einschleusen, wir sind hier gleich durch.«

Das Verschließen des OP-Gebiets verläuft immer nach derselben Routine, die einem nach den ersten Operationen in Fleisch und Blut übergegangen ist.

»Machen Sie die Hautnaht?«, fragt mich Dr. Hutter und ist bereits abgetreten, bevor ich den Mund geöffnet habe. »Klammernaht.«

»Klar«, erwidere ich, und Susi zwinkert mir zu, als sie mir zwei Pinzetten reicht.

»Irgendwann musst du mir den Gefallen tun, einfach Nein zu sagen«, raunt sie mir zu. »Oder fragen, ob er dir die Hautnaht noch mal erklären kann.«

Ich muss lachen, und für einen Moment fühlt sich alles normal an. Peter linst über das Tuch und seufzt übertrieben.

»Oje, Dr. Schlenker am Werkeln, das kann sich nur noch um Stunden handeln.«

»Jaja, Ruhe auf den billigen Plätzen«, gebe ich zurück und fixiere die Wundränder, sodass Susi die Klammer setzen kann. Sie ist eine extrem erfahrene OTA und hat mir in meinen ersten Einsätzen hier im OP viel beigebracht. An einem meiner ersten Tage war Peter der zuständige Anästhesist. Er hat mich mehrere Male angeschnauzt, weil ich für seinen Geschmack zu langsam genäht habe.

Mittlerweile haben wir uns angefreundet – was zu einem Teil daran liegt, dass ich ein halbes Jahr mit ihm zusammen auf der Intensivstation gearbeitet habe, zum anderen daran, dass ich sehr schnell geworden bin, was das Nähen angeht.

»Naht Ende«, sage ich, damit Sven die Uhrzeit notieren kann. Dann entfernen wir die Reste von Blut und Fettgewebe, kleben Pflaster auf und lösen die OP-Tücher ab.

»Was steht denn so Dringendes an?«, will ich wissen.

Peter verdreht die Augen. »Motorradfahrer mit mehreren Frakturen. Heute wird es ein unfallchirurgischer Abend. Die Gefäßchirurgie wird im Stand-by sein, wie ich fürchte. Am besten Sie auch, Dr. Hutter«, fügt er an meinen Oberarzt gewandt hinzu. »Der Radiologe hat ein Milzhämatom gesichtet.«

Mein Oberarzt stößt ein Brummen aus und Peter grinst hinter seiner Maske.

»Schon kurios, dass mich jemand aus der Radiologie anruft, um die OP anzumelden. In dem Fall ist das irgendwie verständlich.«

Ich hebe die Augenbrauen. »Warum?«

»Weil die diensthabende Unfallchirurgin wohl gerade alle Hände voll zu tun hat«, erwidert Peter und tätschelt Herr Müllers Wange. »Und natürlich wegen seiner Vorgeschichte. Motorradfahrer unter sich. Hallo, Herr Müller. Aufwachen!«

Ich rühre mich nicht vom Fleck. Es ist nicht so, als hätte ich momentan viele Aufgaben. Nicht solange Herr Müller noch schläft. So kann ich in aller Ruhe Peter befragen. Die Ausleitung aus der Narkose ist ein kritischer Punkt, für einen erfahrenen Anästhesisten wie ihn ist sie allerdings Routine. Er ist mittlerweile lange genug im Job. »Sprichst du von Finn Paoli?«, will ich wissen. »Hat er gerade angerufen?«

Peter nickt und wirft einen Blick auf den Monitor, der anzeigt, dass Herr Müller immer schneller aus der Narkose aufwacht. »Guten Morgen, die OP ist vorbei«, sagt er zum Patienten. »Ja genau«, fügt er nahtlos an mich gewandt zu. »Wusstest du das nicht? Dass die ihn hier mal auf dem Tisch hatten?«

Ich kann ihn nur anstarren. »Nein, das wusste ich nicht.«

»Nun, das ist schon ein paar Jährchen her«, entgegnet Peter. »Vor meiner Zeit, um genau zu sein. Details weiß ich auch nicht, aber so viel habe ich mitbekommen: Motorräder sind eine gefährliche Sache, wenn man seine Beine mag. Paoli muss jede Menge Glück gehabt haben.« Noch ein Blick auf den Monitor. »Vielleicht hat er deswegen hier angefangen. Sonst fällt mir bei der Radiologie hier kein Grund ein. So, schön tief ein- und ausatmen, Herr Müller. Wenn Sie so weitermachen, kann ich Sie von dem Schlauch hier befreien.«

Ich wende mich ab, als sie extubieren und Herr Müller zu husten beginnt. Noch mehr Dinge, die ich nicht wusste. Und das, obwohl ich Finn zu meinen engeren Freunden zähle.

Ich muss unbedingt mit ihm reden.

Als ich mich umgezogen habe, rufe ich erneut bei Carlotta an. Mein Anruf wird sofort auf die Mailbox geschaltet. Sie hat mir eine Textnachricht geschrieben, dass sie Yo wieder ins Café gefolgt ist und mir später Details dazu erzählen will. Zuerst will sie sich allerdings mit ihrem Doktorvater treffen. Es wundert mich nicht, dass sie dafür ihr Handy ausgeschaltet hat.

Ich schiebe mein Handy gemeinsam mit dem Kliniktelefon in die Tasche des Kasacks und schlage den Weg in die Radiologie ein. Mittlerweile ist es kurz vor neunzehn Uhr, Finn müsste schon da sein.

Ich finde ihn in einem der Befundungszimmer. »Immer im Dunklen, immer am Bildschirm«, sage ich zur Begrüßung. »Kind, geh doch mal raus an die Sonne. Du verdirbst dir die Augen.«

»Als könnte dieser Dienst nicht noch übler beginnen«, erwidert er im gleichen Tonfall. »Dr. Schlenker in meinem bescheidenen Heim. Was verschafft mir die Ehre?«

»Dein Heim ist ein Bunker.« Ich lasse mich neben ihn auf einen freien Stuhl fallen. »Hast du gerade Zeit?«

»Nein, ich arbeite«, entgegnet er. »Wobei, doch. Das hier ist der dritte sinnlose Röntgenthorax, den ich mir ansehe, und danach folgen noch mal so viele genauso sinnlose Beine – oder Arme. Such es dir aus.«

»Die Traumaspirale hast du ja schon befundet«, antworte ich. »Schockraum bei Motorradunfall gleich am Anfang des Dienstes – da hast du recht, das Einzige, was das toppen kann, ist ein Besuch von mir.«

Er reagiert nicht auf meinen Witz. Stattdessen beugt er sich etwas näher zum Bildschirm.

Diesmal spare ich mir einen dummen Spruch. »Ich war oben im OP, als du angerufen hast. Der Anästhesist hat einen Kommentar dazu abgegeben.«

Sein Gesicht ist immer noch regungslos.

»Hör mal, es tut mir leid, dass ich dich letztens in der Kantine sitzen lassen habe.«

»Hast du nicht«, antwortet er und kopiert einen Textbaustein. »Du musstest los.«

Am liebsten hätte ich die Augen verdreht. Manchmal ist es sehr anstrengend, mit Finn zu sprechen. Er ist zurückhaltend und verschlossen, das genaue Gegenteil von mir. »Ich wusste nicht, dass du einen Motorradunfall hattest.«

Bedächtig lädt er seinen Befund hoch und schiebt den Stuhl zurück, um sich mir zuzuwenden. »Das kann schon sein. Ich habe niemandem davon erzählt.«

»Peter wusste es«, sage ich tonlos.

»Das war zu vermuten«, erwidert Finn. »Er arbeitet auch in der Anästhesie, und es wundert mich nicht, dass die über so etwas reden. Was willst du denn darüber wissen?«

»Gar nichts«, antworte ich überrumpelt. »Ich war nur überrascht, dass ich noch nie etwas davon gehört habe.«

Er hebt die Schultern. »Das ist nicht gerade das Lieblingskapitel in meinem Leben.«

Er klickt auf das nächste Bild, das einen Knöchel zeigt. Auf den ersten Blick scheint nichts gebrochen zu sein, aber ich habe nicht viel Erfahrung mit solchen Aufnahmen.

»Als ich noch studiert habe, dachte ich, es sei schlau, Motorrad zu fahren.« Finns Tonfall ist beiläufig, sein Blick auf den Bildschirm fixiert. »Ich hatte ein paar Freunde, mit denen ich quer durch Deutschland gefahren bin. Einfach mal so am Wochenende oder auch unter der Woche, wenn wir Vorlesungen geschwänzt haben.«

Eine kleine Pause entsteht. Ich warte ab.

»Es ging eine Weile gut. So lange, bis wir auf die glorreiche Idee gekommen sind, bei Regen zu fahren.«

Ich muss nicht nachfragen. »Und du hattest einen Unfall.«

Er nickt. »Ja. Das Motorrad ist mir weggerutscht und ich bin in den Gegenverkehr geraten. Über ein entgegenkommendes Auto geschleudert worden, das glücklicherweise nicht so schnell war.«

Sein Tonfall ist unverwechselbar, nur er könnte ein solches Ereignis mit diesem offenkundigen Desinteresse schildern. Als spräche er von jemand anderem. Am liebsten hätte ich ihn an der Schulter gerüttelt. »Und dann?«, frage ich stattdessen.

Ein schwaches Lächeln. »Ich bin nicht gestorben.«

»Ach?«

»Ja, tatsächlich. Beschissen war es trotzdem.«


### *Vorher. Vier Jahre vor dem Todesfall. Finn*

Das Licht war komisch. Das war das Erste, was Finn wahrnahm, als er die Augen öffnete. Grell und schmerzhaft und generell unpassend scharf, dafür, dass all seine anderen Wahrnehmungen gedämpft waren.

Um ihn herum herrschte eine Kulisse aus piepsenden Geräuschen und Stimmengewirr. Finn schloss die Augen wieder. Das Atmen fiel ihm schwer, als lastete ein Druck auf seinem Brustkorb. Die gleiche Schwere drückte seine Gedanken nieder. Seine Arme.

»Herr Paoli?«

Eine Stimme, ganz nah an seinem Ohr.

Er zwang sich dazu, die Augen wieder zu öffnen. Jemand beugte sich über ihn. »Sie hatten einen Unfall. Können Sie mich hören?«

Er versuchte sich an einem Nicken, doch das war zu schwierig. Stattdessen hob er einen Finger.

»Sehr gut. Ich würde nun gern einige Körperfunktionen überprüfen. Können Sie auch die andere Hand bewegen? Den Arm heben?«

Er kam der Aufforderung nach, was sich wie eine Herkulesaufgabe anfühlte. Er erlaubte sich, die Augen wieder zu schließen. Das Licht im Zimmer war zu unangenehm.

»Sehr gut.«

»Spüren Sie das?« Leichte Berührungen an seinen Armen. An seinen Händen.

Er hob wieder den Zeigefinger, schaffte es, den Arm folgen zu lassen.

»Und hier?«

Diesmal war da keine Berührung. Er wollte hinsehen, doch er schaffte es nicht.

»Herr Paoli, können Sie die Füße bewegen?«

Das würde leichter sein. Das konnte er versuchen, ohne hinsehen zu müssen. Er bemühte sich, seine Füße zu finden, doch da war nichts. Er konnte sie nicht spüren. Als hätte er vergessen, wie man die entsprechenden Muskeln bewegte.

Obwohl er nicht genau einordnen konnte, was das zu bedeuten hatte, überschwemmte ihn eine Welle von Panik. Er riss die Augen mit Gewalt auf, neben ihm ertönte ein schrilles Piepsen.

Jemand rief etwas, er spürte eine Berührung an seiner Schulter. Und er sank wieder hinab in die Dunkelheit.

Es wurde schlimmer, bevor es besser wurde. Für eine Weile wurde es viel schlimmer. Nach seinem Unfall am Samstag war Finn in der Nacht operiert worden und hatte einen Großteil des Sonntags verschlafen. Als sich der Nebel in seinem Kopf gegen Abend lichtete, war er allein. Als er sich nach dem Arzt erkundigte, war er allein. Und als dieser ihm sagte, dass er wahrscheinlich nie wieder würde gehen können, war er ebenfalls allein. Zu diesem Zeitpunkt war der Moment, ab dem sich irgendetwas bessern würde, noch sehr weit entfernt. Als das Krankenhauspersonal mitbekam, dass er Medizinstudent war, bekam er mehr und mehr eine Spezialbehandlung. Die Visiten dauerten länger, waren zunehmend gespickt mit Fachbegriffen. Es wurde immer weniger Hehl daraus gemacht, dass seine Prognose schlecht war.

»Rede dir jetzt nicht ein, dass du deswegen Radiologe werden musst«, sagte einer der Assistenzärzte scherzhaft zu ihm. »Es gibt einen genialen Kollegen, der im Rollstuhl sitzt und trotzdem operiert.«

Das war am selben Tag, an dem Finn auf die Normalstation verlegt wurde. An diesem Tag war er immer noch allein, und es war um keine Nuance besser geworden. Im Gegenteil. Er wollte sterben.

Er hatte Anrufe und Nachrichten auf seinem Handy, die er den ganzen ersten Tag nicht einmal sehen wollte. Der Gedanke, sich den Fragen nach seinem Befinden zu stellen, war grauenvoll. Egal ob er sie wahrheitsgemäß beantwortete oder höfliche Lügen erfand. Wobei er nicht wusste, wem Lügen etwas bringen sollten. Nicht, wenn sein Leben zu Ende war.

Die Benachrichtigungen nahmen im Laufe des Montags stetig zu. Natürlich sprach sich sein Unfall an der Uni herum. Und da seine Clique noch am Sonntag nach Hause gefahren war, gab es mehr als genug Leute, die die Geschichte verbreiten konnten. Er ignorierte alles, was hereinkam, bis sein schlechtes Gewissen überhandnahm.

Er schrieb einige Nachrichten, dass er wieder wach war und keine körperlichen Schmerzen hatte. Mehr konnte er nicht sagen. Mehr wollte er nicht sagen. Wie hätte er in einer Nachricht schreiben können, dass er seine Beine noch immer nicht spüren konnte?

Kurz nachdem er die Nachrichten geschrieben hatte, kam ein Anruf herein. Er musste tief durchatmen, bevor er ihn annahm. Dann zog er den grünen Balken über das Display und die Verbindung war da.

Finn hielt sich das Handy an das Ohr.

»Hallo?«, fragte eine Stimme am anderen Ende der Leitung.

Er brach in Tränen aus.

Schließlich wurde es ein wenig besser, bevor es wieder schlimmer wurde. Am fünften Tag nach seinem Unfall spürte er etwas in seinen Zehen. Es war nach wie vor so, als hätten seine Muskeln vergessen, wozu sie gemacht waren. Er spürte die Berührung an seinen Zehen, als wäre sie nicht mehr als eine Erinnerung. Doch als er die Augen schloss, konnte er jedes Mal richtig beantworten, an welcher Seite die Empfindung war.

»Sie sind noch im Stadium des spinalen Schocks«, sagte der Oberarzt zu ihm. »Die Prognose ist nicht gut, würde sich allerdings verbessern, wenn die Plegie rückläufig ist.« Sein Blick war professionell, aber vorsichtig. Er vermittelte keine Hoffnung. »Bleiben Sie dran.«

Finn blieb allein im Zimmer zurück und bemühte sich, sich nur auf das zu konzentrieren, was einer der Physiotherapeuten ihm gezeigt hatte: Er versuchte, die Muskeln in seinen Beinen anzuspannen, obwohl er sie nicht richtig wahrnehmen konnte. Als er in der Nacht wach lag, übte er weiter.

Am sechsten Tag stellte der Assistenzarzt eine schwache Muskelkontraktion fest, die am Tag zuvor noch nicht da gewesen war. Er grinste Finn an und gab ihm ein High Five, was vom Oberarzt mit einem Stirnrunzeln bedacht wurde.

Doch Finn kümmerte das nicht. Es war ein Schritt in die richtige Richtung.

Nach dem Krankenhausaufenthalt kam die Zeit, die er in Rehakliniken verbrachte. Während seine Freunde ihrem Abschluss näher kamen, rackerte er sich in der Physiotherapie ab. Während sie lernten, beobachtete er, wie die Muskeln in seinen Beinen immer schwächer wurden, obwohl er jeden Tag trainierte. Als sie Schnappschüsse nach den Prüfungen posteten, stellte er sich zu einem Aufklärungsgespräch für die anstehende nächste Operation vor, bei der Metall aus seinem Körper entfernt werden würde.

Er verneinte die Frage, ob er zur Feier kommen würde. Der Rollstuhl, den man ihm zur Verfügung gestellt hatte, war zwar nicht schlecht, doch die Vorstellung, damit anzukommen und mit seinen Kommilitonen den Abschluss zu feiern, den er verpasst hatte, war abschreckend genug.

Wenn er erschöpft war, lernte er. Je öfter er las, desto mehr fühlte er sich von der Radiologie angezogen. Dass er im Rollstuhl saß, würde dort weniger auffallen als in einem der chirurgischen Fächer.

Als seine Freunde ins praktische Jahr kamen, schaffte er es wieder, einige Schritte ohne ein Hilfsmittel zu gehen. Die Besuche seiner Freunde waren seltener geworden. Natürlich war er mittlerweile in einer Rehaklinik in der Nähe seines Studienorts, doch jetzt arbeiteten sie Vollzeit im Krankenhaus, und die meisten von ihnen hatten abends und am Wochenende Jobs, um sich über Wasser zu halten, da sie im praktischen Jahr nicht bezahlt wurden.

Finn machte sich keine Illusionen. Sie kamen seltener, weil er sich verändert hatte. Seit seinem Unfall war er ruhiger geworden. Er lachte weniger. Wenn er ehrlich war, konnte er sich selbst kaum noch ausstehen. Ein zerbrochener Mensch, dessen größtes Ziel es war, gerade durch ein Zimmer zu laufen, gebeutelt von der Frustration, daran zu scheitern. Es war kein Wunder, dass er all seine Freunde, seine Beziehung verlor.

Als er entlassen wurde, war viel Zeit verstrichen. Er konnte wieder gehen, auch wenn es anstrengend war. Laut den betreuenden Ärzten bestand die Chance, dass sein Zustand sich weiter bessern würde, wenn er nur weiter trainierte.

Er tat es. Trotzdem war er ein anderer. Und er war allein.

# 17

### *Jetzt*

»Nach dem Abschluss habe ich mich entschieden, in der Klinik anzufangen, in der sie mir das Leben gerettet haben«, schließt Finn seinen Bericht nüchtern. »Das kam mir richtig vor, außerdem gab es nicht viel, was mich an meinem Studienort gehalten hätte. Bei der Radiologie bin ich trotzdem geblieben, wie es aussieht.«

Ich öffne den Mund und schließe ihn wieder. Suche nach den richtigen Worten. »Das muss furchtbar gewesen sein.«

»Ja, das war es.«

»Und deine Freunde …«

Finn hebt die Schultern und wendet sich entschlossen dem Befundungsmonitor zu. »Das ist ein klein wenig wie bei einem Trauerfall, weißt du? Man weiß nicht, was man sagen soll, deswegen bleibt man weg. Und ich war blöderweise der Trauerfall, der nicht einmal den Anstand hatte zu sterben.« Eine überraschende Bitterkeit liegt in seiner Stimme. Ich habe sie noch nie bei ihm gehört. »Das wäre für einige leichter gewesen.«

»Haben … haben sie sich von dir verabschiedet?«

Finns Hand schließt sich fester um die Maus. »Manche haben sich einfach nicht mehr blicken lassen. Von anderen habe ich mich selbst verabschiedet.«

»Das klingt, als wärst du noch wütend auf sie.«

Er nickt. »Ja, das bin ich. Mehr als wütend. Ich habe lange versucht, mir einzureden, dass das anders wäre. Der Umzug hierher hat vieles leichter gemacht. Ich habe mich dafür entschieden, damit ich nichts Dummes mache.«

Sein Tonfall lässt mich aufhorchen. »Was meinst du damit?«

»Ich weiß nicht«, entgegnet er langsam. Er sieht noch immer auf den Bildschirm, doch sein Blick ist wie eingefroren. »Manchmal hatte ich die fixe Idee, irgendetwas zu unternehmen, um damit abzuschließen. Damit ich mich besser fühle.«

Ich weiß nicht, was ich darauf antworten soll. Vielleicht gibt es keine gute Antwort, ich wünsche mir nur, dass dieses dumpfe, ungute Gefühl verfliegt, das seine Worte in mir ausgelöst haben.

»Ich sollte jetzt weiterarbeiten«, sagt Finn schließlich und füllt die Stille selbst. »Im Dienst stapeln sich die Anforderungen recht schnell.«

Ich stehe auf. »Klar.« Auf dem halben Weg zur Tür halte ich inne. »Wir sollten demnächst mal wieder ein Bier trinken gehen.«

»Gern. Und, Rob? Hast du irgendetwas aus dem OP gehört?«

Wegen des Motorradunfalls. »Nein«, sage ich. »Ich kann mich erkundigen, wenn du willst.« Dazu müsste ich mich noch einmal einschleusen. Ich würde zwar später heimkommen, aber das nehme ich in Kauf.

»Nicht nötig«, erwidert er, als hätte er meine Gedanken erraten. »Ich lese später einfach den OP-Bericht.«

»Gut, bis bald. Ruhigen Dienst dir.«

Ich kämpfe einen Moment mit einer Enttäuschung, die ich nicht einordnen kann. Wie automatisch lenke ich meine Schritte zur Notaufnahme. Nicht nur, weil ich in der Regel dorthin muss, wenn ich in der Radiologie war, sondern auch, weil ich nicht nach Hause will. Die Fragen, die ich gestellt habe, waren eine gute Ablenkung. Jetzt müsste ich mich daheim nur der Tatsache stellen, dass Anne womöglich eine Mörderin ist.

Das Krankenhaus kommt mir heute düsterer vor als sonst. Als läge eine Spannung in der Luft, die sonst nicht zu spüren ist. Vielleicht ist das nur meine Einbildung, vielleicht nehmen Leute, die nicht hier arbeiten, meine Arbeitsstelle immer so wahr. Vielleicht liegt hier immer diese Spannung in der Luft, die beim Personal in Stress und Routine untergeht.

In der Notaufnahme sind wie immer bekannte Gesichter. Johannes, der nervös und fahrig wirkt. Sarah, deren Augenringe verraten, dass sie bereits mehrere Nachtdienste hinter sich hat. Marko mit üblicher miesepetriger Miene. Er nickt mir zu, wobei sich sein Gesichtsausdruck nicht verändert. Das ist mehr, als ich sonst gewohnt bin. Ich erwidere die Geste, bevor ich mich zu Johannes geselle, der hektisch auf dem Computer herumklickt.

»Alles okay? Brauchst du Hilfe?«

»Was machst du noch hier?«

Ich hebe die Schultern. Zehn Patienten für die Chirurgie sind angemeldet, die Hälfte davon ungesehen. Zusätzlich zwei neue mit akuten Bauchschmerzen. Heute ist einer der unangenehmeren Abende. Ich weiß, dass ich noch einige Zeit hier festhängen werde, wenn ich anfange. Es wäre eine gute Ausrede, um nicht nach Hause fahren zu müssen.

Johannes schnaubt. »Seit wann bist du hier? Seit halb sieben?«

Ich korrigiere ihn nicht. Natürlich sind zwölf Stunden nicht konform mit dem Arbeitszeitgesetz. Doch seit wann interessiert das irgendjemanden in der Klinik? Alle hier arbeiten mehr als erlaubt. Ständig. »Schon gut. Ich könnte dir die Hernie abnehmen. Oder das Stoma.«

»Es ist in Ordnung, wir sind zu zweit.«

Ich seufze und nehme mein privates Handy aus der Tasche. Ein Anruf in Abwesenheit wird angezeigt. Ich drücke auf *Rückruf*, als ich sehe, um wen es sich handelt.

Janina meldet sich nach dem zweiten Klingeln. »Rob«, sagt sie ohne Umschweife. »Wir müssen noch einmal sprechen.«

Sie wirkt gehetzt, als hätte sie keine Zeit zu verlieren. Oder als wollte sie etwas hinter sich bringen. »Klar. Ich habe Zeit.«

»Kannst du ... vorbeikommen?«

Ich zögere. »Wo bist du denn?«

»Bei Selina«, entgegnet sie. »Ich bin bei Selina.«

Also bei der Wohnung, die sie leer räumen muss. Am liebsten würde ich Nein sagen. Ihr drängender Tonfall lässt jedoch vermuten, dass es wichtig ist. »Ich war nie bei ihr.«

»Ich schicke dir die Adresse, ja?«

»In Ordnung. Bis gleich.« Ich lege auf, ohne ihre Erwiderung abzuwarten. Mir ist klar, dass ich einen anderen Treffpunkt hätte vorschlagen können. Aber das habe ich nicht. Vermutlich hat es einen Grund, auch wenn ich den momentan nicht kenne.

Selinas Wohnung ist ein Albtraum. Sie ist hübsch und hat helle Fenster, vor denen ein Sammelsurium aus Pflanzen steht. Die Möbel sind schlicht, und es herrscht eine leichte Unordnung, als wäre die Besitzerin gerade erst zur Tür hinausspaziert. Ich fühle mich sofort wohl, was den albtraumhaften Eindruck noch schlimmer macht. Und jetzt fällt mir ein, warum ein Teil von mir herkommen wollte. Weil ich hier noch einmal einen neuen Eindruck von Selina bekomme. Einen letzten.

Janinas Haare sind durcheinander, die Augen rot gerändert, als sie mich hereinbittet. Im Flur stehen einige Kartons, ansonsten scheint sie nicht weit gekommen zu sein.

»Ab besten, du kommst mit ins Wohnzimmer«, schlägt sie vor. »Hinten sieht es übel aus, da habe ich mit dem Aufräumen angefangen.«

Ich folge ihr stumm, ohne ihr zu sagen, dass mir Kisten und Durcheinander lieber wären als das hier.

»Willst du einen Kaffee?« Sie korrigiert sich sofort: »Oder etwas anderes, wenn es dir dafür zu spät ist?«

Sie bewegt sich so selbstverständlich in der Wohnung, als wäre es ihre. Vielleicht kann ich mir das einreden. Das würde es leichter machen, hier zu sein. »Ich trinke, was du trinkst.«

Etwas Alkoholisches wäre gut, doch darum kann ich nicht bitten. Wir setzen uns an den Tisch und sie schenkt Apfelschorle in zwei Gläser.

»Also, was gibt es?« Mein Tag ist schon zu lang, um Höflichkeiten auszutauschen. Am besten, wir kommen direkt zum Punkt. »Ist dir etwas Neues eingefallen?«

»Nein«, sagt Janina. »Ich hatte nur Zeit zum Nachdenken. Über all das, was mir Selina erzählt hat. Und über euch. Über Carlotta und dich.«

Ich warte ab, ohne zu wissen, worauf sie hinauswill.

»Es gibt etwas, von dem ich euch nicht erzählt habe«, gibt sie zu. Nichts an ihrer Miene oder dem Tonfall ist schuldbewusst, und ich habe nicht vor, ihr Vorwürfe zu machen.

»Das habe ich mir gedacht«, sage ich stattdessen.

Sie nickt geschäftsmäßig. »Ich bin zu dem Schluss gekommen, dass es besser ist, wenn ihr davon wisst. Nicht nur die Polizei.« Eine Pause folgt, als sie einen Schluck Schorle nimmt. »Carlotta habe ich nicht erreichen können.«

Für einen Moment denke ich darüber nach, ob Janina ihr Wissen lieber mit Carlotta als mit mir geteilt hätte und ich vielleicht nicht hier wäre, wenn sie ans Telefon gegangen wäre. »Ja, sie hat ein Treffen mit ihrem Doktorvater. Bei mir ist sie auch nicht drangegangen. Soll ich es noch mal versuchen?«

Janina schüttelt den Kopf. »Nein, das ist nicht nötig. Ich habe darüber nachgedacht, und du ... du kannst es nicht gewesen sein.«

Diese Aussage jagt einen kurzen Impuls des Schreckens durch meinen Körper. Was meint sie? Was kann ich nicht gewesen sein? Die Antwort darauf will ich nicht hören, aber Janina spricht bereits weiter.

»Wenn ihr ... davon wisst, könnt ihr mir vielleicht sagen, von wem sie gesprochen hat. Ich hatte gehofft, die Polizei würde Licht ins Dunkel bringen, doch auf die war kein Verlass. Die haben den Fall abgeschlossen. So kommt es mir jedenfalls vor. Sie denken, sie hätten den Täter bereits. Und alles andere – alles, was sonst noch mit Selina geschehen ist – wird ignoriert.« Sie presst die Lippen zusammen und in ihren Augen stehen Tränen.

Ich senke den Blick auf die Tischplatte, rühre mich nicht von der Stelle. Ich kenne das von Gesprächen mit Angehörigen. Wenn ich jetzt eine Bewegung auf sie zu mache, ihr die Hand auf den Arm lege oder auch nur etwas Tröstliches sage, wird sie zusammenbrechen. Damit würde ich ihr keinen Gefallen tun. Also warte ich. Das ist ein Luxus, der mir in der Klinik meistens nicht vergönnt ist. Dort habe ich fünf Minuten, um jemandem mitzuteilen, dass sein Angehöriger verstorben ist.

Irgendwann atmet Janina tief ein. »Selina hat mich angerufen«, sagt sie. Ihre Stimme zittert ein wenig. »Das war sechs Tage vorher.«

»Ja?«

Sie blinzelt. »Ich habe total falsch reagiert.«

### *Vorher. Sechs Tage vor dem Todesfall. Janina*

Es war halb elf, als das Telefon klingelte. Selinas Name leuchtete auf dem Display auf, und das schlechte Gewissen ließ Janina sofort aufspringen. Sie schnappte sich das Handy, das direkt neben den beiden Weingläsern lag.

»Hi, Selina!« Ihre Stimme war übertrieben enthusiastisch, und sie schalt sich sofort dafür. »Wie geht es dir?«

»Hi«, erwiderte ihre Schwester am anderen Ende der Leitung. Sie wirkte so weit entfernt, wie sie tatsächlich war. »Ich komme gerade aus der Klinik.« Sie sprach zögernd, unsicher.

Janina presste sich das Telefon unwillkürlich fester ans Ohr und wandte sich vom Sofa ab. »Du hast so lange gearbeitet?«, fragte sie überflüssigerweise. Trotz der vereinzelten Nachrichten wusste sie, dass lange Arbeitstage bei ihrer Schwester auch bei der neuen Stelle eher die Regel als die Ausnahme waren. Was waren schon zehn oder zwölf Stunden? Schon als Selina noch hier gearbeitet hatte, hatte sie praktisch die halbe Woche im Krankenhaus verbracht.

»Bin nicht fertig geworden.« Ein lautes Geräusch im Hintergrund. Wahrscheinlich ein vorbeifahrendes Auto. Sie musste noch unterwegs sein.

»Wie geht es dir?«, fragte Janina ein zweites Mal. Sie hörte selbst den Vorwurf in ihrer Frage. Zu viele Nachrichten waren unbeachtet geblieben, zu viele Anrufe hatten nur die Mailbox erreicht, um nie beantwortet zu werden. Das hier war das erste Mal, dass Selina von sich aus angerufen hatte. Ausgerechnet heute, an diesem Abend.

»Es geht mir nicht gut.« Ihre Stimme war wackelig, brach am Ende weg. Janinas Herz krampfte sich zusammen. So schmerzhaft wie an dem Tag, als ihre Schwester ihr mitgeteilt hatte, einen Patienten getötet zu haben.

Damals hatte sie das Glas fallen lassen, das sie in der Hand gehabt hatte. Heute unterdrückte sie den Impuls, sich die Schlüssel zu schnappen und loszufahren. Früher hatte Selina nie geweint. Mittlerweile war Janina zu oft Zeugin davon geworden, doch ihre Reaktion darauf war noch immer die gleiche: Sie bekam Panik.

»Was ist passiert?«

Diesmal fuhren mehrere Autos vorbei, bevor Selina antwortete. »Die neue Stelle ... das ist alles ...« Jetzt hörte man, dass sie tatsächlich weinte. »Ich ... ich kann nicht mehr.«

Janina öffnete die Tür und schlüpfte auf den Flur hinaus. Dieses Gespräch konnte sie nicht führen, wenn jemand zuhörte. »Selina, ist etwas passiert?« Sie schaffte es, ihre Stimme fest klingen zu lassen, obwohl ihr zum Heulen zumute war. Sie hatte gehofft, dass es bergauf gehen würde, sobald Selina Kiel hinter sich gelassen hatte. Das schien nicht der Fall zu sein.

Das Geräusch von Motoren löschte das Schluchzen ihrer Schwester für einen langen Moment aus. Es dauerte, bis Selina sprechen konnte. »Ja«, sagte sie. »Es ist etwas passiert. Ich dachte ... ich dachte, es sei in Ordnung, aber jetzt ...« Wieder Weinen.

Janina hätte sie am liebsten angeschrien, dass sie sich beruhigen solle. Sie wusste, dass es Selina immer bis zum schlimmsten Punkt kommen ließ, bevor sie überhaupt mit jemandem sprach. Erst wenn sie es selbst nicht mehr mit sich selbst aushielt, begann sie, sich zu öffnen. Und auch dann fiel es ihr schwer, ihr Problem in Worte zu fassen. Es war besser, wenn Janina ihr half. »Ist etwas mit einem deiner Patienten?« Das war ihre größte Sorge. Wenn sie noch mehr den Glauben an sich verlor, wäre Selina nicht mehr vorhanden.

»Nein.«

»Hat es mit dem Krankenhaus zu tun? Mit der Arbeit?«

»Ja.« Sie sprach weiter, doch ihre Worte gingen im Lärm des Verkehrs unter.

»Wo bist du?«, wollte Janina wissen. »Ich kann dich fast nicht hören.«

»Ich bin unterwegs. Ich gehe spazieren.« Ein Rauschen.

»Ist das Wind?«

»Und Autos«, ergänzte Selina. Sie hatte sich einigermaßen beruhigt. Als hätte sie Janinas Frage irgendwie beruhigt. »Ich bin auf einer Brücke.«

Obwohl sie das nüchtern und ohne jegliche Emotion ausgesprochen hatte, löste dieser Satz bei Janina die gegenteilige Reaktion aus. Schon als Selina noch hier gewesen war, hatten Hendrik und sie selbst manchmal Angst gehabt, sie allein zu lassen. Der Verdacht, sie könnte sich etwas antun, war allerdings nie konkret geworden. Jetzt war das etwas anderes. Selina war Hunderte Kilometer von zu Hause entfernt, und sie war allein.

»Willst du nicht woanders hingehen?«, schlug Janina so nüchtern vor, wie sie es vermochte. Mit Panik punktete man bei Selina nicht. Man erreichte sie nicht damit. »Ich verstehe dich schlecht.«

»Hier komme ich her, wenn ich nachdenken muss.«

Das war keine besonders beruhigende Aussage. »Und worüber denkst du nach?«

»Über das, was bei der Arbeit war.«

»Willst du mir davon erzählen?«

»Ja. Es ist wegen der Stelle. Warum ich sie bekommen habe.« Janina glaubte, ein ersticktes, verzweifeltes Auflachen zu hören, doch eine weitere Böe löschte das Geräusch aus, bevor sie sich sicher sein konnte.

»Warum?«

»Zuerst dachte ich, dass ich Glück gehabt hätte«, fuhr Selina fort. »Mittlerweile weiß ich, dass es bessere Bewerber gab. Viele. Einen davon habe ich sogar kennengelernt. Er ist wirklich gut.«

»Und?«

Jetzt wurde Selinas Stimme so leise, dass Janina sie kaum verstehen konnte. Sie stellte sich vor, wie ihre Schwester zu Boden sah, dass ihre Haare einen Vorhang vor ihrem Gesicht bildeten. »Er hat davon erfahren. Was ich gemacht habe.«

»Was?«

»Dass ich einen Patienten getötet habe«, erwiderte Selina heftiger. Sie hatten diese Tatsache oft genug diskutiert.

»Du hast keinen Fehler gemacht«, beharrte Janina. »Und wenn dir jemand einen Vorwurf deswegen macht ...«

»Ich habe die Stelle nicht im Lebenslauf erwähnt. Und er hat es herausgefunden.«

»Wer?«

»Der Oberarzt, der mich eingestellt hat«, sagte Selina erstickt. Wieder rauschten Autos im Hintergrund vorbei, doch sie klangen etwas weiter entfernt. Sie musste unterwegs sein. »Es ist ein Kündigungsgrund, im Lebenslauf zu lügen. Er hat mit meinem alten Chef telefoniert. Die beiden kennen sich aus dem Studium.«

Janinas schluckte. Das durfte doch nicht wahr sein. »Und wie hast du reagiert?«

Eine Pause folgte, diesmal eine lange.

»Bist du noch da, Selina?«

»Ja.«

»Wie hast du reagiert?«

»Er hat mich schon damit konfrontiert, als ich in der zweiten Woche war.«

Janina schwieg überrascht. Warum war Selina jetzt so verunsichert? Dass das eine schreckliche Situation gewesen war, bezweifelte Janina keine Sekunde. Es wunderte sie, dass sie sich nicht schon früher gemeldet hatte.

»Er hat gefragt, ob er schweigen soll«, fuhr Selina heiser fort. »Er hat angeboten, nichts zu seinem Chef zu sagen.«

Die Bedeutung der Worte erreichte Janina nur langsam. Was dahintersteckte. Was dahinterstecken musste.

»Natürlich wollte er eine Gegenleistung dafür.« Selina flüsterte fast. »Und ich habe eingewilligt.«

»Das ist kein Angebot, das ist Erpressung. Was musstest du machen? Wozu hat er dich gezwungen?« Janina war es bewusst, dass es falsch war, diese Fragen so direkt zu stellen, aber sie konnte sie nicht zurückhalten.

Als Selina antwortete, war ihre Stimme dünn. »Wir hatten die ganze Zeit über eine Affäre. Er ist verheiratet.«

Janina ließ sich mit dem Rücken gegen die Haustür zu Boden sinken. Zog die Knie an. Ihr war schlecht. All die Zeit über hatte Selina kein Wort darüber gesagt. Vermutlich, weil sie sich geschämt hatte.

»Ich komme«, sagte sie impulsiv. »Ich ruf morgen in der Arbeit an und komme. Meine Schicht am Wochenende bekomme ich schon getauscht.« Ihre Stimme brach.

»Nein.« Selina klang entschieden. So war es schon immer gewesen. Die Schwäche anderer ließ sie stärker werden. »Das ist nicht notwendig.«

»Hast du jemand anderem davon erzählt?« Das war eine absurde Frage. Mit wem sollte Selina schon sprechen? Es gab gerade mal eine lose Bekannte, die sie einmal erwähnt hatte. Sie war noch Studentin. Der einzige andere Name, der einmal gefallen war, gehörte einem Kollegen, der Selina gefiel. Unwahrscheinlich, dass sie sich jemandem von den beiden anvertraut hatte.

»Ja«, erwiderte Selina zu ihrer Überraschung. »Ich habe heute mit jemandem gesprochen. Wir werden das aus der Welt schaffen.«

»Mit wem hast du gesprochen?«

»Das ist nicht so wichtig«, sagte Selina. »Sie wird mir helfen.« Ein wenig Zuversicht inmitten der Unsicherheit. »Ich wollte nur, dass du das weißt.«

»Okay.« Jetzt war es Janina, die flüsterte. »Kann ich ... etwas tun?«

»Du hast mir zugehört«, erwiderte Selina. »Das war schon hilfreich. Danke.«

»Bist du sicher, dass ich nicht vorbeikommen soll? Einfach so?«

Noch eine Pause. Janina wusste nicht, ob sie heute noch mehr Pausen ertragen konnte.

»Das wäre schön«, sagte Selina irgendwann. Um sie herum war es endlich leise geworden. Sie musste zu Hause sein. Immerhin eine Sache, über die sich Janina keine Sorgen machen musste. »Aber bitte erst, wenn alles vorbei ist.«

»Okay«, flüsterte Janina. Tränen sammelten sich in ihren Augen. »Kommst du zurecht? Ich muss jetzt aufhören. Ich bin nicht allein.«

»Ein Date?«

»So ähnlich«, presste sie hervor. »Du gehst vor. Du gehst immer vor. Wenn du noch etwas brauchst ...«

»Nein«, sagte Selina. »Genieß deinen Abend.«

Was für eine Vorstellung. »Melde dich, wenn du was brauchst.«

»Das mache ich«, erwiderte Selina. Sie wussten beide, dass das nicht stimmte, doch im Moment klang es tröstlich. »Danke. Und bis bald.«

»Bis bald.«

Sie legte auf und brach in Tränen aus.

So fand sie Hendrik wenige Minuten später, als er nach ihr sah. Der Abend war ruiniert, doch er blieb trotzdem über Nacht.

# 18

*Jetzt*

Als Janina zu Ende gesprochen hat, geht es mir genauso wie ihr nach Selinas Enthüllung. Es ist eine schwindelerregende Mischung aus Entsetzen, Wut und Übelkeit. Alles in allem nicht zu weit davon entfernt, sich ins Dunkle zu setzen und zu weinen.

»Also hat er sie erpresst und dazu gezwungen.« Meine Stimme klingt fremd. Genauso wie die Worte, die ich ausspreche. Ich sehe Ludger Kochert vor meinem inneren Auge, wie er mit gewinnendem Lächeln über die Krankenhausflure läuft. Ich weiß, dass er einige Verehrerinnen hatte, die sich allesamt vor Anne fürchteten. Und mittlerweile weiß ich, dass er davor mit Yo verlobt war, die eine attraktive Frau ist. Hat er es wirklich nötig, eine junge Assistenzärztin zu erpressen? Mein Bauchgefühl sagt Ja. Es passt zusammen. Es passt zu allem, was ich bisher gehört habe. Zu Selinas unsicherem Lächeln, als ich sie das letzte Mal lebendig gesehen habe. Zu dem Satz, den sie offengelassen hat.

»Dr. Ludger Kochert«, sage ich. »Selina hat von ihm gesprochen.« Für mich besteht kein Zweifel.

Janina nickt langsam. »Die Polizei hat mir keine Informationen zu seiner Identität gegeben, aber ich habe es mir gedacht. Er ist der Ehemann der Hauptverdächtigen.«

Es ist keine Frage. »Ja«, antworte ich trotzdem. »Annes Mann.« Und plötzlich fügen sich die Informationen zusammen. Etwas, was ich schon die ganze Zeit im Hinterkopf hatte, ohne es greifen zu können. Mit kurzen Worten schildere ich die Unterhaltung, die Yo in der Umkleide belauscht hat. Dann formuliere ich meine Gedanken aus: »Was, wenn sich Selina Anne anvertraut hat? Was, wenn die beiden vorhatten, gegen Dr. Kochert vorzugehen? Gemeinsam?« Das Herz schlägt mir bis zum Hals. Ich spüre, dass ich auf der richtigen Fährte bin.

Janina sieht mich mit bleichem Gesicht an. »Du denkst, dass er es war?«

Ich reibe mir die Stirn und stehe auf, gehe im Zimmer auf und ab, um besser nachdenken zu können. Im Moment hätte ich viel um Carlottas Listen gegeben. Beim Gedanken an sie durchfährt mich ein scheußliches Gefühl, doch ich kann nicht festmachen, woher es kommt. Ich kann dem jetzt nicht nachgehen, weil ich überlegen muss, ob meine Theorie so logisch ist, wie sie mir jetzt erscheint. »Kochert hat herausgefunden, dass Selina in ihren Bewerbungsunterlagen nicht die Wahrheit angegeben hat, weil er mit ihrem ehemaligen Chef in Verbindung stand. Er hat sie trotzdem oder auch deswegen eingestellt, um sie zu der Affäre zu zwingen. Und es ging eine Weile gut. So lange, bis Selina beschlossen hat, dagegen vorzugehen.« Ich runzle die Stirn. Etwas regt sich in meinem Hinterkopf. Etwas, was mir einer meiner Kollegen erzählt hat. Ich glaube, es war Louisa und es ist schon länger her. »Vielleicht war das, weil jemand Kochert und Selina zusammen gesehen hat. Viele Kollegen waren missgünstig, weil er Selina bevorzugt behandelt hat.« Die Wahrheit über diese Tatsache löst Übelkeit in mir aus. Die Vorstellung, dass Selina angefeindet worden war, während Kochert sie erpresste.

Janina sagt nichts, also fahre ich fort. »Und sie hat sich jemandem anvertraut. Nicht irgendjemandem, sondern Anne.«

»Warum sollte sie gerade mit ihr gesprochen haben?«

Das ist ein Punkt, der auch mir noch Kopfzerbrechen bereitet. Bis mir etwas einfällt. »Anne war Gleichstellungsbeauftragte.«

Jetzt hebt Janina eine Augenbraue. »Und das macht es leichter, zu ihr zu gehen und ihr zu sagen, dass man mit ihrem Mann eine Affäre hatte, selbst wenn es keine einvernehmliche war?« Sie zuckt bei ihren eigenen Worten zusammen und nimmt einen Schluck aus ihrem Glas. Ich bin mir sicher, sie wünscht sich nun ebenfalls, es wäre etwas Alkoholisches darin.

»Nein«, erwidere ich. »Ganz und gar nicht.«

»Ist die Frau besonders nahbar?«

Das bringt mich zum Lachen. »Nein, sie ist eher kühl. Sagt, was sie denkt, und lässt sich nichts gefallen. Sie ist nicht besonders beliebt bei den Assistenten.« Alles Charaktereigenschaften, die sie zu einer perfekten Täterin machen. Ganz im Gegensatz zu Kochert, der immer höflich und gut gelaunt ist. Ich möchte nicht wissen, wie viele Kollegen allzu gern angegeben haben, sich Anne als Täterin vorstellen zu können. »Aber sie ist gerecht. Und sie ist bekannt dafür, sich gegen die männlichen Kollegen durchsetzen zu können.« Kann das ein Grund sein, warum Selina sich direkt an sie gewandt hat?

»Das hat meiner Schwester sicher imponiert«, stimmt mir Janina zu. »Und sie hatte ein schlechtes Gewissen, weil Kochert verheiratet war. Das hat sie bei unserem Telefonat angedeutet.«

»Du meinst, dass sie sich direkt an Anne gewandt hat, weil sie die Sache aus der Welt schaffen wollte?«, frage ich. »Weil sie nicht wollte, dass Anne es über eine andere Quelle erfährt?«

Das war nicht vollkommen absurd. »Sie wollte die Stelle behalten und gegen Kochert vorgehen. Dem Chef ihrer Abteilung hat sie nicht vertraut, auch keinem der Oberärzte. Damit war Kocherts Ehefrau die naheliegende Wahl.«

Janina nickt. »Allerdings hat er es herausgefunden.«

»Und Selina getötet.« Ich versuche mir den smart wirkenden Oberarzt als Mörder vorzustellen, und muss zugeben, dass Anne trotz meiner Sympathie besser auf die Rolle passt. Andererseits würde er vermutlich alles tun, um seinen Hals zu retten. Womöglich machte ihn nur seine Führungsposition so entspannt, und die Überlegenheit, die er damit hatte. »Und es irgendwie so aussehen lassen, als hätte Anne es getan.«

»Da ist noch immer das Problem, dass ihre DNA an Selinas Kleidung gefunden worden ist«, gibt Janina zu bedenken. »Das muss der Grund sein, weshalb sie verhaftet worden ist.«

Dagegen habe ich nichts einzuwenden. Das einzige Detail, das sich nicht nahtlos in meine Argumentation fügt. Mit einem Seufzer setze ich mich wieder an den Tisch und nehme einen Schluck von der viel zu süßen Schorle. »Was auch immer geschehen ist, Kochert darf nicht damit durchkommen.« Ich muss an meine letzte Begegnung mit Selina denken. Sie hatte mir etwas sagen wollen, bevor mein Telefon geklingelt hatte. Davon bin ich mittlerweile überzeugt. Wäre alles anders verlaufen, wenn sie es getan hätte? Ich werde es nie wissen. Mit einem Mal bin ich müde.

»Und jetzt?«, fragt Janina. »Was machen wir jetzt?«

»Ich würde doch einen Kaffee nehmen, wenn das okay ist.« Müdigkeit kann ich mir im Moment nicht erlauben. Nicht, wenn wir jetzt so nahe dran sind.

Sie nickt. »Klar.«

Warum war Annes DNA an Selinas Kleidung? Könnte das geschehen sein, als die beiden sich in der Umkleidung getroffen haben, um, wie ich jetzt weiß, die letzten Details ihres Plans zu besprechen? Doch das kommt mir mehr als unwahrscheinlich vor. Ich müsste mit Anne reden, wird mir schmerzhaft bewusst. Ich wünschte, ich hätte alle Informationen, die die Polizei hat.

»Was denkst du?«, will Janina wissen.

Ich schildere meine Gedanken in wenigen Worten. »Denkst du, wir sollten noch einmal mit der Polizei sprechen?«

Sie zögert keine Sekunde. »Ja. Vielleicht nicht sofort. Zuerst müssen wir sammeln, was du sonst noch herausgefunden hast.«

Ich muss nicht lange nachdenken. Janina ist von allen Leuten in meinem Umfeld die vertrauenswürdigste Person. Bei ihr kann ich mir sicher sein, dass sie nichts mit dem Mord zu tun hatte. Und sie ist die Einzige, von der ich das sagen kann.

»Marko Schneider von der Inneren wollte ihre Stelle«, sage ich. »Selina wusste ein Geheimnis von Sarah Lenzer. Und dann ist da noch Louisa, die etwas dagegen hatte, dass Selina in der Abteilung bevorzugt behandelt wurde.«

Janina nickt, während sie den Kühlschrank öffnet. »Und, was denkst du?«

»Sie waren es nicht.« Dessen bin ich mir sicher. »Sie waren da und hatten die Gelegenheit ... nein. Ich kann mir nicht vorstellen, dass es einer von ihnen getan hat.«

Sie kommt wieder zum Tisch und schiebt mir die Tasse hin, stellt einen Tetrapack Milch daneben. Beim Gedanken an Kaffee krampft sich mein Magen zusammen. Ich habe seit heute Mittag nichts mehr gegessen. Auch das ist jetzt nicht wichtig.

»Noch etwas?«

Ich gieße mir mehr Milch in die Tasse, als ich sonst mag. Vielleicht puffert das die Wirkung des Kaffees auf meinen leeren Magen ein wenig ab. »Ja. Yolante von der Kinderstation hat angedeutet, dass sie etwas weiß, von dem sie die Polizei nicht in Kenntnis gesetzt hat«, berichte ich. »Ich vermute, dass sie Dr. Kocherts Büro beobachtet hat. Nur können wir uns damit leider nicht sicher sein. Yo war wohl mit Dr. Kochert verlobt, bevor er Anne kennengelernt hat.«

Janina hebt die Augenbrauen. Diesmal beide. »Euer Krankenhaus ist ein richtiger Sumpf.«

Ich seufze. »Ja, das ist es.«

»Also konnte Yolante weder Anne Kittsteiner noch Ludger Kochert ausstehen.«

Ich starre sie an. Auf einmal wird mir etwas vollkommen Offensichtliches klar. »Denkst du, sie hat nicht ausgesagt, weil sie Anne nicht entlasten wollte?« Wie konnte ich so lange brauchen, um das zu erkennen?

Janina nickt langsam, in Gedanken versunken. »Das oder etwas anderes. Vielleicht konnte sie einen Vorteil daraus schlagen, nicht sofort zur Polizei zu gehen?«

»Dass sie jemanden mit ihrem Wissen erpressen wollte? Dass sie Kochert erpressen wollte und so beiden eines auswischen konnte?«

Noch während ich spreche, weiß ich, dass ich recht habe. Und ich sehe Janina an, dass sie das Gleiche denkt.

Ich ziehe mein Handy aus der Tasche. Carlotta hat mich weder zurückgerufen noch mir geschrieben, obwohl sie mir Details über ihre Beobachtung berichten wollte. Ihre Textnachricht ist nun mehrere Stunden alt. Ein ungutes Gefühl beschleicht mich. Ich wähle ihre Nummer und halte mir das Telefon ans Ohr. Wieder nur die Mailbox.

Janina sieht mich fragend an. »Carlotta?«

»Ja.« Ich lege mein Handy auf den Tisch, sodass ich das Display im Blick habe. »Über Carlotta habe ich auch etwas herausgefunden.«

»Und was?«

Diesmal fällt es mir nicht leicht, von meiner Beobachtung zu sprechen. »Sie hat mir verschwiegen, dass sie in der Mordnacht in der Klinik war. Und ich habe keine Ahnung wieso, weil ich bisher noch nicht dazu gekommen bin, sie zu fragen.«

»Und das wolltest du jetzt tun.«

»Ja. Und sie hat Informationen über Yo, weil sie die heute beschattet hat.«

»Du meintest, sie trifft sich mit ihrem Doktorvater.«

»Aber nicht so lange.« Wieder dieses ungute Gefühl, das in mir aufsteigt. Warum hat Carlotta ihr Handy aus?

»Wer ist ihr Doktorvater?«, will Janina wissen. »Kann man sich bei dem erkundigen?«

»Nein, ich weiß, dass sie in Kinderheilkunde promoviert.« Wieder eine leise Erinnerung. Und wieder etwas, was Louisa gesagt hat. Seitdem ist so viel passiert, dass ich diese Information nicht mehr präsent hatte. Mir wird kalt. »Wir müssen los.«

Ich springe auf und Janina sieht mich fragend an.

»Sie ist bei Kochert.«

Ich lasse mein Fahrrad an der Wohnung stehen und wir fahren mit Janinas Kleinwagen zur Klinik. Obwohl es mittlerweile spät ist, sind direkt am Haus keine Parkplätze frei, und Janina lässt mich bei der Notaufnahme raus, bevor sie den Wagen in einem der Parkhäuser abstellt.

Am Eingang sitzt eine untersetzte blonde Pförtnerin, mit der ich schon öfter im Dienst geraucht habe. »Hallo, Rob. Bist du der Rufdienst?«

»Nein, ich muss nach einer Freundin sehen«, sage ich. »Gleich kommt noch eine Angehörige, Janina Wieck. Kannst du sie bitte hereinlassen?«

Sie verzieht das Gesicht. »Du weißt doch, dass ich das nicht darf.«

»Und wenn sie Bauchschmerzen hätte?«

»Du bist furchtbar«, entgegnet sie und schnalzt mit der Zunge, bevor sie eine Geste macht, dass ich verschwinden soll. »Patienten darf ich gar nicht draußen stehen lassen.«

Ich bedanke mich und eile weiter. Diesmal gehe ich an der Notaufnahme vorbei, obwohl ich dort nach Carlotta fragen könnte. Zuerst muss ich bei Kocherts Büro nachsehen. Vermutlich haben sie dort gesprochen. Mit wenigen Schritten durchquere ich die Eingangshalle und biege auf den Gang ein, den mir Louisa heute Morgen gezeigt hat. Hier gibt es eine ganze Reihe von Büros. Dr. Kochert gehört das zweite von vorn.

Ich klopfe an. Warte. Niemand antwortet. Auch nicht nach dem zweiten Klopfen. Niemand ist hier. Wo könnten sie noch sein? Vielleicht sollte ich doch in der Notaufnahme nachfragen. Jemand könnte sie gesehen haben.

Als ich in die Halle trete, kommt mir Louisa entgegen. Ein süffisantes Lächeln umspielt ihre Lippen, als sie mich erkennt. »Reger Durchgangsverkehr heute bei den Oberarzt-Büros. Willst du dich auch um eine Stelle in der Kinderheilkunde bewerben?«

»Wie bitte?«

Louisa streicht sich eine Strähne zurück, die sich aus ihrer Flechtfrisur gelöst hat. »Na, Dr. Kochert um die Stelle anbetteln, die jetzt frei geworden ist. Aber ich fürchte, du bist nicht weiblich genug«, fügt sie gehässig hinzu. »Dr. Kochert wird sich sicher wieder einen kleinen Liebling anlachen, nachdem Selina weg ist. Vor allem, wo es jetzt keine wütende Ehefrau mehr gibt, die seine Gespielinnen ermordet.«

Einen Moment lang bin ich versucht, ihr die Wahrheit über Selinas Beziehung zu ihrem Oberarzt zu sagen, doch ich halte mich zurück. Nicht nur, weil diese Information besser nicht die Runde machen sollte, um die Ermittlungen nicht zu gefährden und Dr. Kochert womöglich vorzuwarnen. Allein der Gedanke, dass darüber getratscht wird, löst Übelkeit in mir aus. »Warum bist du überhaupt noch da? Es ist fast zehn.«

»Ich habe für eine Oberärztin ein Paper schreiben müssen«, sagt sie und wedelt mit einem Blatt Papier herum. »Ich will es bei ihr abgeben und danach heimfahren. Und was ist deine Ausrede?« Ihr intelligenter Blick scheint mich zu durchbohren. »Du wirkst so nervös.«

»Ich suche Carlotta.«

Louisa lächelt selbstzufrieden. »Ach ja. Dann bist du ja eingeweiht.«

»Eingeweiht in was?« Vielleicht liegt es an der Uhrzeit, dass ich mit dem Denken nicht hinterherkomme. Der Kaffee hat jedenfalls nicht wirklich geholfen.

»Na, in ihre Zukunftspläne. Sie hatte heute ein Bewerbungsgespräch bei Dr. Kochert. So lächerlich das ist.« Sie rümpft die Nase. »Es ist schon ein glücklicher Zufall, dass die Stelle gerade jetzt frei wird, wo sie fast mit ihrem PJ durch ist.«

»Wovon sprichst du?«

»Ach Rob«, sagt sie mitleidig. »Hast du immer noch nicht verstanden, dass die meisten hier erleichtert sind, dass Selina gestorben ist? Ich habe Carlotta nicht weinen sehen. Ganz im Gegenteil.«

### *Vorher. Vor einem Tag. Louisa*

Station 21 und Station 22 teilten sich übergangsweise einen Stützpunkt und ein Arztzimmer. Und wie immer war Louisa genervt davon. Eigentlich hatte sie sich darauf gefreut, auf die 21 versetzt zu werden und die Privatpatienten zu betreuen. Nicht nur, weil die Zimmer schöner waren und die Pflege ihrer Meinung nach kompetenter, auch weil es eine engere oberärztliche Betreuung gab. Dort konnte sie endlich zeigen, was sie konnte.

Doch anstatt in dem klimatisierten Stützpunkt auf der benachbarten Station zu sitzen, hatte sie ihren Arbeitsplatz immer noch hier, weil ausgerechnet jetzt nebenan renoviert wurde.

Mit finsterem Blick beobachtete sie ihre Kollegin, die auf der Tastatur herumhämmerte, während sie in voller Lautstärke telefonierte.

Die Tür ging auf und eine Studentin kam herein. Sie blieb stehen, als sie sah, dass sämtliche Arbeitsplätze belegt waren. Louisa kannte sie. Sie war eine Studentin, die ihr vor einiger Zeit einmal zugeordnet gewesen war. Eine von der anstrengenden Sorte, die ständig Fragen stellte und manchmal alles besser wusste. Carlotta Rosin, für die sie neulich sogar Botengänge hatte machen müssen. Dr. Kocherts Doktorandin.

»Kann ich dir helfen?«, fragte sie unfreundlich.

»Ich war nur auf der Suche nach einem Arbeitsplatz.«

Louisa hob die Augenbrauen. »In der Kinderheilkunde? Wenn ich mich recht erinnere, ist dein Tertial bei uns schon lange vorbei. Habe ich dich nicht gestern mit den Internisten gesehen?« Richtig, mit Marko Schneider, diesem Miesepeter. Wobei er nicht ganz so unfreundlich dreingeblickt hatte, als er mit Carlotta geredet hatte. Louisa hatte die beiden nur im Vorbeigehen entdeckt und nicht wirklich beachtet. Doch wenn sie jetzt genauer überlegte, hatte ihr Gespräch etwas Verschwörerisches an sich gehabt. Es war ausreichend, um nachzuhaken.

Sie schob der Studentin einen Stuhl hin. »Setz dich doch zu mir, Carlotta. Ich bin gleich fertig, dann kannst du an meinen PC, während ich den Patienten entlasse.«

»Danke.« Nicht ein Hauch von Misstrauen zeigte sich auf Carlottas sommersprossigem Gesicht.

Dämlich von ihr. Louisa richtete den Blick auf den Bildschirm und scrollte noch einmal durch den Brief, der schon längst fertig war. Tat so, als müsste ein Satz geändert werden. »Und?«, fragte sie beiläufig. »Du bist jetzt fast durch, oder?«

»Ja, zum Glück«, erwiderte Carlotta. »Ich mag die Innere zwar, trotzdem bin ich froh, wenn ich mit meiner Assistenzarztzeit anfangen kann.«

»Schlau von dir. Die dauert lang genug. Hast du schon eine Stelle?«

Carlotta nestelte am Verschluss der Wasserflasche herum, die sie auf dem Tisch abgestellt hatte. »Nicht direkt.«

Louisa rümpfte die Nase und löschte einen Satz, den sie gleich noch einmal fast identisch wieder hinschreiben würde. »Also ich habe mich schon am Ende meines zweiten Tertials bei mehreren Stellen beworben.« Ein bisschen Provokation konnte nicht schaden. »Das muss man vielleicht nur, falls man ein begehrtes Fach wie Pädiatrie machen will.« Als wüsste sie nicht zu gut, dass Carlotta genau das anstrebte.

»Ich will auch in die Päd«, erwiderte Carlotta. »Ich will sogar unbedingt hierbleiben und ...«

Nun wandte sich Louisa ihr zu. »Bis jetzt gab es keine Stelle? Lass mich dir ein Geheimnis verraten: Vor einer Woche ist eine frei geworden.«

Carlotta starrte sie an und sie hob die Schultern. »Ich bin nur ehrlich. Selina Wieck muss ersetzt werden. Es ist nur eine Frage der Zeit, bis die Stelle ausgeschrieben wird. Ich könnte mir vorstellen, dass sie sie lieber intern vergeben.« Himmel, das klang ein wenig zu sehr danach, als wären sie Freundinnen. Sie konnten nicht noch ein Püppchen brauchen, das sich besser darauf verstand, den Oberärzten schöne Augen zu machen, als zu arbeiten.

»Vielleicht hast du recht«, sagte Carlotta. »Danke, Louisa.«

»Klar. Du solltest dich mit der Bewerbung besser beeilen, es gibt noch genug andere Leute, die auf diese Stelle scharf sind.« Während sie ihren Brief ausdruckte, behielt sie die Studentin im Auge. »Ich habe gehört, dass einer der Internisten ebenfalls wechseln will. Du bist doch gerade dort. Hast du etwas mitbekommen?«

»Nein.« Eine leichte Röte überzog Carlottas Gesicht. Louisa verkniff sich ein Grinsen. Das war mehr als genug, um das eine oder andere Gerücht zu verbreiten.

Sie konnte noch weitergehen. »Kennst du Marko Schneider? So ein ernster Typ. Hat was auf dem Kasten. Gerüchteweise wollte er schon Selinas Stelle.«

Carlottas Wangen färbten sich noch ein wenig dunkler. Schade, dass Louisa das nicht früher zur Hand gehabt hatte, damit hätte sie die Studentin vielleicht zum Schweigen bringen können, als sie ihr nachgelaufen und dämliche Fragen gestellt hatte.

»Keine Ahnung.«

»Tja, wenn du die Stelle willst, solltest du mit Dr. Kochert sprechen«, fuhr Louisa fort und pflückte ihren Brief vom Drucker, um ihn zu unterschreiben. »Er mag es wesentlich lieber, junge Frauen einzustellen als irgendwelche Assistenzärzte. Sollten sie auch noch so attraktiv sein.« Den letzten Satz konnte sie sich nicht verkneifen. Es tat nichts zur Sache, dass sie Marko Schneider nicht wirklich attraktiv fand.

»Ich würde nie ...«, setzte Carlotta an, doch Louisa winkte ab.

»Man sollte die Karten nutzen, die man in der Hand hat. Es sei denn, du willst niemandem die Stelle wegschnappen. Was unglaublich dämlich von dir wäre. Jeder muss zusehen, wo er bleibt.«

Carlotta sah irritiert zu ihr hoch. Offenbar hatte Selinas Tod sie ungewöhnlich stark verstört. Es fiel Louisa schwer, ihre Erinnerung an die toughe, vorlaute Studentin mit dieser stillen jungen Frau in Einklang zu bringen. Vielleicht kam sie auch nur nicht damit klar, dass Louisa die Dinge direkt ansprach.

»Ich gebe dir noch einen Tipp«, sagte sie, während sie den Brief faltete und in einen Umschlag steckte. »Reiß dich um Himmels willen zusammen. In einer Klinik gibt es immer

Todesfälle. Das ist kein Grund, sich wie ein verschrecktes Rehlein zu verhalten.«

Carlotta öffnete den Mund, vermutlich um dagegen zu protestieren, und schloss ihn wieder, ohne ein Wort zu sprechen.

Louisa schüttelte den Kopf und loggte sich aus. »Du kannst jetzt an den PC.«

»Danke.«

Als sie das Zimmer verließ, sah sie, dass Carlotta hektisch auf ihrem Handy herumtippte, anstatt sich anzumelden. Vielleicht war es nur das Gespräch, das sie so verstört hatte. Die gezielten Fragen nach Marko. Oder die Tatsache, dass sie Selinas Tod angesprochen hatte.

Man hätte meinen können, Carlotta sei in den Fall verwickelt. Aber das war natürlich eine absurde Vorstellung. So absurd, dass Louisa den Gedanken rasch beiseitegeschoben hatte.

# 19

*Jetzt*

Ich komme nicht umhin, Louisa anzustarren. »Du hast sie auf die Stelle angesprochen?«

Sie hebt die Schultern. »Klar, warum nicht?«

»Sie ist nicht wirklich darauf angesprungen, oder?«

»Das nicht«, sagt sie. »Aber vermutlich nur, weil ihr das ganze Thema unangenehm war. Wahrscheinlich hatte sie den Gedanken längst selbst und hat sich dafür geschämt. Ich hätte sie für wesentlich tougher gehalten.«

Louisa weiß auch nicht, dass Carlotta in der Mordnacht im Haus gewesen war. Dass sie die Gelegenheit gehabt hätte … Mir schwindelt, und ich denke den Gedanken nicht zu Ende. Ich muss einfach mit Carlotta sprechen. Dazu muss ich sie erst einmal finden. Und ich habe nicht vor, irgendetwas zu Louisas Gerüchten beizutragen.

»Hast du Carlotta gehen sehen? Ist sie vielleicht mit Dr. Kochert zusammen gegangen?«

Louisa hebt die Augenbrauen. »Bist du eifersüchtig, Rob? Ich habe euch die Tage miteinander rumhängen sehen, und muss dir sagen, das Mädel hat mehrere Eisen im Feuer. Marko Schn...«

»Hast du sie gesehen, Louisa?«

»Nein, habe ich nicht«, erwidert sie beleidigt. »Ich habe sie nur hineingehen sehen, das war vor einer Weile. Hast du geklopft? Gut möglich, dass du bei irgendetwas gestört hast.«

Ich antworte nicht, schiebe mich nur an ihr vorbei. Das ertrage ich jetzt nicht. Es ist gut möglich, dass Louisa jetzt Geschichten über mich und meine Eifersucht herumerzählt, doch das ist mir egal. Solange ich nur Carlotta finde.

Ich lenke meine Schritte in Richtung Notaufnahme. Ich sollte weiter nach ihr fragen. Ob irgendjemand gesehen hat, wie sie das Krankenhaus verlassen hat. Ob mit oder ohne Dr. Kochert. Und außerdem muss ich nach Janina sehen. Gut möglich, dass die Pförtnerin sie doch nicht hereingelassen hat.

Als ich am Treppenhaus vorbeigehe, höre ich Stimmen. Eine davon lässt mich innehalten. Mit raschen Schritten laufe ich hoch in den ersten Stock, sodass ich die Sprechenden besser hören kann. Ich hoffe, dass ich mich nicht getäuscht habe. »Carlotta?« Das Gespräch verstummt schlagartig. Vielleicht weil ich etwas zu laut gerufen habe. »Carlotta?«

Stille.

»Ja?«, erwidert sie dann. Langsam kommt sie die Treppe herunter. Schlechtes Gewissen steht ihr auf das Gesicht geschrieben.

Ich starre sie an. Sie wirkt, als würde es ihr gut gehen. Sie trägt noch immer Krankenhauskleidung. Ihr Handy ragt aus der Brusttasche.

»Wo warst du?«, frage ich. Meine Stimme klingt so aufgebracht, wie ich mich fühle. Gleichzeitig komme ich mir ein wenig dumm vor. Dumm, dass ich mir Sorgen um sie gemacht habe.

»Ich war hier und habe mit Dr. Kochert gesprochen.«

»Drei Stunden lang?«

»Ich glaube nicht, dass ich mich vor dir rechtfertigen muss.«

Ich antworte nicht sofort. Am liebsten hätte ich ihr direkt mitgeteilt, was ich über Dr. Kochert herausgefunden hatte. Aber das Treppenhaus ist kaum der richtige Ort, um das zu diskutieren. »Wir müssen reden. Über das, was du beobachtet hast. Ich habe ebenfalls etwas herausbekommen.« Etwas, was ihr zweifelsohne nicht besonders gefallen wird.

Carlotta nickt und kommt mir die letzten drei Stufen entgegen. »Sorry, dass ich mich nicht gemeldet habe«, sagt sie. »Mein Akku ist leer.«

Ich komme mir noch dümmer vor. Das ist eine vollkommen logische Erklärung. Die nicht beinhaltet, dass Dr. Kochert sie getötet hat. »Entschuldigung. Ich bin ein wenig durchgedreht. Janina hat mir etwas erzählt ...« Und jetzt auch Louisa. Womit fange ich am besten an?

Sie nimmt mir die Entscheidung ab. »Yolante hat heute den Nachmittag im Café verbracht«, berichtet sie. »Sie war auch noch da, als ich zu Dr. Kochert rein bin, um ihn über meinen Fortschritt bezüglich meiner Arbeit ins Bild zu setzen. Sie saß einfach da und hat Kaffee getrunken und ein Buch gelesen. Als ich gegangen bin, war sie schon weg.«

»Kann es sein, dass sie Dr. Kocherts Büro im Auge behalten hat?«

»Das ... das ... warum Dr. Kochert?« Mit einem Mal ist da ein defensiver Klang in ihrer Stimme.

»Ich habe herausgefunden, dass er in der Mordnacht hier war.«

Carlottas Gesicht erstarrt. »Was ist mit dem Pförtner? Er hat gesagt, dass niemand hereingekommen sei.«

Das ist der Moment. »Du warst auch da, Carlotta«, sage ich. »Ich weiß, dass du da warst. Jemand hat dich gesehen.«

Sie antwortet nicht, sieht mich nur mit finsterer Miene an. Ich muss an Louisas Schilderung denken. Dass ihr Carlotta schuldig vorgekommen war. Und dann ist da noch etwas anderes. Carlotta muss gewusst haben, wo Kocherts Büro liegt. Warum ist sie nicht selbst auf die Idee gekommen, dass Yolante es im Auge behalten haben könnte?

»Hast du dich bei Dr. Kochert um eine Stelle beworben?«, frage ich heiser. »Hast du dich um Selinas Stelle beworben?«

»Willst du mir etwas unterstellen, Rob? Spinnst du?« Sie ist laut geworden. So laut, dass ich mich umsehe. Doch außer uns ist niemand hier. Mir ist bewusst, dass Louisa noch irgendwo in der Nähe sein muss, sie würde sich sicher über eine Szene freuen.

»Können wir das irgendwo besprechen, wo es ruhiger ist?«

»Auf gar keinen Fall«, entgegnet Carlotta eisig. »Zuerst sagst du mir, was zur Hölle du mir vorwirfst.«

»Ich werfe dir nichts vor. Ich habe dir eine Frage gestellt. Und ich will außerdem wissen, was du in der Mordnacht hier gemacht hast.« Ich schüttle den Kopf. »Du bist am Montag zu mir gekommen, weil du mir bei den Ermittlungen helfen wolltest. Was hast du wirklich damit bezweckt, Carlotta?«

»Denkst du allen Ernstes, ich hätte Selina ermordet?«

Nein, das denke ich nicht. Ich glaube noch immer, dass es Dr. Kochert war. Aber das spielt im Moment keine Rolle. »Das kommt auf deine Antworten an.«

Carlotta verschränkt die Arme und wirft mir einen vernichtenden Blick zu. »Ich habe mich nicht um Selinas Stelle beworben«, behauptet sie. »Ich habe mit Dr. Kochert vereinbart, dass ich zuerst in Ruhe meine Dissertation fertig machen soll. Er will mir dafür eine Forschungsstelle besorgen.« Sie wischt sich mit dem Handrücken über die Augen. »Nach einem Jahr kann ich in den klinischen Bereich wechseln, wenn ich fertig bin.«

Das hört sich vernünftig an, wenn auch unwahrscheinlich. Forschungsstellen sind selten, insbesondere solche mit Option auf eine reguläre Stelle im Anschluss. Andererseits kann ich mir vorstellen, dass Dr. Kochert genug Einfluss hat, um für eine seiner Doktorandinnen eine solche Stelle zu schaffen. »Hat er eine Gegenleistung verlangt?«

»Warum sollte er das?«, erwidert sie ebenso heftig wie ich.

»Und warum warst du in der Mordnacht hier?«

»Das geht dich nichts an«, faucht sie. »Ich hatte kein Motiv. Ich *habe* keines!«

»Und doch hast du dich mir aufgedrängt, um mich auszuhorchen.«

»Du spinnst, Rob. Ich wollte dir nur helfen.«

»Indem du mir verheimlichst, dass du in der fraglichen Nacht da warst.« Und mir fällt noch etwas ein. »Und du hast behauptet, dass Marko Schneider dich nicht dabeihaben wollte.«

Sie sieht mich herausfordernd an. »Und?«

»Und Louisa hat euch gesehen, wie ihr am Tag zuvor die Köpfe zusammengesteckt habt.«

Keine Antwort.

»Du hast mich angelogen, Carlotta. Und ich habe keine Ahnung wieso.«

»In der Mordnacht hat sie mich besucht.« Jemand kommt die Treppe herunter, und bevor ich im Halbdunklen erkennen kann, wer es ist, erkenne ich die Stimme. Marko Schneider. »Wir haben uns öfter im Dienst auf der Dachterrasse getroffen.«

Ich hebe die Augenbrauen. »Was?«

»Wir sind zusammen«, erwidert er gelassen. »Ich wollte nur nicht, dass das überall herumerzählt wird.«

»Dann war es eine schlechte Idee, euch im Krankenhaus zu treffen.« Ich blicke zwischen den beiden hin und her. Kann es sein, dass sie mich anlügen?

Carlotta rümpft die Nase. »Nun, ich habe die Doktorarbeit nebenher und Marko arbeitet ständig. Außerdem habe ich einen Nebenjob.«

»Es war einfach nur Pech, dass der Pfleger sie auf der Dachterrasse entdeckt hat. Sonst hat dich niemand gesehen, nicht wahr?«

Carlotta verschränkt die Arme fester um den Oberkörper und stimmt ihm mit einem Nicken zu.

»Du nimmst es lieber in Kauf, dass ich dich verdächtige, als mit der Wahrheit rauszurücken?« Wahrscheinlich war es Marko, der auf Geheimhaltung gedrängt hat. Ich kann mir gut vorstellen, dass er Angst hat, eine Beziehung mit einer Studentin würde seinem Ruf schaden. »Das ist einfach nur bescheuert.«

»Das ist alles nur wegen dieser verdammten Stelle!«, platzt es aus Carlotta heraus. »Diese verdammte Stelle, die ohnehin Marko zugestanden hätte!«

Ich will sie gerade darauf hinweisen, dass sie eben noch behauptet hat, sie würde sich nicht dafür interessieren, als mir die Tragweite ihrer Worte bewusst wird. »Es ging nie um dich, als du mich ausgehorcht hast. Du wolltest Marko beschützen. Du wolltest herausfinden, ob ich ihn verdächtige.«

Sie funkelt mich böse an, bevor sie nickt. »Es hat sich schnell rumgesprochen, dass Rob Schlenker Fragen stellt. Da dachte ich, ich klinke mich ein. Es war klar, dass du früher oder später auf Marko kommen würdest, wenn er in die Päd wechselt.«

»Also bekommst du die Stelle?«, frage ich trocken. »Gratuliere.«

»Ich habe niemanden dafür ermordet, Schlenker.«

»Das habe ich nie behauptet«, erwidere ich. »Auch wenn ihr euch mit dieser Aktion nicht gerade unverdächtig verhalten habt.« Ich sehe Carlotta an. »Lass mich raten, du hast mir keine Nachricht geschickt, weil ihr beide wieder ... auf irgendeiner Dachterrasse wart?«

Carlotta wird rot, doch Marko zuckt mit den Schultern. »Ich habe es gerade erst erfahren. Ebenso wie sie heute erst gehört hat, dass sie die Forschungsstelle bekommt.« Er wirft ihr ein kurzes Lächeln zu, und es reicht mir, um zu wissen, dass die beiden die Sache mit der Beziehung nicht erfunden haben. Ich hätte nicht gedacht, dass Marko jemanden auf diese Weise ansehen kann.

Ich schüttle den Kopf. »Dafür, dass du mich mehrfach Idiot genannt hast ...«

»Dazu stehe ich immer noch«, erwidert er, seine Mundwinkel haben sich allerdings ein wenig gehoben. »Du solltest die Sache einfach ruhen lassen. Die Polizei hat ihre Arbeit gemacht und fertig. Dr. Kittsteiner hat Selina Wieck ermordet.«

»Sie hat es nicht getan«, sage ich. Endlich wieder mit Zuversicht.

Carlotta setzt zu einer Antwort an, doch sie wird jäh unterbrochen. Ein schriller Schrei erschüttert das Treppenhaus.

Wir wechseln einen Blick, dann rennen wir los. Ich weiß, wer geschrien hat.

Es war Louisa.

Mit einem Mal wirken die Treppen länger als vorhin, als ich sie hinaufgestiegen bin. »Louisa!«, rufe ich.

Diesmal antwortet kein Schrei, sondern ein Wimmern. Es kommt aus dem Kellergeschoss.

Louisa steht am Fuß der Treppe, die Hände vor den Mund geschlagen. Ihr Gesicht ist tränenüberströmt und sie deutet mit zitterndem Finger auf die Damenumkleide, deren Tür offen steht.

»Was?«

Sie schluchzt. »Sie ist tot«, stößt sie hervor. »Es ist wieder passiert.«

## 20

*Jetzt*

Yo ist tot.

Wir haben sie in der Umkleide gefunden, wo sie am Boden des Duschbereichs lag, die geöffneten Augen an die Decke gerichtet. Ihre Pulsadern waren eröffnet, das Blut größtenteils abgewaschen vom prasselnden Wasser aus den beiden Duschköpfen über ihr. Daneben ein unscheinbares Einmalskalpell, auf dem keine Spur von Blut zu sehen ist.

Das schreckliche Bild hat sich eingebrannt und ich sehe es vor mir, wenn ich die Augen schließe. Carlotta und ich sind zu ihr gelaufen, ungeachtet des rauschenden Wassers. Marko hat die Duschen abgedreht. Mein Blick ist Louisas schreckgeweiteten Augen begegnet und ich habe gewusst, dass wir auch Yo nicht würden reanimieren können.

Wir haben es trotzdem versucht. Und sind gescheitert.

Jetzt sitzen wir in der Umkleide. Irgendjemand hat Decken aufgetrieben, die wir uns um die durchnässten Schultern gehängt haben. Zeit zum Umziehen war diesmal nicht.

Die Kommissare sprechen gerade mit Louisa. Sie haben sich dafür in den Duschbereich zurückgezogen, doch weil die Tür nur angelehnt ist, können wir jedes Wort hören, das sie sagt. Wie sie stockend berichtet, nach dem Schreiben des Journal-Beitrags für ihre Oberärztin hergekommen zu sein, um sich umzuziehen. Dass das Wasser in der Dusche gelaufen sei und sie nicht weiter darauf geachtet habe. Wie sie nachgesehen habe, ob es jemand vergessen hätte. Und dann die verdünnten rosa Blutwolken auf dem weißen Boden. Yolantes Leiche. Sie habe geschrien, weswegen wir zu ihr gekommen waren.

Ich habe nicht viel anderes erzählt. Dass ich mit Janina hergekommen bin, um nach Carlotta zu sehen, die wir nicht erreichen konnten. Mehr Worte darüber habe ich nicht verloren, nicht hier. Stattdessen habe ich die Polizisten um einen Termin für ein Gespräch gebeten. Ich muss ihnen alles erzählen, was ich über Ludger Kochert erfahren habe.

Janina wird mich begleiten, wie ich hoffe. Ich habe sie nicht mehr gesehen, habe ihr nur eine kurze Textnachricht geschickt, was geschehen ist, und dass ich fürs Erste hier festsitze, weil wir alle verhört werden.

Keiner von uns sagt etwas.

Irgendwann klopft es an die Tür der Kabine. Zwei Oberärzte kommen herein. Dr. Hutter, der einen Kittel über der grünen OP-Kleidung trägt, den Abdruck der OP-Haube an seiner Stirn. Beim Anblick des zweiten Mannes krampft sich mein Magen zusammen. Dr. Kochert hat die Augenbrauen zusammengezogen, sein Blick huscht über Marko und Carlotta, die beide aufstehen.

Auch ich komme auf die Füße. Sehe an Dr. Hutter vorbei, der auf mich zugekommen ist. Meine Hände ballen sich unwillkürlich zu Fäusten. Es überrascht mich nicht, dass Dr. Kochert hier ist. Er muss hier sein, weil er Yo ermordet haben muss. Yo, die ihn erpressen wollte. Bevor ich einen Schritt nach vorn machen kann, packt mich Dr. Hutter am Arm.

»Wie geht es Ihnen, Schlenker?« Ich bin erleichtert, dass er sich nicht mit Förmlichkeiten aufhält, selbst wenn die uniformierten Polizisten im Raum sind. Es gibt mir ein Gefühl trügerischer Normalität. »Wie lange halten die Herrschaften Sie hier schon fest?«

Ich kann nur die Schultern zucken. Seit wir hier sind, habe ich jegliches Zeitgefühl verloren. Vermutlich ist es mittlerweile nach Mitternacht.

»Das reicht jetzt«, wendet er sich an einen der Polizisten. »Diese jungen Kollegen werden jetzt nach Hause fahren. Wir können uns nicht erlauben, dass sie morgen ausfallen.« Er räuspert sich. »Sie werden jetzt gehen. Wenn Sie ihn bisher nicht vernommen haben, ist das Ihr Problem.«

»Das sehe ich ebenso wie mein Kollege«, setzt Dr. Kochert hinzu und fährt sich durch die elegant gekämmten Haare. »Frau Rosin ist Studentin, und auch sie ist im Haus angestellt.« Er sieht Marko an. »Dr. Schneider ...«

Marko schüttelt den Kopf. »Ich bin heute im Nachtdienst«, sagt er. »Mein Hintergrund ist für mich eingesprungen, also kann ich theoretisch die ganze Nacht hier sitzen. Ich würde mich nur noch gern umziehen.«

»Es ist eine Frechheit, dass sie sich nicht einmal umziehen konnten«, schnauzt Dr. Hutter. »Dr. Schlenker und ich werden jetzt gehen.«

Ich verschränke die Arme. »Louisa Homber ist noch da drin. Sie hat die Leiche gefunden und wird gerade zum zweiten Mal verhört.«

Dr. Kochert reißt die Tür zu den Duschen auf. »Frau Homber?«

»Die jungen Kollegen werden jetzt gehen«, teilt Dr. Hutter den nicht uniformierten Polizisten der Kriminalpolizei in der Dusche mit. »Sie haben alle ihre Personalien bereits, und da sie mit Dr. Kittsteiner die Mörderin ohnehin schon verhaftet haben, werden Sie sie nicht als Verdächtige betrachten. Oder verwechsle ich etwas?«

Ich bin mir nicht sicher, ob es Dr. Hutters höhnischer Kommentar ist oder die Autorität, die er im weißen Kittel ausstrahlt, doch die Kommissare willigen ein, uns fürs Erste gehen zu lassen. Der Oberarzt legt mir eine Hand auf den Rücken, um mich aus der Damenumkleide zu bugsieren. Ich bin unglaublich froh, dass er da ist. Auch ich hätte gegen die Behandlung protestieren können, aber dazu hatte ich heute keine Kraft mehr. Ich bin froh, dass er es für mich getan hat.

»Diese elenden Pedanten«, knurrt er. »Sie hätten Sie noch länger dabehalten, wenn wir nicht eingeschritten wären.« Eine kurze Pause. »Sie können sich morgen freinehmen, wenn Sie wollen, Schlenker.«

»Das ist nicht nötig«, erwidere ich, ohne nachzudenken.

Dr. Hutter sieht mich streng an, während wir die Treppen hochsteigen. »Doch, ich denke schon. Wobei mich das zu der Frage führt, warum Sie noch hier sind. Sie sind doch schon vor Stunden aus dem OP gegangen. Dem Patienten geht es übrigens gut. Ich habe ihn auf der IMC visitiert.« Obwohl er nach der Operation stabil war, ist Herr Müller zur Sicherheit auf eine Überwachungsstation verlegt worden. Es kommt mir vor, als wäre die Entscheidung dazu Tage her, dabei sind nur Stunden vergangen.

»Das ist schön«, erwidere ich. »Ich bin hier, weil ich nach einer Freundin sehen wollte, die ... die in das Ganze verwickelt ist.«

Der Oberarzt schüttelt den Kopf. »Es ist mir nicht entgangen, dass Sie Fragen gestellt haben, Schlenker. Was sollte das?«

Ich antworte nicht sofort. Am liebsten hätte ich gesagt, dass ich den wahren Täter habe finden wollen, doch das kommt mir kindisch vor. »Ich hatte das Gefühl, dass etwas nicht stimmt«, erwidere ich stattdessen, was in meinen Ohren fast genauso lächerlich klingt.

»Nun, Sie hatten recht«, erwidert Dr. Hutter. »Jetzt wird sogar die Polizei einsehen, dass sie mit Anne die Falsche verhaftet haben.«

Ich bin erleichtert, dass er den Gedanken ausspricht, den ich nicht zu denken gewagt habe. »Glauben Sie das?«

»Ich bin mir sicher«, entgegnet er. »Sie werden schon sehen.«

Nachdem ich mich von meinem Oberarzt verabschiedet habe, bleibe ich unschlüssig stehen. Janina ist längst heimgefahren, und mein Fahrrad steht noch immer bei Selinas Wohnung, die mehrere Kilometer entfernt ist. Ich spiele mit der Überlegung, mir ein Taxi zu rufen, verwerfe sie aber wieder. Vielleicht kann mich irgendjemand mitnehmen.

Trotz der Anstrengungen des Abends bin ich hellwach. Jetzt ist die Klinik still und ruhig, doch der Schein ist trügerisch. Unmöglich, dass der neuerliche Polizeieinsatz nicht bemerkt worden ist. Wo auch immer ich jetzt hingehe, man wird mir Fragen stellen. Fragen, die ich gerade nicht beantworten will oder kann.

Mein Shirt ist nicht mehr nass, sondern gerade noch so feucht, dass es mich fröstelt, als ich losgehe. Ich hätte Louisa oder Marko nach einer Mitfahrgelegenheit fragen können, doch gerade kann ich keinen von ihnen sehen. Nicht, nachdem wir die letzten Stunden in der Damenumkleide eingepfercht gewesen sind und die Spurensicherung beim Hinein- und Hinauslaufen beobachtet haben.

Stattdessen besuche ich Finn. Zu den Nachtdiensten kommt er oft mit dem Auto, und bestimmt lässt er es mich borgen, um mein Fahrrad von Selinas Wohnung zu holen. Und wenn ich mir einer Sache sicher sein kann, ist es die, dass er mir keine Fragen stellen wird. Er weiß, wie es ist, über manche Dinge nicht sprechen zu wollen.

Als ich beim Röntgen vorbeikomme, grüßen mich die beiden RTAs mit blasser Miene. Ich erwidere den Gruß. Obwohl wir nicht direkt zusammenarbeiten, kennen wir uns vom Sehen. Schnell gehe ich weiter, doch sie machen ohnehin keine Anstalten, mich anzusprechen.

Die Tür zum Befundungsraum, in dem Finn meistens arbeitet, steht einen Spalt offen und leise Stimmen dringen heraus. Die meines Freundes kann ich leicht identifizieren, die andere ist mir ebenfalls nicht unbekannt.

»Ich fühle mich schrecklich«, sagt Jenny gerade. »Ich wünschte, ich hätte nie ...«

Sie verstummt, als sie mich sieht, und rutscht vom Tisch, auf dem sie gesessen hat. Finn dreht sich im Stuhl um und springt ebenfalls auf.

»Rob!«

»Hi, Leute.« Für einen Moment frage ich mich, ob ich die beiden schon einmal zusammen gesehen habe, doch mein Gehirn ist zu benebelt, um diese Information zu verarbeiten. »Was für eine Scheißnacht.«

Jenny kichert und es klingt reichlich deplatziert. Sie kommt auf mich zu, um mich zu umarmen. »Wir haben es gehört«, teilt sie mir mit und erschaudert. »Oh, warum bist du so nass?«

»Das kommt von der Dusche«, entgegne ich. Ich kann nicht wissen, wie viele Details sich schon herumgesprochen haben, doch ich habe nicht vor, meine Aussage weiter zu erklären.

Wortlos steht Finn auf und geht zu einem Schrank, nimmt einen blauen Kasack heraus und reicht ihn mir.

»Danke, aber ich will sowieso gehen.«

»Du siehst so schon beschissen aus, Schlenker, zieh dir wenigstens etwas Trockenes an.«

Normalerweise hätte ich etwas Entsprechendes erwidert, heute füge ich mich. Ich hänge mein nasses T-Shirt über einen der Stühle und schlüpfe in die Bereichskleidung. Als würde ich zur Arbeit kommen. Alles daran fühlt sich falsch an. Vielleicht ist Dr. Hutters Angebot mit dem freien Tag doch nicht ganz unangebracht.

Die beiden beobachten mich stumm, immerhin fragt niemand etwas.

»Finn, bist du mit dem Auto da?«

»Ja. Willst du es dir ausleihen?«

Ich muss mein Fahrrad nicht einmal erwähnen. Ich tue es trotzdem. »Mein Fahrrad steht bei Selinas Wohnung, ich habe es dort gelassen, weil ich mit ihrer Schwester hergefahren bin.«

Die beiden wechseln einen kaum merklichen Blick. »Bist du sicher, dass du in deinem Zustand fahren kannst?« Jennys Stimme kommt mir ein klein wenig zu laut vor.

»Es ist nicht weit bis zu der Wohnung, und ich hole nur mein Fahrrad und radle von hier aus heim.«

Finn verzieht das Gesicht. »Ganz sicher nicht. Nimm das Auto und fahr damit nach Hause. Leg dich hin.«

»Und du?«

»Ich fahre morgen einfach mit dem Bus.«

Das ist ein großzügiges Angebot. Wir wissen beide, dass er öffentliche Verkehrsmittel hasst. »Aber ...«

»Keine Widerrede«, sagt er. »Und dein Fahrrad kann morgen Janina zur Klinik bringen. Eigentlich kann sie es gleich zu dir fahren, wenn sie dich schon hier hat sitzen lassen.«

»Sie kann nichts dafür«, sage ich. »Ich habe gesagt, dass sie heimfahren soll. Wir waren Stunden da unten.«

Jenny sieht mich mitfühlend an. »Noch mehr Verhöre?«

»Ja«, sage ich. »Ich bin mir sicher, dass ihr auch noch drankommt. Wie beim letzten Mal: Alle, die da waren und etwas gesehen haben könnten.«

»Als wäre dieser Dienst nicht schon schlimm genug.«

Ich versuche mich an einem Grinsen. »So schlimm kann es drüben nicht sein, wenn du in der Radiologie herumhängen kannst. Und bei dir auch nicht, Paoli, wenn du schon wieder mit den Mädels von der Pflege flirtest.«

Die Reaktion der beiden ist genauso lahm wie mein Spruch. Ich kann es ihnen nicht verübeln. Finn wirft mir seinen Schlüssel zu. »Pass auf dich auf, Rob. Es hat schon gereicht, dass du noch eine zweite Leiche reanimieren wolltest. Deine ganze Fragerei ... du solltest damit aufhören.«

Ich nicke. Er hat recht. »Ich glaube, dass es sowieso bald vorbei ist.«

Wieder wechseln beide einen Blick. »Warum?«, fragt Jenny.

»Yo ist tot«, sage ich, als wüssten sie es noch nicht. »Der Polizei wird klar sein, dass derjenige sie ermordet hat, den sie erpressen wollte. Denjenigen, der Selina getötet hat.«

Keiner der beiden antwortet, und ich frage mich, ob ich etwas Dämliches gesagt habe. »Ich sollte heimfahren.«

»Das solltest du«, stimmt mir Finn zu. »Mein Auto ist im Parkhaus, Erdgeschoss.«

»Danke.«

Ich verabschiede mich und gehe, mein T-Shirt über den Arm gehängt. Es fühlt sich erleichternd an, das Zimmer zu verlassen. Selbst wenn ich noch so erschöpft bin, kommt es mir vor, als wäre ich in ein Treffen geplatzt, bei dem ich unerwünscht gewesen war.

Der freie Tag fühlt sich in der Früh nicht mehr wie eine Strafe an. Nachdem mich meine innere Uhr schon vor sechs geweckt hat, habe ich mich auf die andere Seite gedreht und weitergeschlafen. Als ich wieder aufwache, ist es nach acht Uhr. Noch eine Weile Zeit, bis ich zur Polizei muss. Zum ersten Mal in dieser Woche mache ich mir ein anständiges Frühstück und werfe die Waschmaschine an, bevor ich losmuss.

Bis zur Polizeiwache kann ich laufen. Ich treffe Janina dort. Sie umarmt mich zur Begrüßung, bevor sie sich mit der Hand gegen die Stirn schlägt. »Ich habe dein Fahrrad vergessen.«

»Kein Problem«, erwidere ich. »Ich kann es einfach die Tage mal abholen.« Heute lieber nicht. Gestern war es schrecklich genug, dort zu sein. Ein Tag Pause ist nicht schlecht. Selbst wenn man diesen Tag bei der Polizei verbringt.

Wir sprechen erst gemeinsam mit den Kommissaren und machen schließlich getrennt unsere Aussage. Ich berichte alles, was ich weiß. Die einzige Ausnahme bildet Sarahs Medikamentensucht. An dieser Stelle gebe ich die gleiche Geschichte wieder, die sie selbst der Polizei erzählt hat. Finns Worte von heute Nacht sind mir noch zu präsent in der Erinnerung: Es sind schon genug Leben zerstört worden.

Als wir die Wache verlassen, habe ich zum ersten Mal seit Langem wieder ein gutes Gefühl. Als ich ihnen von meiner Theorie zu Ludger Kochert erzählt habe, wirkte keiner von ihnen wirklich überrascht. Auch nicht, als ich ihnen von Annes und Selinas Bündnis erzählt habe. Leider ist das Handy noch immer verschwunden, und für Annes DNA auf Selinas Kleidung habe ich weiterhin keine Erklärung. Doch das ist möglicherweise etwas, was die Polizei besser herausfinden kann als ich.

Auf dem Platz vor der Wache kommt uns Sarah entgegen. Sie trägt ihre dunklen Haare wieder offen, und unter ihren Augen liegen Augenringe, die von mehreren Nachtschichten in Folge zeugen. Als sie mich sieht, kommt sie direkt auf mich zu. Ich kenne sie mittlerweile gut genug, um Anspannung auf ihrem Gesicht lesen zu können, selbst wenn sie sie zu verbergen sucht.

»Rob, hast du einen Moment für mich?«

»Klar.« Ich habe den ganzen Tag frei, und mit einem Mal kommt mir die Zeit wieder lang vor.

»Ich würde schon zur Wohnung fahren und weiter aufräumen«, verkündet Janina. »Ist das okay?«

»Natürlich. Ich kann dich anrufen.« Sie nickt und hebt die Hand, während ich mir überlege, was ich noch mit Janina zu sprechen habe, nachdem wir nun wissen, wer den Mord begangen hat. Ich werde Selinas Wohnung nicht mehr betreten, wenn ich es verhindern kann.

»Rob«, sagt Sarah, und ich wende mich ihr zu, anstatt Janina beim Wegfahren zuzusehen und an ihre verstorbene Schwester zu denken. »Du hast noch mal eine Aussage gemacht?«

Ich nicke. »Keine Sorge. Ich habe die Wahrheit erzählt. Das, was du ihnen schon bei der ersten Vernehmung gesagt hast.«

Ein kleines Lächeln schleicht sich auf ihre Lippen. »Danke. Ehrlich, dafür kann ich dir gar nicht genug danken.«

»Das brauchst du nicht.« Ich spreche Finns Worte von gestern nicht aus, aber sie sind noch immer in meinen Gedanken präsent. »Weiß sonst jemand davon?« Davon. Von Sarahs Sucht.

»Nein«, sagt sie. »Ich habe mittlerweile einen Therapieplatz bekommen. Auch davon weiß niemand.«

»Wahrscheinlich ist das besser so.« Ich verschränke die Arme. »Haben sie dich noch mal herbestellt?«

»Ja. Gestern Nacht wurde es auf einmal stressig, als sie mich befragen wollten. Deswegen haben sie dankenswerterweise darauf verzichtet, mich zu verhören.«

Ich hebe die Augenbrauen. »So viel los?«

»Ausreichend dafür, dass ich nicht länger wegkonnte.«

»Länger. Hast du der Polizei so viel zu erzählen?«

Sarah zieht die Schultern hoch. »Genug, als dass ich die Notaufnahme so lange allein lassen konnte.«

Ich muss die Frage nicht stellen.

»Ganz sicher kann ich nicht sein«, sagt sie. »Aber ich glaube, dass ich die Letzte war, die Yolante gesehen hat, bevor sie ermordet wurde.«

### *Vorher. Vortag, 22:00 Uhr. Sarah*

Es war gegen zweiundzwanzig Uhr, als Sarah von der Station angerufen worden war. Ein Patient blutete stärker aus einer Pin-Wunde bei einem Fixateur externe – und da sie gerade einen Moment zum Luftholen in der Notaufnahme hatte, konnte sie währenddessen hochlaufen und sich das Ganze aus der Nähe ansehen. Da bei externen Fixateuren das Material zum Stabilisieren des Bruchs vom Knochen bis an die Körperoberfläche ragte, musste man solche Wunden genau im Auge behalten. Sie konnten sich rasch infizieren.

Sie stieß die Tür zum Treppenhaus auf und trat ein. Als sie auf die Treppe nach oben zusteuerte, nahm sie eine Bewegung im Schatten wahr. Jemand lehnte neben der Treppe, die in den Keller führte. Die Silhouette der Person lag im Halbdunklen, und es dauerte einen Moment, bis die elektrischen Lichter mit Automatikschalter ansprangen.

Es war eine magere Frau mit dunklen Haaren, die von wenigen grauen Strähnen durchzogen waren. Sie trug eine dunkle Jeans und ein T-Shirt, doch sie kam Sarah flüchtig bekannt vor.

»Hallo?«, fragte sie und machte einen Schritt auf die Fremde zu. »Haben Sie sich verlaufen?«

Die andere lachte. »Ich? Mich verlaufen? Ich arbeite länger als du hier im Haus. Seit über zwanzig Jahren. Ich war schon im Pflegedienst, als du noch die Schulbank gedrückt hast.« Sie sprach mit schwerer Zunge, als hätte sie getrunken.

Am liebsten wäre Sarah vorübergegangen, doch die ganze Situation war zu seltsam, um sie nicht zu beachten. »Geht es Ihnen nicht gut?«

»Nein, geht es mir nicht«, sagte die Frau. »Ich hatte einen Termin, und jetzt fühle ich mich seltsam. Sehr seltsam.«

»Kommen Sie zu Ihrer Schicht?«

Die Frau lachte wieder und wedelte mit einer weißen Karte herum, wahrscheinlich mit ihrem Dienstausweis. »Nein ich will nach Hause.«

*Yolante Cembas*, war auf der Karte zu lesen, daneben das Bild der hübschen jungen Frau, die sie einmal gewesen sein musste. »Dann sind Sie hier nicht richtig, der Ausgang ist bei der Notaufnahme.« Manchmal fragte sich Sarah, woher sie all diese Geduld nahm.

»Ich muss zur Umkleide und meine Tasche holen«, erwiderte Yolante Cembas. »Ich habe mich ausgeruht, damit ich die Treppen schaffe.«

Sarah wies sie nicht darauf hin, dass sie auch auf den Aufzug zurückgreifen konnte. »Soll ich Ihnen helfen?«

»Helfen Sie sich lieber selbst«, entgegnete Yolante. »Hier läuft ein Mörder frei herum.«

Hatte sie sich gerade verhört? Sarah machte einen Schritt näher heran. »Was?«

»Er denkt, er sei schlau, aber ich bin schlauer als er«, sagte Yolante und stützte sich an der Wand ab. »Er fühlt sich sehr sicher. Er wird sehen, was er davon hat, nicht zu hören.«

»Von wem sprechen Sie?«

Yolante lächelte. »Das werden bald alle wissen. Sogar die Polizei. Nur jetzt noch nicht. Noch hat er Zeit.«

»Zeit wofür?«

Die andere schüttelte nur den Kopf und machte einen Schritt auf die Treppe. »Das ist egal.«

»Wollen Sie nicht in den Stützpunkt der Notaufnahme kommen und sich ein wenig ausruhen? Ich könnte Sie dorthin begleiten.«

»Nein. Ich lege mich gleich hin. Sobald ich meine Tasche geholt habe.«

»Okay«, sagte Sarah mäßig beeindruckt. Die Treppe sah tatsächlich nach einem Hindernis für Yolante aus. Doch bevor sie weitersprechen konnte, schrillte ihr Telefon. Die Station, die wissen wollte, wo sie blieb.

Sie hatte keine Zeit, sich um betrunkene Kollegen zu kümmern. Die Nacht war noch lang, und es gab viel zu tun.

## 21

*Jetzt*

Am Nachmittag wird Dr. Kochert festgenommen. Ich bin selbst nicht in der Klinik, als es passiert, aber unser Chirurgie-Assistenzarzt-Chat quillt über vor Nachrichten mit den neuesten Informationen.

Zu dem Zeitpunkt sitze ich mit Carlotta in dem Café, in dem wir uns mit Janina getroffen haben. Heute sind wir nur zu zweit. Sie hat um das Treffen gebeten, weil sie sich bei mir entschuldigen wollte.

Das hat sie auch getan – und ich habe ihr keine Vorhaltungen gemacht. Natürlich war ich ungehalten, vor allem darüber, dass sie mich angelogen hat. Letzten Endes kann ich ihr in der jetzigen Situation allerdings nicht einmal böse sein. Nicht, nachdem ich mir gestern Abend Sorgen um sie gemacht habe – und diese mehr als berechtigt waren. Nur dass Yo gestorben ist und nicht Carlotta.

Als die Nachrichten kommen, unterhalten wir uns gerade über Reisen. Es ist angenehm, ein Thema anzuschneiden, das weder mit Klinik noch mit Morden zu tun hat, und deswegen beachte ich mein Handy zuerst nicht, obwohl es nicht aufhört, in meiner Tasche zu vibrieren. Erst als der Strom hereinkommender Nachrichten einfach nicht abreißen will, ziehe ich das Telefon heraus und lege es auf den Tisch, um den Vibrationsalarm zu deaktivieren.

Dutzende Nachrichten leuchten auf dem Bildschirm.

*Der Kochert ist gerade verhaftet worden. Von der Kinderstation abgeführt.* Das ist diejenige, die mir ins Auge springt, und ich entsperre das Telefon sofort.

»Was ist?«, will Carlotta wissen.

Ich kann nicht antworten, weil ich vollkommen auf das konzentriert bin, was meine Kollegen schreiben. Offenbar ist Dr. Kochert eben von zwei Uniformierten und dem Kommissar von der Kinderstation abgeführt worden – eine der Pflegerinnen will mitbekommen haben, dass ihm seine Rechte verlesen worden sind. Darüber und auch über alle anderen Themen spekulieren meine Kollegen fleißig.

*Heißt das, dass die Kittsteiner wieder rauskommt?*, hat jemand geschrieben.

Eine andere direkt darunter: *Ugh, kann dann jemand bitte meinen Tagdienst am Wochenende übernehmen, ursprünglich war sie da der Hintergrunddienst. Gar keinen Bock darauf.*

Diese Bemerkung löst allgemeine Heiterkeit in der Gruppe aus, mehrere GIFs sind verschickt worden, die eine böse Hexe zeigen, direkt darunter ein Song mit dem Titel *The Witch is back.*

»Was ist?«, wiederholt Carlotta ihre Frage, und ich schiebe ihr mein Handy hin.

»Ganz oben.«

Carlottas Augen weiten sich, als sie liest. Sie legt das Handy so abrupt auf dem Tisch ab, als hätte sie sich daran verbrannt. »Also war es Dr. Kochert.«

Mit ihrem Tonfall bittet sie mich darum, ihr zu widersprechen, doch den Gefallen kann ich ihr nicht tun. »Er hat es getan. Und jetzt weiß es die Polizei endlich auch.«

Sie schüttelt den Kopf und vergräbt das Gesicht in den Händen. »Das kann nicht sein. Das kann wirklich nicht sein!«

»Ganz ruhig«, entgegne ich, überrascht von ihrer heftigen Reaktion. »Was ist denn los?«

Es kommt keine Antwort. Sie hat das Gesicht noch immer in den Händen vergraben und ihre Schultern beben. Weint sie etwa? Im nächsten Moment fällt mir ein, dass sie erst am Vortag die Zusage für die Stelle erhalten hat, die Dr. Kochert nur für sie schaffen wollte. Das muss eine herbe Enttäuschung sein.

Ich lege ihr die Hand auf den Oberarm. »Hey, das ist nicht das Ende der Welt. Es gibt andere Stellen. Du findest sicher etwas.«

Langsam lässt Carlotta die Hände von den Augen sinken und blickt mich durch nasse Wimpern an. »Aber es war ihr Büro«, murmelt sie. »Es war ihres.«

»Was?«

Sie blinzelt, und neue Tränen rollen über ihre Wangen. Das ältere Pärchen, das an einem der anderen Tische sitzt, wirft mir böse Blicke zu. Ich bin mir bewusst, wie die Situation aussehen muss, wenn man nicht hört, was wir sagen. Andererseits ist es ein Segen, dass uns niemand belauschen kann. »Was meinst du, Carlotta?«

»Das war die ideale Stelle«, sagt sie, nachdem sie sich etwas gefasst hat. »Für Marko und für mich. Und ich dachte ... ich dachte, Dr. Kochert wäre nicht der Mörder. Ich dachte das wirklich.« Und dann beginnt sie wieder zu weinen.

Die Kellnerin geht in einiger Entfernung an uns vorbei. Auch sie sieht zu uns herüber. Glücklicherweise hat sie das Taktgefühl, nicht herzukommen und zu fragen, ob wir etwas brauchen.

»Carlotta«, sage ich ein wenig lauter. »*Was ist los?*« Mittlerweile hat mich die Ahnung beschlichen, dass sie nicht wegen der Stellen weint, sondern wegen dem, was sie danach gesagt hat. Dass sie Dr. Kochert nicht für einen Mörder gehalten hat.

Im nächsten Moment fällt mir ein, dass sie nicht weiß, dass Dr. Kochert Selina zu der Affäre gezwungen hat. Eine schreckliche Vermutung macht sich in mir breit. »Was ist passiert?«

Meine Befürchtung bestätigt sich, als sie noch heftiger schluchzt. »Ich ... ich ... ich wusste es nicht. Und ich dachte, es wäre ...« Sie schüttelt den Kopf.

Jetzt ist die Kellnerin doch herübergekommen. »Ist bei Ihnen alles in Ordnung?«, fragt sie. Vielleicht bilde ich mir den Vorwurf in ihrer Stimme nur ein.

»Ihr Freund hat mir ihr Schluss gemacht«, sage ich und deute auf das Telefon zwischen uns auf dem Tisch. »Wahrscheinlich bestellen wir später noch Kuchen, aber jetzt brauchen wir nur Ruhe.«

Sie nickt knapp und geht. Ich wende mich wieder Carlotta zu. Sie weint jetzt wieder leise vor sich hin.

»Was ist?« Ich lasse meine Stimme härter klingen.

»Ich habe einen Fehler gemacht«, sagt sie so leise, dass ich sie kaum verstehe. »Einen großen.« Noch immer laufen ihr Tränen über die Wangen.

Langsam bin ich es gewohnt, Fragen zu stellen, deren Antwort ich nicht hören will. »Was ist passiert, Carlotta?«

### *Vorher. Nacht des ersten Todesfalls. 23:10 Uhr. Carlotta*

Carlotta war glücklich, als sie die Treppen von den Dienstzimmern herunterkam. Marko war vor ihr gegangen, nachdem sein Handy geklingelt hatte. Ihr Treffen war kurz gewesen, zu kurz für ihren Geschmack. Natürlich waren diese gestohlenen Stunden im Dienst ihre Idee gewesen. Marko war heimlichen Treffen generell skeptisch gegenübergestanden, mittlerweile hatte er Gefallen daran gefunden.

Während er beschäftigt war, arbeitete sie meistens in einem verwaisten Studentenzimmer, in dem ein PC stand, der so alt war, dass er sie zur Weißglut trieb. Immerhin hatte sie von dort aus Zugriff auf die Patientenakten, und die Software, die sie zur Katalogisierung ihrer Daten benötigte, befand sich ebenfalls auf der Festplatte. Ein Stationsstützpunkt wäre bequemer gewesen, doch Marko legte so großen Wert auf Diskretion, da er nicht riskieren wollte, dass jemand sie zu dieser späten Stunde sah. Eigentlich hatten sie sich auf der Dachterrasse treffen wollen, doch da hatte sie jemand gesehen, darum hatte sie sich zu den Dienstzimmern zurückgezogen und Marko war dahin gekommen. Natürlich hatte er sich Sorgen gemacht, dass jemand sie gesehen hatte.

Entsprechend vorsichtig tastete sich Carlotta die Treppen hinab. In den oberen Etagen waren sie offen, nur im Erdgeschoss war das Treppenhaus hinter einer Tür verborgen. Sie würde sich nur noch schnell umziehen und danach nach Hause fahren. Kein großes Problem.

Als sie die Treppe zum zweiten Stock hinunter betrat, hielt sie inne. Sie hatte etwas gehört. Ein leises Geräusch, ein Schluchzen. Es war ganz nah.

Auf Zehenspitzen schlich sie weiter, beugte sich vor, um zu sehen, was vor sich ging. An eine der Bürotüren gelehnt saß jemand. Eine zusammengekauerte Gestalt in einer Krankenhaushose und einem blauen Funktionsoberteil, neben ihr ein zusammengeknüllter Kittel auf dem Boden. Ein Meer dunkler Haare ergoss sich über ihr Gesicht, sodass Carlotta nicht erkennen konnte, um wen es sich handelte.

Es wäre ein Leichtes für sie gewesen, vorbeizuschleichen, doch dann sah sie das pinke Stethoskop, das auf dem Boden lag. Sie kannte nur eine einzige Person, die ein solches besaß.

»Selina?« Obwohl sie leise gesprochen hatte, kam ihr ihre Stimme im stillen Krankenhaus unangenehm laut vor. Als hätte sie geschrien.

Die Frau hob den Kopf, und Carlotta erkannte, dass es sich tatsächlich um Selina handelte. Irgendwo in ihrem Hinterkopf regte sich eine Erinnerung. Hatte sie nicht heute ihren ersten Nachtdienst? »Geht es dir gut?«

Selina schüttelte den Kopf und wischte sich über die Wangen, und Carlotta konnte nicht anders, als auf sie zuzugehen. Sie kauerte sich neben sie auf den Boden und berührte sie am Arm.

»Was ist passiert?«

»Sie ist nicht gekommen«, flüsterte Selina heiser. »Weil ich es verdorben habe.«

»Wer ist nicht gekommen, Selina? Wovon sprichst du?«

Sie bekam keine Antwort.

Carlotta sah sich unruhig um. Niemand war zu sehen, aber es war nur eine Frage der Zeit, bis jemand vorbeikommen würde. Besonders, weil Selina keine Anstalten machte, leise zu sein. »Wie wäre es, wenn wir an einen etwas ruhigeren Ort gehen?«

Selina schüttelte den Kopf. »Nein, ich muss hier warten. Ich muss hier auf sie warten.« Sie deutete auf die Tür, und Carlotta sah nach oben, um das Namensschild zu lesen. *Dr. A. Kittsteiner-Kochert.* Sie runzelte die Stirn. Was hatte Selina mit einer chirurgischen Oberärztin zu schaffen?

»Wieso sollte sie herkommen, Selina? Es ist mitten in der Nacht.«

»Sie hat Dienst.« Selina wischte sich mit dem Handrücken über die Nase. »Sie wird nach mir sehen. Und wissen wollen, warum unser Plan nicht aufgegangen ist. Ich bin so dämlich.«

Hilflos ließ sich Carlotta auf den Boden sinken. Wenn Selina auf Dr. Kittsteiner warten wollte, würde sie sich nicht von der Stelle bewegen. »Was war denn?«

Selina sah auf und rieb sich die Oberarme. Der Kasack, den sie trug, war ihr ein wenig zu eng, besonders an den Schultern. Die Ärmel rutschten hoch und entblößten die Haut darunter.

Carlotta sog scharf die Luft ein. Rote Striemen zogen sich um die Arme, knapp über den Ellenbogen. Auf beiden Seiten. Wie der Abdruck von Fingern. »Selina«, sagte sie, und ihre Stimme war ein wenig höher geworden. »Was ist passiert?«

»Nichts, ich ...«

Doch Carlotta nahm ihren rechten Arm und schob den Ärmel ein Stück höher. »Ich bin nicht bescheuert, Selina. Ich habe die Vorlesung zur Kindsmisshandlung gehört und erkenne ein beginnendes Hämatom, wenn ich es sehe. Vor allem eines, das von einem Griff stammt.«

Selina starrte sie an und ihre Lippen zitterten. Sie sah aus, als würde sie sich im nächsten Moment entschuldigen.

»Komm mit«, sagte Carlotta sanft, aber bestimmt. Sie nahm einen schalen Geschmack im Mund wahr, den sie schon in der Vorlesung geschmeckt hatte. »Wir gehen ins Bad, und du wäschst dir erst mal das Gesicht.« Körperliche Misshandlungen und Scham beim Opfer ließen das Schlimmste vermuten, auch das hatte sie in der Vorlesung gelernt. Das traf nicht nur auf Kinder zu.

Selina ließ sich bereitwillig mit ins Bad und vor das Waschbecken ziehen. Den Blick hielt sie nach unten gerichtet, sah ihr eigenes Spiegelbild nicht an.

»Willst du darüber reden?«, fragte Carlotta und lehnte sich gegen die Eingangstür. Das Bad war nicht abgelegen genug, als dass niemand hereinkommen könnte. Wenn sie die Tür versperrte, konnte sie verhindern, dass jemand hereinplatzte.

Gemächlich drückte Selina auf den Wasserhahn und hielt ihre Hände darunter. Jetzt weinte sie nicht mehr. Sie schien nachdenklich. »Ich habe schon mit jemandem darüber gesprochen. Wir hätten unten sein sollen und nicht hier oben.«

Wirres Zeug. Sie entschied sich für eine direktere Frage: »Hat dir jemand wehgetan?«

»Ja.« Nicht mehr als ein Flüstern. »Schon öfter.«

Carlotta schluckte schmerzhaft. Als gäbe es eine andere Erklärung für diese Anzeichen. Ihr schwindelte.

»Ich bin dumm«, fuhr Selina mit etwas kräftigerer Stimme fort. »Am Anfang habe ich mitgemacht. Auch wenn er ... er mich gezwungen hat.«

»Wie lange geht das schon?«

»Seit ich hier angefangen habe. Eine lange Zeit. Aber ich konnte es nicht mehr. Ich ...« Sie verstummte.

»Du hast versucht, dich zu wehren?«

»Nein«, sagte Selina. »So nicht. Ich ... wir haben versucht, es zu beweisen. Wir waren nicht in seinem Büro, das war der Fehler.« Das Wasser hatte längst gestoppt, doch sie rieb ihre Hände noch immer unter dem Hahn.

»Das verstehe ich nicht.« Carlotta gab sich Mühe, sich keine Frustration anmerken zu lassen. Nicht ungeduldig zu klingen. »Willst du es mir erklären?«

»Jemand sollte hereinkommen und uns erwischen«, sagte Selina bereitwillig. Ihr Blick war starr nach unten gerichtet. Ihre Weinattacke hatte ihre Mascara verwüstet, und die schwarzen Flecken ließen ihre Augen noch größer wirken. »Nur waren wir nicht in seinem Büro, deshalb hat es nicht geklappt. Und das andere ...« Sie begann zu zittern und wieder zu weinen. »Ich bin einfach dämlich.«

Carlotta beschloss, ihren Wachposten an der Tür aufzugeben. Stattdessen schob sie den Mülleimer davor, der danebenstand. Das würde im Notfall nicht viel bringen, aber es war besser als nichts.

»Packt er dich immer so fest?«

Selina schüttelte hastig den Kopf. »Nein, normalerweise nicht. Das war, als er herausbekommen hat, dass ich uns aufgenommen habe. Nicht nur ein Video, sondern auch das, was wir gesagt haben. Dass ich ihm gesagt habe, dass ich das nicht mehr will. Dass er aufhören soll, mich dazu zu zwingen.«

Die Härchen in Carlottas Nacken richteten sich auf. Sie sagte nichts, ließ Selina weitersprechen.

»Da hat er mich gepackt. Hat verlangt, dass ich mein Handy herausgebe.« Ihre Stimme sank wieder zu einem Flüstern herab. »Ich habe ihm gesagt, dass das Video längst in der Cloud sei. Und als ich gedroht habe zu schreien, hat er mich losgelassen. Er hat gesagt, wenn ich es irgendjemandem zeige, vernichtet er mich.« Ein Zittern lief durch ihren Körper. »Ich will doch nur, dass ... dass es aufhört.«

Carlotta nickte. »Du kannst mit dem Video zur Polizei gehen«, sagte sie. »Mach dir keine Sorgen deswegen.«

»Du verstehst das nicht«, behauptete Selina. »Er kann mich vernichten. Ich habe mir das Video nicht angesehen, vielleicht ist gar nichts darauf und der Ton ist nicht zu verstehen. Das mit der Cloud war ein Bluff. Mein Handy ist immer im Flugmodus, wenn ich im Krankenhaus bin.«

»Schaffst du es denn, die Nacht durchzuhalten?«, fragte Carlotta. »Du kannst morgen früh alles in Ruhe durchdenken.«

»Ich muss.«

»Das hier ist ein Notfall. Du könntest deinen Hintergrunddienst anrufen.«

Selina verzog das Gesicht zu einem hässlichen Grinsen und schüttelte den Kopf. »Ich muss mit Dr. Kittsteiner sprechen. Und im Dienstzimmer habe ich noch eine Flasche Cola light, von der ich fast nichts getrunken habe.«

Carlotta fragte nicht nach, was die chirurgische Oberärztin damit zu tun hatte. Auch nicht, wie eine Flasche Cola light die Situation irgendwie verbessern sollte. Vielleicht waren beide Dinge nur irgendwelche Sachen, an die Selina sich klammerte, um nicht hysterisch zu werden und durchzuhalten. »Wenn du denkst, du schaffst das, okay. Aber wenn du den Hintergrund anrufst ...«

Sie verstummte, als Selina wieder den Kopf schüttelte. »Mein Hintergrund ist Ludger Kochert. Er ... er ist es.«

Carlotta verstand nicht, was sie damit sagen wollte. Vielleicht weigerte sich ein Teil von ihr, es zu verstehen. »Er ist was?«

»Ludger ... Kochert ist der, den ich heute gefilmt habe.« Selina rang um jedes Wort. »Ihn kann ich nicht anrufen.«

Carlotta war es eiskalt geworden. Sie hatte keine Ahnung, was sie erwidern sollte. Damit hatte sie nicht gerechnet. Mit allem, nur nicht damit. Die Angst, die sie plötzlich überfiel, schnitt ihr den Atem ab. Alles, was sie zustande brachte, war ein Nicken.

Glücklicherweise bekam Selina ihre Reaktion nicht mit. Sie hatte die Schultern ein wenig gestrafft und sah nach vorn, sah ihr Spiegelbild an. »Würdest du mich begleiten, wenn ich morgen zur Polizei gehe, Carlotta? Ich glaube, allein schaffe ich das nicht.«

»Klar«, presste Carlotta hervor. Mit einem Mal war alles anders. Das konnte nicht sein. Nicht so kurz vor ihrem Ziel. Nicht nachdem sie zwei Jahre für Dr. Kochert gearbeitet hatte. Noch immer war die Panik in ihr übermächtig. Panik, dass sie alles verlieren konnte, wofür sie gekämpft hatte. Dass sie es verlieren würde, wenn Selina gegen ihren Doktorvater vorging.

Mit etwas Mühe schälte sich Selina aus dem Kasack, dessen Taschen beinahe überquollen. Ein Notizbuch, ein Lehrbuch in Taschengröße, das die wichtigsten Notfälle der Pädiatrie beinhaltete. Dahinter das Stethoskop, eine gefaltete Stationsliste, mehrere Kugelschreiber und das Handy. All die Dinge, die man in der Klinik mit sich herumschleppte.

Nur mit einem gezielten Griff konnte Selina verhindern, dass ihre Sachen auf dem Boden landeten. Sie hielt Carlotta das Oberteil hin. »Kannst du das halten?«

Carlotta nickte. Die Striemen auf ihren Oberarmen wirkten eigentümlicherweise blasser, als sie auf dem dunkleren Flur gewirkt hatten. Selina wirkte selbstsicherer. Sie trug ein

Top und einen BH aus Spitze, der viel zu schön für das Krankenhaus war. Ob sie ihn mit Bedacht ausgewählt hatte?

Die Gedanken rasten durch Carlottas Kopf, während Selina sich wusch und mit Papierhandtüchern abtrocknete. Dann schlüpfte sie wieder in das Oberteil, band sich die Haare zusammen. Prüfte ihr Spiegelbild. Die verschmierte Mascara war verschwunden, stattdessen wirkte ihr Gesicht nun eigentümlich bleich.

Das Lächeln, mit dem sie Carlotta bedachte, war schwach, aber ehrlich. »Danke.«

»Natürlich.«

»Nein, wirklich«, sagte Selina. »Ich bin dir sehr dankbar, dass du mir zugehört hast. Das alles ist nicht selbstverständlich.« Gemeinsam verließen sie das Bad.

»Gern«, erwiderte Carlotta. »Ich sollte zusehen, dass ich nach Hause komme.« Sie dachte an Marko. Ob er sich Sorgen machte, weil sie ihm noch nicht geschrieben hatte? Wahrscheinlich kam er gar nicht dazu, weil so viel los war. »Es sei denn, du brauchst mich noch.«

»Nein, ich komme zurecht.«

Carlotta nickte und lenkte ihre Schritte in Richtung Treppe. »Pass auf dich auf. Wir reden morgen, ja?«

»Ja. Gute Nacht, Carlotta.«

Diesmal schlich sie nicht nach unten. Sie rannte. Natürlich bestand so eher die Gefahr, entdeckt zu werden, doch das kümmerte sie gerade nicht. Sie musste das Krankenhaus so schnell wie möglich verlassen, bevor Selina bemerkte, was sie getan hatte.

Die Gegenstände in ihren eigenen Taschen hüpften, und sie hielt sie fest, damit sie sie nicht verlor. Einige Stifte, Schmierpapier und ihr Handy. Das Handy in der anderen Tasche war vorhin noch nicht da gewesen. Sie hatte es an sich genommen, vorsichtig hinter dem Notizbuch hervorgezogen. Glücklicherweise waren die Taschen von Selinas Kasack so voll, dass ihr das Fehlen des schlanken Handys nicht sofort auffallen würde.

Carlotta hatte es gestohlen. Nur so konnte sie sichergehen, dass das Video Dr. Kochert nicht schadete. Zumindest nicht, bevor sie mit ihrer Arbeit durch war.

Sie hatte keine Ahnung, wann Selina das Handy vermissen würde. Doch wenn es geschah, wollte sie nicht mehr in der Klinik sein. Wenn sie das gestohlene Handy erst versteckt hätte, konnte sie alles abstreiten. Aber das ging nur, wenn Selina sie nicht ertappte. Also beschleunigte sie ihre Schritte.

Auch wenn man einem schlechten Gewissen nicht davonlaufen konnte.

## 22

*Jetzt*

Ich kann Carlotta nur anstarren. »Du hast Selina das Handy gestohlen? Das Handy, auf dem belastende Aufnahmen gegen Dr. Kochert sind?«

Sie nickt, hält die Augen geschlossen. Ich verstehe, dass sie mich nicht ansehen kann. Die Abscheu, die ich empfinde, muss mir deutlich ins Gesicht geschrieben stehen. »Ich habe Panik bekommen.«

»Selina hat dir gesagt, dass Kochert sie vergewaltigt hat, und du hattest nichts Besseres zu tun, als ihr die Beweise zu stehlen, für die sie einen hohen Preis gezahlt hat? Und das, nachdem sie dich gebeten hat, sie zur Polizei zu begleiten?« Meine Stimme ist unwillkürlich lauter geworden, und ich nehme einen Schluck Wasser, um mich zu beruhigen. Nicht dass es etwas helfen würde. »Warum, Carlotta?«

Als sie mich ansieht, bettelt ihr Blick um Verständnis. »Ich habe so lange geforscht und stehe nun endlich knapp vor der Abgabe meiner Dissertation«, sagt sie, und ich frage mich, ob das in ihren Ohren genauso lächerlich klingt wie in meinen. »Ich habe mehrere Freisemester gemacht, bin nicht dafür bezahlt worden und habe an den Wochenenden gekellnert, um mich über Wasser zu halten! Wenn Dr. Kochert belangt worden wäre, hätte ich all das umsonst getan. Und nicht nur das, auch die Stelle, die er mir verschaffen wollte ...« Sie verstummt, und ich bin froh darüber. Noch mehr dieser fadenscheinigen Gründe würde ich nicht aushalten.

»Dein Pech. Jetzt wird er für eine lange Zeit ins Gefängnis gehen. Weil er einen Mord begangen hat. Ich kann es nicht fassen, dass du das Handy weiterhin behalten hast, sogar nachdem Selina ermordet worden ist. Was hast du dir dabei gedacht?«

Carlottas Miene wird starr. »Ich konnte nicht zugeben, dass ich dort war. Außerdem hatten sie die Schuldige ja gefunden. Es hat für mich gepasst. Immerhin hatte sie sich noch mit Dr. Kittsteiner treffen wollen. Für mich war es offensichtlich, dass sie den Mord begangen hat.«

»Du spinnst. Du weißt schon, dass Behinderung der Polizei eine Straftat ist? Mit dem Handy wären sie viel schneller draufgekommen, dass er es war. Du wusstest die ganze Zeit, dass er sie vergewaltigt hat, und du hast kein Wort gesagt!«

Sie hat mich im Dunklen tappen lassen. So wie alle anderen. Sie hat selbst Janina nichts erzählt.

»Es ergibt keinen Sinn, dass Dr. Kochert es war«, beharrt Carlotta. »Er hatte etwas gegen sie in der Hand. Damit hätte er sie zum Schweigen zwingen können. Es gab keinen Grund für ihn, sie zu töten.«

»Wenn sogar du schon eine Straftat begehst, um seinen Ruf zu retten, was denkst du, wie weit er gehen würde?«

Sie sieht mich finster an. Natürlich weiß sie, dass sie im Unrecht ist, doch von den Tränen, die sie vorhin vergossen hat, ist nun keine Spur mehr zu sehen. Ich will keine Sekunde länger hier sitzen und mit ihr reden.

»Wo ist das Handy jetzt?« Es ist wichtig, dass die Polizei die Aufnahmen bekommt.

»In meinem Spind.« Mit einem Mal klingt sie wieder kleinlaut. Wahrscheinlich hat sie sich nicht getraut, das Telefon mit nach Hause zu nehmen. Und jetzt verstehe ich, warum sie so unsicher reagiert hat, als Louisa sie auf die durch den Mord frei gewordene Stelle angesprochen hat. Offenbar hat sie sie auf dem falschen Fuß erwischt. Nur mir gegenüber hat Carlotta es geschafft, die entspannte Fassade aufrechtzuerhalten. Vielleicht war ich nur dumm genug gewesen, sie nicht zu durchschauen. Weil ich so erleichtert war, dass außer mir jemand an Annes Unschuld glaubte. Selbst wenn auch das nur vorgetäuscht war.

»Gut, du wirst es jetzt sofort holen und bei der Polizei abgeben.«

Sie starrt mich an.

»Was? Dachtest du, ich lasse dich damit durchkommen? Mir ist egal, was für eine Ausrede du dir dafür ausdenkst, aber wenn du das nicht jetzt sofort erledigst, fahre ich zum Kommissariat und erzähle denen, wo sie suchen müssen.«

»Rob ...«

Ich schüttle den Kopf und klemme einen Geldschein unter mein leeres Glas. »Keine Diskussionen. Vielleicht kommst du mit dem Scheiß durch. Ich werde dir sicher nicht dabei helfen.«

Sie setzt zu einem Widerspruch an, den ich mit einem Kopfschütteln unterbinde. »Weißt du was, wir sollten beide direkt zum Kommissariat fahren. Ich will sehen, dass du das Handy abgibst.«

Am nächsten Morgen ist unsere Klinik wieder der große Aufhänger in den Zeitungen. Wie hätte es anders sein können, wenn nun schon der zweite Oberarzt der *Horror-Klinik* verhaftet wurde? Ich sehe nicht hin, als ich an einem Kiosk vorbeigehe. Langsam wird der Wunsch, dass all das vorbei ist, richtig schmerzhaft.

Weil mein Fahrrad immer noch bei Selinas Wohnung steht, fahre ich mit Finn zur Klinik. Er grinst mir zu, als ich mich auf den Beifahrersitz seines verbeulten Golf fallen lasse. »Guten Morgen.«

»Morgen«, erwidere ich. »Ich kann wirklich nicht verstehen, warum du keinen Kaffee willst. Es tut mir leid, dir das mitteilen zu müssen, aber die Sitze sind jetzt schon so versifft, dass die Kaffeeflecken noch einen positiven Akzent setzen würden.«

»Du hast keine Ahnung von Ästhetik«, sagt er mit einem Gähnen. »Außerdem habe ich im Gegensatz zu dir noch Zeit, in der Klinik einen Kaffee zu trinken, bevor es bei mir losgeht.«

Eigentlich können wir nicht wirklich zusammen fahren, da wir nicht den gleichen Arbeitsbeginn haben. So komme ich zu spät und er viel zu früh. Heute kann ich das in Kauf nehmen.

»Kochert«, sagt Finn irgendwann. »Ich nehme an, du bist fast so gut informiert wie die Polizei?«

»Leider nicht«, erwidere ich und denke an Carlotta, die ich gestern zum Präsidium begleitet habe. Ich vermute, sie hat den Polizisten eine schöne, glaubhafte Lüge erzählt, mit der sie durchkommen wird. Auch wenn ich damit nicht einverstanden bin, werde ich nichts weiter tun. Ich bin nur froh, dass das Handy jetzt da ist, wo es hingehört. »Ich weiß nur ein paar Dinge.«

»Warum hat er sie umgebracht?«

Ich werfe meinem Freund einen Seitenblick zu. Er sieht starr nach vorn, die Hände fest um das Lenkrad geschlossen.

Es ist erstaunlich schwer, die richtigen Worte dafür zu finden, was Selina widerfahren ist. Obwohl ich mittlerweile mit mehreren Personen darüber gesprochen habe, wird es diesmal nicht einfacher. Vermutlich, weil es offensichtlich ist, dass der Fall nicht spurlos an Finn vorübergeht.

»Ich habe das mit der Affäre gewusst«, sagt er leise, als ich geendet habe. »Aber das ...« Er schüttelt den Kopf, während er seine Chipkarte an den Leser des Parkhauses hält. »Das ist nur abscheulich.«

»Und das ging die ganze Zeit über, ohne dass jemand etwas bemerkt hat.«

Finn antwortet nicht, während er einparkt. Erst als er den Motor abgestellt hat, schüttelt er den Kopf. »Es ist furchtbar.« Und leiser, wie für sich selbst, fügt er hinzu: »Das hatte sie nicht verdient.«

Ich sehe zu ihm hinüber. Seine Aussage hat etwas Persönliches an sich. »Hast du sie gekannt?«, will ich wissen. »Besser gekannt?«

Er sieht aus, als würde er aus einem Tagtraum erwachen. »Ja«, sagt er beiläufig. »Und du solltest zusehen, dass du losgehst. Du bist doch derjenige, der mir gestern in den Ohren gelegen hat, dass er unbedingt vor der Morgenbesprechung noch auf die Station gehen muss.«

Mit einem Seufzer füge ich mich und öffne die Tür. Er hat recht, selbst wenn ich lieber weiter hier gesessen und über Selina gesprochen hätte. Dass er sie gekannt hat, kommt mir seltsam vor. Auch jetzt reicht meine Zeit maximal für einen Fünfminutenbesuch auf Station, was definitiv zu wenig ist, weil ich gestern schon nicht da war. Finn bewegt sich nicht von der Stelle.

»Kommst du?«

Er schüttelt den Kopf. »Ich bleibe noch einen Moment. Ich habe ja Zeit.« Er versucht sich an einem Lächeln, doch es misslingt. »Geh ruhig vor, Rob.«

Bei der Morgenbesprechung erwähnt niemand Dr. Kocherts Verhaftung mit einem Wort. Auch Yos Tod wird nicht erwähnt. Ich bin nicht allzu traurig darüber. An dem Tag, an dem ich nicht da war, hat sich auf meiner Station einiges verändert, und ich müsste mich konzentrieren, aber Finns Reaktion geht mir nicht aus dem Kopf. Er hat Selina besser gekannt? Es kommt mir absurd vor, dass wir nie darüber gesprochen haben. Ich habe einfach das Gegenteil angenommen, da er mit Selina als Stationsärztin und keinen Nacht- und Wochenenddiensten bisher nicht viele Berührungspunkte gehabt haben konnte. Jetzt kommt mir das Detail bedeutsam vor, und es will mir nicht aus dem Kopf gehen.

Nach der Besprechung nickt mir Dr. Hutter zu. Ich erwidere den Gruß und gehe an ihm vorbei. Ich bin ihm nach wie vor dankbar, dass er mir den Tag gestern freigegeben hat, auch wenn ich jetzt dafür bezahlen werde.

Michaela läuft neben mir her, als ich den Seminarraum verlasse. »Na, bist du erholt, Rob?«

Ich nicke. Ich habe eine Ahnung, was gleich kommen wird.

»Ich musste gestern zwei OPs abgeben, weil ich deine Stationsvertretung spielen durfte«, sagt sie.

Das verdient keine Reaktion außer einem Schulterzucken. Ich verkneife mir den Kommentar, dass das ihr Pech sei. Ein bisschen Sarkasmus ist trotzdem angebracht. »Ich hoffe, es war nicht der Whipple, den du endlich hättest operieren dürfen.«

Johannes, der sich uns ebenfalls angeschlossen hat, lacht und Michaela verdreht die Augen. »Haha. Nein, es waren nur Assistenz-OPs. Nichts Tragisches.« Mit knappen Worten gibt sie mir eine Übersicht der Ereignisse gestern, während wir in Richtung Station gehen. Ein paar Entlassungen, ein paar Aufnahmen, nichts Besonderes. Herr Müllers Laborwerte gehen endlich in die richtige Richtung, doch das weiß ich schon, da ich das heute Morgen gleich als Erstes nachgesehen habe.

»Danke«, sage ich, als sie geendet hat. »Auch dafür, dass du die OPs hast sausen lassen.« Wenn sich Michaela um die Station kümmert, weiß man, dass alle Patienten gut aufgehoben sind. Das gilt nicht für jeden meiner Kollegen.

»Na klar. Ich bin mir sicher, dass du den Tag gebraucht hast. Nachdem es noch eine Leiche gegeben hat.«

Johannes kratzt sich am Kopf. »Weißt du, was ich mich frage?«

Nein, das weiß ich nicht. Ich bin mir nicht wirklich sicher, ob ich es wissen will. »Was?«

»Findest du es nicht seltsam, dass fast genau die gleichen Leute an dem Tag des zweiten Mordes Dienst hatten wie beim ersten? Das ist doch nur seltsam. Und wieder findest du die Leiche.«

»Louisa Homber hat sie gefunden«, erwidere ich trocken, selbst wenn ich mir diese Fragen ebenfalls oft gestellt habe. »Ich treibe mich eher selten in Damenumkleiden herum. Ich weiß nicht, wie du das so machst.«

Er lacht. »Dir traue ich alles zu, Schlenker. Seltsam ist es auf jeden Fall. Würde mir als Polizist auch zu denken geben. Es ist verdächtig. Dieser Finn Paoli von der Radiologie ...«

Ich bleibe mitten auf dem Gang stehen. »Was?« Meine Kollegen starren mich an. Ich könnte gerade nicht sagen, ob ich laut geworden bin. »Was ist mit ihm?«, setze ich etwas beherrschter hinzu.

Johannes wechselt einen Blick mit Michaela. »Er hatte auch Dienst. So wie in der Nacht des Mordes.«

»Und?«, erwidere ich. »Ich war genauso wie er bei beiden Morden hier.«

»Ja, aber du hattest kein Problem mit Selina.« Johannes hebt die Schultern. »Lass uns weitergehen, sonst komme ich zu spät in die Ambulanz.«

Ich bewege mich nicht von der Stelle. »Finn hatte ein Problem mit Selina?«

Michaela tritt von einem Bein auf das andere. »Jungs, ich werde schon mal zusehen, dass ich in den OP komme. Bis später.«

Johannes nickt ihr zu, ich reagiere nicht. »Was hast du mitbekommen?«

»Nichts«, sagt er und setzt sich wieder in Bewegung, sodass ich ihm folgen muss. »Seit wann legst du denn jedes Wort auf die Goldwaage?«

»Selina wurde ermordet, schon vergessen?«

»Ja, aber ich denke, dass Dr. Kochert dahintersteckt.«

Ironisch. Bis gestern hätte er sicher an Anne als Täterin geglaubt. »Was hast du mitbekommen?«

»Nur dass seine Kollegen ihn einmal aufgezogen haben, als ich hinter ihnen in der Kantine anstand.« Mittlerweile sind wir an der Treppe angekommen, an der er nach unten und ich nach oben muss. »Es ging um Selina Wieck und darum, ob Finn es aushalten würde, wenn sie im gleichen Raum sei wie er. Oder ob er dann wieder sein Essen um sich werfen würde.« Johannes hebt die Schultern. »Mehr weiß ich nicht.«

Ich nicke wie betäubt. »Danke«, murmle ich. »Und Entschuldigung.«

Er winkt ab. »Du solltest dir wirklich Urlaub nehmen, Rob.«

Vermutlich sollte ich das. Doch das würde ich nicht, selbst wenn ich es gekonnt hätte. Noch gibt es zu viele Geheimnisse rund um Selina, von denen ich keine Ahnung habe. Selbst einer meiner besten Freunde hatte eines, und ich muss herausfinden, was es ist.

Noch am Vormittag rufe ich bei Finn an und frage, ob er später mit mir zum Mittagessen geht. Er sagt zu, falls er Zeit dafür findet.

Ich merke recht schnell, dass mein freier Tag seinen Tribut gefordert hat. Michaela hat alles erledigt, was angefallen ist, Briefe hat sie allerdings weder neu angelegt noch aktualisiert. Bei den Patienten, die nur eine Nacht geblieben sind, muss ich mich also beeilen, um ihnen ein Schreiben mitzugeben. Zwei davon wünschen ein Gespräch, bevor ich sie entlasse. Als ich danach zurück zum Stützpunkt laufe, hält mich eine Angehörige auf und beschwert sich darüber, dass ich gestern nicht da gewesen sei. Ich sage ihr, dass ich krank gewesen sei, und sie wirkt ein wenig besänftigt, verlangt aber einen Gesprächstermin am späteren Nachmittag.

Als ich das nächste Mal auf die Uhr sehe, ist es schon halb zwei. Ich drücke auf die Schnellwahl und rufe Finn an. »Ja?«

»Ich denke, ich schaffe es nicht zum Essen.«

»Ich auch nicht«, erwidert er. »Mein Chef steigt mir aufs Dach, wenn ich keine Pause mache, ich werde später irgendwas vom Kiosk hier holen.«

»Guter Plan«, sage ich. »Und wegen des Heimfahrens brauchst du nicht auf mich zu warten.«

»Geplante Überstunden, Schlenker?«

»Ich fürchte fast«, sage ich. »Es kann nicht jeder so wenig arbeiten wie ihr Radiologen.« Der Witz geht mir leicht von den Lippen, obwohl mir Johannes' Bericht nicht aus dem Kopf gehen will. Ich muss Finn einfach damit konfrontieren. Ihn direkt fragen, selbst wenn ich mich davor fürchte, was ich herausfinden könnte. Zu Beginn habe ich auch Carlotta vertraut. Finn kenne ich länger. Finn kann nichts mit alldem zu tun haben.

Er lacht. »Tja, leider kann nicht jeder Radiologe werden. Irgendjemand muss die niederen Dienste tun.«

Der Nachmittag verläuft nicht besser. Es ist nach siebzehn Uhr, als ich endlich zu dem vereinbarten Angehörigengespräch komme. Es geht um einen jungen Patienten mit Darmkrebs. Die Frau, die mich heute angesprochen hat, ist seine Mutter. Für das Gespräch ziehe ich mir einen Stuhl heran. Manche Dinge lassen sich nicht in wenigen Minuten besprechen.

Als ich das Patientenzimmer verlasse, bin ich ausgelaugt und deprimiert. Es gibt noch einiges an Papierkram, aber darum will ich mich heute nicht mehr kümmern. Ich gehe ins Arztzimmer, um meine Sachen einzusammeln, verabschiede mich vom Pflege-Spätdienst und mache mich auf den Weg nach unten. Es beginnt bereits ruhiger zu werden. Ich hoffe, ich finde einen Bus, der zu Selinas Wohnung fährt, damit ich mein Rad abholen kann. Sollte ich Janina Bescheid geben?

Mit gesenktem Kopf gehe ich die Treppe nach unten, als mir jemand entgegenkommt.

»Hi, Rob.«

Ich sehe auf. Es ist Anne. Sie trägt einen Hoodie und Skinny Jeans, beide Teile wirken viel zu weit für sie.

»Anne! Du bist frei.«

»Ja, selbst wenn man mich eingehend darüber informiert hat, dass ich nicht das Land verlassen darf.«

»Immerhin. Ich bin sicher, dass sich der Rest schnell aufklären wird.« Ich denke an Selinas Handy, das endlich aufgetaucht ist.

Sie seufzt und reibt sich über die Stirn. Sie wirkt müde – und älter. Als hätte sie in den Tagen, die sie in U-Haft verbracht hat, ihre gesamte Energie verloren. »Das Ganze ist ein Albtraum.«

»Was machst du hier?«, will ich wissen. »Hat Professor Maier dir nicht freigegeben?«

Sie fährt sich durch die Haare. »Das wollte er, aber ich habe abgelehnt. Mein Ausfall hat genug Stress verursacht. Ich kann nicht zulassen, dass die anderen noch mehr meiner Dienste übernehmen müssen, wenn ich sie auch machen kann. Heute muss ich nur schnell zu meinem Büro, willst du mich kurz begleiten?«

Ich nicke, und gemeinsam gehen wir wieder hinauf.

»Ich war mir nicht sicher, ob Professor Maier will, dass ich direkt weiterarbeite«, fährt sie fort. »Wegen der Publicity.«

»Er hat hoffentlich nichts dagegen, oder?«

»Hat er nicht.«

Eine kurze Pause entsteht.

»Dr. Hutter hat mir erzählt, dass du dich für mich eingesetzt hast, Rob«, sagt sie schließlich.

»Das war nichts«, erwidere ich, doch ich kann nicht verhindern, dass mein Gesicht warm wird. »Ich habe einfach nicht geglaubt, dass du etwas damit zu tun hast.«

Sie sperrt ihr Büro auf und wir treten ein. Im ganzen Zimmer herrscht eine fürchterliche Unordnung. Die sonst ordentlich aufgereihten Ordner sind quer über den Tisch verteilt. Der Rechner fehlt. Kittel, Kasacks und Hosen liegen auf dem Boden herum.

»Ich darf mich hier ganz normal bewegen, wurde mir gesagt«, sagt Anne mit einem Seufzer. »Das bedeutet wohl erst mal, dass ich aufräumen muss.«

»Hat man dir gesagt, warum man dich festgenommen hat?«

Sie nickt und bückt sich nach einem Kittel, streicht ihn glatt. »Ja, weil man angeblich meine DNA auf Selinas Kleidung gefunden hat.« Sie sieht mich geradeheraus an. »Ich habe keine Ahnung, wie die dahin gekommen sein kann, Rob.«

Und ich glaube ihr. »Das weiß ich auch nicht. Aber jetzt ...«

»Jetzt ist ein zweiter Mord passiert«, erwidert sie. »Und sie haben Yolantes Blut auf die gleichen Substanzen getestet, die man bei Selina gefunden hat, und ...« Sie verstummt und wischt sich über die Augen. »Das ist unfassbar, oder, Rob?«

Ich nicke. »Ja. Die Sache mit Yo ...« Die Frage, ob ihr Tod hätte verhindert werden können, habe ich mir bereits zu oft gestellt. Vielleicht, wenn sie nicht versucht hätte, Anne zu schaden, indem sie nicht aussagte. Oder vielleicht, wenn Carlotta das Handy nicht behalten hätte.

»Und Dr. Kochert ...«, setze ich an, doch Anne hebt die Hände.

»Könnten wir bitte nicht darüber sprechen?«

»Natürlich«, sage ich hastig. »Entschuldigung. Es ist nur – du hast versucht, Selina zu helfen, und am Ende haben sie doch dich verdächtigt. Ich weiß nicht, wie ...« Ich verstumme erneut, als mein Blick auf die Kasacks fällt, die auf dem Boden liegen.

So einen hat Selina getragen, als ich sie gefunden habe. Ich habe versucht, die Erinnerung daran zu verdrängen, doch sie lässt sich viel zu leicht heraufbeschwören. Blutgetränkter blauer Stoff und Spritzer auf dem pinken Stethoskop. Und da sind auch noch die Dinge, die Carlotta mir erzählt hat. Wie sie Selinas Handy aus den vollgestopften Taschen ihres Kasacks gestohlen hat. Einem Kasack, der Selina ein wenig zu klein war.

Ich taste nach dem Stuhl, um mich festzuhalten. Mit einem Mal ist mir schwindelig.

»Ist alles in Ordnung?«, will Anne wissen.

Ich antworte nicht sofort. Zuerst muss ich mich konzentrieren. Mir meine letzte Begegnung mit Selina vor mein inneres Auge rufen. »Das T-Shirt«, höre ich mich sagen. »Irgendetwas muss damit passiert sein.«

»Wie bitte?«

Natürlich kann sie mir nicht folgen. »Als ich in der Nacht ihres Todes mit Selina gesprochen habe, trug sie ein pinkes T-Shirt«, erkläre ich. »Ich erinnere mich daran, weil es genau den gleichen Farbton hatte wie ihr Stethoskop.«

»Ja und?«

»Als ich sie gefunden habe, trug sie einen Kasack, nicht das T-Shirt. Warum hat sie sich umgezogen?« Und im nächsten Moment kann ich mir die Frage selbst beantworten. Und wieder hilft mir Carlottas Bericht dabei. »Selina sagte zu Carlotta, sie habe sich mit Ludger im falschen Büro getroffen. Sie hätten bei ihm unten sein sollen, nicht wahr? Du hättest die beiden in seinem Büro überraschen sollen, oder?«

Anne blinzelt, als würde sie aus einem Traum erwachen. »Ja«, sagt sie. »Ich bin zum vereinbarten Zeitpunkt zu Ludgers Büro gegangen, aber sie waren nicht da.«

Ich schlage mir die Hände vor den Kopf. »Weil sie hier waren, das war nicht so weit abgelegen und nicht im Erdgeschoss, bei der Eingangshalle, wo die Leute manchmal zu den Automaten gehen, besonders in der Nacht!«

Wir sehen uns an, beide fassungslos über diese Erkenntnis.

»Was, wenn etwas mit Selinas T-Shirt passiert ist?« Ich stelle mir vor, wie es Ludger aus Versehen zerreißt, doch das sage ich nicht laut. »Und Selina zieht danach einen von deinen Kasacks an. Einen, den du vielleicht schon getragen hast.«

Ich muss mich hinsetzen. Das würde alles erklären. Das würde erklären, warum Annes DNA auf Selinas Kleidung war.

Sie sinkt auf den anderen Stuhl und vergräbt das Gesicht in den Händen. Für einen Moment bin ich mir sicher, dass sie anfängt zu weinen. Doch als sie mich schließlich ansieht, sind ihre Augen trocken und ihr Blick hart. »Dieser Mistkerl.«

»Wir sollten zur Polizei gehen. Wir müssen zur Polizei gehen.«

Anne nickt. »Ja, nur nicht sofort, Rob. Gib mir eine Minute.«

Das mache ich. Ich brauche selbst eine, um meine Theorie noch einmal durchzugehen. Wie ich sie drehe und wende, sie ist schlüssig.

»Weißt du, dass ich ihm selbst angeboten habe, mein Büro zu nutzen?«, sagt sie mit heiserer Stimme. »Falls er nicht bis nach unten laufen wollte.«

Das kann ich mir vorstellen.

»Und jetzt hat er Selina getötet«, fährt sie fort. »Ich ... ich habe sie gehasst, als ich das erste Mal von der Affäre gehört habe. Das gebe ich zu.«

Das ist verständlich.

»Als sie zu mir kam und die Sache angesprochen hat, konnte ich das nicht mehr. Ich wusste, dass ich etwas unternehmen muss. Wie hätte ich denn wissen sollen, dass es Selina letzten Endes das Leben kosten würde?«

### *Vorher. Sechs Tage vor dem Todesfall. Anne*

Anne stand an ihren Schreibtisch gelehnt und sah zu, wie Selina Wieck weinte. Sie hasste es, wenn Leute weinten. Sie selbst hatte sich diese Angewohnheit schon vor langer Zeit abgewöhnt. Tränen änderten nichts. Überhaupt nichts. Meistens war es nur eine Art, seine eigene Hilflosigkeit zur Schau zu stellen, in der Hoffnung, dass sich jemand erbarmte und einem half. Anne hatte in ihrem Leben früh gelernt, dass es niemanden gab, der einen rettete. Man musste es einfach selbst tun.

Selinas Weinen hatte jedoch nichts Hysterisches oder Aufmerksamkeitssuchendes an sich. Es waren die Tränen von jemandem, der verzweifelt war. Ausdruck tiefer Verletzung.

Sie zog den zweiten Stuhl heran und setzte sich schräg gegenüber von Selina.

»Entschuldigen Sie, Dr. Kittsteiner«, brachte die Assistenzärztin hervor. »Ich ... ich will nicht ... Für Sie ist das auch schlimm. Ich will nicht ...« Sie machte eine hilflose Geste in Richtung ihres verweinten Gesichts.

Anne musterte sie aufmerksam. »Ich bin Anne«, sagte sie. »Nachdem wir beide mit dem gleichen Mann geschlafen haben, sollten wir uns nicht mit Förmlichkeiten aufhalten, oder nicht?«

Ein leises Lachen, gemischt mit einem Schluchzen. »Selina.«

»Ich weiß es sehr zu schätzen, dass du mit der Sache zu mir kommst«, sagte Anne wahrheitsgemäß. »Die Frage ist, was der nächste Schritt sein soll.«

Selina antwortete nicht.

»Gibt es noch jemanden, der davon weiß?«, wollte Anne wissen. »Hast du dich jemandem anvertraut?«

Die junge Frau schüttelte den Kopf. »Nein, das habe ich nicht.«

Anne seufzte. Sie hatte es geahnt. »Das wäre ein guter Anfang. Du musst mit jemandem darüber reden. Einer Freundin oder so.«

»Wirklich?«, flüsterte Selina. »Aber ich wollte das Ganze vertraulich ...«

»Jetzt hast du mir davon erzählt. Früher oder später wird es sich herumsprechen, dass du eine Affäre mit einem Oberarzt hast, Selina. Und du wirst in eine gewisse Ecke gestellt werden, in der du dich nie wiederfinden wolltest.« Das ging erfahrungsgemäß schnell. Selina wäre nicht die Erste damit, und sie würde auch sicher nicht die Letzte sein.

»Glauben Sie?«

»Ich weiß es«, erwiderte Anne. »Aus eigener Erfahrung. Und ich schätze, dass das Ganze besser zu überstehen ist, wenn man einen Freund an seiner Seite hat.«

»Denken Sie ... ich meine, denkst du, ich sollte das Ganze melden?«

»Wem willst du es melden?«

»Dem Chefarzt?«

»Das bringt nichts«, sagte Anne knapp. »Dann steht nämlich sein Wort gegen deines. Und es ist eine grausame Welt, Selina. Wer wird dir glauben, wenn du diejenige bist, die die ganze Zeit von dem Arrangement profitiert hat?«

Selina wurde bleich und ihre Lippe begann verdächtig zu zittern. Sie sah aus wie ein Kind, befand Anne. Ein Kind, das ihr Ehemann ihr vorgezogen hatte. Der Ärger brodelte in ihr hoch, doch sie beherrschte sich. In ihrer Karriere war sie oft ungerecht behandelt worden. Überschießender Zorn war selten die beste Reaktion.

»Er hat dich benutzt, mir ist das klar«, fuhr sie fort. »Trotzdem wird es genug Leute geben, die dich als Nutte bezeichnen werden. Männer vor allem.« Sie sah Selina fest an. »Es tut mir leid, wenn das hart klingt, es ist die Wahrheit.«

»Ich weiß«, flüsterte sie. »Ich weiß. Ich hätte nie einwilligen dürfen.«

Anne seufzte und stand auf, um im Zimmer umherzugehen, während Selina wie ein Häufchen Elend vor ihrem Schreibtisch sitzen blieb. Im Sitzen hatte sie noch nie nachdenken können. »Nein, dich trifft keine Schuld. Er hat dir keine Wahl gelassen.« Sie hätte genauso gehandelt, wenn es um eine Stelle gegangen wäre, die sie unbedingt gewollt hätte. Doch das brauchte Selina nicht zu wissen.

»Und ... und was mache ich jetzt?«

Anne band sich die schulterlangen Haare mit einem Gummiband zusammen. »Die Frage ist, was wir unternehmen.«

»Wir?«

»Ich lasse ihn nicht damit davonkommen.« Das war ein Fakt. Wo es eine Geliebte gab, gab es auch weitere. Selina war mit Sicherheit nicht die einzige. »Wir werden ihm eine Falle stellen.«

## 23

*Jetzt*

Ich ziehe mich eilig um. Anne hat mir angeboten, mich mit dem Auto zum Kommissariat mitzunehmen, sobald sie fertig ist, und ich habe das Angebot angenommen. Von dort aus ist es nicht mehr weit bis zu Selinas Wohnung, von der ich mein Fahrrad holen muss. Ich habe Janina eine kurze Nachricht geschrieben, dass ich vorbeikomme. Ich kann ihr diese neuen Informationen nicht schuldig bleiben.

Als ich aus der Umkleidekabine auf den Flur trete, kommt Sarah aus derjenigen der Frauen gegenüber. Es ist nicht die gleiche, in der Yo gestorben ist. Glücklicherweise liegen unsere in einem anderen Teil des Kellers.

»Hi«, sage ich zu Sarah. »Was machst du schon wieder hier? Wie viele Nächte machst du schon am Stück?«

Sie hebt die Schultern. »Ein paar. Heute bin ich eingesprungen«, sagt sie. »Unser Nachtdienst für heute hat sich krankgemeldet.« Sie verdreht die Augen. »Und wie geht es dir, Sherlock? Ich habe gesehen, dass deine Oberärztin wieder aus der U-Haft entlassen wurde.«

Ich grinse. »Ja, wie es aussieht, hat sich am Ende alles zum Guten gewendet.« Auch wenn es sich noch nicht wirklich so anfühlt. Es kommt mir immer noch vor, als hätte ich etwas übersehen.

»Kann ich dich etwas fragen?«

»Klar.«

»Wann hast du zum ersten Mal versucht, Selina zu erreichen, in der Nacht, in der sie gestorben ist?«

Sie überlegt einen Moment. »Kurz nachdem ich dir davon erzählt habe, und später noch einmal. So genau kann ich dir das nicht sagen, fürchte ich. Gegen Mitternacht? Vielleicht etwas vorher?«

Ich nicke. »Und deswegen hast du Jenny geschickt, um nach ihr zu sehen?«

Ihre Schritte werden langsamer. »Was?«

»Du hast Jenny geschickt«, wiederhole ich. »Um nach ihr zu sehen. Louisa ist ihr bei den Dienstzimmern begegnet.«

»Nein«, antwortet Sarah. »Ich habe Jenny nicht raufgeschickt.«

Wir fahren mit Annes BMW zum Kommissariat. Das Innere des Fahrzeugs steht im deutlichen Gegensatz zu Finns Auto, die Fußräume sind ausgesaugt und die Armaturen blitzblank.

Diesmal unterhalten wir uns nicht über den Fall, sondern über meine Weiterbildung. Anne hat mir schon einmal vorgeschlagen, das Haus zu wechseln oder ins Ausland zu rotieren, um andere Erfahrungen zu machen. Es ist ein vertrautes Thema. Anne hat sich schon immer für meine Ausbildung interessiert, und mir war immer an ihren Vorschlägen und Ideen gelegen.

»Ich gehe davon aus, dass du mittlerweile genug Routine dafür gesammelt hast.«

Das sehe ich anders, aber ich widerspreche ihr nicht. Momentan kommt es mir verlockend vor, all das hinter mir zu lassen. Vor allem nach dem, was Sarah mir gesagt hat.

Während Anne von ihrer Ausbildung in Kanada erzählt, muss ich darüber nachdenken. Kann es ernsthaft sein, dass auch Jenny in den Fall verwickelt ist? Was wollte sie wirklich in Selinas Zimmer? Bei der Vorstellung wird mir kalt. Und plötzlich fällt mir ein, was ich sie an Yos Todestag habe sagen hören. »Ich fühle mich schrecklich. Ich wünschte, ich hätte nie ...« Mit einem Mal kommt mir der Satz wichtig vor. Was, wenn sie tatsächlich etwas mit Selinas Tod zu tun hatte?

»Rob?«

Annes Stimme reißt mich aus meinen Gedanken. »Entschuldigung. Ich war abgelenkt.«

»Kein Problem.«

Wir sind mittlerweile bei der Polizeiwache angekommen. Ich kann das Gebäude schon nicht mehr sehen. »Bringen wir es hinter uns.«

Anne lacht. »Glaub mir, ich habe mehr Grund, den Laden zu hassen. Ich hätte auch nicht gedacht, dass ich so schnell noch mal freiwillig da reingehe.«

Neben uns hält ein schwarzer SUV und ein Herr im Anzug steigt aus. Anne und ich folgen seinem Beispiel. »Rob, das ist Herr Koziol, mein Anwalt.«

Wir schütteln uns die Hände, dann betreten wir das Gebäude.

Die Busfahrt zu Selinas Wohnung ist überraschend lang für die kurze Strecke, dafür kostet das Ticket mehr, als ich erwartet habe. Ich lasse mich auf einen der hinteren Sitze fallen und denke über all das nach, was ich gehört habe. Die Aussage war schnell gemacht, und ich bin nur froh, es hinter mir zu haben.

Ich hoffe, dass die Staatsanwaltschaft möglichst schnell Anklage gegen Dr. Kochert erhebt, sodass der Fall abgeschlossen werden kann. Vielleicht muss ich im Prozess als Zeuge aussagen. Doch das könnte ich auch, wenn ich eine Stelle im Ausland hätte. In Kanada oder woanders, Hauptsache möglichst weit weg von der *Von-Adelmann-Klinik*.

Als ich aussteige, hat es zu regnen begonnen, und ich setze die Kapuze meines Pullovers auf. Mein Fahrrad ist nass geworden, trotzdem stelle ich es unter das Vordach, bevor ich klingele.

Janina wartet schon an der Tür, als ich die Treppe hinaufkomme. »Hi«, sagt sie. »Komm rein.«

Wir setzen uns wieder an den Küchentisch, und ich berichte in knappen Worten von der Sache mit dem pinken T-Shirt und Annes Zimmer. Es fühlt sich an wie ein Abschlussbericht.

»Dann war er es«, haucht Janina. »Dann war er es wirklich.«

»Ja.« Natürlich sind da kleine Unsicherheiten mit Jenny, und vielleicht auch mit Finn, aber ich darf diesen Dingen keine übermäßige Bedeutung beimessen. Es passt alles zusammen. »Ich hoffe, dass die Polizei das T-Shirt findet. Das wäre ein wichtiges Beweisstück.« Vielleicht kann man etwas davon auf dem Video sehen, das Selina aufgenommen hat. Ich bin immer noch erleichtert, dass ich es nie gesehen habe und nie sehen muss. Das hätte ich nicht ertragen können.

Janina nickt, und stumm laufen ihr Tränen über die Wangen. Ich lasse den Blick durch die Wohnung schweifen. Der Großteil der Gegenstände ist in Kisten verpackt, die sich im Flur stapeln.

»Was machst du mit den Sachen?«, will ich wissen. Die letzten Tage müssen furchtbar für Janina gewesen sein. Sie muss trotzdem wissen, wie es mit Selinas Besitztümern weitergehen soll.

»Ich denke, das meiste werde ich der Wohlfahrt spenden«, sagt sie. »So ist es am besten. Warte mal.« Sie steht auf und geht zur Küche hinüber, um mit einer kleinen Topfpflanze wiederzukommen, die sie mir hinschiebt. Es ist ein hellgrünes Gewächs mit Löchern in den Blättern. In der Erde steckt ein Spieß mit einem hässlichen Schwein am Ende, das in zwei verschiedene Richtungen sieht.

»Das war Selinas Lieblingspflanze«, sagt Janina. »Eine Monkey Leaf Monstera, die ihr ihr Lieblingspatient in der

Kinder- und Jugendpsychiatrie geschenkt hat. Ich finde, du solltest sie haben, Rob.«

»Der, der ... gestorben ist?« Das Detail kommt mir bedeutungsvoll vor.

»Das weiß ich nicht.«

Ich sage nichts, starre nur das Schwein an. Es ist niedlich. Kein Wunder, dass Selina das Ding gemocht hat.

»Die Figur ist selbst gemacht«, fährt Janina unsicher fort. »Ich dachte ...«

»Danke«, antworte ich heiser und räuspere mich. Die Geste bedeutet mir mehr, als ich sagen kann. Meine Augen brennen. »Ich habe keine Ahnung von Pflanzen.«

»Selina auch nicht, als sie die bekommen hat«, erwidert Janina mit einem Lächeln. »Sie sagte immer, das sei die einzige Pflanze, die bei ihr überlebt hat. Als sie hier war, sind wohl mehr dazugekommen.« Sie schnieft und steht auf. »Die anderen habe ich bei den Kleinanzeigen eingestellt, aber diese hier könnte ich niemals weggeben. Ich glaube, Selina würde die Idee gefallen, dass du sie hast.«

»Okay.« Ich schätze, sonst gibt es nicht mehr viel zu sagen. »Ich sollte gehen.«

»Klar«, sagt Janina. »Rob, würdest du zu ihrer Beerdigung kommen? Ich meine, wenn ihr Körper irgendwann freigegeben worden ist?«

»Ja«, sage ich. »Natürlich.«

»Dann sehen wir uns auf jeden Fall wieder.«

Ich nicke. Nicht dass ich Janina verletzen möchte, doch am liebsten hätte ich sie nicht wiedergesehen. Mit der Pflanze in der Hand gehe ich in Richtung Flur, als mir die Bilderrahmen auf der Kommode auffallen. Das letzte Mal standen sie noch nicht dort, Janina muss sie aus der ganzen Wohnung zusammengesammelt haben.

Es ist ein Bild in einem schlichten weißen Rahmen, das meine Aufmerksamkeit weckt. Selina ist darauf zu sehen, sie wirkt glücklich und strahlt in die Kamera. Neben ihr stehen zwei Männer. Beide sind groß und ansehnlich, und einer von ihnen hat den Arm um Selinas Schultern gelegt. Er trägt eine Sonnenbrille, doch ich erkenne ihn trotzdem.

Ich nehme das Bild in die Hand und starre es an. Mein Herz schlägt mir bis zum Hals.

»Das ist ein toller Schnappschuss.« Janina ist neben mich getreten und mustert das Bild ebenfalls.

»Wer ist das?«, frage ich und tippe auf das Glas. Vielleicht gibt sie mir eine Antwort, die ich nicht erwarte. Vielleicht habe ich unrecht. Ich hoffe es.

»Das ist Selinas damaliger Freund und sein bester Kumpel«, sagt sie. »Sie war damals sehr glücklich.«

Das sehe ich. Es ist nicht das, was ich von Janina wissen will. Ich deute erneut auf den Mann, der einen Arm um Selinas Schultern gelegt hat. »Ist das der, den sie zurückgelassen hat, als sie hergezogen ist?«

Janina verzieht das Gesicht. »Ich wünschte wirklich, das wäre er, aber nein. Sie hat Hendrik zurückgelassen, das ist der hier.« Sie deutet auf den rotblonden jungen Mann neben dem Pärchen. »Das mit Finn ist schon früher in die Brüche gegangen«, fährt sie mit einem Kopfschütteln fort. »Es war eine schreckliche Geschichte damals. Wirklich furchtbar.«

Der Plastikrahmen knackt, und ich zwinge mich dazu, meinen Griff zu lockern. »Finn Paoli«, sage ich mit hohler Stimme. Natürlich habe ich mich nicht geirrt. Er ist es.

Janinas Brauen wandern in die Höhe. »Du kennst ihn?«

Ich nicke. »Das schon. Nur habe ich keine Ahnung, was damals passiert ist.«

»Das ist keine schöne Geschichte«, warnt sie mich. »Vielleicht willst du dich hinsetzen.«

## *Vorher. Vier Jahre zuvor. Janina*

Er hatte sich verändert. Das konnte Janina auf den ersten Blick sehen. Groß war Finn Paoli noch immer, und auch seine kräftige Statur hatte er überraschenderweise im Großen und Ganzen behalten. Anders war seine Miene. Sein Lachen war das Erste gewesen, was Janina am Freund ihrer kleinen Schwester aufgefallen war.

Jetzt war seine Miene ernst. Wie er am Straßenrand stand, auf zwei Gehhilfen gestützt und eine Reisetasche zu seinen Füßen, schien er ein anderer Mensch zu sein. Als er sie sah, hob er die Hand. Das Lächeln wirkte angestrengt.

Sie hielt in der Parkverbotszone und stellte den Motor ab, bevor sie ausstieg. »Hi, Finn.« Sie wollte mehr sagen, etwa, dass es schön sei, dass er wieder stehen und mit Unterarmgehstützen laufen könne, doch das kam ihr unpassend vor. Also hielt sie den Mund.

»Hey«, erwiderte er. »Danke, dass du gekommen bist.«

»Klar. Für so etwas bin ich immer zu haben.« Sie machte Anstalten, die Tasche aufzuheben, doch sein Blick hielt sie auf Abstand. Er schulterte sie selbst, bevor er auf das Auto zuhumpelte. Es war offensichtlich, wie anstrengend das Laufen für ihn war. Sie öffnete den Kofferraum, und er warf die Tasche hinein, dann ging er zur Beifahrertür, die er selbst aufmachte, wobei er die Gehstützen kurz in einer Hand balancierte.

Janina nahm auf dem Fahrersitz Platz und nestelte am Spiegel herum, bevor sie den Motor anließ. Sie hatte sich nicht viel dabei gedacht, Finn an einem Freitagabend von der knapp zwei Stunden entfernten Rehaklinik abzuholen. Doch mit einem Mal wirkte die Luft im Inneren ihres Kleinwagens stickig, der Rückweg um Kilometer länger und ihr Kopf leer, was potenzielle Gesprächsthemen anging. Alles, was ihr gerade einfiel, war die Tatsache, wie sehr es sie verstörte, dass Finn diese kurze Aktion so angestrengt hatte, dass er sich den Schweiß von der Stirn wischte.

»Hast du dich erkundigt, ob sie zu Hause ist?«, wollte er wissen.

»Ja. Sie ist daheim. Sie unternimmt zurzeit sowieso nicht viel, weil sie alle auf die letzten Prüfungen lernen.« Innerlich schreckte sie zusammen. War das schon taktlos? Immerhin verpasste Finn alle Prüfungen, die seine Freunde schrieben.

»Gut«, sagte er schlicht. »Ich freue mich darauf, sie zu sehen.«

»Wann hat dich Selina das letzte Mal besucht?« Auch das war nicht die taktvollste Frage, doch sie musste sie stellen. Finn sah erschöpft aus, und seine Stimme gerade hatte einen traurigen Beiklang gehabt.

»Vor zwei Wochen«, entgegnete er. »Nein, vor drei.« Eine kleine Pause. »Aber du hast es selbst gesagt, es ist gerade Klausurenphase. Da haben Studenten nicht viel Zeit, fünf Stunden im Auto zu verbringen. Umso besser, wenn ich sie überrasche.«

Die Wohnung befand sich im dritten Stock eines Gebäudes ohne Aufzug. Finn war seit seinem Unfall nicht mehr dort gewesen, soweit Janina wusste. Auch jetzt machte sie sich Sorgen, wie er den Weg nach oben bewältigen sollte. Doch sie ging davon aus, dass er das jetzt brauchte. Er brauchte es, nach Hause zu kommen, deswegen hatte er ihr geschrieben und einen Überraschungsbesuch organisiert. Vielleicht hätte er Selina vorwarnen sollen, überlegte sie. Dann hätte sie aufräumen und einen Kuchen backen können.

Für eine Weile hingen beide ihren eigenen Gedanken nach. »Ist dir irgendetwas bei Selina aufgefallen?«, fragte Finn irgendwann.

»Was meinst du?«

»Dass sie sich verändert hat?«

»Du meinst, seit deinem Unfall?«

Er nickte.

»Natürlich hat sich viel verändert, seit du nicht mehr da warst«, sagte Janina. Das klang viel zu sehr danach, als wäre er bei dem Unfall gestorben. Überhaupt nicht, als hätte er überlebt und wäre nun auf dem Weg der Besserung. Vielleicht war das auch ein wenig so. Als wäre Finn ein Geist, der aus dem Jenseits wiedergekehrt zurück in die Welt der Menschen drängte. Sie musste sich wirklich zusammenreißen. »Seit du den Unfall hattest, meine ich. Alles ist anders ohne dich.«

»Und ... Selina?«

Sie warf ihm einen Seitenblick zu, bevor sie wieder auf den Verkehr sah. Er hatte den Blick auf seine großen Hände gerichtet. »Was meinst du?«, wollte sie wissen.

Er antwortete nicht sofort. »Sie ist anders«, sagte er irgendwann mit leiser Stimme. »Und ich weiß nicht genau, was los ist. Sie weicht mir aus, wenn ich sie frage.«

Damit hatte sie nicht gerechnet. Finn und Selina waren im zweiten Semester zusammengekommen, eines dieser Traumpärchen, über das alle die Augen verdrehten, während sie sie insgeheim beneideten. Sie hatten wie alle anderen ihre Hochs und Tiefs gehabt, doch am Ende waren sie immer zusammengeblieben. Finn war auf allen Feiern ihrer Familie gewesen. Es war bedenklich, dass Finn sie fragen musste, um zu wissen, was in Selina vorging. Soweit Janina wusste, sprachen die beiden über alles. Zumindest bisher. »Ich habe keine Ahnung«, sagte sie langsam. »Ich weiß von nichts.«

Düsteres Schweigen von Finn. Aber vielleicht bildete sich Janina diese Wertung seiner Reaktion auch nur ein. Vielleicht sah sie seinen Zustand zu schwarz. Immerhin konnte er wieder gehen, nachdem die Prognose zuerst Rollstuhl gelautet hatte. Janina würde nie vergessen, wie Selina ihr davon erzählt hatte.

»Ich bin sicher, dass du im Laufe des Wochenendes mit ihr sprechen kannst.«

»Das hoffe ich.«

Den Rest der Strecke legten sie schweigend zurück. Janina hielt den Wagen im Parkverbot vor dem Gebäude und warf eine Parkscheibe hinter die Windschutzscheibe, um auszusteigen. Wie selbstverständlich ging sie außen herum und schulterte die Tasche, damit Finn nicht auf die Idee kam, sie aus falschem Stolz selbst zu tragen. Die Treppen waren steil genug.

Entsprechend lang brauchten sie nach oben. Janina ging hinter Finn her, um ihn notfalls zu stützen, falls er straucheln sollte. Wenn er tatsächlich stürzte, hätte sie auch ein Problem, wie ihr auf halbem Weg bewusst wurde. Er war zu groß und zu kräftig, als dass sie ihn auffangen konnte.

Nach dem zweiten Obergeschoss hielt Finn inne und lehnte sich gegen die Wand.

Janina klopfte ihm auf die Schulter. »Alles klar?«

Er nickte. »Ja, ich brauche nur eine Minute.«

»Sag mal, die Ärzte haben dir diesen Ausflug schon erlaubt, oder?«

Er gab ein Brummen von sich. »Eine Rehaklinik ist kein Gefängnis.«

»Das habe ich nicht gefragt. Ich will wissen, ob du abgeklärt hast, ob du mit Gehilfen in den dritten Stock laufen solltest.«

»Hoch ist kein Problem«, sagte er in einem Tonfall, der vermuten ließ, dass der Weg nach unten ein anderes Kaliber war.

»Finn ...«

»Ich muss Selina sehen. Irgendetwas stimmt nicht.«

Das war also der Hintergrund der Aktion. Es ließ die Verzweiflung, die sie bereits vorhin schon wahrgenommen hatte, stärker in den Vordergrund treten. »Das glaube ich nicht«, widersprach sie, auch wenn sie es nicht wirklich wissen konnte.

Finn hob die Schultern und nahm die letzte Treppe in Angriff. Noch langsamer als die vorherigen, diesmal schien er sich auf jede einzelne Stufe konzentrieren zu müssen.

Oben angekommen, kramte er seinen Wohnungsschlüssel aus der Tasche. Er öffnete die Tür leise, zwinkerte Janina verschwörerisch zu. Für einen Moment stand ihm der frühere Schalk ins Gesicht geschrieben, wie an Selinas zweiundzwanzigstem Geburtstag, als sie ihr eine Überraschungsparty geschmissen hatten.

Janina lächelte ihm zu. Sie folgte langsamer, als er in den Flur humpelte. Sie hatte nicht vor, in die Wiedersehensszene zu platzen wie ein ungebetener Gast. Ihr Blick fiel auf die Schuhe im Gang. Sie waren viel zu groß für Selina, eindeutig Männerschuhe.

Sofort war das flaue Gefühl in ihrem Bauch wieder da. Die Ahnung, mit der Überraschung etwas zu verderben, anstatt eine Freude zu bereiten. Sie ließ Finns Tasche zu Boden gleiten und eilte selbst in die Wohnung.

Der Fernseher lief im Hintergrund, und durch die Milchglastür konnte sie Finns Silhouette sehen, etwas gebeugt, weil er sich auf seine Gehhilfen stützte. Wo war Selina? Warum war sie nicht zu ihm gegangen?

Sie stieß die Tür auf. Zuerst sah sie nur Finns erstarrte Miene.

Dann ihre Schwester, die soeben vom Sofa aufgestanden war. Sie wirkte nicht minder entsetzt über die Situation, hielt sich ein undefinierbares Kleidungsstück an die Brust gepresst, ansonsten trug sie nur einen Slip.

Doch sie war nicht allein.

Der Mann war genauso wenig bekleidet wie ihre Schwester. Schlagartig wurde Janina klar, dass sie Selina gerade nicht nur beim Fremdgehen erwischt hatten. Es war viel schlimmer.

Derjenige, mit dem sie sie erwischt hatten, war Hendrik. Finns bester Freund.

## 24

*Jetzt*

Am Abend erreiche ich Finn nicht mehr. Bevor ich auf mein Fahrrad steige, rufe ich ihn zweimal an. Auf dem Nachhauseweg schlage ich einen Haken, um bei ihm zu klingeln. Ich komme mir wie ein Idiot vor, während ich vor seiner Tür im Regen stehe, Selinas Topfpflanze in der Hand und den Zeigefinger auf den Klingelknopf gepresst.

Ein älterer Herr wirft mir einen mitleidigen Blick zu, als er das Gebäude verlässt. »Sie will Sie nicht sehen, mein Lieber«, sagt er zu mir, bevor er mir die Tür vor der Nase zumacht und auf sein Fahrrad steigt.

Zu der Einsicht bin ich ebenfalls gekommen, selbst wenn es sich bei Finn nicht um eine Frau handelt, hinter der ich her bin. Doch die Ablehnung verletzt mich genauso. Er hat mir nur die Hälfte erzählt. Er hat mir von seinem Unfall erzählt und davon, wie schlecht es ihm ging, doch dieses Detail hat er ausgelassen. Dieses Detail, das am wichtigsten von allen ist. Er hat Selina nicht einfach nur gekannt.

Obwohl ich mir fast sicher bin, dass Finn mir nicht öffnen wird, selbst wenn er da ist, harre ich noch eine Weile vor dem Haus aus. Ich klingle noch mehrere Male und bin mir jedes Mal darüber bewusst, dass ich mich nun auch wie ein Idiot verhalte.

Als ich auf mein Fahrrad steige, bin ich vollkommen durchnässt. Der Topf von Selinas Pflanze ist glitschig geworden, doch ich kann ihn nicht oben in meinen Rucksack stecken, da es sonst hineinregnen würde. Ich klemme ihn mir also unter den Arm. Es ist ohnehin nicht weit bis zu meiner Wohnung.

Auf den Straßen stehen mittlerweile Pfützen. Der Vorderreifen meines Rads schickt Wellen durch das Wasser, während ich meinen Lenker mit nur einer Hand ausbalanciere.

Dicke Tropfen prasseln mir ins Gesicht und nehmen mir die Sicht. Vielleicht sehe ich das Auto, das von rechts kommt, deshalb zu spät kommen. Seine Lichter sind so plötzlich an meiner Seite, dass ich erschrecke und den Lenker verdrehe. Etwas trifft mich hart gegen den Oberschenkel. Dann sind die Lichter über mir.

Zuerst nehme ich die Nässe wahr, die kalt und unaufhaltsam durch meine Kleidung dringt. Danach erst die Schmerzen in meinem Kopf, in meinem Arm. Den harten Asphalt unter meinen Fingern. Ich blinzle gegen den Regen an, versuche mich zu orientieren.

Nicht weit entfernt von mir liegt Selinas Pflanze auf dem Boden. Die Blätter wirken verloren in dem Grau, der rote Topf ist zerbrochen.

Schmerzen feuern durch meinen Arm, als ich ihn ausstrecke, um sie zu erreichen. Sie ist außerhalb meiner Reichweite.

Als ich mich aufrappele, überkommt mich eine Welle von Übelkeit. Ich komme gerade so weit, dass ich den geborstenen Topf an mich nehmen kann. Dann lasse ich mich wieder auf den Boden sinken, in meinem Kopf dreht sich alles.

»Hey«, ruft eine Stimme. »Hey, geht es Ihnen gut?« Jemand beugt sich über mich, und ich versuche zu nicken.

»Er kam aus dem Nichts!« Eine zweite Stimme.

»Halt die Klappe und ruf den Notarzt.« Wieder die erste. »Er muss ins Krankenhaus.«

Bitte nicht. Von allen Orten auf der Welt ist das der letzte, an dem ich jetzt sein möchte. Ich will protestieren, aber momentan ist mir dafür zu übel. Also versuche ich es mit einem Kopfschütteln, was die Sache nicht besser macht.

»Passen Sie auf«, sagt der Mann, der sich noch immer über mich beugt. »Sie müssen das loslassen, sonst schneiden Sie sich an den Scherben.« Jetzt nehme ich auch sein Gesicht wahr. Er wirkt besorgt, streckt die Hand nach Selinas Pflanze aus.

Ich drücke den zerbrochenen Topf an mich, obwohl wirklich ein Ziehen durch meine Hand fährt. Es ist nichts im Vergleich zu den Schmerzen in meinem linken Arm. Ich kann es gut aushalten.

Ich halte Selinas Pflanze fest, bis Blaulicht die Nacht erhellt.

Die Fahrt zum *Von-Adelmann* ist kurz. Ich habe versucht, die Kollegen vom Rettungsdienst davon zu überzeugen, mich in eine andere Klinik zu bringen. Die Notärztin, die aus irgendwelchen Gründen ebenfalls gerufen worden ist, hat mich allerdings auf den ersten Blick erkannt. Dr. Canard und ich sind keine Freunde, nachdem es bei einem Schockraum in meinem zweiten Dienstjahr einmal lauter geworden ist, als wir beide nicht einer Meinung waren.

Natürlich hat sie mich in unsere Notaufnahme gebracht, nicht ohne mir einen Stiffneck anzulegen, der meinen Hals ruhigstellt und mich dazu zwingt, an die Decke zu starren.

»Mir geht es gut«, sage ich zum wiederholten Mal. »Ich habe keine Schmerzen.« Das ist eine glatte Lüge, doch sie unterstreicht meinen Punkt.

»Du bist als Schockraum B angemeldet«, informiert mich die nette Rettungsassistentin, die mich vorhin mit entschuldigendem Blick auf die Trage geschnallt hat. Immerhin konnte ich sie dazu bringen, meinen Rucksack mitzunehmen, ebenso wie Selinas Pflanze, die mitsamt ihrem zerbrochenen Topf in einer der äußeren Taschen steckt.

»Hättet ihr das nicht lassen können?«, protestiere ich schwach.

»Dr. Canard hat es so entschieden«, antwortet sie. »Da habe ich nichts mitzureden. Und ernsthaft, du siehst übel aus.«

»Ich stehe nicht so darauf, wenn mir Kollegen die Klamotten runterschneiden.«

Sie kann nichts erwidern, denn mittlerweile haben wir die Pforte passiert und sind im Schockraum angekommen.

»Neunundzwanzigjähriger Patient, Fahrradunfall gegen einen PKW. Sturz auf Kopf und die linke Körperseite, Verdacht auf Fraktur des linken Radius. Der Patient war bei Auffinden nur dreifach orientiert.« Die Stimme der Notärztin klingt gelangweilt.

»Die Wochentage verwechsle ich auch, wenn ich nicht von einem Auto angefahren werde«, mische ich mich ein. Das Ganze wird mir langsam zu viel.

Ich höre jemanden lachen, dann beugt sich Sarah in mein Blickfeld. »Guten Abend, Dr. Schlenker«, sagt sie. »Ich dachte, ich hätte Sie oft genug gesehen für diese Woche.«

»Und ich verbitte es mir, von Ärzten behandelt zu werden, die die fünfte Nachtschicht in Folge machen«, erwidere ich, obwohl mir schwindelig vor Erleichterung ist, dass sie es ist.

»Dein Pech«, entgegnet sie. »Ich bin heute das Einzige, was du kriegen kannst.«

»Und wenn ich eine Oberarztbehandlung will?«

»Die kriegt hier niemand, also sei still. Noch etwas?« Die Frage richtet sich an die Notärztin.

»Ich glaube nicht«, sagt diese. »Einen schönen Abend euch.«

Die Rettungsassistentin klopft mir auf die Schulter, bevor sie geht. »Gute Besserung.«

»Du weißt, wie das Ganze läuft«, sagt Sarah zu mir. »Ich kann keine Ausnahme machen, nur weil ich dich kenne.«

Ich nicke und lasse die Untersuchung über mich ergehen. Sarah untersucht mich von Kopf bis Fuß, leuchtet mir in die Augen und macht einen Ultraschall von meinem Bauch. Immerhin nimmt sie mir die Halskrause ab, nachdem ich keine Schmerzen in der Halswirbelsäule angebe.

Als sie durch ist, besieht sie sich die Platzwunde an meiner Stirn. »Das muss genäht werden«, verkündet sie. »Ich denke, dass du mehr Glück als Verstand hattest und nur dein Arm gebrochen ist. Und natürlich ein kleines Schädel-Hirn-Trauma. Schon mal an einen Fahrradhelm gedacht?«

»Mir geht es gut.«

»Ja, das kannst du erzählen, wem du willst. Ist dir übel?«

Ich schüttle den Kopf, wobei mich sofort eine Welle Übelkeit überkommt.

»Lügner«, sagt Sarah. »Du bist weiß wie ein Handtuch. Ich nähe das zu, dann gibt es ein Röntgen und anschließend besorge ich dir ein Bett auf der Dreiunddreißig.«

»Keine Aufnahme.«

Sie tippt auf das Protokoll des Rettungsdienstes. »Hier steht, dass du zuerst nicht ansprechbar warst. Und irgendetwas von einer Topfpflanze.«

Ich seufze. Es klingt, als hätte ich verloren. »Ich will ein schönes Zimmer, okay?«

Sarah grinst mir zu. »Ich sehe zu, was ich machen kann. Sei froh, wenn ich nicht auch noch dein Handgelenk reponieren muss.«

Mein Handgelenk ist gebrochen. Sarah zeigt mir das Röntgenbild, das gemacht worden ist, nachdem sie meine Stirn desinfiziert und die Wunde mit sieben Stichen genäht hat. »Es ist kein komplizierter Bruch«, sagt sie. »Aber der distale Radius ist durch.«

Das sehe sogar ich auf den ersten Blick. Nicht dass es das irgendetwas besser machen würde. Glücklicherweise sind die Knochen nicht versetzt, sodass Sarah sie nicht wie angedroht in die richtige Position rücken muss. Ich habe das Prozedere zu oft gesehen, um zu wissen, dass es alles andere als angenehm ist. Mein Kopf und mein Nacken schmerzen jetzt mehr als zu Beginn. Ich verspüre noch immer eine leichte Übelkeit, auch wenn ich das für mich behalte. »Und? Muss ich operiert werden?«

Sarah streicht sich über das Kinn. »Der Bruch steht nicht ganz schlecht, optimal ist anders. Weißt du, das spreche ich lieber mit meinem Oberarzt ab«, sagt sie. »Bei dir dürfen wir keine Fehler machen, Rob. Du bist auf deine Hände angewiesen.«

Am liebsten würde ich fragen, wie lange mich die Verletzung aus dem Verkehr ziehen wird, doch ich spare es mir. Eine genaue Aussage wird sie ohnehin nicht machen können. Zumindest keine, die mich beruhigen würde.

Sie klopft mir auf die Schulter, als sie meine niedergeschlagene Miene sieht. »Das wird schon. Ich habe dir ein Einzelzimmer besorgt, und Santeri hat die Station und am Wochenende Dienst, da bist du in den besten Händen.«

Damit verlässt sie den Raum und ich bleibe allein zurück. Der Bildschirm zeigt noch immer das Röntgenbild an und das Sono-Gerät neben mir brummt. Ich lasse mich auf der Liege zurücksinken, was überraschend unbequem ist. Mein gebrochener Arm ist provisorisch geschient und die stechenden Schmerzen sind zu einem dumpfen Wummern geworden. Ebenso wie die in meinem Kopf. Ein Schmerzmittel habe ich bisher abgelehnt, was mir einen strengen Blick von Sarah eingebracht hat.

Die Infusionsflasche wartet nun auf der Ablage an der Wand, direkt neben Selinas lädierter Pflanze in ihrem gebrochenen Topf. Wie durch ein Wunder steckt das Schwein noch in der Erde, selbst wenn es den Unfall nicht unbeschadet überstanden hat: Der Kopf ist abgebrochen. Er muss irgendwo auf der regennassen Straße liegen geblieben sein.

Mit einem Knarren geht die Tür auf und Jenny kommt herein. »Dr. Robert Schlenker, Schockraum, Zustand nach Fahrradsturz. Und ich hätte nicht gedacht, dass du noch so jung bist.«

Ich schlage die unverletzte Hand vors Gesicht. »Ich wollte wirklich nicht hierhergebracht werden.«

Jenny kommt mit einem Lächeln zu mir herüber und lässt sich auf den Hocker neben meiner Liege sinken. »Ach was. Es ist doch besser, wenn du hier bist, wir kümmern uns besonders gut um dich. Wie geht es dir?«

»Beschissen.«

»So siehst du auch aus«, erwidert sie. »Sarah sagt, du hättest Glück gehabt.«

Das habe ich wohl. Ich habe genug Patienten nach einem Fahrradunfall gesehen, denen es wesentlich schlechter ging als mir. »Kann man das wirklich zu jemandem sagen, der mit einem Gips in einer Notaufnahme herumliegt?«

»Schreist du vor Schmerzen? Hast du einen Blutbeutel am Arm hängen?«

»Wow, du bist eiskalt«, sage ich mit einem Grinsen.

»Du würdest dich wundern.« Ihr Blick wandert zu meiner lädierten Topfpflanze, und sie steht auf, um sie aus der Nähe anzusehen. »Aha.«

»Was?«

»Ich habe irgendeine komische Geschichte mit einer Topfpflanze gehört. Und das muss sie sein.« Sie streckt die Hand aus und streicht über das zerbrochene Schwein, von dem nur noch der Rumpf übrig ist. »Das ist seltsam.«

Ich bin mir nicht sicher, ob sie wirres Zeug redet oder ob es mein verletzter Kopf ist, der ihr nicht folgen kann. »Was?«

Sie sieht mich an, doch ihr Blick geht durch mich hindurch. »Ich meine die Figur. Es ist seltsam, dass du so eine hast.«

»Das ist ein kopfloses Schwein.«

»Ja, ich habe auch so eine«, antwortet Jenny. »Mein Bruder hat sie mir geschenkt. Er hat immer solche gemacht, als er noch ...«

Die Kabinentür wird aufgerissen und Louisa steckt den Kopf herein. »Da bist du ja, Jenny!«, herrscht sie sie an. »Sag mal, versteckst du dich eigentlich vor mir? Ich habe drei Anordnungen gemacht!«

Jenny verdreht die Augen, doch etwas an ihrem Gesichtsausdruck sagt mir, dass sie sich tatsächlich hier bei mir versteckt hat.

»Jenny kann nichts dafür«, sage ich. »Ich habe nur geklingelt, weil ich jetzt doch Schmerzen habe.« Ich deute auf die Infusion, die außerhalb meiner Reichweite steht.

»Das kann ich machen«, knurrt Louisa, die mich ohne Weiteres durchschaut. »Jenny, mach du bitte den Gips in der Fünf.« Sie kommt zu mir herüber und macht sich an meinem venösen Zugang zu schaffen, während Jenny mit einem verschwörerischen Grinsen die Kabine verlässt.

»Was machst du denn, Rob?«, sagt Louisa, während sie die Flasche Schmerzmittel über meinem Kopf aufhängt und den Schlauch anstöpselt. »Wie geht's dir?«

»Nicht besonders«, erwidere ich. »Und danach hatte ich auch noch den Unfall.«

Louisa schenkt mir tatsächlich ein Lächeln. »Ist bei mir nicht viel anders«, sagt sie. »Und unter uns gesagt, Jenny merkt man das ebenfalls an. Sie war davor schon viel zu unkonzentriert, aber seit Selinas Tod ...« Sie hebt die Schultern.

»Was ist denn?«

»Sie drückt sich vor der Arbeit. Ist ständig nicht auffindbar und geht nicht an ihr Telefon.«

»Ich weiß schon, dass ihr beide euch nicht versteht.«

Louisa verschränkt die Arme und sieht streng auf mich herab. »Das hat gar nichts damit zu tun. Nicht nur ich beschwere mich darüber. Auch andere Kollegen jammern, dass sie manchmal einfach verschwindet. Gestern, vorgestern ... was weiß ich.«

Die pochenden Schmerzen in meinem Kopf halten mich vom Denken ab. Da ist etwas, etwas Wichtiges, was ich kürzlich gehört habe. Bei dem es bedeutungsvoll sein könnte, wenn jemand nicht an seinem Platz ist. »War das ... als Yo gestorben ist?«

»Was weiß ich. Da war ich nicht hier in der Notaufnahme, wie du sehr gut weißt.« Sie streift sich die Handschuhe von den Fingern. »Und ich will mich lieber nicht an diesen Abend erinnern. Im Gegensatz zu dir hatte ich gestern nicht frei, und wie du merkst, habe ich heute auch noch Dienst.«

»Sorry«, nuschle ich, was mir einen mitleidigen Blick einbringt.

»Ich sehe zu, dass Sarah dich bald nach oben bringen lässt.« Damit verlässt sie die Kabine.

Ich bleibe liegen und starre Selinas Pflanze an. Das kopflose Schwein. Irgendetwas daran erscheint mir wichtig, doch ich kann nicht greifen, was das sein soll. Ich döse vor mich hin, als Sarah hereinkommt.

Sie setzt sich kurz neben mich. »Rob?«

»Ja?«

»Mein Oberarzt würde eine Operation empfehlen«, sagt sie. »Sie würden dich gleich morgen in der Früh einschieben. Wenn du möchtest.«

Es ist keine schöne Vorstellung, im OP auf einmal auf der Patientenseite zu sein. Vermutlich habe ich keine Wahl. »Klärst du mich jetzt auf?«

»Was haben sie dir gegeben, dass du auf einmal so brav bist? Ich dachte, du wolltest kein Schmerzmittel.«

»Manchmal muss man Opfer bringen.«

Ich bin mir nicht sicher, ob sie über meine müde Stimme oder meine Worte lacht. »Gut, dann gehen wir das noch durch, danach darfst du hoch. Und morgen nüchtern: kein Essen, kein Trinken, kein Rauchen mehr.«

»Danke, dass du mir das erklärt hast«, sage ich und muss mich auf jedes einzelne Wort konzentrieren. »Ich habe noch eine wichtige Frage, Sarah.«

»Was? Wenn es wegen der OP ist ...«

Ich schüttle den Kopf. »Nein, es ist wegen Jenny. Sie ist ... komisch?« Das umreißt nicht wirklich das, was ich sagen will, geht jedoch in die richtige Richtung. »Louisa hat geschimpft.«

»Das tut sie immer«, erwidert Sarah. »Aber vielleicht würde sie damit mal eine Pause machen, wenn sie wüsste, was bei Jenny los ist.«

»Was ist denn los?«

Sarah seufzt. »Morgen ist der Todestag ihres Bruders. Er hat sich umgebracht, als er siebzehn war.«

## 25

*Jetzt*

Der nächste Tag ist verschwommen. Die Unfallchirurgen operieren mich in ihrem ersten OP-Slot direkt am Morgen, danach verschlafe ich den restlichen Vormittag. Erst knapp vor Mittag werde ich wach. Mein linker Unterarm steckt in einer Gipsschiene, an deren Ende orange Finger herausragen.

Santeri, Sarahs Kollege, visitiert mich kurz darauf und überprüft die Funktionen meiner Hand. »Der Chef meint, alles sei gut gelaufen.«

Ich hebe die Augenbrauen. »Euer Chef hat mich operiert?«

»Schätze, der hat Angst vor Professor Maier. Angeblich hat einer von euren Oberärzten angerufen und Stress gemacht, dass du nächste Woche wieder im OP stehen musst.« Er runzelt die Stirn. »Vielleicht ist das nur ein Gerücht.«

Nicht zwingend. »Wie lange bin ich damit raus?«

Santeri lacht. »Vom Kopf her dürftest du heute gehen. Was den Arm angeht: Morgen machen wir einen Pflasterwechsel, im Anschluss können wir über eine Entlassung nachdenken. Ansonsten: Erst mal Physiotherapie, dann denken wir ans Operieren, ja?«

Ich sehe ihm mürrisch hinterher, als er geht, und angle mein Handy vom Nachttisch. Finn hat mir gestern noch geantwortet, dass er meine Anrufe gesehen habe, aber unterwegs sei. Ob alles mit mir in Ordnung sei.

*Bin auf der 33*, tippe ich mit einer Hand. *Radius.* Danach lege ich das Handy zur Seite. Einhändig zu tippen ist mir zu anstrengend.

Es dauert bis zum späteren Nachmittag, ehe Finn vorbeikommt. »Alter«, begrüßt er mich. »Was machst du denn?«

»Ihr tut alle so, als hätte ich mir das ausgesucht.«

Auch die Polizei, die mich gestern noch in der Notaufnahme befragt hat. Wie es aussieht, hatte ich auf der Straße Vorfahrt, doch aufgrund des Regens hat mich der Fahrer des Jeep, der mich angefahren hat, nicht kommen sehen.

»Du wolltest nur nicht mehr arbeiten«, zieht mich Finn auf. »Gib es endlich zu, die Chirurgie ist kein gutes Fach.«

»Stimmt«, erwidere ich und reibe mir den Nacken. Die Schmerzen im Hals und im Kopf machen mir mehr zu schaffen als mein Arm. Obwohl ich weiß, dass das an Muskelverspannungen liegt, ist es unheimlich. Vielleicht hätte ich Santeri um mehr Schmerzmittel bitten sollen, doch mir hat das Medikament gereicht, das Louisa mir gestern angehängt hat. Ich kann es nicht brauchen, dass meine Gedanken benebelt sind. Am allerwenigsten jetzt. »Aber wer will hier schon arbeiten.«

»In der Chirurgie mal sicher nicht.«

»Finn«, sage ich, ohne auf ihn einzugehen. »Ich weiß von Selina.«

Mehr muss ich nicht sagen. »Janina hat es dir erzählt, oder?«

Ich nicke, und mir fällt auf, dass ich ihren Namen ihm gegenüber nie erwähnt habe. Das spielt jetzt keine Rolle mehr. Jetzt weiß ich, dass sie sich kannten. »Ja, sie hat mir alles erzählt.«

Eine kurze Pause entsteht. »Und?«, fragt Finn dann.

Ich will die Frage nicht beantworten. Ich habe sie selbst lange genug im Kopf hin und her gedreht. »Sag es du mir.«

»Muss ich es wirklich aussprechen?«

Wieder eine Pause.

»Dass ich Selina nicht getötet habe, meine ich«, fährt er mit rauer Stimme fort. »Ich hatte an diesem Abend Dienst, sonst wäre ich nicht mal da gewesen.«

»Du warst noch wütend auf sie«, antworte ich. »Das wäre ich auch gewesen. Ich meine, was Selina getan hat, war furchtbar.« Das hat selbst Janina über ihre eigene Schwester gesagt.

»Das war es.« Finn sieht auf seine Hände. »Manchmal frage ich mich, ob nicht immer schon etwas zwischen ihr und Hendrik war und ich nur zu blind, um es zu sehen. Das würde manches erklären.«

»Warum hast du mir nichts davon erzählt?«, will ich wissen. »Ich meine, ich wäre beinahe mit ihr ausgegangen.«

Er nickt. »Selina ist kein schlechter Mensch. Ihr hättet zusammengepasst.«

Ich sehe ihn empört an. »Dann hättest du weiter nichts gesagt?«

»Ich weiß nicht«, sagt er. »Es kam mir nicht richtig vor, darüber zu sprechen, ganz abgesehen davon, dass es nicht das angenehmste Gesprächsthema ist. Und außerdem habe ich mich verändert nach meinem Unfall. Und das nicht so wenig.«

»Du hast ihr verziehen«, stelle ich fest. Damit hätte er kein Motiv gehabt. Ich könnte nicht in Worte fassen, wie erleichtert ich über diese Tatsache bin.

»Es war nicht einfach, sie hier zu sehen«, gibt er zu. »Aber das, was geschehen ist, hat sie nicht verdient.«

Ich schüttle den Kopf. »Ich hoffe, sie sperren Kochert dafür lange weg.«

Finn nickt. »Wie lange ist Janina eigentlich schon da?«, fragt er unvermittelt. »Und woher kennt ihr euch?«

»Keine Ahnung. Sie hat sich bei Carlotta gemeldet, weil sie sie kennenlernen wollte, und die hat mich mit zum Treffen geschleppt. Warum?«

»Wir hatten noch einige Male Kontakt, nachdem Selina und ich uns getrennt hatten«, sagt er. »Sie wusste, dass ich hier bin, und vermutlich auch, dass ich im gleichen Krankenhaus arbeite wie Selina, doch sie hat sich nicht bei mir gemeldet. Das Ganze kommt mir komisch vor, das ist alles.«

»Was heißt, ihr hattet Kontakt?«

»Wir haben uns Nachrichten geschrieben, mehr nicht«, erwidert Finn. »Es hat damit begonnen, dass sie sich nach meinem Befinden erkundigt hat. Dann hat sie mir zum Examen gratuliert, nach meiner Stelle gefragt – und so weiter. Es war immer nett.«

»Warum hat sie das gemacht, nachdem es mit Selina und dir aus war?«

Finn hebt die Schultern. »Janina war nie so extrovertiert wie ihre Schwester. Obwohl sie älter war als wir, hat sie schon immer viel mit unserer Clique unternommen, war mit uns auf verschiedenen Partys. Sie hatte kaum eigene Freunde.« Er überlegt einen Moment. »Ich hatte immer das Gefühl, sie sei in Hendrik verliebt. Vielleicht habe ich mich getäuscht.«

»Sie hat mich zu der Beerdigung eingeladen.«

»Vielleicht kriege ich auch eine Einladung. Ich wüsste wirklich nicht, ob ich gehen soll.«

»Doch«, sage ich. »Du musst kommen. Notfalls als mein plus eins.«

»Das gibt es auf Beerdigungen nicht.«

»Das werden wir sehen.«

Wir grinsen uns an, und für einen Moment hängen wir beide unseren eigenen Gedanken nach. Jetzt, da ich mit ihm gesprochen habe, glaube ich doch nicht, dass er etwas mit Selinas Tod zu tun hatte. Warum kann ich mich nicht einfach damit abfinden, dass Kochert der Mörder ist? Alles passt perfekt zusammen. Aber war da nicht gestern Abend noch eine andere Sache, die mich ins Stutzen gebracht hat?

Eine Sache, die mit einem getöpferten Schwein und der Notaufnahme zu tun hat.

»Finn«, setze ich an.

In diesem Moment schrillt sein Telefon und er hebt ab. »Ja?«

Der Anrufer sagt etwas.

»Ja, ich komme.« Er legt auf und wendet sich an mich. »Ich muss los. Kommst du später?«

»Wohin?«

»Heute ist die Trauerfeier für Yolante.«

Diesmal bin ich pünktlich. So pünktlich, dass ich einer der Ersten bin. Da ich keine Kleidung außer meiner zerschrammten Jeans von gestern bei mir habe, habe ich Santeri gebeten, mir Dienstkleidung vorbeizubringen, was er prompt getan hat. Die Gipsschiene und meine orangen Finger wirken eigenartig deplatziert auf dem blauen Stoff, aber das macht mir nichts aus. Im Gegenteil, solange ich meinen Arm auf dem Schoß und den Kopf unten halte, werde ich kaum auffallen.

»Ist neben Ihnen noch frei?«, fragt mich eine junge Kollegin, und ich nicke. Ich kann sehen, wie sie auf meine Brust schielt, um ein Namensschild zu entdecken, doch da wird sie kein Glück haben. Ich dagegen entnehme ihrem Schild, dass sie Pflegerin der Station 21 ist. Kinderheilkunde. Sie hat zwei Kollegen im Schlepptau, denen ich zunicke, bevor ich mich wieder der Betrachtung meiner Schuhspitzen widme. Sie sind nicht nur fleckig verfärbt, sondern haben auch einige Blutspritzer abbekommen, wie es aussieht.

Das Foyer füllt sich zusehends, und ich bin froh, nach und nach in der Menge unterzugehen. Diesmal gibt es keinen Dr. Kochert, der in der ersten Reihe inmitten seiner Assistenten sitzt und Anne einen Platz frei hält.

Meine Oberärztin kommt wieder spät und wieder in Begleitung von Dr. Hutter. Immerhin hat die Veranstaltung noch nicht angefangen, die Umsitzenden sind noch in Gespräche vertieft.

»Beide wurden vergiftet«, sagt die Kollegin neben mir gerade zu ihren Begleitern. »Ein Freund von mir ist Journalist, und es hieß auf der Pressekonferenz, dass bei beiden Benzodiazepine im Blut gefunden worden sind.«

Ein Schnauben. »Bist du dir sicher, dass die Wieck sich die nicht selbst reingezogen hat, um den ersten Dienst zu überstehen?«

Sein Tonfall lässt mir die Nackenhaare zu Berge stehen, aber ich mische mich nicht ein. Offenbar haben die beiden Selina nicht gekannt. Sie hätte niemals etwas eingenommen, um sich zu beruhigen. Dazu hatte sie zu viel Angst, Fehler zu machen. Unwillkürlich runzle ich die Stirn. Wenn sie vergiftet worden ist, muss ihr jemand etwas gegeben haben. Sie hat mir selbst gesagt, dass sie nicht gegessen oder getrunken hat. Auf einmal schlägt mir das Herz bis zum Hals, und ich zwinge mich dazu, ruhig zu atmen. Nach der Operation ist mein Kreislauf ohnehin nicht der beste. Wahrscheinlich hat ihr Kochert irgendetwas in ein Getränk gemischt, um sie gefügig zu machen. Wobei die Affäre der beiden so lange ging, dass er das kaum nötig gehabt hätte.

Ich versuche, das Detail in den Fall einzuordnen, scheitere jedoch. Vielleicht liegt das daran, dass meine Gedanken zu wirr sind.

Die Trauerfeier beginnt, und diesmal schaffe ich es nicht wirklich, allem zu folgen. Während der Chef der kinderheilkundlichen Abteilung spricht, fällt es mir schwer, nicht wegzudämmern. Ich lasse den Blick schweifen. Am Rand entdecke ich Finn, meine eigene Abteilung hat sich wieder in der hintersten Reihe versammelt. Sarah, Jenny und Louisa sind nach ihrer Nachtschicht nirgends zu sehen. Auch Marko finde ich nicht, ebenso wenig wie Carlotta.

Anne steht am Rand der Versammlung neben Dr. Hutter. Zu meiner Überraschung ist ihr Gesicht tränenüberströmt.

Ich starre sie an, bis der Chefarzt seine langatmige Rede beendet, dann zwinge ich mich wieder dazu, nach vorn zu sehen.

Als nächste Rednerin betritt eine alte Dame das Podium. Sie ist keine Mitarbeiterin, ihre Augen sind vom Weinen verschwollen.

»Meine Yolante hat gelebt, um anderen zu helfen«, beginnt die alte Frau. Sie muss Yos Mutter sein. Mein Magen krampft sich zusammen. Bei Selina waren keine Angehörigen da, es gab nur Louisas herzlose Rede. Die hätte ich dieser jederzeit vorgezogen. Sogar den singenden Kinderchor. »Sie hat hier gern gearbeitet. Mit Ihnen allen gern zusammengearbeitet. Gottes Wege sind unergründlich.« Sie beginnt zu weinen, was ihre Rede unterbricht. »Und ich war schon darauf vorbereitet, dass er sie zu sich nehmen würde. Aber das ...« Erneut geht ihre Stimme in Schluchzern unter.

Ich kann sehen, dass zwei Angestellte der Verwaltung einen Blick austauschen. Offenbar haben sie erwartet, dass diese Rede weniger holprig über die Bühne gehen würde. Yos Mutter weint heftiger, anstatt sich zu beruhigen.

»Dass sie mir ... mir noch früher genommen wurde ...«

Jemand geht auf die Bühne und legt ihr einen Arm um die Schultern. Ein Mann im mittleren Alter, ob Yos Bruder oder ihr Freund, das könnte ich nicht sagen. Ich habe sie fast nicht gekannt, wird mir schmerzlich bewusst.

Der Rest der Veranstaltung ist gleichförmig und eher bedrückend als traurig. Es gibt keine Musik, und bis auf einen Pfleger, der freundliche Worte über Yo verliert, wird nichts Persönliches gesagt. Man hat das Gefühl, dass die Veranstalter die Trauerfeier nur schnell über die Bühne bringen wollten. Das ist ein deprimierender Gedanke. Mehr noch, er macht mich wütend.

Nach der Veranstaltung zerstreuen sich die Gäste schnell, was ich ihnen nicht verdenken kann. Ich habe mehr Zeit, also bleibe ich noch eine Weile sitzen. Beobachte, wie sich Yos

Mutter mit dem Mann unterhält, der sie von der Bühne geholt hat. Einigen Kollegen von Yolante die Hände schüttelt. Sie hat bei alldem Tränen in den Augen.

Ich stehe auf und muss mich abwenden. Jetzt bemerke ich deutlich, dass ich erst vor einigen Stunden operiert worden bin. Nach wenigen Schritten geht mein Kreislauf in den Keller, und ich muss mich an einer der Säulen, die das Foyer einrahmen, abstützen. Mein Blick geht zu einer Bank, die in der Nähe der Automaten steht. Ich lasse mich darauf nieder und schließe die Augen, bis die Welt aufhört, sich zu drehen.

Mein Arm meldet sich mit einem Wummern, und wieder verfluche ich mich dafür, dass ich nicht um mehr Schmerzmittel gebeten habe. Das werde ich sicher nachholen, wenn ich erst wieder oben bin.

Davor muss ich noch etwas anderes erledigen. Eigentlich ist es Carlottas Idee gewesen, doch ich habe sie bisher noch nicht weiterverfolgt. Ich entsperre mein Handy, was glücklicherweise mit meinem rechten Daumen funktioniert, und öffne die Notizen-App. Nach kurzer Überlegungsphase wechsle ich zur Messenger-App und tippe auf die Unterhaltung mit Finn.

*Was hat Jenny mit Selina zu tun?*, tippe ich. Kann es wirklich ein Zufall sein, dass Jenny auf ein Schwein anspringt, das Selina von einem Patienten geschenkt worden ist? Jennys Bruder hat Suizid begangen, ebenso wie ein Patient von Selina. Wenn jemand Licht in die Sache bringen kann, dann Finn. Er scheint Jenny besser zu kennen, immerhin habe ich sie vorgestern bei ihm im Befundungszimmer angetroffen.

*Was ist mit Jennys Bruder passiert? Gibt es eine Verbindung zu Selina?*

Ich starre die Nachricht an, die ich eben abgesendet habe, und komme mir ein wenig verrückt vor. Es ist leichter, diese absurden Vermutungen aus der Welt zu schaffen, als sie ewig mit sich herumzuschleppen.

Für einen Moment erwäge ich es, jetzt in die Notizen-App zu wechseln, bleibe aber doch im Chat. Vielleicht ist es schlauer, meine Gedanken mit Finn zu teilen.

*Warum war Jenny in der Nacht von Selinas Tod bei den Dienstzimmern?*
*Warum hat sich Janina nicht bei dir gemeldet?*

Und zum Schluss die Frage, die mir am meisten Unbehagen bereitet. Möglicherweise hilft es mir, sie aufzuschreiben. Möglicherweise verliert sie so etwas von ihrer Schärfe.

*Warum hätte Kochert Selina mit Benzos vergiften sollen?*
*Er konnte nicht wissen, dass sie sich diesmal sträuben würde.*

Die Buchstaben sehen noch schlimmer aus als die Worte in meinem Kopf. Ich starre sie an. Ziehe es für einen Moment in Erwägung, sie zu löschen, nur um mich besser zu fühlen. Warum sollte ich es infrage stellen, dass Kochert der Mörder ist? Warum sollte ich Gründe für seine Unschuld finden?

Ich lasse das Handy in den Schoß sinken und sehe auf. Mitarbeiter des Krankenhauskiosks sind bereits dabei, die Stühle wegzuräumen, auch die Traube der Krankenhausmitarbeiter hat sich gelichtet.

Nur Yos Mutter steht noch mit ihrem Begleiter in der Nähe der Eingangstür. Sie unterhält sich mit Anne. Im ersten Moment halte ich das Ganze für eine Täuschung, die mir mein benebeltes Gehirn vorgaukelt. Ich sehe wieder auf den Bildschirm, schicke die Nachricht an Finn ab und blicke wieder hoch. Es hat sich nichts verändert.

Noch immer unterhalten sich die beiden Frauen, während der Mann danebensteht und die Arme verschränkt hat. Er sieht skeptisch aus, während sich Anne und Yos Mutter traurig anlächeln. Ich denke daran zurück, wie betroffen meine Mentorin über den Tod der Pflegekraft gewesen war. Damals habe ich mich nicht darüber gewundert, obwohl in der Klinik offen über die Feindschaft der beiden Frauen getratscht worden ist.

Diesmal kommt es mir wesentlich seltsamer vor.

Irgendwann verabschieden sich die beiden voneinander und Anne geht in Richtung Hauptgebäude davon, während der Mann Yos Mutter in ihre Jacke hilft.

Ich stehe auf. Einen Tick zu schnell, denn wieder wird mir schwindelig. Es gibt noch eine Frage. Eine, die ich Finn nicht geschrieben habe, weil er mir nicht würde weiterhelfen können.

»Frau Cembas«, rufe ich und gehe in die Richtung von Yos Mutter.

Sie und der Mann drehen sich beide um. »Und Sie sind?«, fragt sie feindselig.

»Mein Name ist Schlenker«, erwidere ich. »Ich habe mit Yo zusammengearbeitet. Wir haben uns gut verstanden.« Das ist keine Lüge, selbst wenn es sich ein bisschen so anfühlt. »Ich wollte Ihnen mein Beileid aussprechen.«

Die alte Dame mustert mich mit ihren verweinten Augen. »Vielen Dank. Wir wollten gerade gehen.« Das ist mehr als nur ein Wink mit dem Zaunpfahl.

»Ich habe etwas bei Ihrer Rede nicht ganz verstanden«, sage ich und komme mir mit jedem Wort unhöflicher vor. »Es klang, als hätten Sie gewusst, dass Yo sterben würde.«

Yos Mutter misst mich mit einem kühlen Blick, dann wendet sie sich von mir ab und humpelt auf die Tür zu.

Der junge Mann bleibt bei mir stehen. »Entschuldigen Sie meine Mutter«, sagt er. »Sie ist heute sehr erschöpft und aufgebracht.«

Ich schüttle den Kopf. »Ich muss mich entschuldigen. Ich hätte Sie nicht belästigen dürfen.«

Er winkt ab. »Kein Grund für eine Entschuldigung.«

»Phileas«, ruft die alte Frau von der Eingangstür aus. »Komm schon!«

»Gleich«, erwidert er und wendet sich wieder an mich. »Ich kann Ihnen die Frage auch beantworten: Meine Schwester hatte Krebs im Endstadium. Sie war unheilbar krank.«

Der Weg zur Station ist lang. Obwohl ich den Aufzug nach oben nehme, bin ich vollkommen erschöpft, als ich ankomme. Gerade als ich aussteige, kommt mir Dr. Hutter entgegen, der den Flur entlangeilt. Als er mich sieht, hält er mitten im Lauf inne.

»Schlenker!«, poltert er. »Was machen Sie hier?«

»Ich war auf der Trauerfeier«, antworte ich wahrheitsgemäß.

»Sind Sie heute Morgen nicht im OP gewesen – als Patient? Wer hat es Ihnen erlaubt, allein aufzustehen und herumzulaufen? Mit diesem Stationsarzt würde ich gern mal ein Wörtchen reden!«

»Besser nicht«, erwidere ich rasch. »Ich habe es mir sozusagen selbst erlaubt. Und ich bin ja fast schon wieder da.«

Er schüttelt den Kopf. »Und so bleich, wie Sie sind, werde ich Sie sicher nicht allein gehen lassen.«

»Dr. Hutter ...«, setze ich an, doch er würgt mich mit einer Handbewegung ab.

»Das mag Ihnen noch so peinlich sein, ich begleite Sie trotzdem. Wenn Sie sich verhalten wie ein Kind, sollten Sie auch wie eines behandelt werden.«

Wir ernten tatsächlich einige Blicke, als wir gemeinsam auf den Stationsflur einbiegen. Vielleicht hätte ich ein Fachgespräch beginnen sollen, um nicht aufzufallen, doch mir will nichts einfallen. Der Oberarzt schweigt ebenfalls, bis er mir meine Zimmertür öffnet.

»Unser Gespräch von neulich Abend – erinnern Sie sich daran?«

Ich ziehe den Kopf ein. »Sie meinen das, in dem sie mir nahegelegt haben, keine Fragen mehr zu stellen?«

»Genau das«, erwidert er. »Warum habe ich das Gefühl, dass Sie genau deswegen bei der Trauerfeier waren?«

»Ich kannte Yolante Cembas gut.« Wir wissen beide, dass das nur ein Teil der Wahrheit ist. »Eine wichtige Frage habe ich tatsächlich.«

Er hebt die Augenbrauen. »Ich wüsste wirklich gern, was in Ihrem Kopf vorgeht, Schlenker.«

»Dies und das«, entgegne ich. »Sie dürfen nicht vergessen, dass ich ein Schädel-Hirn-Trauma habe.« Ich reibe mir die Stirn. »Aber in diesem Fall: Warum ist Selina vergiftet worden?«

Dr. Hutter sieht mich ausdruckslos an.

»Dr. Kochert hätte keinen Grund dazu gehabt«, führe ich meinen Gedanken weiter aus. »Das will mir nicht aus dem Kopf.«

Er runzelt die Stirn, genau so, als hätte ich ihm ein kompliziertes Antibiogramm aus einem Abstrich vorgelegt, mit dem ich selbst überfordert bin. Schließlich schüttelt er den Kopf. »Denken Sie nicht, dass das eine Frage für die Polizei ist und nicht für einen ziemlich grünen Assistenzarzt mit Handgelenksfraktur?«

Dagegen kann ich nicht wirklich etwas einwenden. »Ich finde es seltsam«, sage ich stattdessen schwach.

»Ruhen Sie sich aus«, erwidert er schroff. »Ich will Sie so schnell wie möglich wieder im OP sehen. Und ansonsten muss ich nach Hause. Meine Enkel kommen zu Besuch, und ich will zumindest ein wenig Zeit mit ihnen verbringen.«

Als er weg ist, drehe ich noch eine Runde und gehe zum Stationszimmer, um dort um ein stärkeres Schmerzmittel zu bitten, erst dann kehre ich in mein Zimmer zurück und lasse mich ins Bett sinken.

Finn hat mir noch nicht geantwortet, wahrscheinlich ist er im Training. Letzte Woche ist es schon ausgefallen, nachdem wir nach Selinas Trauerfeier in der Kneipe waren. Das Ganze kommt mir unendlich weit entfernt vor.

Ich lehne mich zurück und versuche, die Fragen in meinem Kopf zu sortieren, doch als ich die Augen schließe, bin ich im nächsten Moment auch ohne Schmerzmittel eingeschlafen.

## 26

***Jetzt***

Meine Träume sind düster wie immer in letzter Zeit. Es ist ein schabendes Geräusch, das mich weckt, und im ersten Augenblick ist es noch Teil meines Traums, bevor er sich auflöst und der Wirklichkeit Platz macht.

Ein dunkles Krankenhauszimmer umgibt mich. Ich taste nach der Fernbedienung mit der Glocke, die hier irgendwo hängen muss. Drücke auf den gelben Schalter mit dem Lichtsymbol. Zuerst geschieht nichts. Ich drücke noch einmal, mit dem gleichen Ergebnis.

Dann springt das Licht über meinem Bett an und taucht den Raum in schmutzig gelbes Licht. Alles erscheint verschwommen oder mit einem Filter belegt, der die Kanten weichzeichnet. Richtig, das Schmerzmittel, um das ich gebeten habe. Neben meinem Bett steht eine Spritzenpumpe, die automatisch langsam eine klare Flüssigkeit in meine Vene laufen lässt. Nur starke Schmerzmittel werden auf diese Art und Weise verabreicht. Schmerzmittel, die gefährlich werden können, wenn sie zu schnell oder in zu großen Mengen in den Blutkreislauf geraten. Das erklärt das dumpfe Gefühl in meinem Kopf. Es scheint, als hätte Santeri mit der Wahl des Schmerzmittels ein wenig übertrieben. Momentan bin ich allerdings nicht in der Lage, mich darüber zu beschweren. Außerdem sorgt das Mittel auch dafür, dass ich gut schlafen kann.

Die Vorhänge sind zugezogen, daher kann ich nicht sicher beurteilen, wie dunkel es draußen ist. Mein Zeitgefühl habe ich vollkommen verloren. Ich taste nach meinem Handy, doch ich kann es nicht entdecken.

Ein leises Geräusch von der Tür. Ein ähnliches wie das, was mich geweckt hat.

Ich fahre herum.

»Rob?«

Anne ist hereingekommen und hat die Tür hinter sich geschlossen. Sie trägt einen Kittel über grüner OP-Kleidung und ihre Haare sind durcheinander. »Habe ich dich geweckt?«

»Nein«, lüge ich und reibe mir mit meiner gesunden Hand über die Augen. »Was machst du hier?«

»Ich wollte nach dir sehen«, antwortet sie und zieht sich einen Stuhl heran. »Ich habe heute Hintergrunddienst und war bis gerade im OP. Wie geht es dir?«

»Keine Schmerzen«, erwidere ich und hebe meinen rechten Arm, in dem noch immer die weiße Kanüle steckt, die man mir gelegt hat. Sie ist in eine weiße Mullbinde gehüllt, in die der Schlauch der Spritzenpumpe läuft. »Ich bin recht zugedröhnt.«

Sie lacht. »Drogen aufs Haus.«

Sofort muss ich an Selina denken und an das Mittel, das man in ihrem Blut gefunden hat. Ebenso in Yos Blut. Sarah hat gedacht, sie sei betrunken, dabei waren es vielleicht nur die Tabletten, die sich bei ihr so ausgewirkt haben. Beide sind vergiftet worden, aber ich weiß nicht wie. Diese Frage treibt mich in den Wahnsinn.

»Rob?«

Ich zwinge mich ins Hier und Jetzt. »Entschuldige, diese Trauerfeier hat mich fertiggemacht.«

»Mich auch.« Sie seufzt und holt eine Flasche Cola light aus der Kitteltasche. »Stört es dich? Möchtest du etwas?«

Ich schüttle den Kopf zu beiden Fragen. »Ich habe dich nach der Feier mit Yos Mutter sprechen sehen. Kanntest du Yo? Ich dachte, ihr beide wärt verfeindet, weil ...« Ich verstumme. Glücklicherweise ist mein Gehirn nicht benebelt genug, um so taktlos zu sein.

Anne nimmt einen großen Schluck aus ihrer Flasche. »Ich kannte Yo gut«, sagt sie schließlich. »Wir beide waren Freundinnen in der Schule. Sehr gute sogar.«

Die Antwort überrascht mich, obwohl sie logisch ist. Wie ein Gummiball hüpft sie durch meinen Kopf, und mit jedem Aufprall bleibe ich verwirrter zurück.

»Wir haben uns ein wenig auseinandergelebt, während ich studiert habe«, fährt sie fort. »Sie hat eine Ausbildung angefangen und sich einen Assistenzarzt angelacht. Zumindest glaube ich, dass es so war. Vielleicht hat sich Ludger auch sie ausgesucht. Am Ende ist es völlig egal. Yo war sehr hübsch, als sie jünger war.«

»Seid ihr nicht gleich alt?« Diesmal ist die taktlose Frage heraus, bevor ich sie stoppen kann.

Anne lacht nur. »Mehr oder weniger, ja. Yo ist zweimal durchgefallen, bevor wir uns in der siebten Klasse kennengelernt haben. Hauptsächlich hat das Rauchen sie altern lassen.«

»Oder die Krankheit, die sie hatte. Krebs. Das erklärt auch, warum sie so dünn war.«

»Woher weißt du davon?«

»Yos Bruder hat es mir gesagt. Ich habe keine Ahnung, was sie genau hatte.«

»Ein Pankreaskopfkarzinom«, sagt Anne nachdenklich. »Bis heute hatte ich keine Ahnung davon. Ihre Mutter hat es mir gesagt. Yo und ich hatten uns über die Sache mit Ludger zerstritten, das hast du ganz richtig gehört. Seit er die Verlobung mit ihr gelöst hat, hat sie kein Wort mehr mit ihm gesprochen.« Sie scannt mich mit einem prüfenden Blick, nimmt keine Überraschung auf meinem Gesicht wahr. »Aber das wusstest du ja schon.«

Es hat keinen Sinn, zu lügen, also nicke ich.

»Ich bin sehr traurig, dass wir uns nie ausgesprochen haben.«

»Das verstehe ich.«

Sie nimmt noch mal einen Schluck Cola. Sie trinkt es, als würde es sie beruhigen. Dieser Gedanke weckt eine Erinnerung in mir. Etwas, was Yo zu mir gesagt hat. Und später Carlotta erwähnt hat. Selina hatte am Abend ihres Todes eine Flasche Cola light. Zuerst bei sich und dann in der Notaufnahme. Wenn sie angebrochen dort unten gestanden hat, kann ihr jeder etwas hineingemischt haben. Die Frage war nur wann.

»Hast du Selina in der Nacht ihres Todes noch einmal gesehen, nachdem der Plan mit Ludger schiefgegangen war?«

»Wie bitte?«

Ich reibe mir die Stirn, als würde das meinen Gedanken auf die Sprünge helfen. »Selina ist vergiftet worden, doch Ludger kann es nicht getan haben.«

»Und wieso nicht?«

»Er hat nicht wissen können, dass sie Nein sagen würde.«

Stille kehrt ein. Es ist das dritte Mal, dass ich meinen Verdacht äußere, und mit jedem Mal fühle ich mich sicherer dabei. Mit jedem Mal wächst auch meine Gewissheit, dass Dr. Kochert den Mord nicht begangen hat. Selbst wenn mir das nicht gefällt.

Anne nickt langsam. »Das klingt schlüssig.«

Für einen Moment bin ich überrumpelt, dass sie mir zustimmt. »Sie hat an dem Abend wenig gegessen oder getrunken, aber jemand hat sie mit einer Colaflasche herumlaufen sehen«, fahre ich fort. »Ich glaube, dass sie damit vergiftet wurde.«

»Oder sie hat selbst Benzos eingeworfen.«

Woher weiß sie, dass man Benzodiazepine in Selinas Blut gefunden hat? Paranoia schießt durch meinen Körper, und ich zwinge mich dazu, durchzuatmen. Anne kann diese Information ebenso wie ich irgendwo aufgeschnappt haben. Oder sie hat die Pressekonferenz gehört.

»Das würde sie nicht«, sage ich. »Sie hat schon einmal einen Fehler begangen, deswegen wäre sie nicht so unvorsichtig gewesen.«

Wieder widerspricht sie mir nicht, nimmt die Information einfach so hin. »Weißt du, wer ihr die Colaflasche gegeben hat?«

Noch eine seltsame Frage. »Niemand, denke ich. Jemand hat etwas hineingetan, als sie sie stehen gelassen hat.«

Anne beugt sich vor. »Das kann gut sein. Wissen wir, dass die Flasche herumgestanden hat?«

»Jemand hat mir etwas in der Richtung erzählt.« Mein Kopf schwirrt. Mit einem Mal fühlt sich das hier an wie ein Verhör.

»Du hast viele Fragen gestellt, Rob«, stellt Anne fest.

»Ich wollte deine Unschuld beweisen«, höre ich mich sagen. Eine Welle von Schwindel erfasst mich. Ich wünsche mir, die Oberärztin würde gehen, doch sie scheint nicht daran zu denken.

»Hast du eine Ahnung, wer die Morde begangen haben könnte?«, beharrt sie. »Wenn du glaubst, dass es nicht Ludger war und nicht müde wirst, das herumzuerzählen.«

Bei diesem Satz beginnen meine Alarmglocken zu schrillen. Es ist nur eine kleine Drohung, die darin mitschwingt, doch sie ist unverhohlen. Am liebsten würde ich die Augen schließen, um mich besser konzentrieren zu können, doch das traue ich mich im Moment nicht. Es fühlt sich sicherer an, Anne im Blick zu behalten. »Einige hatten ein Motiv«, sage ich. »Finn Paoli. Sie hat ihn mit ihrem besten Freund betrogen. Jennifer Müller. Sie hat ihren Bruder getötet.«

Das lässt sie aufhorchen. »Wirklich?«

Ich nicke. »Ja, er hat Suizid begangen. Deswegen hat sie die Stelle in der Kinder- und Jugendpsychiatrie aufgegeben und hat hergewechselt. Das war es, womit Kochert sie erpresst hat.« *Suizid.* Das Wort hinterlässt einen seltsamen Nachhall in meinem Kopf. Es ist wichtig, selbst wenn ich nicht sagen kann warum.

»Du warst wirklich fleißig, Rob«, sagt Anne. »Ich schätze, das ist mehr, als die Polizei weiß. Die kamen mir nur immer mit Skalpellen, die am Tatort gefunden worden sind. Mit keinen Fingerabdrücken darauf, außer denen des Opfers.«

»Das haben sie dir gesagt?«

»Ja«, erwidert sie. »Und wie einfach es wäre, keine Fingerabdrücke zu hinterlassen in einem Haus voller Einmalhandschuhe.« Sie legt den Kopf schief. »Hast du wenigstens einmal gedacht, es könnte Selbstmord sein?«

»Nein, habe ich nicht.« Schweiß läuft meinen Rücken hinunter. Für einen Moment überlege ich, ob ich nach der Klingel greifen und sie betätigen kann.

»Und dass es Ludger war? Wann hast du aufgehört, das zu glauben?«

»Ich bin mir nicht sicher. Vielleicht glaube ich noch daran.« Mit jeder Sekunde weniger.

Mein Handy beginnt zu brummen. Ich kann es nicht sehen, aber so dumpf, wie es klingt, muss es in der Schublade liegen. Ich ziehe sie auf. *Finn Paoli* leuchtet auf dem Bildschirm auf.

Anne hat den Namen auch gesehen. »Oh, einer der potenziellen Mörder ruft dich an. Willst du rangehen?«

Ich sehe sie wie erstarrt an. Ich habe keine Ahnung, woher auf einmal diese Angst gekommen ist.

»Mach schon.«

»Hallo?«

»Hi, Rob. Was soll das mit den Fragen?«

»Ich weiß nicht«, erwidere ich. »Wahrscheinlich kommt das vom Dipi.«

»Die geben dir nach so einer OP Dipidolor?«, fragt er. »Entweder spinnen die oder du bist die größte Mimose der Welt.«

Ich kann nicht über seinen Witz lachen. Ich überlege, ob ich ihn warnen kann. Oder ob ich es sollte. Es kommt mir übertrieben vor. Selbst wenn ich Annes Verhalten seltsam finde, gibt es keinen Grund, mich zu fürchten. »Warum meldest du dich jetzt erst?«

»Training«, brummt er. »Hör mal, wegen Jenny. Sie war es nicht, da bin ich mir sicher.«

»Was?«, frage ich. Mein Blick begegnet Annes, und ich frage mich, ob sie Finns Stimme hören kann.

»Sie war es nicht«, wiederholt er lauter. Diesmal muss sie es gehört haben. »Sie hat mir das mit ihrem Bruder anvertraut, nachdem sie herausgefunden hat, dass ich ebenfalls aus Kiel komme und nicht gut auf Selina zu sprechen bin. Wir haben öfter darüber geredet. Auch in der Nacht, in der Yolante gestorben ist, hat sie mich besucht, falls du dich erinnerst.«

Ich habe Fragen dazu, doch meine Kehle fühlt sich trocken an.

»Sie wollte in der Nacht des Mordes tatsächlich mit Selina sprechen, deswegen war sie bei den Dienstzimmern«, fährt Finn fort. »Sie wollte sie zur Rede stellen und fragen, was genau geschehen ist. Sie war wütend, aber sie wollte ein Gespräch und nichts weiter. Ihr Bruder hat die letzten Monate seines Lebens in der Klinik verbracht, und niemand war ihm dort näher als Selina als seine Therapeutin. Deswegen wollte sie mit ihr sprechen. Deswegen hat sie in die Klinik gewechselt, in der Selina angestellt war.«

Ich schweige. Das muss ich erst mal verdauen. Noch vor wenigen Stunden wäre ich dankbar für diese Information gewesen. Jetzt weniger.

»Bist du noch dran?«

»Ja. Hör mal, kannst du irgendwann vorbeikommen? Wegen der Sache, die wir besprochen haben? Dass ich die Radiologie so interessant finde?« Ich halte noch immer Annes Blick.

»Rob, spinnst du? Ist das das Dipi? Oder haben die dir noch was anderes gegeben?«

»Nein, nur das übliche Zeug. *Und Benzos.*«

Diesmal herrscht einen Moment Ruhe am anderen Ende der Leitung. »Du solltest schlafen gehen, Rob«, sagt Finn irgendwann. »Wir reden morgen, okay?«

»Ja«, sage ich heiser. »Danke. Gute Nacht.«

»Gute Nacht.«

Dann ist die Leitung tot.

Sorgfältig lege ich das Handy zur Seite, bevor ich die Frage stelle, die ich mir selbst noch nie ernsthaft gestellt habe. »Anne, hast du Selina ermordet?«

## 27

*Jetzt*

»Warum sollte ich?«, antwortet Anne. »Ich habe versucht, ihr zu helfen, nachdem sie mehrere Monate lang mit meinem Mann geschlafen hat.«

»Er hat sie dazu gezwungen.« Meine Stimme ist leise, denn in diesem Moment weiß ich, dass dieses Detail für Anne keine Rolle spielt. Ihre Augen funkeln im halbdunklen Zimmer, und ich sehe unverhohlenen Hass darin.

Sie wischt meinen Einwand mit einer Handbewegung beiseite. »Und gleichzeitig hat sie davon profitiert, dass sie sich von ihm vögeln lässt. Jeder wusste, dass sie sein kleiner Liebling ist. Ich bin mir sicher, dass die meisten von ihnen eins und eins zusammengezählt haben.«

Ich beiße die Zähne zusammen. »Jemand hat sie zusammen gesehen. Das hast du selbst zu deinem Mann gesagt.«

»Woher weißt du das?«

»Jemand hat euch in Dr. Kocherts Büro belauscht. Wie du mit ihm gestritten hast.«

»Wenn man meinem Holzkopf von Mann eines zugutehalten muss, dann ist das seine Diskretion«, erwidert sie. »Er hat sich nicht mit seinen Liebschaften beobachten lassen. Von niemandem. Nicht einmal ich habe etwas geahnt, so lange, bis diese kleine Nutte zu mir ins Büro gekommen ist und mir gesagt hat, dass sie meinen Mann vögelt.«

Mir wird kalt. Anne hat den Mord nicht zugegeben. Nicht direkt. Diese Informationen reichen mir trotzdem, um meine Ahnung zu bestärken.

»Ich habe Ludger angelogen, als ich mit ihm gesprochen habe«, fährt sie fort. »Niemand hat die beiden beobachtet, dazu war er zu schlau. Vermutlich wäre es intelligenter von mir gewesen, wenn ich ihn nicht damit konfrontiert hätte, doch ich konnte nicht anders. Ich musste herausfinden, wie er reagiert.« Eine kleine Pause entsteht. »Er hat es nicht einmal abgestritten«, fährt sie leise fort. »Und er hat keine Sekunde lang daran gedacht, die Affäre zu beenden.«

Ich kann sie nur anstarren. Seit ich Anne kenne, hat sie nie wirklich Gefühle gezeigt. Minimale Zeichen von Anspannung in stressigen Situationen waren das Äußerste gewesen. Jetzt blättert die kühle Fassade ab wie eine Maske, und ich kann die Verletztheit darunter deutlich sehen. Weil sie sie mir zeigen will, begreife ich. Genauso wie sie Ludger ihre Wut zeigen wollte, als sie ihn mit der Affäre konfrontiert hat. Anne überlässt nichts dem Zufall.

»Und wie bist du mit ihm verblieben? Hat er dir gesagt, dass er die ... Affäre fortführen will?« Ich bemühe mich um einen nüchternen Tonfall.

»Nicht direkt«, erwidert sie. »Er hat mir gesagt, dass nach über zehn Ehejahren eine Affäre schon einmal drin sein solle. Und dass wir uns zu Hause so wenig sehen würden, dass ich ihm keine Vorwürfe machen könne.« Sie hebt die Schultern. »Ich stand mit seiner kleinen Assistenzärztin in Kontakt, und die teilte mir mit, dass er sie noch am gleichen Abend treffen wolle.«

»Selina«, sage ich. »Ihr Name war Selina.«

»Das ist mir klar.«

»Was ist danach passiert?«

Anne beginnt, am Deckel ihrer Flasche herumzudrehen. »Er hat sie ermordet, weil sie ein Video von ihm aufgezeichnet hat, in dem er zugibt, dass er sie zum Sex zwingt.«

»Er hatte selbst etwas gegen sie in der Hand, und Selina war noch in der Probezeit. Es wäre gut möglich gewesen, dass sie die Affäre stillschweigend beenden.«

»Dass sie irgendwann damit herauskommt? Das konnte Ludger nicht riskieren. Außerdem wollte sie sich an ihm rächen. Sie war am Boden zerstört, als sie in meinem Büro saß. Ich habe keine Ahnung, was er mit ihr angestellt hat in diesen vier Monaten.«

Der Gedanke dreht mir den Magen um. Ich spüre Übelkeit in mir aufsteigen, vielleicht liegt das auch am Schmerzmittel. Ich sehe zu der Spritzenpumpe hinüber, in der eine große Spritze hängt. Langsam, ganz langsam wird das Mittel verabreicht. Es wirkt, denn ich habe keine Schmerzen mehr. Ich wünschte, es würde meinen Kopf nicht so vernebeln. »Die Idee, ihn zu konfrontieren, kam von dir, oder?«

Sie nickte. »Ich konnte ihn nicht damit davonkommen lassen.«

»Deswegen wolltest du die beiden in flagranti erwischen.« Nur ganz langsam bemerke ich, was ich da sage. Und was es bedeutet. »Aber wenn du sie erwischt hättest, hätte das ja gar keinen Unterschied gemacht, nicht wahr? Deinem Mann war klar, dass du von der Affäre weißt, also hätte das nichts geändert. Zumindest nicht für ihn.«

Sie sieht mich nachdenklich an, sagt allerdings nichts dazu.

»Nur Selina hat gedacht, dass es etwas bringen könnte. Sie hat gedacht, dass du nicht gekommen bist, weil sie mit Ludger in deinem Büro war. So war es gar nicht, oder?«

»Weißt du, was ich mir überlegt habe, Rob?«, sagt Anne nach einer langen Pause. »Ich denke, ich bin mittlerweile zu lange im *Von-Adelmann* gewesen. Es ist Zeit, dass ich mich weiterentwickele. Darüber habe ich viel nachgedacht in den letzten Tagen.« Sie streichelt die Flasche in ihren Händen. »Hier hält mich nichts mehr. Kein Ehemann, keine Familie, keine richtigen Freunde. Ich will weg.«

Warum sagt sie mir das?

»Immer wenn ich daran gedacht habe, habe ich mich gefragt, ob du mich begleiten würdest. Ich kenne eine Handvoll renommierter Kliniken, die mich gern nehmen würden und sicherlich nichts dagegen hätten, wenn ich meinen Schützling mitbringe. Wie viel fehlt dir noch? Bald kannst du als Funktionsoberarzt arbeiten, dann kommst du mehr in den OP, bekommst mehr Verantwortung.«

Noch vor wenigen Wochen wäre mir das Angebot mehr als verlockend vorgekommen, jetzt ist es nur falsch. »Worum ging es bei deinem Plan mit Selina?«

Anne seufzt. Es ist ein tiefer Seufzer. »Weißt du, ich mag dich wirklich gern, Rob, aber du warst schon immer ein bisschen zu schlau für dein eigenes Wohl. Hat dir nie jemand gesagt, dass man als Assistenzarzt den Mund halten und die Chancen ergreifen sollte, die sich einem bieten?«

»In dieser Vorlesung habe ich nicht aufgepasst.«

Sie lächelt, doch es ist ein bitteres Lächeln. »Du ziehst das also wirklich durch. Ich dachte, dir läge etwas an mir. Ich dachte, wir hätten einen besonderen Draht, Rob.«

»Selina war meine Freundin.«

»Ich verstehe«, erwidert sie kalt. »Du warst auch scharf auf sie, so wie Ludger. Gut, dass ich sie umgebracht habe.«

### *Vorher. Nacht des ersten Todesfalls, 23:30 Uhr. Anne*

Anne hatte die Klinik an diesem Abend nicht verlassen. Heute Nacht stand zu viel auf dem Spiel. Sie hatte lange auf den Anruf gewartet, der ihr die Berechtigung geben würde, hier zu sein. Und schließlich war er gekommen. Ein Patient, bei dem sich niemand fragen würde, warum sie in der Nacht eine OP-Indikation gestellt hatte, anstatt den Fall auf den nächsten Morgen zu vertagen.

Es hätte schlechter laufen können. Bisher hatte sie niemand gesehen. Nachdem sie Selina noch einmal eingeschworen hatte, war sie nicht nach Hause gefahren, sondern in das alte Dienstzimmer der Chirurgen gegangen, in dem sie noch geschlafen hatte, als sie Assistenzärztin gewesen war. Heute wurde es als Lagerraum verwendet, doch das alte Bett stand noch in der hintersten Ecke des Zimmers.

Dort hatte sie sich bereits umgezogen. Sobald der Anruf kam, das wusste sie, musste alles ganz schnell gehen. Eben hatte sie aufgelegt, jetzt war es an ihr zu handeln.

Wenn alles glattgelaufen war, hatte Selina noch einmal mit ihrem Mann geschlafen. Ein letztes Mal. Und hoffentlich hatte sie das Ganze aufgezeichnet. Anne hatte es oft genug erwähnt, auch wenn sie Selina jedes Mal davon abgeraten hatte, weil es zu gefährlich sei.

Im Grunde war das Ganze egal. Sobald Selina eine Freundin eingeweiht hatte, würde der Verdacht sofort auf Ludger, den Vergewaltiger, fallen. Und sie war fein raus, weil sie dem Mädchen geholfen hatte. Die Freundin, der Selina sich anvertraut hatte, würde für sie aussagen und bezeugen, dass sie über den Schmerz des Betrogenwerdens hinweggesehen hatte, um der kleinen Assistenzärztin zu helfen und sie vor dem Vergewaltiger zu retten, der ihr Schwein von Mann war.

Was für ein Schwachsinn. Aber die Leute liebten nun mal solche Geschichten. Sie nahm das Telefon aus der Tasche, das sie von einer pädiatrischen Station mitgenommen hatte. Besser, sie rief um diese Uhrzeit nicht mit ihrem eigenen Telefon bei der Kleinen an.

»Dr. Wieck?«, meldete sich Selina. Ihre Stimme klang leicht verwaschen. Offenbar wirkten die Tabletten, die sie ihr ins Cola gemischt hatte. *Für den späteren Abend, damit du wach bleibst. Du solltest es nicht jetzt schon trinken, sonst musst du nur ständig ins Bad rennen*, hatte sie ihr gesagt, als sie ihr die Flasche gegeben hatte. Selina hatte sich auch noch dafür bedankt. Woher hätte sie wissen sollen, dass das Zeug das Gegenteil bewirkte?

»Hier ist Anne«, sagte sie. »Wo bist du?«

»Wir waren im falschen Büro«, erwiderte Selina kläglich. »Deswegen hast du uns nicht gefunden. Es tut mir so leid.«

Anne hatte keine Ahnung, wovon sie sprach, doch es schadete nicht, wenn Selina glaubte, im Unrecht zu sein oder etwas falsch gemacht zu haben. »Wir reden gleich darüber. Wo bist du?«

»Ich bin im D-Dienstzimmer«, kam die Antwort. Sie redete nun noch undeutlicher. Vielleicht hatte Anne es mit den Tabletten übertrieben, hoffentlich war es niemandem aufgefallen, dass sie derart zugedröhnt war. »Mir geht es nicht gut, ich bin so müde.«

»Ich komme dahin. Trink du am besten dein Cola aus.«

Auf dem Weg nach oben wischte Anne das Telefon sauber, obwohl sie Handschuhe getragen hatte, und warf es in einen Wäschecontainer vor der unfallchirurgischen Station.

Oben zog sie sich ein zweites Paar Handschuhe darüber. Doppelte Vorsicht konnte nicht schaden. Sie bewegte sich leise auf dem Flur, falls einer der anderen Dienstärzte schon zu Bett gegangen war, dann betrat sie das Zimmer der Pädiater.

Das Licht brannte und Selina lag auf dem Bett. Die Augen waren ihr halb zugefallen, auf dem Nachttisch stand die leere Colaflasche.

»Selina?«, sagte Anne leise.

Das Mädchen öffnete die Augen und sah sie mit verschleiertem Blick an. »Es geht mir nicht gut.«

»Das sehe ich.« Anne zog den Kittel aus und legte ihn sorgfältig über eine Stuhllehne. Es war nicht ihr eigener, sie hatte ihn im Laufe der Woche von der Garderobe vor der

Kantine mitgenommen. Darunter trug sie bereits die grüne OP-Kleidung, an den Füßen Gummischuhe aus dem OP. Nichts davon war personalisiert, weshalb man es nicht auf sie würde zurückführen können. Zusätzlich hatte Anne eine größere Größe gewählt, als sie sonst trug. Man konnte nie vorsichtig genug sein.

»Was machen wir jetzt?«, fragte Selina mit schwerer Zunge.

»Mach dir keine Sorgen, es ist alles gut«, erwiderte sie und trat an das Bett heran. »Ich lasse nicht zu, dass er dir noch einmal wehtut.« Wenn sie das Mädchen jetzt sah, hätte es ihr fast leidtun können. Doch sie konnte nicht vergessen, dass Ludger sie ihr vorgezogen hatte. Außerdem war es nicht unbedingt etwas Persönliches. Das hier ging gegen ihren Mann. Dass die Kleine starb, war ein erfreulicher Nebeneffekt.

Mit ihrer behandschuhten linken Hand nahm sie Selinas Hände und platzierte sie auf dem Bett. Dann griff sie nach einem Kissen, mit der anderen Hand zog sie das Einmalskalpell aus der Tasche. Diese Dinger fanden sich überall in der Klinik. Sie waren von minderwertiger Qualität, wurden nach wenigen Schnitten stumpf. Trotzdem schnitt es leicht und präzise in Selinas Haut, durchtrennte mühelos das Bindegewebe und grub sich tief in die Arterie. Es war beinahe zu leicht, einen langen Schnitt am Handgelenk zu setzen. Einen, der ausreichte, bevor sie das Skalpell zu Boden fallen ließ.

Wie erwartet, waren Selinas Reaktionen verlangsamt. Es gelang Anne beinahe problemlos, den Schrei mit dem Kissen zu ersticken und Selinas Hände festzuhalten. Sie wehrte sich kaum, dank der Überdosis mit Benzodiazepinen, die sie ihr verpasst hatte. Blut ergoss sich auf das Bett und Selinas Kleidung, durchnässte auch ihren Kasack.

Es dauerte nicht lange, bis Selinas Bewegungen ganz erlahmten. Anne nahm das Kissen von ihrem Gesicht und hob das Skalpell auf, mit dem sie den Schnitt vervollkommnete und einen weiteren auf der anderen Seite setzte.

Das Skalpell drückte sie einmal gegen die Finger von Selinas rechter Hand, bevor sie es erneut fallen ließ.

Dann schlüpfte sie aus ihren Schuhen, die im Blut standen, und stopfte beide in jeweils eine Tasche ihres Kasacks. Sie schnappte sich die leere Flasche vom Nachttisch und lief auf Socken zurück zu dem wartenden Kittel, wobei sie darauf achtete, nicht in die Blutlachen zu treten. Das obere Paar Handschuhe streifte sie ab, wobei sie die blutige Seite nach innen kehrte, zog den Kittel an und knöpfte ihn über der blutigen Kleidung zu.

Sie hatte Glück, sodass diese letzte Vorsichtsmaßnahme überflüssig war. Auf dem Weg zum OP begegnete ihr niemand. Die Flasche wurde sie in einem Mülleimer im vierten Stock los, die blutigen Handschuhe stopfte sie in einen fast leeren Spritzenabwurf im dritten Stock, nachdem sie sie noch einmal mit Desinfektionsmittel getränkt hatte. Darin würde sie niemand finden.

Im OP angekommen, hängte sie den Kittel an einen Haken. Sie würde ihn später in den Wäscheabwurf werfen. Den blutigen Kasack warf sie in den Container für gebrauchte OP-Kleidung, die Schuhe in die danebenstehende Kiste. Blut fiel hier niemandem auf, und bis morgen waren sie einmal durch den Sterilisierungsprozess gelaufen.

Das Krankenhaus ließ die Spuren für sie verschwinden.

Anne richtete sich die Haare, bevor sie in frische OP-Kleidung schlüpfte, diesmal in passender Größe.

Kurz darauf stand sie mit ihrem Assistenzarzt am Tisch, als wäre nichts gewesen.

## *Jetzt*

»Ich habe sehr viel Glück gehabt«, fährt Anne mit ruhiger Stimme fort. »Wie hätte ich wissen können, dass die Kleine bei all meiner Vorsicht ein Oberteil von mir trägt und sich meine DNA darauf findet?« Sie lacht barsch auf. »Erfreulicherweise warst du so schlau, das zu erklären. Und nicht nur das, ich hatte noch mehr Glück.«

»Yo«, sage ich. »Wie ist sie gestorben?«

»Richtig«, erwidert sie. »Sie kann ich nicht ermordet haben. Also kann ich nicht die Täterin sein, nicht wahr? Das hat sogar die Polizei eingesehen. Und jedes einzelne Detail dieses zweiten Todesfalls war so wie beim ersten.«

»Nur dass du es nicht getan haben kannst, weil du eingesperrt warst.«

»So ist es. Ach, komm schon, Rob. Du hast es doch schon fast herausgefunden. Du hast es mir gerade vorhin selbst erzählt.«

Mein Denken ist verlangsamt, aber ich finde die nötige Information. »Yo war todkrank. Und sie war mit dir befreundet. Wenn auch vor langer Zeit.«

»Ich habe sie nicht darum gebeten, sich selbst zu töten und es aussehen zu lassen, als sei es Ludger gewesen«, sagt Anne nüchtern. »Sie hat das für mich getan. Ganz ohne mein Zutun. Ich denke, dass sie Ludger mehr gehasst hat als mich.« Zum ersten Mal wirkt sie traurig. »Sie hat mir einen Abschiedsbrief geschrieben, weißt du? In dem hat sie mir erklärt, dass das eine Form der Wiedergutmachung für ihren langen Groll war. Und sie wollte keine Chemotherapie. Ist es nicht seltsam, dass es ganz oft Mitarbeiter des Gesundheitssystems sind, die eine Therapie ablehnen? Vielleicht, weil wir wissen, was für grauenhafte Dinge uns da erwarten.«

»Du hast Selina getötet«, sage ich. Ich kann es nicht fassen, dass sie über Yos Entscheidung zu sterben spricht. »Du hast es wirklich getan.«

»Ja«, antwortet Anne und steht auf. »Und es hat mir nicht leidgetan. Das hier werde ich mehr bedauern.« Sie macht sich an der Spritzenpumpe zu schaffen. »Dein Freund hatte recht, Rob. Dipidolor ist nichts, was man nach einer Handgelenksoperation gibt. Das solltest du wirklich wissen. Das hier sind hundertfünfzig Milligramm, das sollte eigentlich reichen, denke ich.«

Sie drückt auf einen Knopf, und die Spritzenpumpe, die die eingespannte Spritze gemächlich geleert hat, beginnt sich schneller zu bewegen. Sie gibt das Medikament nun als Bolus, also alles auf einmal. Bei dieser Menge an Schmerzmittel bin ich tot, wenn die Spritze leer ist.

Mit meiner eingegipsten Hand will ich nach dem Zugang in meinem Arm greifen und ihn herausreißen, doch da ist Anne schon an meiner Seite und verpasst mir einen Stoß gegen den operierten Arm. Trotz des Schlags verspüre ich nur wenig Schmerzen. Dafür habe ich schon zu viel von dem Medikament intus.

»O nein, mein Lieber. Du weißt zu viel. Warum hast du nicht Ja gesagt und mit mir das Krankenhaus wechseln wollen?«

Ich kann nicht antworten, versuche nur, ihr meinen Arm zu entreißen, den sie eisern festhält.

»Wenn es dir weiterhilft, es ist ein schöner Tod, an einer Opioid-Überdosis zu sterben. Du hörst einfach auf zu atmen, aber das weißt du ja.«

Mein Körper fühlt sich zunehmend leicht an, und eine Welle Glückshormone flutet mein Gehirn.

»Ich werde dich vermissen, Rob. Dich zu verlieren wird sehr schmerzhaft sein.«

Ich spüre es kaum, dass sie mich loslässt, doch auf einmal ist sie weg. Ich reiße an dem Schlauch, der mit meinem Zugang verbunden ist, doch ich bekomme die Nadel nicht richtig heraus, bevor mich meine Kräfte endgültig verlassen.

Das schrille Piepen der Spritzenpumpe ist das Letzte, was ich wahrnehme, bevor mein Zimmer erneut in Dunkelheit versinkt.

# Epilog

### *Jetzt*

Es ist ein schöner Friedhof. Hohe Baumkronen erstrecken sich über die Gräber, und die Luft ist leicht salzig, so wie sie nur in der Nähe des Meeres ist.

Die Zeremonie ist gerade zu Ende, und keiner von uns hat nicht geweint.

»Ich bin froh, dass es vorbei ist«, sage ich leise zu Finn. »Die Feier war schön, aber ich bin nur froh, dass es vorbei ist.« Damit meine ich nicht nur Selinas Beerdigung, sondern auch alles andere. Der Prozess gegen Anne Kittsteiner-Kochert wird in wenigen Tagen beginnen. Wegen des Mordes an Selina und des versuchten Mordes an mir.

Es war nur Finns Geistesgegenwart, die mich gerettet hat. Nach unserem merkwürdigen Telefonat hat er bei unserer Dienstärztin angerufen und sie gebeten, nach mir zu sehen.

»Dass etwas nicht stimmt, wusste ich sofort, als du mir gesagt hast, dass du Radiologie interessant findest. Da hättest du dir den Hinweis mit den Benzos sparen können.« Das waren seine ersten Worte, als er mich auf der Intensivstation besucht hat.

Ludger Kochert arbeitet nicht mehr in der *Von-Adelmann-Klinik*. Auch gegen ihn wird ermittelt. Vermutlich wird er seine Approbation verlieren.

Für die Beerdigung haben wir uns alle freigenommen und sind nach Kiel gefahren. Jenny, Finn und ich. Glücklicherweise konnte uns niemand diesen Urlaub versagen.

»Das kannst du laut sagen. Es ist gut, dass es vorbei ist.« Mit finsterem Blick beobachtet Finn seinen ehemaligen besten Freund Hendrik, der Janina einen Arm um die Schultern gelegt hat.

»Ihm kannst du weniger gut verzeihen, nicht wahr?«

Finn nickt. »Überhaupt nicht. Und Janina wusste das sehr gut. Ich verstehe, dass sie sich nicht bei mir gemeldet hat, obwohl sie da war. Ich hätte mir auch nicht in die Augen sehen können.«

Jenny klopft ihm beschwichtigend auf den Arm. »Vergiss sie. Und vor allem ihn.«

Mein Handy brummt. Carlotta hat mir geschrieben. Janina hatte ihr ebenfalls eine Einladung geschickt, doch sie hatte den Anstand, nicht zu kommen. Bisher habe ich wegen Selinas Handy geschwiegen, doch sie weiß, wie schnell sich das ändern kann. Sie hat nicht im *Von-Adelmann* angefangen, sondern eine Stelle in einem kleinen Krankenhaus angenommen, das ein wenig stadtauswärts liegt. Marko arbeitet jetzt in der Pädiatrie und ist weniger schlecht gelaunt als früher, obwohl er mit Louisa zusammenarbeiten muss. Zumindest bilde ich mir das ein. Ich habe keine Ahnung, ob er noch mit Carlotta zusammen ist, und ich will es auch nicht wissen.

*Ich denke an Selina und dich heute*, schreibt Carlotta. *Halt die Ohren steif.*

Ich ziehe es vor, nicht zu antworten. Zumindest nicht sofort.

Dr. Hutter hat mir eine Mail geschrieben.

*Lieber Herr Schlenker, ich habe Ihre OP-Berichte durchgelesen, und die Grammatik ist eine Katastrophe. Haben Sie schon einmal etwas von Kommasetzung gehört? Ich ziehe es ernsthaft in Erwägung, Sie wieder in die Grundschule zu schicken, anstatt sie weiter so viel operieren zu lassen. Das nur als Information – genießen Sie Ihren Urlaub. MfG G. Hutter.*

Mit einem Grinsen stecke ich das Handy wieder ein. Eigentlich hat sich nicht besonders viel geändert nach dem Ganzen. Ich arbeite noch immer gern, selbst wenn es oft zu viel ist.

Urlaub ist besser, vor allem, wenn man ihn mit Freunden verbringen kann. Ich folge Finn und Jenny, die ein wenig vorausgegangen sind.

Wir werden noch einige Tage am Meer verbringen.

# Danksagung

Lange Zeit wollte ich kein Krankenhaus-Buch schreiben. Es kam mir immer zu persönlich vor – mittlerweile glaube ich, dass gerade das einen besonderen Reiz dieser Geschichte ausmacht. Für mich war es wichtig, den Krankenhausalltag von einer realistischen Seite zu beleuchten, und ich hoffe, dass mir das trotz der Hauptfigur eines ermittelnden Chirurgen gelungen ist.

Obwohl alle handelnden Personen, Schauplätze und Geschehnisse frei erfunden sind, habe ich mich selbst immer wieder in den verschiedensten Figuren wiederentdeckt. Ich hoffe, dass es Lesern vom Fach ähnlich geht, und dass alle anderen Freude dabei haben, hinter die Kulissen zu blicken.

Auch bei diesem Buch wurde ich von vielen tollen Leuten unterstützt.

Danke an das ganze Team des Piper Verlags digital; insbesondere Elke, die mich nun schon bei drei Büchern ebenso kompetent wie herzlich betreut hat und sofort Feuer und Flamme für dieses Projekt war.

Danke an meine Lektorin Michaela, die nicht nur die üblichen verdächtigen Fehler gefunden, sondern mir auch geholfen hat, mein Mediziner-Kauderwelsch in die deutsche Sprache zu übersetzen.

Danke an meine ehemaligen Kolleginnen und Kollegen aus dem St. Jo: das Team der Viszeral- und Unfallchirurgie, das Pflegeteam der chirurgischen Stationen, die OP- und Notaufnahme-Crew und insbesondere alle, die dort ein Finn, eine Jenny oder ein Dr. Hutter für mich waren – ohne Euch würde es dieses Buch nicht geben.

Danke an Nata, die mein neurochirurgisches Konsil in Windeseile bearbeitet hat.

Danke an Sabine, die Rob und mich chirurgisch supervidiert hat. Leider hatte ich nie die Möglichkeit, sie im echten Leben als Hintergrund-Oberärztin zu haben, aber das hat es fast wettgemacht.

Danke an Dani, die sich nicht nur im Urlaub mit »Text-Konsilen« herumschlagen darf und wegen der ich keine Dermatologen-Witze mehr mache.

Danke an Hanna, die nicht nur beim Testlesen, sondern auch medizinisch den Durchblick hat.

Danke an Kerstin, Matthias und Juli, die nicht nur tolle Kollegen, sondern auch tolle Leser sind.

Danke an alle weiteren Kolleginnen und Kollegen, die direkt oder indirekt an diesem Buch mitgewirkt haben.

Danke an Pese und Theresa – die ich immer mit Textfragen nerven darf.

Danke an Ellie, die sich für eine spontane Brainstorming-Session mit Sekt niemals zu schade ist.

Danke Alina, Konfetti-Queen und Buchpatin, die nun alles über Bereichskleidung weiß und meine Figuren von Beginn an adoptiert hat. Ein letztes Mal: Du bist schuld an diesem Buch.

Wie immer ein großes Danke an meine Familie – ja, ich schreibe zu viel. Danke, dass ihr Euch jedes Mal wieder den Stress mit mir antut.

Zu guter Letzt Danke an alle meine Leserinnen und Leser – ihr seid die Besten.